Utz Claassen

ATOMBLUT

Utz Claassen

ATOMBLUT

Ein Wirtschaftskrimi

Econ

Dieses Buch ist ein Roman. Es erzählt eine rein fiktive Geschichte, die sich wie vom Autor erfunden hätte abspielen können, die es aber nicht gegeben hat und hoffentlich auch nie geben wird. Die Charaktere sind vertypte Kunstfiguren, keine Abbildung realer Individuen. Alle Personen sind frei erfunden. Ähnlichkeiten mit bestehenden Unternehmen und realen Personen wären rein zufällig und sind nicht intendiert.

2. Auflage 2012

Econ ist ein Verlag
der Ullstein Buchverlage GmbH

ISBN 978-3-430-20130-8

Gesetzt aus der Sabon und Univers bei
LVD GmbH, Berlin
Druck und Bindearbeiten: CPI – Clausen & Bosse, Leck
Printed in Germany

Dieses Buch von ECON entstand in Zusammenarbeit mit
Klaas Jarchow Media, Hamburg. Mitarbeit: Brigitte Helbling
Lektorat: Annekatrin Heuer, Berlin

– I –

IRRTUM

Frühmorgens um vier Uhr in Manila: Ein verdreckter Jeep hält in den Slums nahe dem großen Flughafen Ninoy Aquino International. Die hintere Tür wird aufgestoßen: Eine Frau fällt heraus, Europäerin, die Haare verklebt, das blaue Business-Kostüm zerknittert und staubig. Sie richtet sich auf, sieht verwirrt um sich, während der Jeep mit quietschenden Reifen davonfährt …

Abends um zehn Uhr nahe Athen: Ein Coupé fährt durch die Nacht. Hinter einer Hecke zielt der Schütze auf den Kopf der Beifahrerin, trifft stattdessen die B-Säule des Wagens, nur wenige Zentimeter neben dem Ziel. Ein Knall, ein furchtbarer Schlag! Der Fahrer reagiert sofort, drückt vehement aufs Gas, rast los, in die Stadt, vorbei an Akropolis, Philopappos und Lykavittos, über rote Ampeln, ohne Rücksicht auf andere Wagen, ohne Rücksicht auf sich selbst, immer schneller, immer weiter, immer weiter in die tiefer werdende Nacht …

Nachts um zwei Uhr in Bukarest nicht weit weg vom einstigen Monumentalbau Ceaucescus entfernt, in einer, trotz der zentralen Lage, ruhigen und zudem vergleichsweise vornehmen kleinen Allee: Ein roter Sportwagen gerät in Brand, vor dem Gästehaus, in dem die aus dem Ausland angereiste Managerin nächtigt. Ein Zufall? Oder war er einfach zu früh in Brand geraten?

Sie hatte viel erlebt.

Als sich die Gelegenheit ergab, nach Deutschland zurückzukehren, hatte sie nichts dagegen. Gar nichts. Ihr gefiel die Vorstellung, wieder in einem wohl geordneten Land zu leben, Geschäfte nach Recht und Gesetz zu schließen. In der Heimat würden die Feinde von Wahrheit, Konsequenz und Rechtschaffenheit in Schach gehalten werden. Das Böse hätte manchen, aber keineswegs jeden Vorteil gegenüber dem Guten.

Ihr Vertrauen setzte sie hier, wie überall, in diejenigen, deren Haltung der ihren zu gleichen und die ihre Werte zu teilen schienen.

Das war ihr Fehler.

– II –

RAUCHZEICHEN

Morgens um sechs Uhr in Deutschland.

Die dunkelblaue Limousine gleitet über die Autobahn bei Frankfurt Richtung Erfurt und Berlin. Der Motor säuselt leise: der edle Klang von zwölf Zylindern. Das Autoradio spielt, ein Klassiksender, nur gedämpft zu hören, um den Mann, der hinten sitzt, bei seiner Zeitungslektüre nicht zu stören.

Der Mann vorne hält die Hände am Lenkrad, schaut auf die Straße, gähnt hin und wieder. Das Kind hat ihn wach gehalten, die Frau hatte Spätschicht und ist erst gegen halb drei zu Hause gewesen.

Er greift nach dem Kaffeebecher in der Halterung zwischen den Sitzen, trinkt, wirft einen Blick in den Rückspiegel auf den Mann im Fond.

Wie riecht Macht? Nach Eau de Toilette von Davidoff Champion. Heute.

Früher nach Dunhill Edition. Jedenfalls, wenn Macht und Stil zusammenfielen.

Am frühen Morgen etwas viel davon, findet der Mann am Steuer. Er schaltet die Lüftung höher, der Mann hinten wirft ihm über die Zeitung einen irritierten Blick zu, versenkt sich dann wieder in die Tagesmeldungen.

Fukushima – Reaktorblöcke weiterhin nicht ansatzweise unter Kontrolle. Behörden zaghaft, Betreiber hilflos, Hilfskräfte furchtlos.

Deutschland – das Übliche zum Moratorium, zur heftig geforderten Energiewende. Zu Politikern in Panik und auf Wählerfang.

Der Mann vorne konzentriert sich wieder auf die Straße und summt ein paar Takte zur 9. Sinfonie im Radio mit. »Wir betreten feuertrunken, Himmlische, Dein Heiligthum«. Verstummt auf das Räuspern hin, das aus dem Fond kommt, gähnt ein weiteres Mal.

Es war fünf Uhr, als er bei dem Anwesen im Taunus vorfuhr, sein Fahrgast stand schon in der Tür und hob zur Begrüßung kurz die Hand. Er hat ihm die hintere Tür aufgehalten, sie dann vorsichtig geschlossen, sich wieder auf den Fahrersitz gesetzt und ist losgefahren.

Die Sonne steht flach und milchig am Horizont.

Die Autobahn füllt sich allmählich. Gigantische Laster sind unterwegs, an denen der blaue 7er BMW wie ein glatter Hering mit hoher Geschwindigkeit vorbeizieht.

Der Klassiksender unterbricht Beethoven für eine Verkehrsmeldung. Der Fahrer lauscht aufmerksam: Baustellen weiter vorne auf der Strecke.

Plötzlich bemerkt er, dass ein Bierlaster, an dem er gleich vorbeigleiten will, genau diesen Moment wählt, um abrupt in die linke Spur zu wechseln. Warum? Was tut er? Wen will er überholen?

Zu spät. Das Duell ist von vornherein entschieden. Nicht der Schnellere, der Stärkere gewinnt.

Das Geräusch, das der Aufprall von Metall auf Metall bei dieser Geschwindigkeit von sich gibt, gleicht dem Kreischen eines verrückt gewordenen Urzeitvogels. Der LKW schleudert die Limousine quer zur Fahrtrichtung, lässt sie die mittlere Leitplanke durchbrechen. In mehrfachen Seitwärtsrollen treibt sie über die Gegenfahrbahn und die Böschung hinab.

Dem metallenen Getöse draußen folgt im Auto ein dumpfes Knacken.

Dem Mann, der noch immer mit seiner Zeitung aufrecht hinten sitzt, bricht der Aufprall am Fuße der Böschung das Genick.

Der Mann vorne klammert sich hilflos ans Lenkrad, an dem sich der Airbag aufgeblasen hat. Es wirft ihn, trotz des gewaltigen Luftkissens, in seinem Sicherheitsgurt hin und her.

Als der Wagen endlich zum Stillstand kommt, schafft der Fahrer es gerade noch, die Tür zu öffnen, lässt sich hinausfallen, rollt zur Seite, verliert das Bewusstsein.

Der Mann im Fond lehnt mit verrenktem Kopf an der C-Säule des Daches. Er scheint zu schlafen, nur geht die Drehung des Kopfes erkennbar zu weit, ist der Winkel zwischen Kopf und Schulter deutlich zu klein. Aus seiner Nase sickert ein dünnes Rinnsal Blut, ein letzter, bald versiegender Gruß des noch warmen Körpers.

Aus der Motorhaube der Limousine züngeln kleine Feuerflammen.

Und dann, zum Schrecken von drei Kühen und zum Erstaunen des Fahrers eines Traktors auf der nahen Weide, explodiert der Wagen mit einem ohrenbetäubenden Knall.

Der Tote verschwindet in einer rauchschwarzen Feuersäule. Eine Karriere verdampft im ersten Nebel des jungen Tages.

BURNOUT

Justus Kohlmeier, ehemaliger Chef des großen deutschen Energiekonzerns RuhrSTROM, genauer: RuhrSTROM Energiewirtschafts AG, ist ein Gentleman. So sieht ihn die Welt, so wünscht er, dass die Welt ihn sieht.

Ein Gentleman ist er schon von der Herkunft her. Die Villa, in der er heute lebt, ist einst sein Elternhaus gewesen. Im Erdgeschoss hatte sein Vater, ein prominenter Augenarzt, seine Praxis, und im Salon seiner Mutter im ersten Stock gingen die

Größen der Adenauer-Zeit ein und aus – Minister und Staatssekretäre aus Bonn, Opernsänger, Maler, Schauspieler, Unternehmer und Konzernbosse.

Ein Gentleman ist Kohlmeier auch in seinem Auftreten. Selbst hier, beim Frühstück auf der oberen Terrasse, trägt er einen dreiteiligen Anzug, den ungewöhnlich warmen, frühlingshaften Morgentemperaturen entsprechend aus einem leichten Wolle-Seiden-Gemisch, dazu ein frisches, blütenweißes Hemd. Nur die Füße sind bloß. Die Liebkosung durch die kühlen Steinplatten unter nackten Fußsohlen ist zu süß, um darauf zu verzichten. Die handgenähten italienischen Slipper bleiben in der offenen Tür zur Bibliothek stehen.

Es gibt Menschen, die sogar behaupten, Kohlmeier sei zu sehr Gentleman, um sich im immer schnelleren globalen Wirtschaftskarussell noch behaupten zu können. Er gehört der Welt der Wirtschaft seit über vierzig Jahren an, sein Einfluss in ihr wird vielleicht gern unterschätzt, er ist jedoch nicht zu unterschätzen.

Wahr ist, dass Kohlmeier selbst in den eigenen Kreisen als vornehmer Außenseiter gilt, selbst bei den Herrenabenden der feinen Wirtschaftsgesellschaft mit ihren berühmten Rotweingelagen, an deren Ende häufig wichtige Entscheidungen getroffen werden. Nebenbei gewinnt der »Gentleman-CEO« bei den Skatrunden dieser feuchtfröhlichen Tischgesellschaften regelmäßig – und er würde noch öfter kassieren, wenn es ihm nicht nützlich vorkäme, den Sieg hin und wieder anderen zu überlassen. Das Leben hat Kohlmeier früh gelehrt, sich zu beherrschen – was man von den meisten Herren in diesen Runden nur bedingt behaupten kann.

Am Vorabend ist er aus Russland zurückgekehrt. Die Nachricht von dem Unfall auf der Autobahn hatte ihn noch unterwegs erreicht, in Moskau. Und sie ging ihn etwas an: Der Tote war sein Nachfolger als Vorstandschef beim Energiekonzern RuhrSTROM gewesen. Rolf-Peter Neumann, der im Aufsichtsrat des Unternehmens sitzt, hatte Kohlmeier am Telefon erwischt, kurz bevor dieser zu der entscheidenden Verhandlungsrunde aufbrach – einschließlich Wodka, Schummerlicht und Frauen, wie sie sich nur wahre Oligarchen leisten können.

»Ich nehme an, deine Trauer über diesen Verlust wird sich in Grenzen halten«, sagte Neumann. »Burnout hat man sich ja immer etwas anders vorgestellt ...«

Das feiste Grinsen auf seinem Gesicht war fast zu hören.

»Behalte deine Annahmen bitte für dich«, antwortete Kohlmeier scharf, auch, weil man nicht wissen konnte, wer bei solchen Telefonaten möglicherweise mithört.

Und hatte der Mann nicht Familie gehabt?

Frühstück auf der eigenen Terrasse ist ein Luxus, der Kohlmeier nur selten vergönnt bleibt. Sein Leben ist auch nach der aktiven Zeit als Manager von großer Geschäftigkeit und großen Geschäften geprägt. An 300 Tagen im Jahr sitzt er im Flugzeug, reist überall dorthin, wo junge Märkte und Unternehmen kräftiges Wachstum versprechen und bereit sind, sich seine Expertise für eine anständige Summe zu kaufen.

Brasilien. Indien. Indonesien. Russland und China. Arabien. Aserbaidschan. Auch Vietnam und Malaysia.

Umso mehr genießt er an diesem Morgen die frische, saubere Luft, den Blick in die geordnete Welt des grünen Parks. Das vertraute Gedeck auf dem Tisch: eine halbe Grapefruit, das Fruchtfleisch säuberlich von der Schale getrennt. Ingwersen-Knäckebrot von Sylt in einem silbernen Brotkörbchen. Dazu Büsumer Krabben, Frischkäse aus dem Elsass unter einer Käseglocke und eine Kanne mit Gyokuro-Tee aus Uji bei Kyoto, die Kohlmeier im Laufe der Frühstücksstunde noch zweimal mit heißem Wasser aufgießen wird. In den Blättern der Bäume zwitschern Amseln. Ahorne und Kastanien, die Kohlmeier schon seit seiner Kindheit kennt, stehen stolz und vom Gärtner hervorragend gepflegt Wache. Ein graues Eichhörnchen klettert blitzschnell den Stamm der alten Eiche hoch und verschwindet zwischen hellen grünen Blättern.

Das Leben, in diesem Moment. Sein Leben.

Er ist am Leben. Der Andere ist tot. Daran gibt es erst einmal wenig auszusetzen.

WIND DER GÖTTER

Von der Kanne auf dem Tisch gießt Kohlmeier sich Tee in eine Schale, die ihm ein japanischer Geschäftsfreund geschenkt hat. Das dunkel glasierte, ebenmäßige Trinkgefäß gehörte angeblich einem der letzten Samurai, der daraus trank, so stellt Kohlmeier sich das in Momenten beiläufiger Launenhaftigkeit vor, bevor der Spieß eines Gegners ihn in seiner allerletzten Schlacht durchbohrte. Ein Antiquar aus seiner Bekanntschaft hat das edle Stück auf den Gegenwert eines Kleinwagens geschätzt und von Teezeremonien erzählt, bei denen solche Schalen zum Zeichen des gegenseitigen Respekts und der Freundschaft herumgereicht wurden.

Kohlmeier trinkt seinen Tee allein.

Freunde hält man in seiner Position auf Abstand. Die Familie besteht aus einer Gemahlin, von der er offiziell nicht getrennt ist, die aber seit Jahren in einer anderen Stadt lebt und gegen ordentliche Unterhaltszahlungen auf Abruf diskret und effizient sämtliche Repräsentationspflichten einer Wirtschaftsgattin wahrnimmt.

Die Schale liegt in seiner Hand wie maßgeschneidert. Der Tee schmeckt leicht metallisch, als sei er gewürzt mit dem Blut von toten japanischen Kriegern.

Ungewöhnliche Menschen, die Japaner. Das Geschäft mit diesem Land war einer von Kohlmeiers ersten Triumphen als CEO von RuhrSTROM gewesen – die Beteiligung an dem großen japanischen Energieversorger war damals eine echte Sensation und gilt bis heute als einzigartig. Dabei sah es lange Zeit so aus, als würde der deutsche Geschäftspartner in der Fremde scheitern. Ganz unerwartet fand man dann doch noch zueinander – im heißen Onsen-Pool – über die Liebe zum Segelfliegen. Wer kam vom lautlosen Gleiten im Wind auf die Todesflüge der Kampfpiloten im zweiten Weltkrieg zu sprechen?

Kamikaze. Winde der Götter.

Der Begriff wird stets mit den Todespiloten in Verbindung gebracht. Tatsächlich ist er weit älter. Geprägt wurde er im 13. Jahrhundert – für die Taifune, die die Mongolen Kublai Khans zweimal kurz hintereinander daran gehindert hatten, Japan zu erobern.

Die Winde zerstörten die Schiffe, die vor der Küste lauerten, bereit zur Invasion, und ertränkten die Krieger, die im Auftrag Kublai Khans auf Länderjagd waren. Die Kami, sagten die Menschen, hatten diese Winde gesandt – die mächtigen Schutzgottheiten aus dem japanischen Shin-to, deren unbeständiges Wesen vom Wort »Gottheit« eigentlich nur mangelhaft umschrieben wird.

Acht Jahrhunderte später glaubt Justus Kohlmeier, der noch immer dabei ist, auf der Terrasse seiner Villa zu frühstücken, weder an Gott noch an den Teufel, an keine höhere oder niedere Instanz, die sich für unser Dasein wirklich interessiert. Die japanische Idee von Kami gefällt ihm – für Kohlmeier mehr göttlicher Funke als Gottheit, und ganz im Diesseits angesiedelt.

Japan in der Hand seiner Götter.

Wie seltsam, dass ihre Winde sich nun gegen das Land selbst gewandt haben. Den Göttern gefiel es wohl, einen Hochmut zu bestrafen, der Energieverantwortliche dazu veranlasst hatte, an die Küste des Meeres ein Kernkraftwerk zu stellen, das den gewaltigen Kräften des Ozeans nicht widerstehen konnte.

Oder ist der Vorfall in Fukushima nichts als ein weiterer, gleichwohl dramatischer Beleg für die Dummheit und Inkonsequenz menschlichen Handelns?

Mit Dummheit und Inkonsequenz kann Kohlmeier umgehen, bis zu einem bestimmten Punkt. Der Tote hatte diesen Punkt schon länger überschritten.

Sein Nachfolger war nicht länger als ein Jahr im Amt gewesen, als unübersehbar wurde, dass nichts von dem, was Kohlmeier selbst in zehnjähriger Arbeit aus dem Konzern gemacht und erfolgreich bewegt hatte, noch Bestand haben würde.

Kohlmeier hatte RuhrSTROM als überladenen Regionaldampfer übernommen und daraus mit einem harten Kurs der Sanierung und der Innovation ein Schnellboot geschaffen, das kurz davor stand, sich an die Spitze zu schieben.

Dann hatte Kohlmeier sich zurückgezogen. Andere Spielfelder waren ihm verlockender vorgekommen. In die Wahl seines Nachfolgers hatte er sich nicht eingemischt.

Dieser verlor keine Zeit, dem international aufgestellten Schiff die Windschnittigkeit wieder zu nehmen. Zwingend notwendige, innovative Ansätze wurden auf Eis gelegt, zukunftsweisende transnationale Kooperationen nicht vernünftig weitergeführt.

Zum Zeitpunkt des Todes seines Nachfolgers war der Konzern RuhrSTROM bereits wieder vollständig den Machenschaften von Politik und Landschaft ausgeliefert – und damit in keiner Weise in der Lage, auf die Welt der Energiewirtschaft nach Fukushima zu reagieren. Wen in der regionalen politischen Landschaft interessiert schon die große weite Welt?

»Du solltest als Vorstandschef zurückkehren«, hatte Rolf-Peter Neumann gestern in dem Telefonat spontan gesagt. »Als Interimslösung oder für länger – das musst du entscheiden. RuhrSTROM braucht dich, braucht Kohlmeier.«

»Braucht RuhrSTROM mich oder einen wie mich?«

»Hauptsache, wir können uns auf dich verlassen. Mir persönlich ist egal, welche Puppe du an die Spitze stellst, solange sie das tut, was wir wollen, und wenn du die Fäden ziehst.«

»Puppe? Der Konzern braucht jemand, der für sich selber denken kann. Und für das Unternehmen.«

»Du weißt, was ich meine.«

»Eine Puppe also. Auch gut. Ich sag dir, wen ich haben will. Wenn ich diese Person bekomme, könnt ihr mit mir rechnen. Im Übrigen rede ich gerade mit Baden-Baden. Wenn ihr euch für eine andere Lösung entscheidet, wird mir nicht langweilig werden.«

Baden-Baden war der Firmensitz von SÜDcurrent, des vielleicht wichtigsten Konkurrenten von RuhrSTROM. Kohlmeier war nicht der Ansicht, dass es diese Drohung brauchte, am Ende würde der Andere ohnehin tun, was er ihm sagte, zwischen ihnen war das bisher immer so gewesen. Es machte ihm trotzdem Spaß, sie einzuflechten. Noch mehr Spaß machte es ihm dann, den Namen der Person zu nennen, von der er überzeugt war, dass sie den Energiekonzern würde retten können.

Und dass RuhrSTROM dringend einer Rettung bedurfte, gerade nach den letzten zwei Jahren, gerade nach dem akuten Vorfall in Japan, das wusste auch Neumann.

Trotzdem verschluckte der Haudegen im Aufsichtsrat sich in Bochum hörbar an seiner Zigarre, als Kohlmeier, mit einem freundlichen Lächeln, in Moskau den einzigen Namen nannte, der für ihn an der Spitze von RuhrSTROM in Betracht kommt.

Fabienne Felsenstein.

HORUS

»Der Kerl will eine 37-jährige, fachfremde Frau an die Spitze eines der wichtigsten Energieversorger der Republik setzen?«, schreit Thies Jacobi durchs Telefon.

Der Anruf kommt Rolf-Peter Neumann ungelegen. Er ist im Horus, einem der angesagtesten Nachtlokale in Bochum, zu dieser Nachmittagszeit noch weitgehend leer. Das Putzpersonal ist gerade erst gegangen. Im Hauptraum mit seinem gewaltigen Plüschinterieur sortiert der Barmann die Flaschen.

Neumann räkelt sich im Hinterzimmer. Vor ihm steht ein Glas Whisky, seine Zigarre qualmt im Aschenbecher, und ein besonders hübsches Exemplar des internen Warenangebots sitzt auf seinem zugegebenermaßen recht gewaltigen Schoß. Der kampferprobte Aufsichtsrat neigt zur Fettleibigkeit.

Ius primae noctis kann die Szene, die sich gerade abgespielt hat, vielleicht nicht betitelt werden, die Kleine hat schließlich – trotz ihres zarten Alters – schon an einigen Schwänzen genuckelt. Aber sie hat ihre Sache nicht schlecht gemacht, im Gegenteil. Sie sieht Neumann fragend an, fast wie eine Schülerin, die erwartungsvoll und doch auch ein wenig ängstlich auf die Zensur einer Klassenarbeit wartet, springt dann von seinem Schoß, deutet einen kleinen Striptease an. So viel gibt es allerdings gar nicht mehr, was sie noch ausziehen könnte.

Neumann wirft ihr eine Kusshand zu.

»Reg dich ab, Thies«, sagt er dann ins Telefon. »Ich konnte ja nicht ahnen, dass Kohlmeier das mit der Puppe gleich so wörtlich nimmt.«

Bochum-Land nennt Neumann den angrenzenden Kreis, dem Jacobi als Verwaltungschef vorsteht und von dessen Amtssitz aus er nun telefoniert.

Neumann selbst hält sich theoretisch in der Gewerkschaftszentrale auf, wo er seit seinem Abgang aus dem Konzernalltag von RuhrSTROM – er war jahrelang Personalvorstand des Unternehmens – hin und wieder mal mit Rat und Tat zur Seite steht. In Wirklichkeit verbringt er die meiste Zeit hier, im Horus.

Er ist mit 45 Prozent stiller Teilhaber des Ladens und auch Nutznießer der zahlreichen Deals, die in den Hinterzimmern laufen. Er ist – das vor allem – sein eigener Stammgast. Was nicht heißen soll, dass er nicht am Arbeiten ist, wenn er sich hier mit den Vertretern der regionalen und interregionalen Landschaft die Nächte um die Ohren schlägt.

»Die Rechnung hat er ohne den Aufsichtsrat gemacht«, zetert Landrat Jacobi am anderen Ende der Leitung. »Fabienne Felsenstein! Dass ich nicht lache. Sag ihm, dass er sich die Frau sonst wohin stecken kann. Vielleicht im Horus. Aber nicht bei RuhrSTROM. Wir machen da nicht mit.«

»Red für dich selber«, erwidert Neumann.

Neumann und Jacobi sitzen im RuhrSTROM-Aufsichtsrat beide auf der Kapitalseite – Jacobi bekleidet zudem den Vorsitz. Dass der Ex-Gewerkschafter Neumann quasi auf der falschen Seite sitzt, nicht mehr bei den Arbeitnehmern, ist seiner Vorstandstätigkeit geschuldet. Wer einmal Personalchef war, der kann sich nicht mehr auf die alte Bank setzen – und will es auch nicht.

Dass beide überhaupt im Aufsichtsrat sitzen, das – und noch ein bisschen mehr – verdanken sie Kohlmeier. Hat sein Politikerfreund das schon vergessen? Wie hätte der kleine Mann aus der Eifel sonst den Weg nach so weit oben gefunden?

Mit einem kleinen Seufzen holt der korpulente Gewerkschaftsmann ein paar Scheine aus der Tasche, steckt sie dem Mädchen vor ihm in den G-String und schickt es mit einem Klaps aus dem Raum. Dann wendet er sich wieder dem Freund am Telefon zu, den er seit der Schulzeit kennt und der ihn gerade munter des Verrats bezichtigt.

»Hör zu, Thies«, sagt er, aber Jacobi will nicht zuhören, will lieber weiterreden – ein Impuls, der ziemlich sicher auch chemisch bedingt ist. Jacobi verfügt über ein ganzes Arsenal stimulierender Ingredienzien, die er je nach Tageszeit zu sich nimmt.

»Ich hab sie recherchiert«, sagt Jacobi gerade.

Das heißt, der Landrat hat recherchieren lassen. Auch gut, denkt Neumann: Sein Freund versteht es, die besten Leute für sich arbeiten zu lassen. Immerhin.

»Mathematik, Astrophysik und Betriebswirtschaft erst in Bremen, dann in Cambridge. Gleich nach dem Abschluss von der Consulting Firma McLewd« – ein Flüstern im Hintergrund – »entschuldige, McLloyd in London rekrutiert, wo die Felsenstein offenbar unseren Freund Kohlmeier kennengelernt hat. Kometenhafter Aufstieg dank Kohlmeier, der mit dem Fräulein zweifellos seinen Spaß hatte. Ich hab hier ein Foto. War ne scharfe Nummer, damals.«

Ein Knistern, als versuche Jacobi, das Foto in den Hörer zu stopfen. Wird nicht gehen, alter Freund, denkt Neumann, während Jacobi weiter die äußerlichen Vorzüge der jungen Felsenstein anpreist, als ginge es tatsächlich um eine Neuanschaffung für das Horus.

»Wenn einer wie Kohlmeier eine scharfe Nummer will, dann lässt er sich jemand kommen, für gutes Geld, mit einem Top-Rating, Triple A, Körbchengröße natürlich deutlich mehr als A«, unterbricht Neumann ihn dann doch, hauptsächlich, um Jacobis Redefluss zu unterbrechen.

Vergebens.

»Vielleicht war er verliebt, was weiß ich. Jedenfalls gab es die Frau vor Kohlmeier nicht. Kaum tritt er auf den Plan, steht sie da als Highflyer. Offenbar gehört sie zu diesen Intelligenzbestien, die alle anderen an die Wand spielen. Eben noch Junior Consultant, dann schon kurz vor dem Partner, geht aber stattdessen nach Berlin, ein Elektronikkonzern – der dortige Chef war ein Freund von Kohlmeier. Von da aus nach Griechenland, zu einer Tochterfirma der Berliner, wo sie sich in einer Weise aufführt, dass die Medien nur noch von ›Lady Medusa‹ und ›Kettensägenlady‹ reden. Fabienne Felsenstein, die blutige Saniererin. Das hindert die Frau keine Sekunde daran, dann wirklich als Erstes gleich mal 5000 Stellen zu streichen – und das auch noch quasi als normalen Geschäftsvorgang hinzustellen. Das Ganze wiederholt sie dann bei einem Linzer IT-Unternehmen, wo sie danach landet und irgendein Journalist feststellt, es sei nur eine Frage der Zeit, bis diese Borderlinerin in ihrem Büro jemanden umlegt, vielleicht auch sich selbst. Hat ihm eine fette Klage vom Unternehmen eingebracht, das nur nebenbei. Was ich damit sagen will, Rolf-Peter: So was brauchen wir nicht, so was wollen wir nicht, so was kommt nicht zu uns.«

»Ich sehe das anders, Thies«, erwidert Neumann.

»Hier stehen Wahlen an«, fährt Jacobi fort, ohne auf den Einwand zu achten. »Was die Leute heute von der Politik wollen, sind Sicherheit und Wohlbefinden. So ziemlich das Gegenteil von einem Sanierungs-Monster an der Spitze eines Konzerns, der in der Region so viele Arbeitsplätze stellt, findest du nicht? Und wenn wir schon dabei sind: Die Gewerkschaft sollte doch längst auf den Barrikaden stehen, bei den Stellenkürzungen, die ohnehin kommen werden ...«

»Schluss jetzt, Thies. Es ist etwas geschehen.«

Die Schärfe in seiner Stimme stoppt Jacobis Redefluss.

»Burger ist tot«, sagt Neumann.

»Burger? Unser Burger? Silvius Burger aus dem Aufsichtsrat? Ich dachte, es war unser Vorstandschef, der auf der Autobahn verunfallt ist.«

»Burger ist nicht verunfallt. Er hat einen plötzlichen Herzstillstand erlitten. Auf dem Laufband, heute früh.«

»O Gott.«

Neumann hört im Telefon ein Geraschel, kann förmlich sehen, wie der Freund sich an die Brust fasst. Nicht anders als er selbst, als er vor einer halben Stunde die Nachricht bekommen hat.

Sudden Cardiac Death. Furchtbar. Mitten im Leben tot umzufallen, das kann jedem von ihnen passieren. Sie sind im richtigen Alter, und der plötzliche Herzstillstand ist in ihren Kreisen ein Hochrisikofaktor. Mit verschiedensten Ursachen.

Die kleine Ablenkung mit der neuen Ware – die Neumann ohnehin prüfen wollte, schließlich muss man wissen, was den Kunden erwartet – kam ihm nach der schockierenden Nachricht gerade recht. Pflicht, die sich mit Neigung trifft. Wer sich von Schmerz und Tod umgeben sieht, kriegt Lust auf Sex und Leben, eine seltsame, aber wahre Regel. Und überhaupt: Sudden Cardiac Death im Horus ist dem Herzstillstand auf dem Laufband immer noch vorzuziehen.

»Und was jetzt?«, fragt Jacobi mit fester Stimme.

Das hat nicht lange gedauert, denkt Neumann. Zwei Minuten, höchstens, und schon wird aus dem Trauerfall eine Okkasion, eine nutzbare Gelegenheit. Geht es ihm anders? Nein. Vielleicht mit einer etwas anderen Zielrichtung als bei Freund Jacobi.

»Das heißt, Burgers Platz im Aufsichtsrat wird frei. Kohlmeier wird sich dafür aufstellen lassen, und er wird ihn auch bekommen.«

»Hmm«, grummelt Jacobi.

»Und du, lieber Thies, du wirst deine Position als Vorsitzender des Aufsichtsrats für Kohlmeier freigeben.«

Jacobis Reaktion zeigt, dass er mit einem solchen Ansinnen nicht gerechnet hat. Lange Sekunden des Schweigens am Telefon.

»Was? Warum sollte ich das tun?«

»Weil es Kohlmeier so will. Weil es uns Vorteile bringt, das zu tun, was Kohlmeier will. Und weil wir es uns nicht leisten können, uns diesem Mann in den Weg zu stellen. Jedenfalls nicht jetzt.«

»Kohlmeier wird Aufsichtsratsvorsitzender von RuhrSTROM. Das heißt, Felsenstein wird Vorstandsvorsitzende, CEO. Das meinst du doch, oder?«

»Davon gehe ich aus.«

»Mir gefällt das nicht, Rolf-Peter.«

Neumann gefällt das Ganze auch nur zu fünfzig Prozent. Er hat längst seine eigenen Erkundungen eingezogen. Alle, mit denen er sich unterhalten hat, haben ihm in erster Linie eines bestätigt: Felsenstein ist ein Freak. Passt nirgends rein, passt sich nicht an, setzt auf hehre Ziele wie Wahrheit, Sachlichkeit, Konsequenz. Ähnlich wie Kohlmeier, wenn man darüber nachdenkt. Ein Freak holt den anderen – irgendwie lustig. Ein Freak zieht den anderen in den Abgrund: Das wäre der Ausgang, auf den Neumann setzt – und er ist auch gern bereit, das Seine dafür zu tun. Zu fünfzig Prozent, das muss Neumann zugeben, passt ihm die Sache auch. Und bei fünfzig Prozent muss sie ja nicht stehen bleiben.

»Erst dieser Unfall auf der Autobahn, dann Burgers Tod, und beide Todesfälle spielen Kohlmeier in die Hand«, meint Jacobi.

»Was soll man sagen? Der Mann ist ein Glückspilz.«

»Und wenn der Vorfall auf der Autobahn kein Unfall war?«

»Davon kann ja wohl keine Rede sein.«

»Ist es aber doch. Die Staatsanwaltschaft soll angeblich schon ermitteln. Mein Mann dort hat etwas von ›Atomterroristen‹ geschwafelt. Vollkommener Unsinn, meiner Ansicht nach. Schließlich werden die Atomgegner mit dieser Energiewende der Kanzlerin nun doch alles erhalten, was ihr Puddingherz begehrt.«

Auch einer der Vorzüge von Jacobi: treibt sich mit den richtigen Leuten herum und meldet die Ergebnisse weiter an seinen alten Schulfreund Rolf-Peter. In diesem Fall eine interessante und auch bedenkenswerte Information. Anderseits ermittelt die Staatsanwaltschaft bei einem solchen Unfall vermutlich immer – reine Routine. Noch lässt sich daraus kein Honig saugen, befindet Neumann.

»Und was hast du jetzt vor, Thies? Kohlmeier mitteilen, du hättest ihn im Verdacht, zwei Menschen weggeschafft zu haben, und das nur, um diese seltsame Frau an die Spitze von RuhrSTROM zu setzen? Und dass du ihm deswegen den Vorsitz im Aufsichtsrat nicht abgeben willst?«

Wieder das Geraschel bei Jacobi.

Neumann legt nach: »Sieh es doch mal von der positiven Seite. Wenn du demnächst auch noch stirbst, dann würde sich der Verdacht gegen Kohlmeier wesentlich erhärten. Durch den Tod zum Sieg!«

Auf der anderen Seite ist es einen Moment lang still.

Dann meldet sich Jacobi wieder, leise, ernst und mit einem leichten Zittern in der angenehmen und männlichen Stimme, sein Hauptattribut als Politiker:

»Ich mag solche Scherze nicht, Rolf-Peter.«

»Beruhig dich, Thies. Mein Vorschlag lautet: Wir spielen Kohlmeiers Spiel jetzt einfach mal mit und schauen, wie sich die Dinge entwickeln. Unseren Mann im Vorstand gibt es ja auch noch, Tschauner soll sich ruhig nützlich machen. Einverstanden?«

Das Seltsame ist doch, denkt Neumann, nachdem Jacobi aufgelegt hat, die spontane Bereitschaft, Kohlmeier ein solches Vorgehen zuzutrauen. Er sieht nicht so aus, er benimmt sich nicht so – aber bei der Frage, ob Kohlmeier über Leichen gehen würde, um sein Ziel zu erreichen, sagt der Instinkt seines Politikerfreundes sofort: kein Dementi. Jedenfalls bei virtuellen Leichen.

Neumann geht es im Grunde nicht anders, er schaltet seinen Verstand nur weit seltener aus als sein alter Schulfreund. Er traut Kohlmeier ein solches Vorgehen schlicht und einfach deswegen nicht zu, weil der Mann das gar nicht nötig hat. Kohlmeier ein primitiver Schurke? Undenkbar. Vollkommen unvorstellbar. Burgers Tod ist für Kohlmeier ein Glücksfall, nicht mehr und nicht weniger. Was ohne diesen Glücksfall hätte geschehen können, darüber will Neumann lieber nicht nachdenken.

Er wuchtet sich aus dem Sessel, geht aus dem Hinterzimmer in den Hauptsaal des Horus, wo sich der Barkeeper mit Jonny dem Schneemann unterhält, der bei ihnen ab und zu am Klavier sitzt, wenn die Band frei hat. Der Raum, bereit für die Gäste des Abends, erfüllt Neumann mit einem plötzlichen Stolz. Hier werden Illusionen vom Feinsten verkauft, ein Hauch von Moulin Rouge mitten in Bochum. Kein besserer Ort, um Menschen zu verwöhnen, sie bei ihren Bedürfnissen abzuholen, in die Welt der Leidenschaft und Gelüste zu entführen … sie gefügig zu machen und dann nach den eigenen Vorgaben zu formen. Wertschöpfung der eher unmittelbaren Art. Kein unnötiger Gedankenaustausch. Und keine Distanziertheit.

Felsensteins Maximen sind Wahrheit, Sachlichkeit und Konsequenz. Daran ist an sich auch nichts auszusetzen, denkt Neumann, aber die Welt funktioniert nun mal anders. Hätte der liebe Gott den Menschen perfekt haben wollen, dann hätte er ihn von Anfang an anders gebaut. Oder sind wir etwa nur die Null-Serie?

Am Ende ist es vielleicht sogar ganz gut, wenn Kohlmeier im Aufsichtsrat sitzt. Da hat man ihn wenigstens im Blick. Und früher oder später wird der Mann ja doch die Karten auf den Tisch legen müssen und erklären, was er mit diesem Freak, den er an die Vorstandsspitze setzen will, vorhat.

FABIENNES TAGEBUCH

WÖRTER ... Ich erinnere mich gar nicht mehr an den Moment, als die Worte nicht länger Kleckse auf Papier waren, sondern aus Buchstaben bestehende Muster, die dann wiederum Sätze ergaben, Paragraphen und Aussagen, Inhalte, Meinungen.

FRAGEN ... stehen für intellektuelle Neugier – sind der Urquell des Fortschritts. Als Kind habe ich den ganzen Tag lang Fragen gestellt. – Warum war bei den drei Weisen aus dem Morgenland eigentlich ein Mohr dabei? Ich streckte die Hand in die Luft, stand auf und stellte die Frage. Und was gab die Klassenlehrerin der zweiten Klasse zur Antwort? »Halt den Mund und setz dich!« Dabei wäre die Antwort doch recht einfach gewesen. Der Stern von Bethlehem stieg höher, je näher die drei Könige kamen, was dafür spricht, dass sie aus dem Süden anreisten. Wenn sie also aus dem Süden kamen, dann vermutlich aus der Region des heutigen Saudi-Arabien, und da unten gibt es eine Meerenge nach Afrika. Von dort aus, dem heutigen Dschibuti, hätte ein Farbiger ohne weiteres zu den beiden anderen Weisen dazu stoßen können. Das liegt nicht so fern und wird von der Religionswissenschaft heute im Grunde auch so bestätigt. – Meine Frage war also gar nicht so dumm. Und schon gar nicht unberechtigt. – Es geht mir beim Fragen immer nur um die Sache, nie darum, Menschen bloßzustellen. Die Menschen fühlen sich aber häufig allein durch eine einfache Frage bloßgestellt – weil sie die Antwort nicht kennen und das nicht zugeben wollen oder weil sie die Antwort sehr genau kennen und nicht wollen, dass ein anderer sie auch erfährt.

ANTWORTEN … die Antwort unserer Lehrerin auf die Frage nach dem Mohren war: »Halt den Mund und setz dich!« – Das ist eine Antwort, die mir seither viele Leute gern geben würden. Seit der Einschulung hat sich im Grunde nicht viel verändert. Die Welt bleibt, wie sie ist.

MUSTER … für mich war die Welt stets voller Farben, voller Bilder, voller Muster. In Mustern ist alles Wissen aufgehoben – sie sind weiterzuführen in neue lebendige, dynamische Muster –, die mit jedem »Halt den Mund und setzt dich!« ins Stocken geraten, ihren Fluss verlieren, absterben – womit das beschmutzt wird, was nicht nur Schönheit in ihrer reinsten Form darstellt, sondern ein Abbild des Lebens.

FEINDE DER MUSTER … was ich in der Schule lernte, war, die Feinde dieser Muster auszumachen. Keine Menschen, sondern Laster: Dummheit und Faulheit, Hochmut und Selbstgefälligkeit, Neid und Gier … In deren Namen stören die Menschen die Muster. Und begehen Fehler.

OSTLONDON

Wer in den besseren Kreisen mittanzen will, muss aus ihnen stammen oder zumindest einen Bürgen dort haben. Das ist in der Wirtschaft üblich, wie anderenorts auch. Im Fall von Fabienne Felsenstein heißt dieser Mann Justus Kohlmeier. Förderer. Mentor. Freund und Gesprächspartner.

Mit Kohlmeier sprach Fabienne das allererste Mal an einem Mittwochabend in einer verrauchten Kneipe im Osten Londons nach einem Fußballspiel, nicht weit von den Orten, an denen einst Jack the Ripper sein Unwesen trieb. Sie war 24 Jahre alt. Er war 54. Sie hatte vor nicht allzu langer Zeit als junge Beraterin bei der Unternehmensberatung McLloyd angefangen, er war bei derselben Firma Senior Partner. Es spielte Arsenal gegen Valencia, und am Ende der Begegnung trugen die Spanier vollkommen unverdient den Sieg davon.

Viel später fragte Fabienne Kohlmeier einmal, weshalb es ihn eigentlich in diesen Pub verschlagen hatte, wo der Fernseher über der Theke angeschraubt war und umlagert mit Fußballfans. Die nicht nach Davidoff und Dunhill rochen, sondern nach Bier und Schweiß.

»Ich hatte Durst«, war die einzige Antwort, die sie erhielt.

Sie selbst war natürlich mit Dano da, dem ungarischen Maler, der damals ihr Liebhaber war und bis heute ihr Freund ist. Er passte in diese Kneipe, und seine Fußballkumpels mochten die honigblonde Deutsche, die aussah, als gehörte sie hinter einen Bankschalter, sich jedoch als sehr gute Kennerin von Spielverläufen erwies. Und jede Spielszene wie auf einer Videocassette abzuspeichern schien. Auch in diesem Fall, wo das Spiel nicht mehr als ein Witz war, eine aufgeblähte, traurige Komödie. Große Gesten, mit diversen theatralischen Sturzlandungen, worüber Fabienne sich maßlos ärgerte.

»Diver! Get up, you fucking asshole!«

»Das Erste, was ich von dir mitbekommen habe«, sagte Kohlmeier hinterher gern zu ihr, »waren Obszönitäten.«

»Nur beim Fußball, lieber Justus. Immer nur beim Fußball.«

Es war Dano, der Kohlmeier zuerst bemerkte, ein älterer Mann vor seinem Bier, der seine aufgeregte deutsche Freundin mit einem seltsam starren Blick fixierte.

»Dieser Kerl glotzt dich andauernd an«, sagte Dano zu Fabienne. »Shall I kick his ass? Shall I kick him out?«

Da erst drehte sie sich nach Kohlmeier um.

»Jesus, no, Dano. That's my boss!«

Er hatte natürlich von ihr gehört, dies würde er kurz danach zugeben, von der so jungen und talentierten Beraterin in seinem Unternehmen. Die Deutsche war schon sehr früh durch ihre Intelligenz, Begabung und eine atemberaubende Geschwindigkeit im Lesen und Analysieren von Unterlagen aufgefallen. Er hatte sich, behauptete er auch, ein humorloses Mädchen mit steiler Falte zwischen den Augenbrauen vorgestellt, nicht dieses honigblonde Energiebündel, dessen Stimme vom Schreien schon etwas heiser war.

Kohlmeier sagte ihr, dass sie ihn überraschte.

»Du willst mir schmeicheln«, sagte Fabienne.

Respektlos duzte sie den dreißig Jahre Älteren sofort, so wie es in internationalen Beratungsunternehmen unter den Mitarbeitern Gang und Gebe war.

»Warum nicht? Ich habe von dir schließlich schon viel gehört«, sagte Kohlmeier und fügte, um das Thema nun doch zu wechseln und die Situation ein wenig zu entkrampfen, hinzu: »Und auch von deinem Manual oder Tagebuch. Fast alle bei uns reden und rätseln darüber.«

»Da gibt es nicht viel zu rätseln«, entgegnete Fabienne. »Andere schreiben Impressionen und Erlebnisse in ihre Tagebücher, und ich führe eben eine Art lexikalisches Tagebuch. Schon als Kind habe ich am liebsten im Lexikon gelesen. Nun schreibe ich eben eines. Mein eigenes, ganz persönliches. Und mit einer klaren begrifflichen Ordnung und Zuordnung kann ich meine Erlebnisse und Gedanken später auch besser wiederfinden, verarbeiten und nutzen.«

Kohlmeier nickte zustimmend und erstaunt zugleich. Ihm war natürlich klar, dass Fabienne sich im von Konkurrenzkampf geprägten Nachwuchspool von McLloyd mit ihren Ausnahmekompetenzen nicht nur Freunde machen würde, und danach fragte er sie auch, als sie sich an diesem Abend nach dem Spiel auf ein Bier an seinen Tisch setzte.

»Die meisten Menschen wollen keine Leute in ihrem Team, die schneller sind als sie«, meinte sie mit einem Achselzucken. »Deswegen mag ich Fußball. Da ist das anders. Der Captain im Mittelfeld erhebt nicht Anspruch darauf, alle Tore selbst zu schießen. Er profitiert von schnellen Stürmern.«

So fing es an – eine Beziehung, deren Mentoring irgendwann weit mehr umfasste als nur ein Wissen um die Mechanismen der Firma, der sie beide angehörten. Mit Fußball kannte sich Fabienne aus. Auch mit Musik – die Rock- und Klubszene war ihr durch ihren Freund in Bremen, der Musiker war, vertraut. Für Theater oder Museen dagegen hatte sie bisher weder Zeit noch die geringste Neigung gehabt. Sie kam nicht aus dem Establishment. Dieser Habitus fehlte ihr. Klassische Konzerte?

»Was soll ich dort?«, sagte sie zu Kohlmeier, wenn er sie abends aus dem Büro holte und zu einem Konzert mitnahm, »das interessiert mich nicht wirklich.«

»Was du dort sollst?«, antwortete er. »Arbeiten sollst du, beobachten, wie deine aktuellen und zukünftigen Geschäftspartner sich privat verhalten, wer welche Vorlieben hat, wer mit wem spricht, wer mit wem weggeht. Und klar: die Kunst genießen, wenn es irgendwie möglich ist.«

»Ich mag Kunst.«

»Ich spreche von der Kunst des Bürgertums, nicht von den Punk-Gemälden deines ungarischen Lovers.«

Dano und Kohlmeier mochten sich nicht. Das war die einzige bittere Note in dieser ungewöhnlichen neuen Freundschaft, die Fabienne in den kommenden Jahren einen schnelleren beruflichen Aufstieg ermöglichen sollte, als es ohne Kohlmeier auch nur ansatzweise denkbar gewesen wäre.

RECHT UND GESETZ

Eine der Stationen ihrer Karriere führte Fabienne Felsenstein nach Linz in Österreich. Auch in Linz hielt sie an ihren Prinzipien fest: Das Gesetz von Wahr und Falsch sollte nicht im Interesse Einzelner gebeugt werden.

Der Aufsichtsratschef selbst war dabei, sich die Firma mit unlauteren Mitteln unter den Nagel zu reißen – zumindest das Geld des Unternehmens. Die junge Vorstandsvorsitzende attackierte ihn damals direkt, von Angesicht zu Angesicht, keine Armlänge vom wütenden Schnauben des Widersachers entfernt: »Nehmen Sie zur Kenntnis, dass ich nicht bereit bin, mit einem Rechtsbrecher zusammenzuarbeiten. Ich arbeite keinen Tag länger mit Ihnen. Warum soll ich davon ausgehen, dass Sie sich ab morgen rechtmäßig verhalten, nachdem Sie seit Jahren zum Schaden des Unternehmens fortlaufend das Recht brechen?«

Fabienne konnte das Beben des Hasses ihres Gegenübers damals förmlich spüren, ein schauriges Vibrieren durchfloss ihren Körper, durchzuckte sie. Es war ihr, als hätte der tobende Delinquent, dessen vornehme Gesichtszüge mehr und mehr eine hässliche, hasserfüllte Fratze hervortreten ließen, schon Schaum vor dem Mund. Verwandelte sich hier ein gealterter Dorian Gray in Erkenntnis seines eigenen moralischen Zerfalls in einen schnaubenden Minotaurus?

Sie blickte dem untersetzten Mann nochmals kurz in die Augen, schaute angewidert zur Seite, wandte sich ab. So als würde sie mit sittlicher Verwesung kontaminiert.

Gegen Ekel war auch Fabienne nicht immun. Doch niemand würde sie einschüchtern können.

Die Antwort der Gegenseite auf ihr Vorgehen ließ nicht lange auf sich warten, wer auch immer diese Gegenseite wirklich war. Das brennende Auto in Bukarest war nur eine der Drohattacken, mit denen Fabienne es fortan zu tun bekam. Briefbomben gehörten zum Arsenal. Fahrzeuge mit dunklen

Gestalten als Beobachter jeder Bewegung, die sie tat. Sie wartete damals als Krönung der Kampagne nur auf das Eintrudeln von Sexfilmen mit Minderjährigen, Hauptdarstellerin: sie selbst.

AUF UNS

Kohlmeier ist vor Felsenstein da, und sie kann seinen Blick auf sich spüren, als sie den Speisesaal betritt, weiß auch, dass er Gefallen daran findet, wenn die Köpfe der anderen Speisenden sich nach ihr umdrehen. Ihr selbst sind diese Blicke nicht sonderlich wichtig. Es gefällt ihr allerdings, ihm zu gefallen.

13 Jahre kennen sie sich mittlerweile. So lange ist ihre Begegnung im Pub in London her. Heute treffen sie sich in einem kleinen Landlokal bei Köln. Er hat sie um den Termin gebeten, und eine Geschäftsreise, die sie just in diesen Tagen nach Köln führt, hat ihn überraschend schnell möglich gemacht.

Dass für ihn und sie eine wesentliche Frage anstehen könnte, hat er am Telefon angedeutet. Darauf eingehen wird er erst, wenn die Präliminarien erledigt, das Essen bestellt, die Gläser erhoben sind: »Auf uns. Und auf die Welt.«

»Du erregst Aufsehen«, sagt er, als sie sich zu ihm setzt, statt einer Begrüßung. »Immer noch.«

»Anders als damals, vermute ich«, antwortet Fabienne mit einem kleinen Blick auf ihr schlichtes, aber raffiniert geschnittenes Kleid. »Und wenn ich mich verändert habe, dann liegt das auch an dir.«

Vertraute sind sie schon lange, Liebhaber waren sie nie. Felsenstein vermutet, dass ihre Freundschaft das nicht überlebt hätte. Was Kohlmeier darüber denkt, weiß sie nicht, das Thema existiert nicht zwischen ihnen.

Wenn sie sich treffen, reden sie über Fußball, Philosophie, Strategien. Über Gott und die Welt.

Doch heute, bei diesem Mittagessen sprechen sie über eine wirklich elektrisierende Frage: Ob Fabienne sich vorstellen kann, innerhalb der nächsten sechs Wochen den Vorstandsvorsitz von RuhrSTROM zu übernehmen?

Sie sprechen über nichts anderes als eine Revolution: Eine Frau an der Spitze eines Milliardenkonzerns – wo zeitgleich, anderen Orts, politische Girlcamps stattfinden und über künftige Frauenquoten gestritten wird.

Kohlmeier wusste natürlich, dass Fabienne sich auf ihrem jetzigen Chefposten in Österreich langweilt, besonders seit die Geschichte mit dem Aufsichtsrat, der die Firma quasi ausplündern wollte, überstanden und die strategische Neuausrichtung abgeschlossen ist. Er gibt ihr Recht, dass ihre Fähigkeiten in dem nun durchsanierten Unternehmen nur noch unzureichend gefordert werden.

Aber RuhrSTROM? Sein alter Job, und dazu noch in dieser Zeit, in der die Energiekonzerne in einer Weise ins Schleudern geraten sind, die Anleger und Kunden hochgradig verstört? Genau in diesen Zeiten. Ja.

»Ich kann mir nicht vorstellen, dass sich der Aufsichtsrat darauf einlässt, Justus.«

»Vor drei Monaten hätte ich dir zugestimmt. Heute sieht die Sache anders aus. RuhrSTROM muss ein Zeichen Richtung Zukunft setzen. Wo wir die Energiewende nun einmal haben sollen oder haben werden, sollten wir damit auch arbeiten. Wenn die Person an der Spitze das verkörpert, worauf alle hoffen, dürfte das gelingen. Die Frage ist, ob du das kannst. Und willst.«

Mit dieser Aufgabe – denkt sie und sieht im selben Moment, wie neue Muster anfangen, sich vor ihren Augen zu bewegen – rücke ich ins Nervenzentrum der deutschen Industrie und Gesellschaft. An den Ort, von dem aus sich tausend Fäden und Netze spinnen, Strom, Licht, Wärme, Fäden hinaus in die Welt, Fäden hinein ins Herz der Unternehmen. Den Motor eines Landes, den Motor der Wirtschaft, den Motor der Gegenwart und der Zukunft. Muster, die so schnell fließen wie vielleicht nie zuvor.

Ob sie das kann? Natürlich kann sie das. Ob sie das will?

»Ja, ich will«, sagt Fabienne Felsenstein.

»Sehr schön«, antwortet Kohlmeier zufrieden.

Fabienne antwortet mit einem strahlenden Lächeln. Dem fügt sie an:

»Justus, ich glaube, ich freue mich gerade sehr.«

FABIENNES TAGEBUCH

ERKENNTNIS ... fußt auf Musterverbindungen des Gehirns. Mit nichts anderem arbeitet die Mathematik, und erst recht die Physik. Mit nichts anderem arbeite ich selbst. Muster und Fragen, Fragen und Muster. Die Denkmuster müssen zur Anwendung kommen, quasi fließen, um zur Erkenntnis zu führen, und je reiner, je zwingender der Fluss, desto wahrer die Aussage, zu der ein Beweis, eine Herleitung führt. Auch Muster müssen dynamisch sein, müssen sich bewegen, müssen fließen.

UNIVERSITÄT ... Gleichgesinnte, zum ersten Mal im Leben! Unter den Studenten und den Professoren fand ich sie. Und auch unter den Toten, deren Werke die Grundlage meiner Arbeit abgaben – die Toten oft lebendiger als alles um mich herum.

MUSTER DER WIRTSCHAFT ... die angewandte Wissenschaft besitzt bei den reinen Naturwissenschaftlern wenig Stellenwert – Wirtschaftswissenschaften: die Muster sind hier Teil eines chaotischen, ungestümen, kaum bewältigbaren Prozesses. Wirtschaft ist für mich eine Kommunikation mit Regeln, Formen, festgelegten Parametern des Austauschs – die umso schöner und flüssiger läuft, je transparenter und einsich-

tiger die Regeln dieses Systems sind – Was funktioniert? Was funktioniert nicht? Was kann man ändern? Wann zeigt die Änderung Wirkung? Was bringt die Maßnahme? Womit wurde sie umgesetzt? Wie? Und wer ist verantwortlich?

22 PROZENT

Fabienne beim Aufsichtsrat durchzusetzen, kostet Kohlmeier in den darauf folgenden Tagen einiges.

In diesem besonderen Fall reicht es nicht, dass er als ehemaliger Mentor hinter ihr steht. Es werden andere, handfestere Zusicherungen verlangt. Kohlmeier ist in der Lage, diese zu geben: Wenn Felsenstein kommt, geht das Spiel für alle weiter.

Und das Spiel ist alt: Was schon vor 500 Jahren im Konklave der mächtigsten Organisation der Welt – der Kirche – bei der Besetzung der Spitzenposition wichtig und richtig war, kann heute bei der Vorbereitung einer Top-Personalie im Zentrum der wirtschaftlichen Macht nicht falsch sein: Das sieht nicht nur Kohlmeier so. Lediglich die Mittel haben sich geändert. Wer würde schon heutzutage im Aufsichtsrat einer börsennotierten Gesellschaft Grundbuchdokumente, Geldscheinbündel, Titelrollen oder auch nur Energie bringende, exquisite Marzipanstücke verteilen, um eine Stimmenmehrheit zu erlangen? Die Methoden sind moderater und filigraner geworden.

Felsensteins Kommen bedeutet, dass Kohlmeier sich engagieren wird. Und Kohlmeiers Verbindungen sind Legende. Die Sache wird für die Mitglieder des Aufsichtsrates ertragreich sein. Da nehmen sie auch seinen honigblonden Freak als CEO in Kauf.

Die entscheidende Sitzung des Aufsichtsrates zur Spitzenpersonalie dauert bis elf Uhr abends. Weißer Rauch oder schwarzer Rauch? Der Kapitalmarkt rätselt.

Ein Gerücht zur angeblichen Einigung über den Vorstandsvorsitz – noch ohne Namensnennung – wird in den frühen Morgenstunden von einigen Medien kolportiert. Doch das Unternehmen bestätigt nicht.

Erst zwei Tage später wird die offizielle Meldung veröffentlicht. Fabienne Felsensteins Name taucht, von der Pressestelle bei RuhrSTROM gut angefüttert mit Informationen zu ihrer Person, in allen Medien auf.

Am Tag der Bekanntgabe erreicht RuhrSTROMs Aktienkurs – in einer Zeit, in der deutsche Energiekonzerne dabei sind, mehr als 50 Prozent an Wert zu verlieren, – einen schlagartigen, geradezu traumhaften Anstieg von 22 Prozent, um danach mit einem Tagesabschluss von erfreulichen plus 4,5 Prozent zu enden – immer noch genug, um in den Rankings der eindeutige Tagesgewinner zu sein. Ein Hoch auf Lady Medusa!

Doch gegen Abend erscheinen die ersten kritischen Kommentare zur Ernennung von Fabienne Felsenstein im Internet. Am Folgetag sackt der Kurs langsam wieder auf Vor-Vortags-Niveau zurück.

Das interessiert keinen mehr aus der kleinen Handvoll Privilegierter, die sich rechtzeitig darauf verlassen haben, dass sich bei RuhrSTROM einiges bewegen würde – wobei die 22 Prozent noch einmal ein wenig über den Prognosen lagen.

Über fünf Millionen RuhrSTROM-Aktien waren am vorherigen Tag zum richtigen Zeitpunkt gehandelt worden. In verschiedenen Ecken der Welt knallen die Korken, blubbern Samowar und Wasserpfeife. Es wird angestoßen auf einen guten Deal, auf einen hohen Gewinn – auf einen rechtzeitigen Verkauf zum Höchstkurs. Informationsscheine und Optionsscheine machen die Musik. Moderne Ökonomie statt Titelversprechen und Grundbucheinträgen.

Die Effekte der Orders sind in Echtzeit auf den Bildschirmen zu sehen. Die Ergebnisse sind mehr als zufriedenstellend. Besonders, weil man Informationen und Informanten hat – von draußen und von drinnen.

Kohlmeier ist auf Insiderinformationen nicht angewiesen. Er sitzt an diesem Abend in seiner Kölner Villa im oberen Bibliotheksraum in einem Ledersessel, nippt an einem sechzigjährigen Cognac und blättert im Licht einer schlanken Art-Deco-Tischlampe in einem alten Band mit Aquarellen aus dem 19. Jahrhundert: verschiedene Ansichten immer ein und derselben Dame, die sich auf komplizierte und kunstvolle Art ihrer Kleider entledigt.

Er verweilt etwas länger bei dem berühmtesten der Bilder, dessen Original über 100 Jahre lang, von einem roten Vorhang verdeckt, in einem Pariser Salon hing, bis es in den Wirren der Vichy-Zeit verschwand.

Kohlmeiers Blick geht zu dem kleinen Rahmen im toten Winkel hinter der Eingangstür zur Bibliothek. Ein Mitbringsel seines Vaters.

Das verschollene Bild: Bei ihm hängt es nun unverhüllt.

KASPAR HAUSERS BLOG

Hallo Ampère-Fresser im In- und Ausland: In der deutschen Energiewirtschaft hat es gerade ordentlich gescheppert! Neulich scherte ein Bierlaster bei der morgendlichen Transportfahrt ohne Rücksicht auf Verluste aus und drückte einen 7er BMW von der Fahrbahn, in dem zufällig der Vorstandschef von RuhrSTROM saß. Ja gut. Das passiert. Wenn das Förderband unserer Industriegesellschaft läuft, gibt es Verluste.

Uns ist allerdings zu Ohren gekommen, dass die Staatsanwaltschaft anders als die Polizei denkt und sich fragt, ob der Unfall überhaupt ein Unfall war.

Das ist an sich schon ein bemerkenswerter Vorgang. Die Polizei geht von einem Unfall aus. Die Staatsanwaltschaft macht sich trotzdem andere Gedanken. Begrüßenswert. Wir behalten diesen Fall im Auge und berichten. Vielleicht weiß aber ja auch einer unserer werten Leser etwas?

Für weiteres Scheppern im Land sorgt dann die Frage der Nachfolge des verunfallten CEO. Alle reden von Frauen in Spitzenpositionen – RuhrSTROM nutzt die Gelegenheit und schreitet zur Tat. Auch begrüßenswert? Vielleicht. Fabienne Felsenstein ist zweifellos ein astreines deutsches Fräuleinwunder und hat sich von Griechenland bis Linz einen Ruf als ruppige Saniererin gemacht.

»Blutig isst sie ihr Steak. Blutig saniert sie«, so lautete die Schlagzeile eines Kollegen dort, der später von der Firma verklagt wurde, weil er gewagt hatte, die Wahrheit treffend auszudrücken. Die Frage, wie blutig sie wirklich ist, blieb unbeantwortet.

Mit der Energiewirtschaft hat Felsenstein bisher allerdings nichts zu tun gehabt. Sie freut sich bestimmt auf ihre neue Aufgabe. Sie will vermutlich weiter für die Kapitaleigner gute Arbeit leisten. Mit denjenigen Mitarbeitern, die ihren Sanierungen nicht zum Opfer fallen, wird sie vermutlich wie bisher »außerordentlich gute Relationen« pflegen.

Vermutlich, sagen wir. Die Lady redet nämlich nicht. Scheint, als hätte es ihr bei der Rückkehr in die Heimat die Stimme verschlagen. Sämtliche neueren Berichte, die über sie zu finden sind, stammen noch aus ihrer Zeit in Österreich. »Zur Zeit keine Interviews«, lässt ihre Pressestelle verlauten, die bisher nur das Communiqué zu ihrer Ernennung herausgebracht hat. Nicht für den Spiegel, nicht für die FAZ – und auch nicht für uns. Konsequent? Wenn man so will. Ein Bekenntnis zur Transparenz ist das alles nicht.

Gibt es eigentlich eine Watch-Seite für Wirtschaftsleute, wie sie für Prominente aus dem Showgeschäft eingerichtet sind? Und wenn nicht: Wäre es nicht an der Zeit, eine einzurichten – wo es bei der Energiewirtschaft doch um ein bisschen mehr als die neuste Liaison eines Popsternchens geht?

Wir machen den Anfang. Kaspar Hauser stellt vor: die Felsenstein-Watch. Sichtungen können auf der Seite, deren Link unten angegeben ist, gemeldet werden. Es sind – wie bei der Partnersuche üblich – nur seriöse Zuschriften erwünscht!

KASPAR HAUSER. IHR WIRTSCHAFTSBLOG AUF WELTKURIER.NEThttp://WELTKURIER.NET/community/blogs/KASPARHAUSER/archive/FELSENSTEIN2011.aspx

– III –

ATOMIC

Fabiennes Anfang bei RuhrSTROM ist gut zwei Monate her.

Sie brauchte diese Zeit, um das Unternehmen kennenzulernen, sein Potenzial zu erfassen und Maßnahmen im Kontext der aktuellen politischen Rahmenbedingungen abzuwägen.

100 Tage. Ein seriöser neuer CEO nimmt sich diese Zeit, um sich in die Konzernstrukturen und Details einzuarbeiten. So viel Zeit hat Fabienne nicht. Nachdem der stufenweise Ausstieg aus der Nutzung der Kernenergie beschlossen wurde und der Bundestag die Änderung des Atomgesetzes verabschiedet hat, müssen die 40 Prozent Energiebedarf, die die Kernkraft bei RuhrSTROM abgedeckt hat, in sehr kurzer Frist komplett durch andere Energiequellen ersetzt werden. Ein Kraftwerk ist bereits stillgelegt, zwei weitere erwartet in sehr absehbarer Zeit dasselbe Schicksal. In wenigen Wochen ist ein Treffen in Berlin angesetzt, Energiegipfel mit der Kanzlerin. Die Krise des Euro, die infrastrukturellen Auflagen der EU, die Unmöglichkeit, weiter auf die sichere Rentabilität neuer Kraftwerke zu setzen, scheinen die deutschen Energieversorger mit jedem Tag noch etwas tiefer in die Krise zu treiben. Die Tiefwerte der Wettbewerber an der Börse hat auch die RuhrSTROM-Aktie längst wieder erreicht – und gemeinsam fallen die Kurse weiter.

Viele Zahlen, präzise Analysen, schwer durchschaubare

Handlungen, komplexe Gemengelagen – Gemengelagen oft wie Wellen, manchmal wie Spiralen.

Fabienne hat sich eine kurze Auszeit in ihrer Wohnung in London genommen.

»You like it«, sagt Dano.

»It's amazing«, sagt Fabienne, »and you know it, Dano.«

»Well, yes«, gibt Dano zu. »Aber ich wollte es von dir hören.«

Rote, grüne, blaue Elemente in wirbelnden Wellen und Spiralen aneinandergefügt, in- und übereinander geschleudert. Jedes Element eine eigene kleine Welt. Sorgfältig ausgestattet mit winzigen Menschen, Tieren, Insekten, Blüten und Blättern, Flechten, Farnen, Korallen, Rädchen, Schrauben, Schlüsseln, Stufen, Haken und blitzartigen Zacken mit donnernden Einschlagslöchern. Da das Schaf, das dich nachts in den Schlaf singt. Und dort der frühe Vogel hoch oben im Ast. Hier die Axt, die dir den Schädel einschlagen wird. Und Baumkronen und Wolken und ferne, ferne Berggipfel. Angedeutet mit nicht mehr als einem Strich, Punkt, Kratzer in der reichen, vielfach beladenen, flächigen Leinwand aus Farbe.

Bunte Muster. Kunst fast irgendwo zwischen Physik und Musik.

Die beiden stehen in Fabiennes Docklands Loft in London. Danos Gemälde hat Fabienne schon vor einem halben Jahr erstanden. Da war es noch längst nicht fertig – sie wusste nur, als sie es in Danos Atelier sah, dass es etwas mit ihr und ihrem Leben zu tun hatte.

Die riesige Fensterfront der Wohnung zeigt zur Themse, der Balkon davor ist groß genug für eine Party mit zwanzig Gästen. Die Immobilie ist einiges wert. Fabienne hat sie vor Griechenland gekauft, sie wollte einen Ort haben, wo sie hingehört. Ein Heim, ein Nest. London ist die Stadt, die sie am ehesten noch mit dem Wort »Zuhause« verbindet.

»Hello? Fabienne? Bist du noch da?«

Fabienne wendet sich Dano zu.

»Entschuldige, Dano. Was hast du gesagt?«

»Ich wollte wissen, wie dir mein Titel gefällt. Atomic Blood. Keine Ahnung, it just seems to sound right.«

»Atomic Blood?«

»How would you say it in German? Atomisch Bluut? Atom Bluut?«

»Atomblut, richtig. Was für ein Titel für ein solches Gemälde … Bausteine des Lebens, mit einem Beiklang von Gewalt und Tod. You're right. Der Titel passt.«

Fabienne denkt kurz an ihr Lieblingslied aus Kindertagen, Blondies ›Atomic‹, dann richtet sie ihre Aufmerksamkeit wieder auf das Bild. Schüttelt kurz den Kopf im Versuch, den Druck in den Ohren loszuwerden. Sie spürt ihn seit dem Flug am Vortag. Und soeben ist ein niederschwelliges Brummen dazugekommen, wie von einem Orchester, in dem nur dumpfe Bassinstrumente versammelt sind.

Einen Punk-Maler nannte Kohlmeier Dano gern. Aber das ist er nicht, selbst wenn sein ungarischer Haushalt am Londoner Stadtrand, ein riesiges Gehöft voller Cousins und Tanten, ehemaliger und aktueller Geliebter und deren Kinder – nun, zumindest ungewöhnlich ist. Doch Punk ist anders. Danos Malerei führt mit solidem Handwerk, erworben an der Kunstakademie in Budapest, auf ungewöhnlichen Wegen zu einer faszinierenden Wildheit.

Der Maler des Chaos – das passt schon eher. So hatte ihn die Galerie beworben, wo Fabienne seinen Bildern zum ersten Mal im Schaufenster begegnete. Die Galerie Slava Sinatra war damals winzig und ist heute nicht sehr viel größer. Sie vertritt Dano weiterhin, selbst wenn der mehrfache Galeriewechsel inzwischen zu fast jeder Künstlerlaufbahn gehört. Dano will nichts davon wissen.

»Why should I leave? Slava is my friend!«

Slava war es auch gewesen, die damals Fabienne in ihrem Mini zu Dano rausfuhr, als klar wurde, dass diese seltsame

Deutsche in den Bildern des Ungarn eine Seelenverwandtschaft entdeckt zu haben glaubte.

»Klar stelle ich euch vor. Aber pass auf, dass du dich nicht verliebst.«

Die Worte hätte Slava sich sparen können. Die Liebe war heftig und schlug auf beiden Seiten sofort ein, spätestens in dem Moment, als Fabienne vor Danos altem Bauernhaus aus Slavas Mini stieg. Ihr ein Fußball vor die Füße rollte. Und sie den Ball in ihren Pumps, ohne zu zögern, in das Tor versenkte, das weiter hinten auf der Wiese aufgebaut war.

Im Tor stand Dano, gestreiftes T-Shirt mit Tomatensaucenflecken drauf, dichter schwarzer Bart, den Mund so weit geöffnet, dass es fraglich war, ob er ihn je wieder zubekommen würde. Die Affäre war eigentlich vorbei, als sie nach Berlin zog, aber zumindest die Freundschaft war geblieben und bedeutet ihr inzwischen mehr als das Davor.

»Atomblut«, wiederholt Fabienne jetzt. »Ich mag die Art, wie die Partikel durch das Bild pulsieren, Blut, Energie, ein einziger großer Kreislauf, der Leben schafft. Allerdings in den falschen Händen auch Tod bringen kann.«

»Der Titel klingt noch besser auf Deutsch«, sagt Dano. »Noch kraftvoller. Atomblut. I like that.«

Er redet weiter, aber Fabienne versteht ihn fast gar nicht mehr. In ihren Ohren führt das dumpfe Orchester seine Katzensymphonie auf. Es ist schon eine Weile her, seit der Doppelschlag von Tinnitus und latenter Schwerhörigkeit sie befallen hat. Das Syndrom hat einen Namen, die Ursachen sind physiologisch, und sie hat auch Tabletten, die wirksam sind – nur, wo sind sie?

»Euphoria mixed with anxiety.«

Seltsamerweise dringen diese Worte Danos mit einem Mal wieder zu ihr durch. Gleichzeitig befällt sie ein Drehschwindel, der so heftig ist, dass sie es gerade noch schafft, das Sofa zu erreichen und sich hinzulegen.

Danos Worte, so klar und hell wie Glas, in ihrem Ohr.

»Fabienne! What's the matter?«

»Nichts. Nichts. Das geht gleich vorbei. In meiner Tasche sind Tabletten. Kannst du sie mir bringen?«

»Jesus, Fabienne. Just a minute.«

Lermoyez' Syndrom. »Sie haben Glück«, hatte damals der Arzt in Griechenland gesagt, als er die Diagnose stellte, und dann in perfekter deutscher Grammatik fortgesetzt: »Lermoyez ist eine nicht-chronische Form des Morbus Menière. Das Syndrom befällt meiner Erfahrung nach häufiger Frauen als Männer, bei Menière könnte es umgekehrt sein. Übrigens ein Krankheitsbild mit großer Vergangenheit: Julius Caesar und Martin Luther sollen an Menière gelitten haben. Und Vincent van Gogh.«

Besten Dank für die Meldung. Hatte van Gogh sich nicht das Ohr abgeschnitten, weil er den Lärm in seinem Kopf nicht ertrug?

»Kommt immer darauf an, was die Stimmen einem sagen«, hatte der griechische Arzt mit einem feinen Lächeln und deutlichem Akzent festgestellt. »In Ihrem Fall ist es gut möglich, dass die Anfälle wieder verschwinden. Wir wissen sehr wenig über das Innenohr, wo die Störung herkommt. Stress ist natürlich keinesfalls positiv: Können Sie den vermeiden?«

Griechenland war Stress pur. Die Tabletten allerdings wirkten, es blieb bei wenigen Anfällen, die auch kaum jemand mitbekam. Dano hatte sie gar nicht erst davon erzählt, und jetzt passiert ihr das in seiner Anwesenheit, vor seinen Augen.

»Geht schon wieder«, sagt sie und setzt sich auf, um das Glas und die Tabletten entgegenzunehmen.

»Watch out, Fabienne«, ruft Dano, und seine Stimme schneidet ihr wie ein Messer ins Hirn.

»Dano, I'm sorry. Could you stop talking for a minute?«

Auch eine Besonderheit von Lermoyez: Mit dem Drehschwindel, der auf Tinnitus und Hörverlust folgt, kehrt das

Gehör zurück. Fabienne erlebt ihr Hörvermögen in solchen Momenten als besonders geschärft, beinah, als sei sie ihr für einen kurzen Moment gegeben, das Gras wachsen zu hören.

Oder den Fernseher in dem unteren Loft, dessen Nachrichtensprecher leise, aber verständlich von einem Auffahrunfall im Westen der Stadt berichtet.

Unwillkürlich, ohne dass sie sich dagegen wehren kann, erscheint vor ihren Augen das Pressefoto ihres Vorgängers, der Mann, der in seinem Wagen über die Unkenntlichkeit hinaus verbrannt ist.

Der Unfall ist weiterhin ungeklärt, auch wenn oder gerade weil die Staatsanwaltschaft die Ermittlungen eingestellt hat. John hat ihr das erzählt, ihr Fahrer und Bodyguard. Er hält sie über derlei auf dem Laufenden. Die Kollegen vom Sicherheitsdienst, meinte er, würden die Unfall-Version anzweifeln. Automobilmotore wie derjenige, der sich im Wagen ihres Vorgängers befand, explodieren nicht einfach so. Nicht in einer Limousine des 21. Jahrhunderts.

»Vielleicht sollte ich das Bild wieder mitnehmen«, sagt Dano jetzt.

Fabienne öffnet die Augen, sieht ihn auf der anderen Seite des Raums. Er schaut aus dem Fenster, den Satz hat er eher für sich gesprochen. Sie schüttelt den Kopf – gegen die übermäßige Hörschärfe hilft das, gegen den Rest von Schwindel ohnehin – und schaut dann zu dem Bild.

Nein. Mitnehmen soll er es nicht, mitnehmen darf er es nicht. Das Gemälde tut Fabienne gut, allein der Anblick vertreibt wirksam die letzten Staubwolken der kurzen Attacke. Aus dieser Distanz wird ihr erst bewusst, dass Dano hier eine Stadt abbildet – ja, ganz bestimmt ist das eine Stadt, in einem Dämmerlicht, von dem sie nicht weiß, ob es vom Morgen oder Abend kündet. Die Gemengelage der Muster zeigt die Metropole als Knotenpunkt von Energien, von Emotionen, als Ausdruck der Dynamik des Lebens.

»Don't be silly, Dano«, sagt sie und setzt sich auf. »I love this painting. Ich überlege mir gerade, ob ich es nach Bochum mitnehmen kann.«

»Atomblut in Bochum«, lacht Dano.

»Why not?«

Als sei das ein Stichwort, klingeln gleichzeitig beider Telefone. Sehr laut, findet Fabienne.

Bei Fabienne ist Marlene dran, ihre Assistentin, die sie schon seit Griechenland begleitet. Marlene möchte für die kommende Woche einige Termine abklären, entschuldigt sich aber zuerst ausführlich, dass sie Fabienne stört.

»Alles in Ordnung, Marlene.«

»Du klingst seltsam, Fabienne.«

»Gar nicht. Dano ist hier.«

»Dano? Dann ruf ich später an. In einer Stunde, okay? Grüß ihn von mir.«

Marlene ist weg, bevor Fabienne antworten kann, und sie überlegt kurz, ob sie zurückrufen soll, lässt es dann aber bleiben. Stattdessen hört sie Dano zu. Dem Klang seiner Stimme nach telefoniert er mit Manon, seiner Freundin seit einem Jahr.

»Yes. With Fabienne. Yes, she's fine. Yes, I'll tell her. Now? Why now? Manon, I haven't seen Fabienne in months. Why don't you come here? Okay. Okay. Okay, see you. Bye.«

»Klingt, als würdest du gebraucht«, sagt Fabienne und lächelt.

»Manon ist sonst nicht so«, erwidert Dano. »Nur, in letzter Zeit … Ich weiß nicht, was los ist. Ich soll zu ihr, sofort. Bloody hell. Kommst du morgen zu uns raus?«

»Morgen? Das wird nicht gehen, Dano. Ich fliege morgen früh um sieben.«

»Bloody hell«, sagt Dano noch einmal. »Ich rufe Manon an. Ich will noch etwas von dir haben.«

»Lass, Dano. Ich muss ohnehin gleich los, einen Freund von Justus treffen, der mit internationalen Gasgeschäften zu tun hat. Ihr beide kommt einfach demnächst mal nach Bochum, was hältst du davon?«

»Und wirst du Zeit für uns haben?«

»Nun ...«

Danos Telefon fiept. Eine SMS. Er liest sie, schüttelt verärgert den Kopf.

»Dano, welche Tageszeit ist auf deinem Bild?«, sagt Fabienne, um ihn abzulenken. »Ich kann mich nicht entscheiden: Ist das eine Abend- oder Morgendämmerung?«

Dano lacht. »Well ...«

»Dano! Gib's zu, du weißt es selbst nicht.«

»Hab ich das gesagt? Hab ich nicht gesagt!«

Dano lässt sich neben sie auf das Sofa fallen, nimmt sie in die Arme, küsst sie. Erst auf die Wangen, dann auf den Mund.

»Manon wird das nicht gefallen«, murmelt Fabienne.

»Yeah well, she's not here, or is she?«

Er streicht ihr sanft über die Haare, dann über den Rücken, dann beginnt er mit einer Hand, die Knöpfe an ihrer Bluse zu öffnen.

»Dano –«

Das Handy, das auf dem Fußboden neben ihnen liegt, fiept wieder.

»Okay, okay«, sagt Dano. »I give up. Aber du gehst zum Arzt, versprichst du mir das?«

»Don't be stupid, Dano. Es ist nichts, wirklich. Es ist alles in Ordnung.«

»Oh Fabienne ...«

Es ist alles in Ordnung. Bis auf das, was nicht in Ordnung ist und dessen Einordnung Fabienne nicht gelingen will. Jemand, etwas zieht ihr den Boden unter den Füßen weg. Gegen den Drehschwindel einer Lermoyez-Attacke helfen Tabletten. Aber was tun gegen diese andere, unbekannte Größe, deren Nähe sie spürt, ohne sie ganz ausmachen zu können?

Sie ist mitten in ihren ersten 100 Tagen bei RuhrSTROM. Sie

kennt bereits viele Zahlen, Tabellen, Charts. Die Abteilungen und Beteiligungen. Die bilanziellen Polster und auch einige Schwachstellen in der Bilanz. Aber noch zu wenig Gesichter. Und noch viel zu wenig die Absichten.

Eines weiß sie: Die Feinde der Muster kennen die Regeln und nutzen sie. Und sie brechen sie.

Wie immer ist alles eine Frage der Wahrheit – und eine Frage der Zeit.

Aufklärung. Erhellung. Licht. Daran glaubt sie, daran hält sie sich.

Der große Kreislauf, der Leben schafft. Und in den falschen Händen auch Tod bringen kann.

Die Axt, die dir den Schädel spalten wird.

FABIENNES TAGEBUCH

UMBAU ... die beiden Büros in der Vorstandsetage: ein kleineres, in dem zwei Sekretärinnen und Edna Burger sitzen, und ein ziemlich großes für die Vorstandsvorsitzende – wozu braucht ein einzelner Mensch so viel Platz? Neuerdings geht die Büroplanung ohnehin wieder ganz in Richtung open spaces ... – Wir tauschten also die Räume – das bedeutete einen minimalen Umbau, brachte bessere Arbeitsbedingungen für die Mitarbeiterinnen. Und weniger Status für die CEO! Gerade richtig so.

PRESSE ... »Die Frau fordert einen Millionenumbau, sie verlangt einen privaten Aufzug, sie will ein eigenes Badezimmer mit goldenen Wasserhähnen« ... Es ist verrückt! Ich habe im Büro doch weniger Platz als mein Vorgänger, und auch keinerlei Prunk. Bei einem Mann hätte es vielleicht geheißen: »Der will einen Maybach als Firmenwagen«. Nachgefragt, ob das alles stimmt, hat natürlich keiner: Die schreiben alle nur voneinander ab. Das ist die Welt, in der wir leben.

PRESSE (Nachtrag) ... die Sache mit dem Gehalt. Mit Boni und so weiter sechseinhalb Millionen im Jahr, »eines der höchsten Manager-Gehälter, die es in Deutschland gerade gibt«. Was nicht vorkommt: Es ist kein Cent mehr, als mein überforderter Vorgänger verdient hat. Der Konzern hat mit meiner Verpflichtung also im Grunde gespart – keine Anpassung an die Steigerungen des Kostenindex. Und dann gibt es Leute aus der Society, die nichts Besseres zu tun hatten als zu fragen: »Eine so junge Frau – warum muss die so viel Geld verdienen?« Zu jung, zu erfolgreich, zu viel Geld! Beinah so, als hätten die vom Wettbewerbskonzept der freien Marktwirtschaft noch nie etwas gehört. Oder zu viel.

MANAGERGEHALT ... kaum einer fragt, ob ein Spitzen-Fußballspieler ohne jede Personalverantwortung die Millionen, die er verdient, auch verdient hat. Und wenn einer im Lotto zehn Millionen gewinnt, dann stört sich kein Mensch daran – solange sie nicht ein Manager gewinnt. Nur bei Managern gelten solche Zahlen als unanständig, wird gefragt, wie sich solche Einkünfte rechtfertigen lassen.

RAUSCH DER MEDIEN ... sie hören nicht auf, Diffamierungen zu verbreiten. Als sei das ihr Job, Personen, die in der Öffentlichkeit stehen, ihre Arbeit zu erschweren. Ich verstehe nicht, warum diese Leute es nicht ganz einfach mit der Wahrheit halten. Das wäre doch der eigentliche Auftrag der Medien in einem demokratischen System, oder etwa nicht? Informationsauftrag statt Meinungsmache. Wahrheit statt Auflage.

WELTBLATT AUS KÖLN

»Wie kommst du eigentlich auf Kaspar Hauser?«, fragt Hartmann.

Der geschäftsführende Redakteur des Weltkuriers sitzt hinter dem Schreibtisch in seinem Büro, das so winzig ist, dass die

Tür nicht mehr zugeht, wenn sich mehr als fünf Personen darin aufhalten. Henning Wallter sitzt seinem Chef gegenüber und denkt über die Frage nach. Gar nicht so einfach bei dem Kopf, mit dem er nach dem gestrigen Bierabend heute Morgen aufgewacht ist.

Es ist zehn Uhr in der Früh. Eine unmenschliche Stunde für einen Termin, findet Wallter, der sich an die Arbeitszeiten des Normalbürgers nicht gebunden sieht. Die Inspiration trifft, wenn sie trifft, in seinem Fall vorwiegend abends, und der Vormittag ist da, um verschlafen zu werden. Mit widerwärtigen Ausnahmen wie dieser hier.

Heute früh vor diesem Termin mit Hartmann hat Wallter sich noch die Zeit genommen, einen Blick in die Felsenstein-Watch zu werfen. Nicht schlecht. Auf seine Leser – und es sind eine ganze Menge – lässt Wallter nichts kommen. Die sind mit Feuereifer dabei, Felsensteins Spuren zu verfolgen:

betty blue
hat einer heute FF gesehen?

michael kopol
FF hat heute früh einen Flug nach Rom genommen, soll dort mit dem Papst eine Privataudienz haben, das hat sie meiner Freundin erzählt die ist Flugbegleiterin und hat ihr in der ersten Klasse ein Glas Champagner und Lachshäpchen serviert.
MIT GROSSER MACHT KOMMT GROSSE VERANTWORTUNG!

betty blue
abgefahren!!! :)))

mordskerl
ich würd auch gern mal so richtig mit jemand abfahren!

Mordskerl ist vielleicht nicht ganz die Variante, die Wallter bei seinem Aufruf zur Watch vor Augen hatte. Er wird ihn ein bisschen im Auge behalten müssen, nicht, dass die Watch noch in Verruf kommt. Und damit womöglich auch er selbst.

Wenn er jetzt so auf den Mann ihm gegenüber blickt, könnte der allerdings ein Freund von Mordskerl sein, mal rein optisch: Hartmann, bleich, hager, Dreitagebart, sitzt da, raucht, trinkt Kräutertee aus einer Thermoskanne und starrt den letzten ihm verbliebenen Pauschalisten an – einen Mann, der für pauschal wenig Geld eine ganze Menge für ihn arbeitet. »Das Weltblatt aus Köln« nennt sich der Weltkurier stolz, aber die Redaktion ist schon seit einiger Zeit in Bochum. Und von »Weltblatt« kann auch keine Rede mehr sein. Eher von Käseblatt. Andererseits: »Das Käseblatt aus Bochum« – wer liest so etwas schon?

»Idiot savant? Der verkannte Prinzenspross? Kaspar Hauser, der nicht anders kann, als wahr zu sprechen?«, versucht sich Wallter an einer Antwort.

»Ist ja jetzt auch egal«, sagt Hartmann.

Das findet Wallter nun gerade nicht. Auf seinen Kaspar-Hauser-Blog ist er ziemlich stolz. Als die Redaktion vor zwei Monaten im verzweifelten Versuch, sich an die Moderne anzuschließen, nach Online-Beiträgen schrie, war er mit Kaspar Hauser gleich zur Stelle. Inzwischen sind drei Ausgaben seines Blogs erschienen, alle mit Blick auf diese Felsenstein, die neuerdings den RuhrSTROM-Konzern leitet. Und keine Interviews gibt. Dabei wäre Wallter in der Lage, ein Hammer-Porträt über die Frau zu schreiben, einen Kisch-Preis-Bericht, nichts weniger. Aber wenn sie nicht will?

»Felsenstein ist in Rom«, versucht er bei seinem Vorgesetzten zu punkten.

»Von mir aus kann sie auch auf dem Mond sein«, sagt Hartmann düster.

Wallter ist nun doch ein klein wenig beunruhigt. So wortkarg kennt er Hartmann nicht, der ihm bei diesen Morgenterminen gern längere Vorträge hält, um anschließend – nach elf – mit ihm ein Bier trinken zu gehen, der eigentliche Zweck ihrer Treffen, vermutet Wallter.

Bier am Morgen. Heute hätte er nichts dagegen. Hartmann scheint jedoch entschlossen, es bei Kräutertee zu belassen. Den trinkt Wallter nur, wenn er erkältet ist. Hartmann wirkt nicht erkältet. Allerdings sieht er auch nicht gut aus. Die Haut ist irgendwie gelblich, unter den Augen sind lila Ringe. Rauchen kann er immerhin noch, gerade steckt er sich wieder eine an. Vielleicht hat ihn seine Frau verlassen.

»Alles gut bei dir zu Hause?«, fragt Wallter vorsichtig.

»Bestens«, sagt Hartmann traurig. Dann schüttelt er eine weitere Zigarette aus der Packung, zündet sie an, obwohl die vorige noch im Aschenbecher qualmt, und erzählt Wallter, was los ist: Der Weltkurier ist von einem Investor aus England übernommen worden.

»Und das ist keine gute Nachricht?«, wundert sich Wallter und greift dabei nach der Zigarette, die Hartmann im Aschenbecher vergessen hat.

Investor – das klingt immerhin nach Geld. So als würde einer an den Weltkurier noch glauben!

»Blödmann«, meint Hartmann daraufhin nur.

Weil es sich bei dem Investor doch um eine Heuschrecke handele – dem Franz aus dem Sauerland sei gedankt für den Begriff! –, eines dieser gewissenlosen Finanzunternehmen, die anständige deutsche Wochenzeitungen aufkaufen, ihnen sämtliche verfügbaren Ressourcen aus dem Mark saugen und die Knochen dann in die offene Grube des ehemaligen Qualitätsjournalismus spucken.

»Wir sollen jetzt auf Boulevard machen«, sagt Hartmann finster.

»Das kann ich nicht«, stellt Wallter fest.

»Pauschalisten findet der Investor sowieso scheiße.«

»Sein Pech.«

»Oder deins.«

Und dann geht Hartmann mit seinem letzten Pauschalisten doch noch ein Bier trinken. Ein letztes Bier?

Der Biergarten liegt gleich neben dem Eingang zu dem Hochhaus, in dem der Weltkurier seine Redaktionsräume hat. Der Wirt kennt die beiden schon, winkt ihnen fröhlich zu und bringt zwei Frischgezapfte ohne weitere Anweisung hinaus an einen der Tische. Bis auf einen Mann in einer Jeansjacke, der am Nebentisch vor einem halbleeren Bierglas sitzt, ist der Biergarten verwaist.

»Wohlsein, die Herren Journalisten!«

Wohl kaum, findet Wallter kurz darauf. Weil Hartmann ihm mitteilt, dass er zwar gern, sehr gern mit ihm weiterarbeiten würde, nur eben – solche Verträge wie seinen, die gibt es ab sofort nicht mehr.

»Also auf Honorarbasis? Davon kann ich aber nicht leben. Die Pauschale war ja schon knapp.«

Das weiß Hartmann natürlich auch, zumal das Zeilenhonorar um die Hälfte gekürzt wird. Und da Boulevard ohnehin nicht Wallters Ding ist ...

»Vielleicht solltest du dich nach etwas anderem umsehen.«

»Auf diesem Arbeitsmarkt? Wie soll das denn gehen?«

Hartmann weiß das auch nicht. Hartmann wird sich natürlich einsetzen. Hartmann glaubt an Wallter, scheiß drauf, Wallter ist ein guter Mann, sein bester Mann.

»Wir müssen eben alle den Gürtel etwas enger schnallen.«

»Hartmann. Meine Schnalle ist schon auf das letzte Loch gesteckt.«

»Es gibt auch eine gute Nachricht. Online will, dass du den Blog weitermachst.«

»Kaspar Hauser? Und wie viel zahlen sie dafür?«

Das ist dann die weniger gute Nachricht. Zahlen will der Weltkurier vorerst genauso viel wie vorher für den Blog – nämlich gar nichts. Nur bleibt Online von Kürzungen vorläufig verschont, leuchtet ein, die haben ohnehin kein Geld. Und da Kaspar Hauser sich in den letzten Monaten als Zugpferd der Seite herausgestellt hat …

»Mach was draus«, redet Hartmann auf Wallter ein. »Du könntest die Sache ja ein bisschen seriöser anlegen. Wie dieser Blog bei der Frankfurter, den Namen weiß ich nicht mehr. Damit würdest du nicht nur Psychopathen ansprechen, und wer weiß, vielleicht kriegen wir ja irgendwann doch ein paar Euro locker dafür.«

»Meine Leser sind keine Psychopathen.«

»Wallter, ich bitte dich. Die schreiben Kommentare mit Sinnsprüchen darunter, die sie aus Superhelden-Filmen oder von Tarot-Karten klauen. Das klingt doch alles vollkommen durchgedreht.«

»Du willst also, dass ich für kein Geld weiter für euch arbeite.«

»Die Online-Redaktion will das. Ich will dich. Und nicht für kein Geld, ich meine, auch nicht für viel Geld, ach, scheiß drauf.«

Hartmann winkt dem Wirt am Tresen, der den Wink missversteht und strahlend mit zwei weiteren Bieren aus dem Lokal kommt.

»Eigentlich wollte ich zahlen …«, sagt Hartmann.

»Macht 10 Euro 40«, antwortet der Wirt fröhlich und stellt die Biere auf den Tisch.

»Ich trink die schon«, kommt Wallter Hartmann zuvor und sieht mit grimmigen Wohlgefallen, wie der Andere stirnrunzelnd seinen Geldbeutel aus der Tasche zieht, den Wirt bezahlt, sich erhebt.

»Mein Angebot steht«, sagt er zu Wallter.

»Welches Angebot?«, fragt Wallter und prostet Hartmann zu, worauf der sich ohne ein weiteres Wort umdreht und Richtung Verlagshaus geht.

FELSENSTEIN-WATCH

daredevil
felsenstein in rom? michael kopol, du hast wohl den arsch offen. oder deine freundin. die ist nicht in rom, hab sie grad vor dem konzern in diesen luxus-firmenwagen einsteigen sehen.

michael kopol
du hast selber den arsch offen, pass auf, daredevil, meine freundin wird nicht beleidigt, die weis, was sie weis, arschloch.
MIT GROSSER MACHT KOMMT GROSSE VERANTWORTUNG!

daredevil
selber arschloch.

sperberauge
kriegt euch ein leute. ff ist gerade erst aus london zurück – die information kommt aus erster hand, mehr wird nicht verraten;))))
PEACE IS HERE (IF YOU WANT IT)

störtebeker
Wisst Ihr eigentlich über wen Ihr da redet? Wer diese Frau wirklich ist?
***DIE ZUKUNFT ZEIGT SICH UNS, LANGE BEVOR SIE EINTRITT*

michael kopol
wer bist du denn? und willste auch was sagen?
MIT GROSSER MACHT KOMMT GROSSE VERANTWORTUNG!

Henning, du bist wirklich ein Idiot, sagt sich Wallter nach Hartmanns abruptem Abgang, und mit einem Mal ist ihm zum Heulen zumute – die Nachrichten der Felsenstein-Watch, die er gerade auf seinem Smartphone gelesen hat, helfen seiner Stimmung auch nicht gerade auf. Die Watcher-Truppe scheint nicht gerade einen Kurs in Brüder- und Schwesterlichkeit belegen zu wollen. Kurz überlegt er, ob er seiner weinerlichen Regung nachgeben soll, in vollem Blick der Öffentlichkeit, der vierspurigen Straße nebenan, des Wirts, dieses Kerls, der hinter dem grünen Plastikzaun stehen geblieben ist –

»Hallo. Hallo, Herr Wallter!«, ruft da Luke Anders, Mieter des Penthouses im Verlagsgebäude und Besitzer der PR-Agentur LAIM, die Hartmann gern als DER FEIND bezeichnet. LAIM steht für: Luke Anders International Media, ein Unternehmen auf dem Weg nach ganz oben, fragt man den Inhaber.

Anders ist eierköpfig, kugelrund und prinzipiell mit Fliege bewehrt. Damit sieht er aus, als hätte er sich in seinem Outfit von Goggelmoggel aus Alice im Wunderland inspirieren lassen. Diesen Mann merkt man sich – und das ist in seiner Profession gar nicht mal schlecht.

Wallter hebt müde die Hand, zu mehr ist er gerade nicht in der Lage.

»Störe ich?«, fragt Anders mit Blick auf die beiden Biere.

Wallter hebt die Schultern. Was sollte ihn in seinem Elend noch stören?

»Gar nicht. Wollen Sie ein Bier? Der Wirt hat versehentlich zwei gebracht.«

Anders verzieht das Gesicht.

»Lieber nicht. Wissen Sie was? Kommen Sie doch einfach kurz mit mir mit. Sie kriegen bei mir einen Kaffee. Es gibt da eine Geschichte, die ganz auf Ihrer Linie liegen könnte!«

Was meint er damit? Eine Geschichte?

Wallter beschließt, Bier Bier sein zu lassen und steht auf. Geschichten sind schließlich sein Lebensunterhalt, und der Mann vor ihm ist dichter an Geschichten dran, als er selbst es je war – natürlich nur, um sie zum Vorteil seiner Auftraggeber zu drehen. Ein echter Spin-Doctor eben, denkt Wallter, der vom Dreh und vom Verdrehen der Wahrheit lebt, und zwar sehr viel besser als er selbst. Vielleicht hat ihn gerade jemand in die Pfanne gehauen, und er sucht nun einen Journalisten, der die Wahrheit schreibt. Das wäre dann Wallter. Könnte er zumindest sein – kommt ganz auf die Geschichte an.

Sein Smartphone vergisst Wallter auf dem Tisch.

Als er eine dreiviertel Stunde später aus dem Verlagshaus stürzt, noch etwas benommen von dem, was Luke Anders ihm gerade angetragen hat, kann er sein Handy jedoch nirgends mehr finden.

SEITENSPIEGEL

Düsseldorf um halb sieben Uhr in der Früh.

Das Gründerzeit-Mietshaus, in dem Fabienne Felsensteins Altbau-Wohnung liegt, steht mitten in Düsseldorf. Die Wohnlage hat sie weit mehr gereizt als die wohlhabenden Gegenden auf der anderen Rheinseite.

Das Haus besitzt, ungewöhnlich für dieses Viertel, einen Concierge, der unten auf das Kommen und Gehen von Mietern, Gästen und Lieferanten achtet. Damit genügt es auch Johns Sicherheitsansprüchen, der dennoch ein Anwesen in Meerbusch mit einer Wachgesellschaft, die die Umgebung rund um die Uhr im Auge behält, vorziehen würde.

Parkplätze findet man hier schlecht, aber in diesem Fall macht das nichts, der Concierge kennt John schon und hat der Chefin telefonisch gemeldet, dass ihr Fahrer da ist.

John lässt am Firmenwagen den Motor laufen. Heute ist er im Jaguar XJ Hybrid gekommen. Schicker Wagen, bisher nur in wenigen Exemplaren auf dem World Mobility Forum in Stuttgart präsentiert – Fabienne hat dafür ihre guten Londoner Kontakte spielen und sich die Premium Hybrid-Studie kommen lassen. Der Marketingansatz der indisch-britischen Autobauer hieß: Green-Limo-Line, was nach Ansicht von John wie ein Mädchengetränk klingt, aber darum geht es ja vielleicht auch. Auch Frauen wollen schöne Autos fahren, umso mehr, seit sie zunehmend in die oberen Einkommensklassen drängen, und warum eigentlich nicht.

Die Hauptsache für John ist: Das Auto fährt sich gut und ist sicher. Und verglichen mit dem Wettbewerb, so findet er, gar nicht mal so teuer. Doch wenn er beim nächsten Mal wieder mit der schwarzen Mercedes S-Klasse vorfährt, dann hat er sicher auch nichts dagegen.

Auf der gegenüberliegenden Straßenseite befindet sich einer der für die Gegend typischen kleinen Läden mit Getränken, Tabak, Zeitungen und einer winzigen Auswahl an Lebensmitteln, die von morgens um sechs bis mindestens Mitternacht geöffnet sind. In einer Ecke des Ladens steht ein Laptop, der frei zur allgemeinen Benutzung ist. Den Laden und seine Besitzerin, eine ältere Dame mit einem Paisley-Tuch um den Hals, kennt John vom Zigarettenkaufen. Sie zeigt sich kurz in der Tür, winkt John zu, er winkt zurück. Dann kehrt sie in den Laden zurück, wo John sie durch die Scheiben mit einer Kundin fröhlich gestikulieren sieht.

Die Tür des Gründerzeithauses öffnet sich. Der Concierge bleibt darin stehen, unterhält sich kurz mit Fabienne – ausreichend Zeit für John, auszusteigen und die vordere Wagentür aufzumachen. Er weiß, dass seine Chefin morgens gern vorne sitzt, neben ihm, dem, wie sie sagt, »verlässlichsten Mann in meinem Leben«.

Heute begrüßt sie ihn mit einem kurzen Lächeln. Sie wirkt

blass, John hat nicht den Eindruck, dass sie sich über Nacht erholt hätte. Viel Zeit zu schlafen war ohnehin nicht. Der Kollege hat sie, wie John heute früh dem Fahrtenbuch entnommen hat, erst um halb zwei hier in der Straße abgesetzt.

John selbst war mit seiner Frau am Vorabend im Kino, nachdem er zuerst den Mercedes in die Werkstatt gebracht hatte. Es ist ihm nicht leicht gefallen, sich auf Transformers 3 zu konzentrieren, ständig wanderten seine Gedanken zum Motor des Mercedes, der seit zwei Tagen seltsame Geräusche von sich gibt.

Fabienne hört Nachrichten im Radio, sieht sich die Presseschau an, nimmt ab und zu einen Schluck aus einer Flasche Apfelschorle, die John ihr aus der Kühlbox gereicht hat.

Heute hat er sich für den schnelleren Weg über die Autobahn entschieden. Wenn ausreichend Zeit ist, fahren sie schon mal über die Nebenstraßen, weil Abwechslung nichts schadet und John weiß, dass die fünfundvierzigminütige Fahrt vom Wohnort zum Arbeitsplatz zu den wenigen Ruhezonen in Fabiennes Tagesablauf gehört.

»Dano lässt grüßen«, sagt sie, als sie von der A 52 auf die Ruhrschnellstraße wechseln.

»Wie geht es ihm denn?«, fragt John, während er den Wagen hinter sich im Auge behält, einen staubigen weißen VW Passat, der dicht hinter sie aufgefahren ist.

Er hat Dano kennengelernt, als der Fabienne in Griechenland besuchte, und mag den Ungarn, auch wenn es ihm nicht leicht fällt, sich vorzustellen, dass Fabienne und dieser Maler tatsächlich mal ein Paar waren. Der Chirurg, mit dem sie in Athen eine zweijährige Beziehung hatte, passte nach Ansicht von John weit besser zu seiner Chefin.

»Ich weiß nicht genau, wie es Dano geht«, gibt Fabienne zu. »Er war seltsam, als wir uns sahen. Irgendetwas ist mit seiner Freundin, sie hat ständig angerufen, als er bei mir war.«

»Vielleicht ist sie eifersüchtig?«

»Schon möglich.«

John wechselt mit dem Jaguar die Spur. Er beobachtet den Wagen hinter Ihnen.

Der Fahrer des Passat, ein junger Typ mit Sonnenbrille, wechselt ebenfalls die Spur und fährt weiter hinter ihnen her. Aus den Boxen seines Wagens dröhnt laute Rap-Musik. Er selbst wirkt, soweit John das erkennen kann, ebenfalls ziemlich bedröhnt.

Er ist schon wieder viel zu dicht an ihnen dran.

Vermutlich war er die Nacht unterwegs, ist jetzt auf der Heimfahrt und hat vor lauter Chemie in den Blutbahnen das Gefühl für Distanzen verloren.

John ist beunruhigt.

Jetzt setzt der andere den Blinker für die Ausfahrt nach Gelsenkirchen.

Gut. Den ist er gleich los.

Nicht ganz.

Vor der Ausfahrt beschleunigt der Fahrer des weißen VW, so dass er nun neben dem Jaguar fährt. Plötzlich öffnet sich das hintere Wagenfenster, ein zweiter Mann, ebenfalls mit Sonnenbrille, erscheint darin. Er streckt grinsend eine Hand aus dem Fenster, als wolle er Johns Beifahrerin eine Praline anbieten.

Die Fahrzeuge vor ihnen lassen eine Beschleunigung nicht zu.

Doch es ist keine Pralinenschachtel. Es ist eine Fotokamera. Nein. Es ist eine Pistole …

»Runter«, schreit John. Der Jaguar hat kein Panzerglas.

Fabienne reagiert sofort. Das Training, auf das die Firma in Griechenland damals bestanden hat, war hervorragend.

Auf der Schnellbahn herrscht Morgenverkehr, der nächste Wagen fährt zehn Meter vor ihm, und links findet sich keine Lücke, um auf die Überholspur zu gelangen. John, ebenfalls geduckt, kann nichts anderes tun als weiterzufahren.

Das Splittern des Glases, auf das er wartet, kommt nicht.

Und dann ist der VW auch schon in der nächsten Ausfahrt verschwunden.

»Was war das, John?«, fragt Fabienne, die sich wieder aufrichtet, nachdem John ihr ein Zeichen gegeben hat.

»Keine Ahnung«, sagt der Bodyguard. »Vielleicht nichts. Irgendwelche Idioten, die uns einen Schreck einjagen wollten. Ich bin mir ziemlich sicher, dass der Mann hinten in der Hand eine Pistole gehalten hat, aber vielleicht habe ich mich getäuscht.«

Fabienne antwortet nicht, nickt nur. John blickt kurz zu ihr rüber. Sie ist blass, noch blasser als vorhin.

Dann lächelt sie mit einem Mal, ein schwaches Lächeln:

»Du hattest recht, John.«

Sie deutet auf den Seitenspiegel neben ihr, an dem ein Saugnapf-Pfeil mit einem Fähnchen daran hängt: FABULOUS FAB FANS steht darauf. Gelb auf rotem Grund. Und klein darunter: »with compliments, Felsenstein-Watch«.

Außerdem rinnt jetzt von oben, vom oberen Rand des Fensters, eine blutrote Spur über die Scheibe. Der Fahrtwind treibt das Rinnsal weiter, schräg nach hinten. Kurz darauf läuft es als verwehter Blutfaden auch über das hintere Seitenfenster.

»Paintball«, sagt John, nachdem er an die Seite gefahren ist und sich die Sache kurz angesehen hat. »Farbe. Zum Glück!«

FELSENSTEIN-WATCH

Ohne sein Handy fühlt Henning Wallter sich nur noch wie ein halber Mensch. Seltsam, aber so ist es. Um den Einträgen der Watch weiter folgen zu können, muss er nun erst mal mit seinem heimischen PC vorlieb nehmen. Störtebeker scheint ein sehr seltsamer Watch-Kollege zu sein:

störtebeker
Gab es je eine Zeit, in der denkende Menschen nicht davon ausgingen, dass die Welt kurz vor dem Untergang steht?

Man stelle sich einen Außerirdischen vor, der auf die Erde blickt. Dieser Alien sähe Menschen, die sich Bombengürtel umschnallen, um ihre eigene Art auszulöschen. Eine gigantische Masse an Hominiden, die Wasser, Luft und Erde aus Gier und Unverstand vergiften, auch eine Art Granatengürtel, nur zeitverzögert, die Bombe trifft zuerst die eigene Nachkommenschaft.
Blutig. Rotes Blut. Der Tanz der menschlichen Atome. Wir wollen untergehen, so schnell wie möglich. Und danke, nein, wir brauchen keine Hilfe vom Planeten Betelgeuze, wir schaffen das auch sehr gut alleine.
***TALENT FÜR DAS SCHICKSAL*

Frankfurt calling
was ist das denn für ein scheiss? und wo ist felsenstein? Auf betelgeuze?

friedericia schiller
Sie ist blutig. Gerade hat es geknallt. Auf dem Weg von Düsseldorf nach Bochum. Boom. Red ist the colour she likes! Boom. Boom. Bang. Red Band. Red Big Bang. Red Love. Radar Love. Atomic Luv. Luv. Luv.
DIE ZUKUNFT IST WEIBLICH

daredevil
die schillerin hat leider recht. Woher weißt du das eigentlich, schillerin?

Störtebeker ist in der Tat ein merkwürdiger Watcher. Wallter gibt den Namen des Gesuchten in die einschlägigen Web-Maschinen ein, aber weitere Einträge des Autors findet er nicht.

Auf Geistesgestörte und andere Irre in seinem Blog hat Wallter wenig Lust. Vermutlich muss er sonst irgendwann seinen kleinen Pauschalisten-Kopf dafür hinhalten.

Die Schillerin kommt ihm ebenfalls gestört vor – oder stimmen ihre Hinweise? Hat es mit Felsenstein etwas gegeben? Die Agenturen wissen nichts von einem Anschlag. Wallter findet dazu jedenfalls keinen Eintrag in den Weiten und Tiefen des Webs. Aber er sucht weiter.

SECHS UHR ACHTUNDDREISSIG

»Paintball«, sagt der Sicherheitschef von RuhrSTROM. »Farbe. Wie seltsam.«

»Das war eine neunschüssige Softair-Walther P 99, nach dem, was ich beobachtet habe«, erklärt John. »Ich denke, mindestens sieben Schuss haben den Wagen getroffen. Rote Farbe. Die wollten, dass wir Blut sehen.«

»Wie seltsam«, wiederholt der Sicherheitschef.

Die Besprechung findet nach ihrer Ankunft am Verwaltungsgebäude am Vormittag in Fabienne Felsensteins Büro statt.

Das Fähnchen hat John vor der Einfahrt abgenommen. Die rote Farbe war gut sichtbar und hat zu erstaunten Blicken des Pförtnerteams geführt. Inzwischen stehen einige Mitarbeiter unten bei Fabiennes Wagen und besehen sich die Spuren des Farbanschlags.

Neben den beiden Herren und der Chefin ist noch Marlene Baier anwesend, Fabiennes Assistentin. Fabienne wirkt so kompetent und ruhig wie immer, wenn auch etwas abwesend, als hörte sie gar nicht richtig zu. Hin und wieder schüttelt sie den Kopf, als seien ihr vom letzten Flug noch die Ohren verstopft. Marlene, die ihre Chefin schon seit Jahren begleitet, behält sie genau im Auge.

Als das letzte Mal auf Fabienne in einem Auto geschossen wurde, noch in Griechenland, war Marlene dabei. Wer immer damals hinter dem Attentat stand, benutzte keine Spielzeugpistolen. Tote gab es nur deswegen nicht, weil die Kugel die

B-Säule des Wagens getroffen hatte, in dem sie unterwegs waren. Ein Millisekundenbruchteil früher, und sie hätte die vordere Seitenscheibe durchschlagen und Fabienne in den Kopf getroffen.

Später an jenem Tag dann der Anfall, Marlene war zufällig anwesend. Fabienne, die gerade noch relativ normal gewirkt hatte, schien plötzlich den Halt zu verlieren, legte sich dann kurz auf den Boden und sah für Marlenes Gefühl so aus, als sollte sie sofort ins Krankenhaus eingeliefert werden. Stattdessen musste sich Marlene anhören, es sei alles in Ordnung, und Fabienne zudem noch versprechen, niemandem etwas von den Attacken zu berichten.

»Es ist nicht wichtig«, sagte Fabienne damals noch, als machte es nichts, dass ihr Gehör hin und wieder aussetzte, um erst mit einem Schwindelanfall wiederzukehren. »Schau mich nicht so an, Marlene. Ich weiß, was du denkst, aber mit dem Anschlag hat das nichts zu tun.«

Natürlich hatte das was mit dem Anschlag zu tun, befand Marlene schließlich für sich. Sie erlebte zwei dieser Anfälle noch mit, die sich nach Griechenland nicht mehr wiederholten, wenn sie Fabienne glauben konnte.

Beide Attacken standen damals in zeitlicher Nähe zu besonders unangenehmen medialen Angriffen, denen Fabienne im Land der Akropolis permanent ausgesetzt war. Dass sie der Presseabteilung von RuhrSTROM Anweisung gegeben hatte, erst mal keine Interviews und Porträts zu vereinbaren, hielt Marlene für vollkommen richtig.

»Sie sind also an ihnen vorbeigefahren und haben mit einer Paintball-Pistole auf sie geschossen«, stellt der Sicherheitschef jetzt fest. »Mehr war da nicht?«

»Mehr war da nicht«, erwidert John mit Blick auf Fabienne.

»Sie waren heute nicht mit dem offiziellen Dienstwagen unterwegs. Offenbar haben die Täter das gewusst,« sagt der Sicherheitschef.

»Das stand im Netz,« schaltet Marlene sich ein. »Im Internet war heute zu lesen, dass Frau Felsenstein mit einem hellblauen Jaguar unterwegs ist. Sogar Angaben zum Nummernschild.«

»Tatsächlich«, sagt der Sicherheitschef. »Wo denn?«

»Auf der Felsenstein-Watch-Seite. Ich habe Ihnen neulich schon davon erzählt. Die Meldung wurde heute um ...«, Marlene holt ihr Smartphone heraus und schaut nach, »6:38 eingestellt.«

John hat ihr aufmerksam zugehört.

»Wir sind um Viertel vor sieben in Düsseldorf losgefahren«, ergänzt er.

»Zeigen Sie das Phone mal«, verlangt der Sicherheitschef.

Marlene reicht es ihm. Kopfschüttelnd liest der Mann den Eintrag, streicht über das Display, sieht sich weitere an.

»Kuriose Geschichte«, sagt er dann. »Unmittelbar nach dem Eintrag, den Sie gerade erwähnt haben, schreibt jemand, Frau Felsenstein besteige gerade auf dem Flughafen eine Maschine Richtung Monaco, um sich mit Fürst Albert zu treffen. Und davor soll sie in Rom gewesen sein, beim Papst. Wirkt nicht besonders seriös, das Ganze.«

»Das mit dem Jaguar stimmt aber«, wendet Marlene ein. »Die anderen Meldungen könnten doch ein Code sein. Wäre das nicht möglich?«

Der Sicherheitschef betrachtet sie ein wenig irritiert.

»Ein Code? Wofür denn?«

»Monaco als Signal dafür, dass jemand den Wagen angreifen will, keine Ahnung«, sagt Marlene. »Ist das nicht Ihr Job, solchen Dingen nachzugehen? Außerdem ... wenn sie mal schauen wollen«, Marlene hält dem Sicherheitschef erneut ihr Smartphone entgegen, »die Nachricht vom Farbanschlag steht auch schon drin!«

Der Sicherheitschef liest die Nachricht von ›friedericia schiller‹.

»Hm«, sagt er. Er wirkt eher ratlos als alarmiert.

»Behalten Sie das im Auge. Ich verlasse mich darauf, dass Sie gegebenenfalls mit den Behörden Kontakt aufnehmen und Maßnahmen ergreifen!«, trägt Fabienne, die immer noch ruhig dasitzt, ihm auf. »John, hast du noch Anmerkungen?«

John sieht Fabienne an, schaut kurz zu Marlene, wiegt dann den Kopf.

»Ich nehme an, Sie werden den Personenschutz verstärken«, sagt er zum Sicherheitschef. »Womit ich absolut einverstanden wäre. Einen gepanzerten Ersatzwagen würde ich ebenfalls begrüßen.«

»Gut. Ich werde mit dem Generalsekretär alles Weitere besprechen. Und ich werde den Vorfall an die zuständigen Behörden melden«, fügt der Sicherheitschef zu Fabienne gewandt an.

»Natürlich«, antwortet diese. »Worauf es mir aber ausdrücklich ankommt: dass die Sache aus den Medien raus bleibt. Das ist beim Kontakt mit den Behörden sofort zu vereinbaren! Marlene, du kümmerst dich um die Presseabteilung, am besten sofort. Bitte ein genaues Briefing. Da darf nichts, überhaupt nichts von uns nach draußen gehen! Die sollen sich auch um die Kollegen bei der Polizei und den anderen Ämtern kümmern. Ich wiederhole: Nichts davon darf in die Medien!«

»In Ordnung, Frau Felsenstein«, sagt der Sicherheitschef. »Wird gemacht.«

»Ist gut«, sagt Marlene, steht auf und verlässt ohne ein weiteres Wort den Raum.

ZUSAMMENPRALL

Der Flur vor den Büros ist leer. Ein Glück. So kann Marlene auf dem Weg zur Presseabteilung ihrem Ärger freien Lauf lassen.

»Da steckt doch viel mehr dahinter. Warum will denn keiner sehen, was klar und deutlich ist?«

Marlene verfolgt die Felsenstein-Watch schon seit Wochen,

und harmlos kommt ihr die Seite keineswegs vor. Zunehmend wird der Inhalt seltsamer, skurriler, ruppiger, aggressiver. Solche Seiten im Web findet Marlene wirklich pervers.

Fabienne mag sie mit ihrer Beunruhigung nicht behelligen, den Reflex ihrer Chefin, eine potenzielle Bedrohung herunterzuspielen, kennt Marlene bereits aus Griechenland. Der Sicherheitschef wiederum gibt sich im Hinblick auf die neuen Medien dermaßen altmodisch, dass es Marlene die Schuhe auszieht.

»Bevor der nicht einen Drohbrief mit ausgeschnittenen Zeitungsbuchstaben vorliegen hat, unternimmt der doch überhaupt nichts!«, verkündet sie wütend, ziemlich laut und biegt dabei um eine Ecke, wo sie beinah mit einem jungen Mann zusammenprallt, der sie erstaunt anstarrt.

»Sie scheinen sich ja ganz schön zu ärgern!«

Er steckt in einem Anzug, der deutlich von der Stange ist, dazu in einem schlecht gebügelten gemusterten Hemd und hat an den Füßen so merkwürdige Softtreter. Schwarze Chucks! Wer trägt denn so was zur Arbeit? Auf diesen Etagen läuft kein RuhrSTROM-Angestellter so herum, unmöglich.

»Wer sind Sie denn?«, fragt Marlene unfreundlich.

Der junge Mann grinst, als gehöre die Begegnung mit schlecht gelaunten jungen Frauen zu den schöneren Momenten in seinem Alltag.

»Henning Wallter«, antwortet er. »Können Sie mir helfen? Ich glaube, ich habe mich gerade verlaufen.«

KRANK

Da werden eben mal 50, 60 oder 70 Milliarden Euro abgeschrieben – je nachdem, wie hoch man den Wert eines Atomreaktors bemessen will. Können wir Deutsche das einfach so wegschmeißen? Zumal die Folgekosten ein Vielfaches sein werden. Sind wir so vermögend?

Die Politik schielt auf die Wähler und sagt ja. Sie muss es ja nicht selbst bezahlen. Der Wähler dankt es ihr zwar nicht mit seiner Stimme, rennt aber eifrig den Alternativstrom-Anbietern hinterher, die bei einem solchen Ansturm unmöglich alle werden halten können, was sie versprechen.

Ein Irrsinn. Die Welt ist krank. Zumindest die Welt der Menschen. Justus Kohlmeier kommt zu diesem Schluss jedes Mal, wenn er sich einen Moment Zeit nimmt, über die Welt nachzudenken – wie jetzt, in der First Class Lounge des Flughafens in Düsseldorf.

Über diese Energiewende, nur so als Beispiel. Wenn sie tatsächlich ein Jahrhundertprojekt ist, konnte man darüber doch nur schlecht in einigen wenigen Tagen und mit Hilfe einer nicht demokratisch legitimierten Ethikkommission entscheiden, oder?

Eine Lautsprecherstimme, die Kohlmeier nur am Rande registriert, meldet, die Passagiere Tzakadse und Fischer würden am Gate ihres Fluges dringend erwartet.

Betriebswirtschaftlich macht der Ausstieg aus der Kernkraft für Kohlmeier keinen Sinn. Und was das Klima angeht: Der Ausstieg führt zwangsläufig zum Anstieg von Kohle- und Gasverbrauch in der Energieversorgung. Müsste eigentlich – wegen der Klimaziele – jeden sogenannten Grünen auf die Barrikaden bringen. Die Ökos aber reden stattdessen von den Erneuerbaren, als könnten die paar Windräder schon morgen all das leisten, was bisher die Kernenergie gesichert hat. Am besten noch gratis. Märchen haben Kohlmeier schon als Kind nicht gefallen.

Nun ist es nicht so, dass Kohlmeier auf Ökologie mehr Wert legen würde als auf ein seriöses Gewinndenken. Seiner Ansicht nach lassen die beiden sich gar nicht trennen. Er hat in seiner Zeit als Vorstandsvorsitzender Bewilligungsverfahren für drei neue Kohlekraftwerke durchgesetzt, die sich jetzt als nützlich erweisen werden. Vorausgesetzt, die Politik verlängert die Befreiung von den Kosten für die Emissionszertifikate über 2013 hinaus. Mit dem EU-Gerangel, das sich daraus ergeben dürfte, hat er nun nichts mehr zu schaffen.

Reisende nach München begeben sich bitte zu ihrem Gate. – »Passagiere Tzakadse und Fischer …« Sind offenbar noch immer nicht aufgetaucht.

Ein ehemaliger Minister der Bundesregierung betritt jetzt die Lounge, nickt Kohlmeier zu, setzt sich dann zu einer jungen Frau, die ihren Laptop aufklappt und anfängt, flüsternd auf ihn einzureden.

Kohlmeier sieht auf die Uhr, zwanzig Minuten noch. Er greift nach den Zeitungen, die auf dem Sitz neben ihm liegen, blättert sie durch, verweilt länger bei den vermischten Meldungen. Auch seriöse Publikationen sind sich längst nicht mehr zu schade, reißerische Nachrichten breit auszuschlachten.

»Travellers with destination Buenos Aires: Your flight is now ready for boarding.«

Schöner Alltag. Da hat ein Vater dem Liebhaber seiner Tochter die Hoden abgeschnitten und eine Gruppe von Schulkindern im Unterricht ein Kaninchen auf dem Schulhof bei lebendigem Leib gegrillt. Ein Neunjähriger hat mit einem Messer auf einen Siebenjährigen eingestochen und ihn mit fünfzehn Messerstichen, teilweise auch ins Gesicht, schwer verletzt ins Krankenhaus befördert. In einer Kleinstadt ist ein kommunaler Mitarbeiter mit den Erbschaften von Waisenkindern, die ihm anvertraut waren, durchgebrannt.

Klasse, die Welt ist krank, krähen die Zeitungen unentwegt zur Steigerung der Abverkäufe.

Fabienne hatte genickt, als er ihr einmal sein Fazit über die eigene Gattung erzählte: »Wir sind krank. Wir sind vollkommen wahnsinnig geworden.«

Sie hatte auf ihre Art geantwortet: »160 Millionen Jahre haben die Dinosaurier auf der Erde geherrscht, und die Menschheit will bereits nach 40 000 Sommern abtreten«, sagte sie.

»Wir sind Exemplare einer aussterbenden Art. Oder denkst du, dass wir noch 4000mal so lange da sein werden wie bisher – angesichts des gegenwärtigen Veränderungstempos und angesichts der Richtung, in die wir uns bewegen?«

Wie immer hatte sie ihn verstanden, zeigte sich intellektuell und emotional bereit, auch unbequeme Wahrheiten zu Ende zu denken. Genauso radikal und kompromisslos wird sie auch an die Restrukturierung von RuhrSTROM herangehen, und sie wird sich dabei Feinde machen. Wie überall, wo sie bisher war.

Kohlmeier legt die Zeitungen weg, sieht sich in der Lounge um. Der ehemalige Bundesminister – er ist jetzt in Brüssel, fällt Kohlmeier ein – hat den Arm um seine junge Mitarbeiterin gelegt. Kopf an Kopf schauen sie in den Laptop. Zu Hause hat er Frau und zwei Kinder. Kohlmeier kennt seine Familienverhältnisse. Dies ist offenbar eine seiner Tagsüberfrauen. Ist die Zukunft wirklich weiblich? Kohlmeier ist davon nicht überzeugt.

»Passagiere Tzakadse und Fischer: Dies ist Ihre letzte Chance, den Flug nach Kiew zu erreichen …«

In dem Moment, als die Lautsprecherstimme endlich das Boarding für Kohlmeiers Flug ankündigt, ruft Rolf-Peter Neumann an. Kohlmeier lässt ihn auf die Mailbox sprechen.

Der dicke RuhrSTROM-Aufsichtsrat scheint unruhig zu sein, und das, findet Kohlmeier, kann ihm nur gut tun. Die Dinge sind lange genug im Sinne der Neumanns dieser Welt gelaufen. Ein modernes Wirtschaftsunternehmen hat nicht mehr viel mit dem Stammesdenken der politischen Landschaft zu tun. Die regionale Landschaft ist eine der vielen Grundlagen des Geschäfts. Aber nicht mehr die entscheidende. Die Energiewende erfährt die Landschaft beinah zwangsläufig als Bedrohung: Veränderung mochte man dort noch nie. Dabei bietet jede Wende eine Chance, wenn auch nicht immer für den, der zuerst auf sie setzt.

Worauf es ankommt, ist, die Dinge vom angestrebten Ende her zu durchdenken – diese Fähigkeit schätzt Kohlmeier nicht nur an Fabienne, sie leitet auch sein eigenes Handeln, heute mehr denn je. Seit es ihm gelungen ist, Fabienne an RuhrSTROMs Spitze zu hieven, fühlt er sich so jung wie schon lange nicht mehr.

Die Welt ist vielleicht krank, aber Kohlmeier geht es gut. Er hat ein Talent für das Mitwirken am Schicksal der Welt.

Als Letzter geht er durch die Ticketkontrolle, betritt mit federndem Schritt die Gangway für die Turkish Airlines-Maschine nach Ankara.

Sein Platz ist vorn. Er hat nur Handgepäck dabei.

DER BRIEF

Berge von Post. Wenn Fabienne an die ersten Wochen bei RuhrSTROM zurückdenkt, sieht sie immer die Waschkörbe voller Post vor sich.

Anfangs waren es 2000 Schreiben, mindestens – pro Woche. Die Briefe kamen von Investmentbankern, Banken, Rechtsanwälten, Unternehmensberatern, Medienberatern ... und enthielten im Wesentlichen Variationen der immer gleichen Botschaft:

Herzlichen Glückwunsch! Wir sind im Besitz enorm wichtiger Fähigkeiten, Kenntnisse, Kontakte und Informationen, die Ihnen sehr dienlich und hilfreich sein können, und möchten uns gern so bald wie möglich mit Ihnen darüber unterhalten!

Mit anderen Worten: Wir wollen ein paar Krümel beim Verschieben der Tortenstücke mit aufsammeln. Oder auch: Lassen Sie uns gemeinsam einen Kuchen backen!

Einige Briefe wollten dennoch persönlich beantwortet sein. In vielen Fällen war auch ein Treffen unumgänglich, da es sich bei den Schreibenden um Multiplikatoren handelte, die mit Rücksicht auf die Unternehmensinteressen bevorzugt behandelt werden mussten. In der ersten Zeit saß Fabienne jede Nacht mehrere Stunden über der Post, weil ihr Stab für die eigenverantwortliche Durchsicht noch nicht ausreichend eingearbeitet war.

Daneben gab es tatsächlich auch ein paar geklebte Schmähbriefe:

EURE TATEN SCHLAGEN FUNKEN! NICHT WIR, IHR ZÜNDELT! EURE STROMMASTEN WERDEN WANKEN! ALLE MACHT DEM VOLK! FREIE ENERGIE FÜR ALLE!

In der Regel erreichten solche Pamphlete Fabienne nicht, sondern wurden direkt in der Sicherheitskontrolle abgefangen.

Jetzt, nach zwei Monaten, sind die Postberge kleiner geworden, und auch die Terminlage ist eine andere. Dieser Tag, der sich nun dem Ende zuneigt, ist sogar ganz ohne Termine außer Haus abgelaufen, eine seltene Ausnahme, für die Fabienne dankbar ist. Nach dem Paintball-Angriff am Vormittag ist sie nicht besonders scharf darauf, gleich wieder Auto zu fahren.

Edna Burger, die Büroleiterin, nicht verwandt oder verschwägert mit dem verstorbenen Aufsichtsrat, steckt den Kopf zur Tür hinein.

»Ich werde dann mal Schluss machen, Fabienne.«

»Sie sind noch da, Edna?«

»Marlene meinte, Sie würden mich eventuell noch brauchen.«

»Marlene hat das gesagt?«

»Ja, heute Nachmittag, bevor sie nach Köln gefahren ist. Übrigens habe ich zwei Termine mit Stadtwerken von heute Nachmittag auf übermorgen 11 Uhr und 12 Uhr 30 verlegt.«

»Und wie kam es zu der Verlegung?«

»Marlene. Ich bin davon ausgegangen, dass sie in Ihrem Auftrag handelt.«

»In Ordnung, Edna. Schönen Feierabend.«

Als sich die Tür hinter ihrer Büroleiterin geschlossen hat, greift Fabienne zum Telefon, ruft Marlene an. Marlene nimmt sofort ab. Im Hintergrund sind Stimmen und Lautsprecherdurchsagen zu hören: der Bahnhof.

»Ich bin gerade in Bochum angekommen«, sagt Marlene. »Ich wollte mich ohnehin melden. Soll ich noch reinkommen?«

»Du verlegst Termine, sagst Edna, sie soll länger bleiben – wegen ein paar Farbspritzern brauchst du nicht gleich Entscheidungen für mich treffen, Marlene!«

Schweigen am anderen Ende der Leitung.

»Aber die Sache heute Morgen …«, beginnt Marlene dann.

»Ist die Sache heute Morgen. Sie hat nichts mit irgendetwas anderem zu tun. Mir geht es gut, auch gesundheitlich, Marlene. Ich sehe keine Notwendigkeit für besondere Maßnahmen und wünsche auch nicht, dass ohne mein Wissen einfach welche angeordnet werden.«

»Entschuldige, Fabienne. Ich hatte es nur gut gemeint.«

»Gute Nacht, Marlene.«

Es geht nicht, dass Marlene wegen ihres Tinnitus besorgt oder gar hysterisch wird und sie wie eine Kranke behandelt. Schon der Anschein von Krankheit ist gefährlich. In diesem Dschungel in den oberen Etagen der Wirtschaftskonzerne ist jedes Eingeständnis von Schwäche eine Einladung zum Angriff. Auch CEOs sind davon nicht ausgenommen – erst recht nicht weibliche CEOs.

Außerdem geht es ihr tatsächlich gut.

Sie wendet sich wieder ihrer Arbeit zu. Die Vorstandssitzung, auf der die Strategie der nächsten Jahre vereinbart werden soll, wird demnächst stattfinden, gefolgt von einer Aufsichtsratssitzung in sechs Wochen, die diese Strategie letztlich gutheißen muss. Das zu erkundende und zu beackernde Terrain ist Fabienne mittlerweile klar. Im Musterbild der RuhrSTROM-Zukunft gibt es für sie nur noch wenige weiße Flecken.

Sie sieht auf die Uhr. Halb zehn. Wäre nicht schlecht, einmal etwas früher wegzukommen.

Seit letzter Woche, als sie in Ungarn und der Schweiz war, hat sich wieder einige Post angehäuft. Ein Brief, in der vierten Posteingangsmappe, sticht ihr beim Durchblättern ins Auge. »Fabienne Felsenstein, Vorstandsvorsitzende, RuhrSTROM AG« ist mit der Hand geschrieben, die Marke klebt sehr akkurat. Der Absender lautet: Sven Abakus. Sie öffnet den Umschlag – den das Sekretariat nicht geöffnet hat, weil PERSÖNLICH – STRENG VERTRAULICH darauf steht –, faltet das Schreiben darin auseinander, liest.

Der lockere, freundliche Ton ruft ihr eine vage Erinnerung an die Stimme des Mannes ins Ohr, der damals am Schlagzeug saß, ein Bandkollege von David, dem Gitarristen, mit dem sie während des Studiums eine Zeit lang zusammen war.

Abakus schickt Grüße, gratuliert nachträglich zum neuen Chefposten, schildert kurz und sympathisch seine Arbeit bei der Umweltorganisation BlueHoryzon, bietet an, dass man sich doch mal treffen könne, schließlich arbeite man von verschiedenen Seiten doch an denselben Themen.

Der Sven von damals, an den sie sich erinnert, war ein schmaler blonder Bub hinter großen Trommelkesseln. Wie er heute wohl aussieht?

Die Idee ist nicht schlecht, denkt Fabienne. Es wird ihr gut tun, ihre Arbeit einmal mit jemandem aus einem ganz anderen Bereich zu besprechen. Die Leute von BlueHoryzon sind über Energiewirtschaft in der Regel gut informiert, in der Regel sehr viel besser als der durchschnittliche Energiepolitiker, manchmal auch deutlich besser als ausgewiesene Energiemanager.

Gleich morgen, beschließt sie, wird sie sich um eine Verabredung mit ihm kümmern. Sie nimmt einen Stift, schreibt »TEL Sven Abakus« auf ihren Terminausdruck für den morgigen Tag. Gleich neben den Termin bei ihrer Ärztin. Und setzt, nach kurzem Nachdenken, noch ein Ausrufezeichen dahinter, bei dem ihr aber die Hand verrutscht, so dass Strich und Punkt hinter dem Namen nun wirken wie ein halbfertiges Herz.

FELSENSTEIN-WATCH

dixieland
Meine Freundin hat FF vor einer Stunde in dem Prada-Laden gesehen wie sie ein Kleid für 1650 Euro anprobiert hat sah Scheiße aus sagt meine Freundin
WANN, WENN NICHT JETZT?

mina blass
1650 Euro für ein Kleid das Scheiße aussiet ist für FF doch ein Klaks wärend wir uns dafür kaputt schuften
ICH WOLLTE NACH DEN STERNEN GREIFEN, ABER DA WAR NUR DUNKELHEIT

mordskerl
würde sie mit oder ohne kleid sofort nemen, und zwar ran

sperberauge
dixieland das mit Prada kann nicht sein weil sie in Köln ist nur seriöse Zuschriften erwünscht ist hier die Losung darf ich daran erinnern;)
PEACE IS HERE (IF YOU WANT IT)

dixieland
wer hat denn dich zum chef der bande gemacht sperberauge?
WANN, WENN NICHT JETZT?

störtebeker
Prada macht auch sehr schöne Säcke, es muss ja nicht immer ein Kleid sein. Wann, wenn nicht jetzt! – das ist ein super Motto.
***DAS LEBEN IST EIN OPFER*

mordskerl
mir ist Kleid oder Sack egal, habe ich ja schon gesagt

sperberauge
wo ist sie denn nun?
PEACE IS HERE (IF YOU WANT IT)

friedericia schiller
Sie fährt jetzt gleich nach Hause. Heute mal ein bisschen früher. Nicht mehr mit dem hellblauen Hybrid.
DIE ZUKUNFT IST WEIBLICH

SOCIAL MEDIA

Diese Marlene Baier!, denkt Henning Wallter. Als er ihr an dem Morgen im Flur der Zentrale von RuhrSTROM seinen Namen nannte, hat sie ihn mit ihren dunklen Augen nur angestarrt. Dann hat sie nachgefragt, ob er der Henning Wallter vom Weltkurier sei. Ziemlich schmeichelhaft, fand Wallter, wo Wirtschaftsleute doch selten den Kulturteil lesen, für den er vorwiegend geschrieben hat. Business & Finance macht beim Weltkurier nämlich der Chef selbst. Das wäre dann auch der Chef von Hartmann, den Hartmann nur das Aas nennt.

Aber natürlich liest auch diese Baier keinen Kulturteil, sie wollte sich nur über den Weltkurier ärgern, und zwar über Kaspar Hausers Blog, was Wallter ziemlich lustig fand, schließlich ist er ja selbst Kaspar Hauser. Das hat er ihr natürlich nicht gesteckt.

»Ich bin nicht mehr beim Weltkurier«, sagte er nur, worauf sie wissen wollte, für wen er jetzt schreibe, und er ihr mitteilte, er arbeite jetzt für RuhrSTROM.

Und das stimmt ja auch. Luke Anders von LAIM hat ihm an jenem Morgen, als er ihn in dem Biergarten traf, eine Stelle angeboten, die Wallter nach kurzer Überlegung annahm, einmal, weil ihm danach war, Hartmann zu ärgern, und dann, weil das Gehalt, das ihm Anders anbot, dreimal so hoch war wie dasjenige, das er bisher verdient hatte.

Hartmann hat sich auch geärgert. »Du arbeitest also jetzt für den Feind?«, sagte er empört und sah aus, als wollte er gleich drei Zigaretten gleichzeitig anzünden, weil eine allein nicht annähernd ausreichen würde, um diese Neuigkeit zu verdauen.

Die Baier dagegen schien diese Nachricht, die er ihr im Flur wie ein kleines Geschenkpaket überreichte, recht fröhlich zu stimmen, jedenfalls bis zu dem Moment, wo er ihr erklärte, worin sein neues Aufgabenfeld für RuhrSTROM bestand. Danach hatte er Angst, sie würde gleich wieder an die Decke gehen.

»Die Presseabteilung will die Vorstandsvorsitzende in die Social Media bringen?!«

»So genau weiß ich das nicht«, versuchte Wallter sie zu beschwichtigen, schließlich war er ja hier, um sich mit Anders und der Presseabteilung erst einmal zu besprechen. Auf dem Rückweg von der Toilette hatte er sich dann verlaufen.

»Twitter? MySpace? Facebook? Dieses ganze Zeug?«

»Na ja. Über 800 Millionen Mitglieder bei Facebook, das ist doch was, oder?«

»Wollen Sie sich über mich lustig machen?«

Er kriegte sie dann aber doch dazu, ihm den Weg zur Presseabteilung zu zeigen, wo sie, wie sich herausstellte, ohnehin hinmusste. Zu einer Unterhaltung kam es nicht mehr, stattdessen schnaubte sie im Gehen vor sich hin.

Hin und wieder blickte sie dabei unwillig auf seine Chucks, bis er sie schließlich fragte, ob etwas mit seinen Schuhen nicht stimmen würde, und sie schien auch kurz zu überlegen, ob sie ihm mitteilen sollte, was genau sie an seinen Chucks nicht mochte.

Sie ließ es dann aber bleiben, weil ein nervöser Anders bereits in der Tür der Presseabteilung stand und nach seinem jungen Mitarbeiter Ausschau hielt.

»Mein Chef«, sagte Wallter zu Marlene Baier, und dann, wo er gerade am Reden war, fragte er noch, ob sie vielleicht Lust hätte, demnächst mal mit ihm einen Kaffee zu trinken? Sie war irgendwie niedlich, fand er. Was sie bei RuhrSTROM eigentlich machte, wusste er nicht – so weit waren sie nicht gekommen –, aber bei jemandem, der seine Gefühle so wenig unter Kontrolle hatte, konnte das höchstens die Poststelle sein.

Und da stand sie dann schon wieder und starrte ihn an.

»Nein«, beantwortete sie seine Frage ziemlich spontan. Dann schien sie sich die Antwort zu überlegen und sagte: »Vielleicht. Gib mir doch mal deine Nummer.«

Hey. Die Frau duzte ihn plötzlich. Wieso das? Aber warum nicht?

Und natürlich gab er dieser Frau seine Nummer. Sofort.

FRAU WEISS, WAS SIE WILL

Er nahm nicht an, dass er wirklich von ihr hören würde, aber noch am Nachmittag rief sie an. Sie klang konzentriert, zielstrebig. Jetzt sollte es schnell gehen. Sie verabredeten sich noch für denselben Abend, bei einem Japaner, der gleich bei Wallter um die Ecke lag.

Warum? Warum so schnell? Wallter wunderte sich.

Und jetzt, im gut gefüllten Japanrestaurant – Wallter hatte durchaus Mühe gehabt, noch zwei Plätze zu reservieren –, stellt sich heraus, dass diese Marlene Baier, zwei Jahre jünger als er, doch tatsächlich die persönliche Assistentin von Fabienne Felsenstein ist!

Das gesteht sie ihm über ihrem Hauptgang, einem Teriyaki-Gericht, von dem sie nicht allzu viel zu halten scheint. Jedenfalls lässt sie die Hälfte stehen.

Wallter ist begeistert. Die Idee, über die Felsenstein ein Porträt zu schreiben, hat er noch nicht ganz aufgegeben, und den Hauser-Blog soll er ja immerhin auch weiterführen. Und hier sitzt er nun, mehr oder weniger direkt an der Quelle! Für eine solche Quelle würde er größte Opfer bringen! Love Agent wollte er schon immer mal sein.

Hey! Was geht hier gerade ab?

Dumm ist nur, dass die Quelle offenbar eigene Pläne hat. Marlene, wird Wallter klar, scheint sich vorgenommen zu haben, heute Abend in Erfahrung zu bringen, wer sich hinter dem Pseudonym »Kaspar Hauser« verbirgt. Das also erklärt die Dringlichkeit des Rendezvous.

Wer aber Kaspar Hauser ist, das wiederum darf ihr Wallter keinesfalls verraten, unmöglich. Alles, aber das nicht. Also wiegelt er ab, versucht das Thema zu wechseln, trinkt den größten Teil des Sake, den er bestellt hat, selbst.

Und eigentlich müsste er sich ja ärgern, weil Marlene sich mit ihm nur getroffen hat, um mehr über Hauser in Erfahrung zu bringen. Wie mies ist das denn? Vermutlich erwartet sie auch noch, dass er die Rechnung für ihr Essen übernimmt!

Das Merkwürdige ist nur, dass er sich nicht ärgert. Eigentlich genießt er es sogar, der Träger eines Geheimnisses zu sein, das diese Frau von ihm hören will. Macht ihn interessant, dagegen hat Wallter erst mal nichts.

Außerdem kommt ihm Marlene mit ihren schwarzen Locken und der hellen Porzellanhaut noch niedlicher vor als auf dem Flur vorhin. Und sie duftet nach Zimt, was einer von Wallters Lieblingsgerüchen auf dieser schönen Welt ist.

Aus dem wenigen, was sie von sich erzählt hat, schließt er, dass sie von der Welt schon eine Menge gesehen hat, sicher weit mehr als er. Wahrscheinlich verdient sie auch astronomische Summen. Sollte ihn das stören? Vermutlich. Tut es aber nicht. Er weiß nicht genau, warum, aber so ziemlich alles an dieser Marlene gefällt ihm.

Als sie nach dem Essen auf der Straße stehen, lädt er sie auf einen Kaffee zu sich ein.

Wieder dieses Zögern. Und dann: »Warum nicht«, sagt Marlene – diesmal ohne Fragezeichen.

ZU LAUT

Um 22 Uhr 30 gibt Fabienne John telefonisch durch, dass er sie abholen soll, und wenig später ist sie unten vor der Konzernzentrale.

In einigen Büros brennt noch Licht. Hier und da flammt das Flurlicht auf, wenn die Reinigungsgruppen gerade die nächste Etage erreichen. Die Pförtner und die Sicherheit tun ihren Dienst in abgedunkelten Büros. Die Sperrpoller in der Einfahrt sind hochgefahren.

John steht mit der schwarzen S-Klasse-Limousine vor der Tür.

»Schon mit der Wartung fertig?« fragt Fabienne.

»Da genügte ein Anruf. Und dann war der Wagen nach einer Stunde wieder hier. Ein Ventil musste eingestellt werden. Nichts Ernstes. ... Nach Hause?«

»Ja, London, bitte ...«

John sieht sie fragend an.

»Natürlich Düsseldorf, John. My new Dorfland.«

Fabienne nickt ihm zu, grinst. Sie ist mit einem Mal bester Laune. Der riesenhafte RuhrSTROM-Moloch mit seinen Hunderten von verschachtelten Beteiligungen und Geschäftsfeldern hat für sie eine klare Kontur bekommen, mehr und mehr dringt sie zum Kern vor.

Sie spürt förmlich die Energie, die in dem Unternehmen vibriert, nimmt sie fast wahr wie das dunkle Summen eines Zuges, der aus weiter Ferne näherkommt. Gelingt es ihr, diese Kräfte zu bündeln, zu klären, an der richtigen Stelle einzusetzen, dann könnte dieses Unternehmen zu einem gewaltigen Werkzeug, zu einem riesigen Motor der Industrie dieses Landes werden.

Wichtig und Wert bringend für alle. Produktiv. Dynamisch.

John fährt neben den Schnellstraßen und Autobahnen. Nicht die üblichen Wege. Fabienne registriert das und erkennt die Taktik. John ist aufmerksam wie immer, vielleicht sogar noch etwas aktiver in der Beobachtung der Spiegel und der parallelen Fahrspuren.

Doch diesmal bleiben sie unbehelligt. Kein Blut, nirgends. Keine Waffen. Keine Farbe.

Das dunkle Summen verbindet sich nun sehr deutlich mit Ohrendruck und ist damit – ganz offensichtlich – nicht die virtuelle Energie von RuhrSTROM, sondern vielmehr das schwarze Orchester des Tinnitus, das sich zurückmeldet.

Fabienne schüttelt den Kopf, das Brummen bleibt, verstärkt sich noch.

Sie ist froh, als das Auto vor dem sechsstöckigen, gutbürgerlichen Mietshaus hält. John öffnet ihr die Tür, sie steigt aus, bleibt einen Moment lang stehen.

Der Boden hat sich kurz verschoben, jetzt ist er wieder am richtigen Ort. Kein Drehschwindel. Nur das Brummen bleibt, noch etwas lauter als im Wagen.

Als sie damals die oberste Wohnung mit Dachterrasse besichtigte, fühlte sie sich an London erinnert und wusste, hier könnte sie leben. Den Tipp für die Wohnung hatte ihr Justus gegeben – er hatte Sie auch darauf hingewiesen, dass sie in diesem Haus in bester Gesellschaft sein würde. Hier wohnen schließlich ein Minister der Landesregierung, ein Opernregisseur und ein Direktor der Landesbank.

Der Concierge ist in Sicherheitsbelangen ausgebildet und ein ausgesprochener Technikfan, der gern mit seinen Überwachungskameras spielt.

Beim Reingehen winkt Fabienne dem Mann hinter der Glasfront kurz zu und schiebt dann das alte Scherengitter auf, hinter dem der moderne Fahrstuhl wartete. Die Fahrstuhltür schließt sich mit einem kleinen metallischen Fauchen, das Fabienne überdeutlich hört – seltsam, das Brummen im Ohr hat mit einem Mal nachgelassen.

Davon hatte ihr schon der Arzt in Griechenland erzählt: In manchen Fällen kehrt das Gehör ohne die unangenehmen Begleiterscheinungen des Schwindels zurück. Die Überempfindlichkeit auf Geräusche bleibt natürlich, in diesem Fall kann sie das Getriebe des Aufzugs hören, der sie nach oben bringt, so als stünde sie gleich neben der Maschinerie.

Gut, dass sie gleich in ihrer Wohnung sein wird. Dort kann sie eine Tablette einnehmen, sich hinlegen, warten, bis ihr Zustand sich wieder normalisiert hat.

Wieder das metallische Fauchen, als die Fahrstuhltür sich öffnet – fast wie ein Automotor. Sie tippt den Code ihres Türschlosses ein, das Klackern der kleinen Tasten erzeugt einen Trommelwirbel. Fabienne öffnet die Eichentür und wirft ihren Mantel über den Sessel im Flur.

Dann bleibt sie stehen.

Vor der Tür war es ihr schon aufgefallen, und jetzt noch viel mehr: Das Geräusch der Straße ist viel zu laut. Kann das an ihrem noch immer etwas verschobenen Zustand liegen? Nein. Die Hörempfindlichkeit sorgt lediglich dafür, dass sie die Veränderung überdeutlich bemerkt.

Die Tür zur Dachterrasse muss offenstehen. Sie ist jedoch sicher, dass sie sie heute morgen zugemacht hat. Von hier aus, im Flur, kann Fabienne die Tür nicht sehen, und sie hat auch nicht vor, nachschauen zu gehen.

Stattdessen bewegt sie sich vorsichtig rückwärts. Richtung Wohnungstür. Drückt dabei an ihrem Handy auf die programmierte Alarm-Kurzwahl für John, dann auch die Alarmtaste für den Concierge.

Bei der Tür bleibt sie kurz stehen, tritt dann ins Treppenhaus zurück und verschließt die Tür von außen.

Es dauert keine zwei Minuten, bis der Concierge und John auftauchen.

»Was ist?«, flüstert John.

»Die Terrassentür muss offen sein«, antwortet Fabienne.

Der Concierge tippt etwas in den kleinen Palm-Laptop, den er mit den Kameras im Haus verbunden hat, findet die Kamera, die Fabiennes Dachterrasse überwacht. Niemand ist zu sehen, aber die Terrassentür steht tatsächlich offen.

John zieht seine Waffe. Fabienne öffnet die Wohnungstür erneut.

Langsam bewegt John sich durch das Wohnzimmer in Richtung Terrassentür, gibt dann dem Concierge, der ihm gefolgt ist, ein Zeichen.

Die Außenbeleuchtung flammt auf. Die Dachterrasse liegt sofort in hellem Licht. Vor dem Geländer ein Schatten – ein Mann schwingt sich hinüber und auf das mit Kupfer beschlagene, flache Dach davor.

John eilt auf die Terrasse und sieht der Gestalt auf dem Dach hinterher. Der Concierge tippt einen weiteren Befehl in seinen Palm. Die Kamera dreht sich, verfolgt die Person noch ein Stück weit.

Als John zurückkehrt, hält er in der Hand etwas, das aussieht wie ein Stück Stoff.

»Das hier scheint er vergessen zu haben«, sagt er.

Fabienne nimmt den Gegenstand, betrachtet ihn: ein mittelgroßer Transportsack aus Gewebeplastik mit einigen ausgeschnittenen kleinen Löchern.

Wollte der Mann sich damit tarnen?

John diskutiert bereits angespannt mit dem Concierge, wendet sich ihr nun zu: »Die Polizei kommt gleich. Sie müssen klären, worum es sich hier handelte, aber auszuschließen ist erst einmal nichts, im Grunde gar nichts. Die Terrassentür war heute Vormittag zu?«

Der Concierge schaltet sich ein: »Darauf habe ich ein Auge.

Sie war zu. Ich denke, die Überwachungsvideos werden uns weiterhelfen. Geht es Ihnen denn gut, Frau Felsenstein?«

Was für eine Frage. Fabienne ist zumute, als hätte jemand ihre intimste Sphäre beschmutzt. Am liebsten würde sie sich übergeben. Wer war hier? Wer ist hinter ihr her? Was wollen die?

Verschiedene Bilder überlagern sich in ihrem Kopf. So etwas hat sie schon einmal erlebt. Damals in den Slums von Manila. Bevor man sie auf der Straße zurückließ. Desorientiert, erschöpft, schmutzig.

Nicht die physische Gewalt ist das Bedrohlichste, viel verstörender ist die psychische Dimension. Ging es auch bei dem Sack vielleicht nur um sie? Sollte er sie verhüllen, während man sie aus der Wohnung trug, vermutlich betäubt, damit sie sich nicht wehren, nicht schreien konnte?

Was hätten die dann mit ihr gemacht? Sie in einem Erdloch verscharrt? Sich an ihr vergangen?

Waren das Psychopathen, organisierte Kriminelle, Drogensüchtige – die nur Geld für den nächsten Schuss brauchen? Erpresser? Was wird hier gespielt?

In ihrem Kopf spielen sich Kaskaden von Möglichkeiten ab – die Axt, die deinen Kopf einschlägt – Danos Bild.

Fabienne atmet tief durch, sieht zu John und dem Concierge.

»Lassen Sie die Beamten gleich hochkommen, bitte. Und John, wenn du alles überprüfen würdest, angefangen mit meinem Zimmer. Ich warte hier, bis du durch bist. Danke.«

John nickt, will schon gehen, als Fabienne bewusst wird, dass sie noch immer den Gewebesack in der Hand hält.

»John!«

Er dreht sich um, etwas erstaunt, ihre Stimme ist um einiges schärfer als sonst.

»John, bitte. Nimm dieses widerliche Stück Dreck hier weg!«

Sie wirft ihm – ohne Rücksicht auf Spurensicherung und andere Vorbehalte – den Sack hin: »Nimm das hier weg!« schreit Fabienne.

FELSENSTEIN WATCH

daredevil
sie sind bei ihr zu hause angekommen.
MIT GROSSER MACHT KOMMT GROSSE VERANTWORTUNG!

friedericia schiller
und dann ham sie bei ihr die ganze Lichtbatterie angeschmissen. party! leute. uuf zu ff. ff gibt einen aus! echter RuhrSTROM partyknaller.
***DIE ZUKUNFT IST WEIBLICH*

störtebeker
Sie wollte das Prada Kleid nicht, hab ich ja gesagt. Hat sie nicht gekauft. Dabei hatte die Boutique es noch mal für sie umgeschneidert. Lustig. Party finde ich gut. Wenn Felsenstein auch mitmacht.
***TALENT FÜR DAS SCHICKSAL*

mordskerl
bin bereit für Partxy! beim namen FABIENNE – da verspreche ich mir was!

DILLON

Als sie in Wallters Wohnung angekommen sind, redet Marlene nicht mehr über Kaspar Hauser.

Das liegt an seiner DVD-Sammlung, die zwar nicht groß und im Zeitalter des Streaming ohnehin beinah überholt ist, aber, das muss er selbst zugeben, ein paar Perlen sind tatsächlich dabei.

»Rumblefish!«, ruft Marlene. »Mein absoluter Lieblingsfilm!«

Also legt Wallter die DVD ein, wobei er sich ein wenig wundert, denn Rumblefish ist zwar ein netter Film, aber doch schon ziemlich alt.

»Ich bin so oft umgezogen in den letzten Jahren«, sagt Marlene, in der Stimme ein Anflug von Melancholie, »mir kommt es so vor, als lebte ich schon ewig aus dem Koffer. Nur das Nötigste, weißt du? In meinen Wohnungen ist immer gar nichts.«

Das ist bei Wallter anders, seine Wohnung ist bis obenhin voll mit Büchern, CDs, DVDs, Videogames und was er sonst für seinen Journalistenberuf für notwendig erachtet, der ja nun auch schon Vergangenheit ist.

Er hat am späten Nachmittag noch etwas aufgeräumt, die Tassen mit den Kaffeeresten und die Weingläser mit den Rotweinringen gespült, Pizzaschachteln weggeworfen, sogar den Mülleimer geleert – die Wohnung sieht besser aus als seit Monaten, und er hofft, dass die Frau das auch zu würdigen weiß.

Die Frau starrt aber nur auf den Fernseher. Auch gut. Oder schlecht, weil dieser Zimtgeruch Wallter gerade wahnsinnig macht. Er rückt etwas näher an sie ran. Keine Reaktion.

Mickey Rourke sitzt als abgefuckter Philosoph in der Wohnung seines Vaters, den Dennis Hopper spielt, und redet über Sokrates. Was ist daran so toll?, fragt sich Wallter.

Er legt den Arm recht leger auf die Rückenlehne des Sofas hinter Marlene, dann rückt er noch eins näher. Nichts.

Die Frau glotzt weiter auf den Fernseher. Zeit vergeht. Dann fragt sie mit einem Mal, ohne den Blick vom Bildschirm zu lösen: »Wer bist du in diesem Film? Mickey Rourke oder Matt Dillon?«

Blöde Frage. Jeder Mann, der etwas auf sich hält, ist in dem kaputten Familiensystem von Rumblefish Rourke. Der coole ältere Bruder. Ex-Chef der Motorradbande der Kleinstadt. Der verlorene Sohn, der nach Hause kommt. Und nicht Dillon. Der naive, verlorene jüngere Bruder. Der Rourke bewundert und sich einbildet, er könne sein wie er.

Nur ist Dillon der Mann mit der schönen Freundin, die er allerdings an einem wilden Wochenende in einem Bootshaus hintergeht. Die Szene fängt gerade an und der Song, der dazu läuft: Der ist einfach super.

»Sag schon«, sagt Marlene und sieht ihn nun an, mit einem Lächeln, das Wallter einfach umhaut.

»Für dich, wenn du willst: Dillon«, erwidert Wallter.

Die Antwort ist vollkommen bekloppt, aber das ist auch schon egal.

Weil er sie küsst – und vom Küssen versteht er was, stellt Marlene fest. Eine 7 auf Marlenes 10er Skala. Und ja, auch sie ist ein bisschen betrunken. Und sie küsst zurück, fährt ihm dann mit der Hand unter das T-Shirt, streicht ihm über den Rücken. Und dann dem Hosenbund entlang nach vorn, dorthin wo Wallter, wenn sie wirklich möchte, gern Dillon sein will.

– die Party im Bootshaus, Dillon, der mit dem falschen Mädchen schläft. Der Beat. Die Motorräder. Der Aufmarsch der – wie hieß die Gang? – Scorpions? –

Nun ist nicht mehr die Zeit für Fragen.

Wallter fasst Marlene an den Hüften, streift ihr den Rock hoch, setzt sie auf sich drauf. Könnte passen, denkt er. Und hat dabei längst vergessen, dass er eigentlich nur arbeitsmäßig in den Inner Circle von Marlenes Chefin eindringen wollte.

– während im Bootshaus im Fernseher Körper sich auf Kajütenbetten verkeilen. Junge Männer in schwarzem Leder auf Motorrädern, die aufheulen. Fahrer, die von den Maschinen fliegen, in der Luft hängen bleiben und sich dann ineinander verbeißen, verknäueln, sich im Staub drehen, wieder und wieder und wieder – und dann die Bahnhofsuhr, die von den Schüssen des Dorfpolizisten getroffen wird, zersplittert, explodiert – und Dillon, vollkommen außer sich, der gerade dabei ist, es sich mit seiner schönen, fernen Freundin endgültig zu verderben. Stopp! Das nicht! –

Aber jetzt ist schon nichts mehr zu hören. Wallter hat den

Ton ausgestellt, denn die Töne machen sie jetzt bitteschön selber. Und diese Marlene, die ganze Marlene, die nunmehr nackte Marlene. Ihre Porzellanhaut auf seiner Haut, ihre Finger an seinem Hintern, die kurzen, atemlosen Schreie dieser Frau – gerade schafft es Wallter, sich und sie ins Nebenzimmer zu bewegen, wo neben dem Bett die Packung Billy Boys liegt – und dann ist er einfach nur noch weg.

Und das wird auch eine ganze Weile lang so bleiben.

ABAKUS

Es gibt mit einem Mal eine Menge guter Gründe, warum sie sich auf Abakus' Brief nicht melden sollte, selbst wenn man sich schon seit der Studentenzeit kennt.

Der Entführungsversuch – oder war es nur eine Entführungsdrohung? – ist noch frisch in ihrem Gedächtnis, und die Behörden ermitteln in alle Richtungen. Die Arbeit bei BlueHoryzon macht Sven Abakus ganz allgemein zur verdächtigen Person – ein potenzieller Atomterrorist – zumindest im Denken einiger konservativer Energiefürsten und natürlich auch der Sicherheitsleute.

Die Bildersuche hat ihr Hunderte von Fotos geliefert, auf denen Abakus mit Steigeisen und einem BlueHoryzon-Banner in der Hand einen Atommeiler hochklettert, grinsend, unerschrocken, siegessicher. Dass er auf den Bildern aussieht wie der junge Robert Redford, schadet der Wirkungskraft nicht.

Natürlich ist er jetzt schon seit Jahren aus dem Geschäft raus. Irgendwann bist du einfach zu alt für die Stuntman-Truppe, die Öko-Aktivisten in solchen Organisationen offenbar häufig sein müssen.

Laut Website der Organisation sitzt Abakus schon seit Jahren in der deutschen Zentrale von BlueHoryzon als Marketing-Leiter – eine gewichtige Position, schließlich geht ohne Marketing auch bei BlueHoryzon gar nichts. Vielleicht gehört er sogar zu denen, die die schockintensivste Propaganda der letzten Jahre entwickelt haben, die sogenannten Mind Bombs, mit denen neuerdings um Spendengelder geworben wird.

Neben den Bildern findet Fabienne auch Interviews mit ihm. Sie klingen so, als mache sich Abakus nichts vor, wenn es um BlueHoryzon geht. Die Themen seien elementar, drängend und wichtig, erklärt er, beim Zugehen auf die Öffentlichkeit bediene man sich dafür aller erlaubten Mittel, und zwar ohne Ausnahme. Auffallen bringt Geld. Die Ehrlichkeit gefällt ihr.

Sie hat den Brief noch einmal auf einen Unterton der Bedrohung hin gelesen – keinen gefunden – und sich geschämt, weil die Vermutung eigentlich unsinnig ist. Und sie hat für so etwas doch gar keine Zeit.

Also ruft sie bei ihm an: »›Strahlende Zukunft, strahlendes Nichts‹, weißt du noch, Sven?«, fragt sie nach den ersten Begrüßungssätzen, vielleicht, um ihn zu prüfen – wenn er die Lyrics nicht mehr kennt, dann braucht sie ihn auch gar nicht erst zu treffen.

»Du erinnert dich noch daran?« Das Erstaunen ist seiner Stimme anzuhören. Der Song war der Hit der Band gewesen, der einzige Hit, bis auf ›Sie geht weg, behandelt mich wie Dreck‹, das Lied, das David schrieb, nachdem Fabienne ihn verlassen hatte. Da war Sven aber schon auf dem Absprung in ein anderes Leben gewesen.

»Die Lyrics waren von dir«, fährt sie fort, »die fand ich immer ziemlich gut. Auch dein Brief hat mir gefallen, danke dafür.«

»Ich bin erstaunt, dass du überhaupt die Zeit gefunden hast, ihn zu lesen.«

»Wozu hast du ihn denn geschrieben, wenn nicht, damit ich ihn lese?«

Seinem Schweigen ist anzuhören, dass er diese Frage entweder gar nicht oder sehr ausführlich beantworten wird. Schnell kommt sie ihm zuvor.

»Hör zu, Sven«, sagt sie. »Ich habe am übernächsten Dienstagmittag ein Zeitfenster um 14 Uhr 30 und wollte fragen, ob dir das passt. Etwas anderes kann ich dir leider nicht anbieten, hier ist einiges los. Geht der Termin für dich? Vielleicht bei dem kleinen Italiener in der Breiten Straße – den kennst du bestimmt.«

Er kennt ihn, und er wird da sein.

ENERGIEMIX

Sein Flug war ruhig. Das Flugzeug hat pünktlich auf der Rollbahn aufgesetzt.

Eine schwarze Langlimousine bringt Justus Kohlmeier in einen modernen kleinen Palast vor Ankara. Die Einrichtung ist orientalisch opulent, die Bewirtung kommt einer eigenen Kunstform nahe. Heerscharen von Dienstboten, die sich so diskret bewegen wie die Katze des Nachbarn, lesen dem Gast jeden Wunsch von den Augen ab und erraten Bedürfnisse und Wünsche, die ihm noch gar nicht eingefallen sind.

Er wird schon morgen früh nach Deutschland zurückfliegen.

Der türkische Industrieverband hat das Treffen organisiert. Seine Gesprächspartner an diesem Abend könnten ausgesuchter nicht sein. Die türkische Regierung ist auf Ministerebene vertreten, die deutsche Regierung auf Staatssekretärsebene, aber die Hauptperson, der Star des Abends, Vater der Braut, wenn man so will, ist der CEO eines der größten Energieversorger der Türkei.

Und wie bei jeder offiziellen Brautwerbung wird es bei diesem ersten Treffen um die Vorteile der Verbindung gehen – für die Türken, mit ihrer so überaus reichen Palette an natürlichen Ressourcen, und für die Deutschen mit ihren angesehenen Fachbetrieben, ihrer technologischen Kompetenz und ihrer vermeintlichen Investitionskraft.

Als was ist Kohlmeier eigentlich hier? Als Aufsichtsratsvorsitzender von RuhrSTROM? Ja, aber nicht nur. Als Vertreter der deutschen Industrie? Ja, das auch. Er ist Mittelsmann. Mit vielen Hüten auf dem Kopf und in keiner spezifischen Funktion. Von der Politik beider Länder akzeptiert. Er ist derjenige, vom dem alle wissen, dass bei ihm die notwendigen Drähte zusammenlaufen. Gerade in einem Land wie der Türkei reicht dies und macht ihn zum geheimen Rangobersten am Tisch. Den Chef der Deutschen Bank würde auch niemand fragen, was er an diesem Tisch mache und warum er hier sei.

Erst einmal werden aber Komplimente ausgetauscht. Das übernimmt auf deutscher Seite Kohlmeier. Die Politik ist hier Zuschauer, Vermittler, Zeuge vielleicht, in erster Linie aber von zeremonieller Bedeutung.

»Ihr Land bietet alles, um die Energieversorgung in die eigenen Hände zu nehmen – und, über kurz oder lang, auch zu exportieren. Sie verfügen über einen ungeheuer breiten Mix von möglichen Energiegewinnungsformen, Wasser, Sonne, Wind, Gas, Kohle, Öl, Kernkraft – konventionelle und alternative Energien. Selbst für die Geothermie sind sie prädestiniert und privilegiert. Sie leben in einem wahren Energieschlaraffenland. Es ist uns eine große Ehre, bei Ihnen zu Gast zu sein.«

Der türkische Minister nickt, und Kohlmeier nimmt sich einen Moment Zeit, betrachtet die Gesichter in der Runde, die jedem, der in diesem Spiel nicht so geübt ist wie er, vollkommen ausdruckslos erscheinen müssten.

Zeit, die Karten auf den Tisch zu legen: »Wir sehen eine große Zukunft für eine Partnerschaft ihrer Nation mit Deutschland. Unser Land beweist nun schon seit Jahrhunderten seine Überlegenheit in sämtlichen Ingenieursbelangen. Bei uns bekommen sie Technologie auf höchstem Sicherheitsstandard. Wir bringen Ihnen alles, von Kernkrafttechnologie bis zur Solarstromgewinnung. Und wir bringen Ihnen auch die Investoren, aus der ganzen Welt. Es wäre uns eine Ehre, Ihnen bei der

Entwicklung Ihres wunderbaren Landes als global bedeutsamem Energiestandort behilflich sein zu dürfen.«

Kohlmeier verneigt sich gegenüber seinen Gastgebern und den anderen Gästen, nicht zu tief, nicht zu wenig, ein Signal, dass er vorläufig nichts mehr zu sagen hat. Dann übergibt er mit einer kleinen Geste das Wort an den deutschen Staatssekretär, der bereits die Grüße der Regierung, der Kanzlerin und des Wirtschaftsministers entboten hat und nun noch einmal das Interesse an der Zusammenarbeit, auch mit staatlichen Agenturen, bekundet, von dem beiderseitigen Vorteil dieser Verbindung spricht.

Daraufhin verneigt sich auch der Regierungsabgesandte, etwas zu tief, aber das schadet nichts, er ist noch vergleichsweise jung, er wird die Regeln noch lernen.

Den deutschen Kernenergieausstieg erwähnt er nicht. Davon wissen die Türken ohnehin, und Problemthemen sollen einen solchen Abend nicht belasten. Auch Kohlmeier hatte die Wahrheit recht großzügig interpretiert, als er verschwieg, dass Deutschland im Grunde auch aus der Kernkrafttechnologie aussteigt. Doch die Türken können selbst Pressemeldungen über DAX-Konzerne lesen.

Was haben die Gastgeber zu bieten?

Vom Chef des türkischen Energieversorgers erfährt Kohlmeier die geplanten Investitionshöhen der nächsten Jahre. 7,5 Milliarden Euro will man in Kraftwerke und Netzkapazitäten allein bis 2015 investieren. Bis 2020 wird noch einmal mindestens die eineinhalbfache Summe veranschlagt. Der türkische Minister wiederholt in allgemeinerer Form das, was der CEO schon gesagt hat, der Echoraum der Politik unterstützt den Austausch, der an diesem Abend beginnt und der nichts anderes besagt als: Die Braut ist bereit, sich umwerben zu lassen.

Kohlmeier prostet dem türkischen Kollegen mit seinem Mineralwasser zu, lädt ihn zu einem baldigen Gegenbesuch in Deutschland ein. Noch einmal spricht er vom beiderseitigen

Nutzen dieser Verbindung, dieser Kooperation, dieser bi-nationalen Hochzeit im Dienste von Wärme, Licht und Strom.

Und die Braut ist es wert. Das Treffen in Ankara ist natürlich eine Farce – einerseits, denn Kohlmeier und seine Getreuen haben längst das Meiste in die Wege geleitet, was hier besprochen wird, als wäre es ganz neu.

Manchmal öffnet die Politik Türen. Öfter aber kommt sie erst zum Schluss, um bereits erzielte Ergebnisse ein- oder besser aufzusammeln.

Zum anderen gibt der offizielle Charakter den Startschuss für den nächsten Level der Verhandlung. Überraschungen sind immer möglich, an diesem Abend hat es keine gegeben.

Kohlmeier zweifelt nicht daran, dass die Dinge auch weiterhin so laufen werden, wie er es will. Was nicht unbedingt gegen den Willen seines türkischen Gegenübers gehen muss, schließlich haben sie das gleiche Bedürfnis, aus der Braut das meiste rauszuholen, ihren Wert wahrhaftig in Gold aufzuwiegen. Es ist der gleiche Wind, der sie trägt. Der Wind der Götter.

Kohlmeiers Kunden dürfen ihm vertrauen. RuhrSTROM. Die deutsche Industrie. Die neuen Regenerativen. Die Konsortien. National und international. Russland. Kasachstan. China. Malaysia. Für wie viele Kunden und Partner ist er unterwegs? Fünfzig? Mindestens. Vermutlich sind es mehr. Beteiligt ist Kohlmeier vielleicht an mehr Unternehmen, als der große RuhrSTROM-Konzern Beteiligungen hält. Versteckt und verschachtelt, unangreifbar und diskret. Stets professionell.

Kohlmeier weiß genau, wie er weiter vorgehen wird. Er hat sein Leben lang daran gearbeitet, dieses Spiel zu beherrschen, und er ist schon seit vielen Jahren ein Meister darin.

Ein Spiel von Kauf und Verkauf, von Call und Put, von Hoffnung und Enttäuschung, von Gewinn und Verlust. Bei dem die Banken dem helfen, dessen Verlust sie verschont. Bei dem Gelder verschwinden und wieder erstehen, bei dem Hütchen wechseln und von Neuem sich drehen.

Am Grab vieler Menschen trauert tief verschleiert ihr ungelebtes Leben. Das wird bei Justus Kohlmeier nicht so sein. Er lebt sein Leben, als Macher und Gentleman.

KASPAR HAUSERS BLOG

Die ersten 100 Tage des honigblonden Fräuleinwunders aus Bochum haben es in sich. 100 Tage – die gewährt man Präsidenten, damit sie sich sortieren und vom Ballast der Vorgänger befreien können. Diese Frist wird der von uns geschätzten Fabienne nicht gewährt. Bei ihr geht es rund.

Da sie nach wie vor nicht mit der Presse und damit auch nicht mit uns spricht, sprechen wir: Auf sie wurde ein Farbanschlag verübt, Farbe rot. Richtig: Wir assoziieren ›blutig‹. Rot wie Blut. Rot rann die Farbe von ihrem hellblauen Jaguar – der Felsenstein-Watch sei Dank, dass wir in der Farbenlehre auf Stand bleiben – kaum hatte sie sich von diesem kleinen Soft-Angriff erholt, erschreckt und dann doch wieder erholt, tough wie sie ist, geschützt wie sie ist, da wurde es noch ungemütlicher: Ein dummer kleiner Entführungsversuch wurde unternommen – so heißt es –, die Felsenstein-Watch hat das Geschehen beobachtet, und inzwischen gibt es auch schon Videos darüber im Netz (auf den einschlägigen Portalen unter ihrem Namen schnell zu finden) – Felsenstein sollte artgerecht verpackt werden, so darf man vermuten, hat doch der Täter freundlicher- und tollpatschiger Weise den Entführungssack inkl. Luftlöchern hinterlassen, als er wie eine Katze über das warme Blechdach entfloh.

Wie schätzt die Polizei die Sache ein? Vermutlich wie wir: Die Sache wirkt zu dilettantisch, als dass sie ernst gemeint gewesen sein könnte. Fest steht aber auch, dass das Leben dieser Vorstandsfrau – außerhalb von Firmenunterlagen und Meetings – eine Menge Schattenseiten hat. Dieses Leben wollten wir nicht haben. Dieses Leben wolltet ihr nicht haben. Dieses Leben will vermutlich nicht mal die haben, die es hat: Fabienne Felsenstein.

Und sie wird sich wie wir fragen: Was ist eigentlich los? Finden die vielen Kontenverwalter im Energiekonzern die neue Lady so unappetitlich, dass sie sie einsacken wollen? Wegpacken? Verschicken und vergessen machen? Wollen sie ihre Nerven testen oder wollen sie ihr wirklich an die Wäsche?

Oder kommen die Anschläge von draußen, gar von der Konkurrenz?

Wem tritt sie auf die Füße? Muss sie nur einfach mehr zu Dorffesten gehen, zu Hafenfesten an Rhein und Ruhr, Stadtwerke-Jubiläen, Feuerwehrfesten? Ist es das?

Auftrag an die Felsenstein-Watch: Findet es heraus! Wenn nicht ihr, wer sonst? Die Konzernkommunikation setzt nach wie vor auf Schweigen.

Ich dagegen – setze auf Euch!!

KASPAR HAUSER. IHR WIRTSCHAFTSBLOG AUF WELTKURIER.NEThttp://WELTKURIER.NET/community/blogs/KASPARHAUSER/archive/FELSENSTEIN2011.aspx

GRÜN UND ROT

Nach dem Dinner und den sich anschließenden Gesprächen in dem Palast in Ankara hat sich Justus Kohlmeier in das Gästehaus des türkischen Industrieverbandes zurückgezogen. Er liest auf seinem kleinen Laptop die internationalen Nachrichten.

Sein Telefon klingelt. Es ist Neumann, vermutlich aus dem Horus. Im Hintergrund ist Musik zu hören, Stimmen, Gelächter.

»Dein Schützling trifft sich mit Öko-Terroristen«, sagt der Ex-Gewerkschafter, ohne sich lange mit einer Begrüßung aufzuhalten. »Ich nehme an, das ist in deinem Sinne?«

»Wovon zum Teufel sprichst du?« fragt Kohlmeier.

»Ich rede von Sven Abakus, dessen Name dir erinnerlich sein dürfte – schließlich hast du damals vor zehn Jahren, nachdem der Kerl mit seinem albernen Transparent die Hülle unseres Kernkraftwerks bestiegen hatte, eine ganze Meute Anwälte auf ihn und seinen Umweltverein gehetzt. Was hast du ihm nicht alles vorwerfen lassen? Mutwilliger Anschlag auf Leib und Leben von KKW-Mitarbeitern?«

»Fünf Tage hat er gekriegt. U-Haft. Lächerlich. Von mir aus hätten das fünf Jahre sein können.«

»Auch mit fünf Jahren wäre er längst wieder aus dem Knast und hätte alle Zeit der Welt, mit unserer neuen Chefdame rumzuflirten. Er hat ihr geschrieben, sie hat ihm geantwortet, sie sind verabredet – alles sehr reizend, ganz bestimmt auch in den Augen der Medien. Gibt es ein Interesse deinerseits, dass die Sache in die Zeitung kommt?«

»Gibt es nicht«, antwortet Kohlmeier und fragt sich, was ihn das wieder kosten wird. Bei Neumann hat jedes Zugeständnis seinen Preis.

»Was hast du eigentlich gegen Umweltaktivisten und sonstige Grüne? Vergiss nicht, dass deine Gewerkschaft längst nicht mehr rot geführt wird!«

»Rot ist ein gutes Stichwort«, sagt Neumann, »der neue Bordeaux ist da!«

Am Weingut, wo der Bordeaux herkommt, ist Neumann mit ähnlichen Prozentzahlen beteiligt wie am Horus. Prozentual beteiligt ist er auch am Laden des Zwischenhändlers, der ihn einführt. Und natürlich wird der Wein im Horus besonders gern ausgeschenkt.

»Die üblichen zehn Kisten?«, hakt der Aufsichtsrat nach, als Kohlmeier nichts sagt.

»Meinetwegen.«

»Machen wir zwanzig daraus«, schlägt Neumann vor, worauf Kohlmeier ihn anschnauzt, er solle sich nichts einbilden.

»Die Staatsanwaltschaft ermittelt nicht mehr«, wechselt Neumann das Thema.

»Bitte?«

In diesem Fall ahnt Kohlmeier zwar, wovon Neumann spricht, gibt sich aber vorsätzlich unwissend.

»Der Unfall auf der Autobahn. Der angeblich kein Unfall sein sollte, und jetzt anscheinend doch einer ist ...«

Neumann macht eine kleine Pause.

»… schade eigentlich. Dabei hätten wir jetzt einen Atomterroristen, dem wir die Sache anhängen könnten, gut gebrauchen können.«

Kohlmeier geht die Geduld aus.«Wahrscheinlicher ist doch, dass hinter einer solchen Geschichte dieselben Leute stecken würden, die Felsensteins Büro verwanzt haben«, sagt er kühl.

»Davon weiß ich nichts«, erwidert Neumann.

Irgendwo hast du deine Informationen aber doch her, denkt Kohlmeier.

»Neumann, in den Nachrichten stehen Andeutungen auf einen Entführungsversuch an Felsenstein. Weißt du mehr darüber?«

»Nichts Genaues, es gibt keine Bekennerschreiben. Die Polizei ermittelt. Eine schlichte erpresserische Handlung ist auch denkbar. Nicht immer geht es um Politik.«

»Lösegeld?«

»Ja, warum nicht? Da ist ja was zu holen.«

»Wer soll denn zahlen? RuhrSTROM vielleicht?«

»Zum Beispiel.«

»Und ist ihr etwas dabei passiert?«

»Nein. Überhaupt nicht. Ein Mann verschwand über das Dach, mehr war nicht.«

Sowohl Kohlmeier als auch Neumann schweigen einen Moment.

»Wo geht's denn jetzt hin?«, fragt Neumann dann, der es plötzlich eilig zu haben scheint. Er nimmt Kohlmeiers Antwort – »zu einem Segelfliegertreffen in Oberösterreich« – mit übertriebener Freude zur Kenntnis, wünscht guten Flug und legt dann auf.

Kohlmeiers Euphorie über das gelungene Geschäftstreffen ist verflogen. Er greift zum Telefon, gibt eine Bestellung bei der Rezeption auf. Dann stellt er sich ans Fenster des Gästehauses in Ankara und starrt auf die vielen Lichter der Stadt.

Ein dicker Vollmond hängt am tiefschwarzen Himmel, aus der Ferne ertönt ein Heulen. Hunde? Oder gibt es auch Wölfe in der Türkei? Werwölfe vielleicht?

Ein Klopfen an der Tür.

»Your Whisky, Sir.«

»Stellen Sie ihn hin. Und dann verschwinden Sie.«

Auch wenn er die Sprache nicht versteht, versteht er doch den barschen Ton sofort. Der junge Kellner wartet gar nicht erst auf Trinkgeld. Dieser Gast ist ihm unheimlich.

Kohlmeier nimmt die Flasche mit zum Fenster, setzt sich in den Sessel, öffnet den Korkverschluss des edlen Malzproduktes, gießt sich den Alkohol ins Glas, starrt auf die Stadt, trinkt, denkt, gießt nach und trinkt weiter, bis er schließlich den Punkt erreicht, wo die Gedanken gleißend hell im Kreis fliegen, ein Loop, befeuert von Dämonen der Vergangenheit. Vielleicht auch der Gegenwart.

Abakus. Kennt sie den Mann? Offensichtlich. Kennt sie auch seine Vorgeschichte mit Kohlmeier? Vermutlich nicht – Kohlmeier redet nie darüber.

BlueHoryzon war damals noch jung, die Kletteraktion eher amateurhaft in der Durchführung, aber selbst Kohlmeiers PR-Berater unterschätzten das mediale Talent der Umweltorganisation.

Ein Exempel wollte er statuieren. In einer Zeit, wo »Atomkraft? Nein Danke« kaum noch jemanden interessierte, schien es ihm möglich, aber dann war es mit einem Mal so, als würde alles, was er an Munition zum Einsatz brachte, nur der Gegenseite zum Vorteil gereichen. Und zuallererst lag das an diesem verdammten Aktivisten mit seinem Transparent und seinem strahlenden Robert Redford-Lächeln, zuoberst auf Kohlmeiers Atommeiler.

Bilder, die um die Welt gingen: Das war der Senkrechtstart für BlueHoryzon. Und Kohlmeier gelang es nicht mehr zu trennen. Ging es nun um RuhrSTROM gegen BlueHoryzon? Oder vielmehr um Kohlmeier gegen Abakus?

An einem bestimmten Punkt zog sich der Konzern zurück. Im medialen Kräftemessen mit einem charmanten Umweltrebellen kann ein millionenschwerer Vorstandschef gar nicht gewinnen, und mit Wahrheit und Sachverhalten, mit Recht und Unrecht hatte die ganze Geschichte ohnehin längst nichts mehr zu tun.

Äußerlich gab sich Kohlmeier als guter Verlierer, innerlich raste er. Gut möglich, denkt er jetzt, dass nicht einmal Abakus weiß, wie sehr ich ihn noch immer hasse.

Kohlmeier fällt es nicht leicht, sich einzugestehen, dass Fabienne ihm ein klein wenig zuwider ist, seitdem er erfahren hat, dass sie sich mit diesem Mann treffen will.

An der Richtigkeit der Meldung zweifelt er nicht. Fabienne war schon immer erstaunlich gesprächsbereit, wenn es um Sachthemen ging. Dass sie in punkto Energieversorgung auch die Meinung der Gegenseite hören möchte, wundert Kohlmeier nicht. Aber hätte sie nicht auch jemand Anderen von BlueHoryzon treffen können?

Warum gerade Abakus?

Sie kennt den Mann. Offensichtlich. Auch das ist Kohlmeier zuwider.

Gut, solange er das weiß, kann er damit leben. Das Gefühl lässt sich nicht ausschalten. Weit besser also, man sorgt dafür, dass es für einen arbeitet.

Seine letzten Gedankenringe in dieser Nacht führen ihn zurück zu Neumann. Woher hat Neumann all diese Informationen? Und was war das für ein Entführungsversuch?

Irgendjemand hat Fabienne offenbar im Visier. Fabienne ist Kohlmeiers Schützling. Und bleibt es auch. Er ist ihr Mentor. Ein solcher Akt richtet sich auch gegen ihn.

FABIENNES TAGEBUCH

GRAUE KONTEN ... in einem Konzern der Größe RuhrSTROMs ist davon auszugehen, dass erhebliche Mittel nicht für Konzernzwecke eingesetzt werden, sondern individuelle Bedürfnisse befriedigen. Die Systeme dafür sind vielfältig. Werde ich sie erkennen? Wie kann ich sie finden? Wie lässt sich der Grad krimineller Energie messen?

KRIMINELLE ENERGIE 1 ... die meisten Menschen, die in einem Konzern rechtswidrig handeln oder gar kriminell werden, tun dies weder geplant noch aus gezieltem kriminellen Impuls. Sie sind nicht wirklich für die Kriminalität geschaffen. Sie schlittern hinein wie ein Roller über Glatteis in den Straßengraben, weil sie ihr Verhalten nicht kontrollieren können. Weil sie schwach sind. Vielleicht sind da Spielschulden oder eine teure Scheidung oder eine kurzfristige Schieflage in dem Unternehmensbereich, dem sie vorstehen. Aus Angst oder Scham, zu ihrem Unvermögen zu stehen, fangen sie an zu tricksen. Sie zweigen Finanzmittel ab, die ihnen nicht gehören, machen Versprechungen, die sie nicht halten können, das alles immer im Glauben, demnächst werde sich das Blatt wenden, und sie könnten die Gelder unbemerkt zurückzahlen oder die verfehlten Ziele noch erreichen. Selbstüberschätzung hilft, Panik macht zusätzlich blind. Und irgendwann sitzen sie da, in einem Schlamassel, das unverhältnismäßig schlimmer ist als alles, was bei einer Offenlegung gleich zu Anfang passiert wäre. Das Ende, mit allem Schrecken, den es mit sich bringt, erfahren solche Menschen eher als Erleichterung. Das habe ich mehrfach erlebt.

KRIMINELLE ENERGIE 2 ... bei der echten kriminellen Energie ist das anders. Auch sie musste ich schon erleben. Sie nimmt sich ganz bewusst vor, ein System unrechtmäßig auszubeuten. Auch dahinter steckt Hybris, oft gekoppelt mit krankhaftem Machtwillen und grenzenloser Gier. Der Kriminelle hält sich für unantastbar. Interessanterweise ist er das auch – bis zu einem gewissen Punkt. Das liegt daran, dass die Regeln der Außenwelt für ihn nicht gelten. Er arbeitet nach seinen eigenen Gesetzen, die er höher einstuft als das allgemeine Verständnis von Recht und Unrecht. Ihm ist sein unrechtmäßiges Handeln nicht anzumerken – weil es für ihn gar nicht unrechtmäßig ist, ihm gar nicht unrechtmäßig erscheint. Wird er erwischt, ist er empört. Sein Spiel zählt, seine Gesetze gelten: Wie kann irgendjemand es wagen, sein System in Frage zu stellen? Der wirklich kriminelle Spieler erklärt am Lügendetektor, er sei unschuldig, und das Gerät spricht ihm die Wahrheit zu.

ANDROHUNG VON GEWALT ... »Manchmal hilft nur sie.« Das hat Justus einmal gesagt, noch in London. Vollkommen abwegig! Ich habe ihn gefragt, ob er das ernst meine: »Ja«, hat er gesagt. »Natürlich: Ja.« Wollte er mich nur hochnehmen? Oder hat er es etwa wirklich ernst gemeint?

BÜCHER, KONTEN, SMARTPHONES

Norbert Tschauner hat keine Ahnung, wie die Software funktioniert, aber dass sie funktioniert, ist unbestritten. Ein kleines Wunder! Auf sie gebracht hat ihn ein Kumpel aus der Laufgruppe.

Tschauner ist leidenschaftlicher Langstreckenläufer, jeden Morgen um halb sechs läuft er mit seinem Trainer mindestens fünf Kilometer, und an etlichen Wochenenden ist er mit seiner Laufgruppe zu Halbmarathons oder auch zu ganzen Marathons unterwegs, wo er regelmäßig im vorderen Feld abschneidet.

Er mag die Laufgruppe: Interessante Menschen trifft man da, einen Querschnitt durch die Bevölkerung, Akademiker, Angestellte, Selbstständige, Werker, und alles Freunde, möchte Tschauner beinah sagen, der in den letzten Jahren wenig Zeit für Freunde hatte, die nicht gleichzeitig Geschäftsfreunde waren.

Der betreffende Kollege aus der Gruppe arbeitet als Detektiv.

»Ein Handy überwachen? Nichts leichter als das«, prahlte der Mann eines Abends auf der Rückfahrt aus der Eifel, wo Tschauner eine persönliche Bestzeit erlaufen hatte. »Die Software kann man aus dem Internet runterladen, die Installation ist ein Kinderspiel. Wenn man dann noch ein paar einfache Regeln beachtet, lässt sich auch nicht nachweisen, wer sie auf dem Handy installiert hat.«

Die Unterhaltung fiel in eine Zeit, als Felsenstein noch recht neu war bei RuhrSTROM. Tatsächlich fand in der Woche vor dem Eifel-Marathon die erste Vorstandssitzung mit ihr statt.

Tschauner, das für die operativen Themen zuständige Vorstandsmitglied, hatte sich zu diesem Anlass einen kleinen Scherz erlaubt: Zu Beginn der Sitzung stand er auf und überreichte der neuen Vorsitzenden ein paar Kopien mit der Bemerkung, diese Unterlagen könnten ihr bei der Einarbeitung hilfreich sein. Sie solle ja nicht umsonst studiert haben.

Die anderen Vorstände hatten ihn erstaunt angesehen. Tschauner war nicht derjenige, von dem irgendjemand erwartet hätte, dass er der neuen Chefin helfen werde.

Felsenstein hatte die Papiere lächelnd überflogen. Nach nicht einmal zwei Minuten sagte sie: »Der Inhalt hat schon ein wenig Patina, Kollege Tschauner. Diese Kopien stammen aus dem Brockhaus, 16. Auflage, 1952–1957, nicht wahr?«

Es waren einfache Lexikon-Einträge zu den Themen Strom, Energie, Licht, kopiert aus einem Brockhaus-Band, den schon

Tschauners Mutter besessen hatte. Gut möglich, dass es die Ausgabe aus den 50er Jahren war. Aber woran las Felsenstein das ab?

»Keine Ahnung, ob das die 16. Auflage ist. Kann schon sein.«

Tschauner war verwirrt über Felsensteins Reaktion. Vielleicht sogar geschockt, wie staubtrocken sachlich sie seine Provokation genommen hatte. Solche Nehmerqualitäten hatte er ihr nicht zugetraut.

»1952–57«, wiederholte sie mit einem Nicken. »Ja. Der Schriftsatz weist eindeutig darauf hin. Schauen Sie nach, ich bin mir ziemlich sicher, dass ich Recht habe. Das waren noch gute Zeiten für den alten Brockhaus. ... Was uns jedoch betrifft, hoffe ich, dass wir mit unseren Kenntnissen inzwischen doch etwas weiter sind. Wollen wir jetzt anfangen?«

Und damit schickte sie ein freundliches Lächeln in die Runde.

»Bravo«, sagte der Finanzvorstand, Hermann Suhr, für sich, aber doch so laut, dass alle im Raum es hörten.

Tschauner dagegen war fassungslos, geschockt – und wütend. Bei dieser Vorstandssitzung sagte er kein einziges Wort mehr. Seither sinnt er auf Rache.

Das war nicht der einzige Grund, warum er aufhorchte, als sein Laufkollege die Vorzüge der nicht rückverfolgbaren Spionageüberwachung von Handys pries.

Der andere Grund hatte eine bald 50jährige Geschichte. So lange kannten sich Rolf-Peter Neumann, Thies Jacobi und Norbert Tschauner schon – eine Freundschaft, die auf dem Schulhof angefangen hatte.

Tschauner war zwei Jahre jünger als die anderen, und bei ihrer ersten Geschäftsidee – ein kurzfristig lukrativer Handel mit Pornobildern, die Jacobi aus Magazinen ausschnitt, die er einem älteren Cousin geklaut hatte – gab er den Laufburschen, Boten und schließlich auch Sündenbock, als die Sache aufflog. Das war für alle Beteiligten praktisch: Mit Neumanns Vater, einem einflussreichen Bauunternehmer im Ort, mochte sich die Schule nicht anlegen, dem schönen Thies traute einen solchen Schweinekram keiner zu, während Tschauner, damals schon schmächtig und einziges Kind einer alleinerziehenden Mutter, dafür geradezu prädestiniert schien.

Die Tatsache, dass er die Schuld widerspruchslos auf sich nahm, blieb für Tschauner nicht ohne erfreuliche Nebeneffekte. Die Hänseleien, denen er vorher auf dem Schulhof ausgesetzt gewesen war, hörten nun schlagartig auf. Tatsächlich war der Moment im Rückblick Tschauners Einstieg in diejenigen Kreise, auf die es in der Schule ankam – und später auch im Leben.

Über Neumann und Jacobi und deren Familien fand er letztendlich Zugang zu dem, was manche das »System Ruhrgebiet« nannten und mitunter heute noch so nennen, ein komplexes Gebilde aus Freundschaften und Verpflichtungen, Gefälligkeiten und Verflechtungen, Prämien und Gegenleistungen, das Geschäfte erleichterte und Wettbewerb weitgehend ausschloss. Um da mitzumachen, musste man entweder aus dem Pott stammen oder sich einkaufen, meist zu einem erklecklichen Preis, den aber alle bereit sind zu zahlen: Industrie, Gewerbe, Politik, Behörden, Gewerkschaft, Staatsanwaltschaft und Presse. Hier leben Traditionen, die vielfach schon von den Vätern an die Söhne weitergereicht wurden.

Tschauner hatte keinen Vater. Tschauner hatte seine Freunde, auf deren Loyalität er sich seit jener ersten Geschäftsidee mehr oder weniger verlassen konnte und kann. Dafür verlangen sie aber auch einiges von ihm.

Jacobi zum Beispiel erwartet, dass er den Konzernflieger in Tschauners Namen benutzen kann, nur um damit eine persönliche Tour du Golf durch Europa zu machen. Es erfordert einen erheblichen Aufwand für Tschauner, diese Flüge so zu verteilen und zu erklären, dass die Konzernrevision ihm nicht auf die Schliche kommt. Besonders dann, wenn der Flug zu einem Treffen bei der neuen Beteiligungsgesellschaft nach Rom deklariert ist, aber lediglich bis Florenz kommt – schließlich ist in der Toskana gerade ein neues Golfresort eröffnet worden.

Nach Kohlmeiers Regentschaft wurde das Archiv der Konzernrevision einmal vernichtet, aber seitdem hat sich schon wieder einiges angesammelt. Ein neuer Archivschnitt könnte sicher nicht schaden, denkt Tschauner, ein wenig schadenfroh und doch gleichzeitig besorgt.

Seit Fabienne Felsenstein auf den Plan getreten ist, sitzen die Freunde Tschauner besonders im Nacken, die Landschaft weiter zu düngen und zu pflegen. Keine einfache Sache mehr, nachdem Felsenstein die Kasse für die »Vergütung von Sonderforschungsleistungen« entdeckt hat, die in der Buchhaltung der Abteilung für Kooperation mit externen Forschungspartnern mitlief. Deren Gelder aber ganz andere Kooperationen erleichterten und ganz andere Sonderleistungen beglichen. In dieser Sache käme ein Archivverlust jetzt schon zu spät.

»Können Sie mir zusichern, dass diese Vergütungen nicht als Schmiergelder ausgelegt werden können?«, hatte Felsenstein auf ihre zu perfekt und damit überheblich anmutende Art den verantwortlichen Abteilungsleiter gefragt.

Der konnte das nicht, worauf sie anordnete, die Kasse aufzulösen und die Mittel in den allgemeinen Konzernhaushalt zurückzuleiten. Tschauner wurde informiert, die Abteilung hatte bis vor kurzem zu seinem Vorstandsbereich gehört.

Ein sofortiges Hinzuziehen der Rechtsabteilung wurde im Vorstand diskutiert, dann jedoch vorerst verworfen. Felsenstein ordnete an, zunächst den Fluss der Gelder in den letzten fünf Jahren nachzuverfolgen, um dann danach herauszubekommen, ob ein Straftatbestand vorliegen könnte.

Das tat er nicht, Tschauners Ansicht nach. Die Gelder waren sinnvollen und nützlichen Zwecken zugekommen, die vielleicht nicht mehr dem neusten Stand der Compliance-Regeln entsprachen. Aber er, Tschauner, sah auch nicht ein, was es bringen sollte, dauernd die Regeln zu ändern.

Ihm jedenfalls wurde die Arbeit gerade erheblich erschwert.

Im Spaß, wirklich nur im Spaß, sagte er also dem Detektiv aus der Laufgruppe bei dem Bier, das sie an jenem Abend noch miteinander tranken, dass er sich wünschte, er hätte Einblick in den Datenverkehr seiner neuen CEO, weil die ihm einfach nicht ganz geheuer sei.

»Handy oder E-Mail?«, fragte der Detektiv.

»Handy. Heikle Dinge werden am Telefon besprochen.«

»Zum Firmen-Handy würde ich nicht raten. Die werden regelmäßig überprüft. Das private Handy dagegen – da kommen die meisten lange nicht drauf.«

»Und wie kommt man da ran?«

»Nichts leichter als das. Bei Frauen sowieso. In Frauenkleidung gibt es keine vernünftigen Taschen, also tragen sie ihre ganzen persönlichen Gegenstände in diesen riesigen Beuteln herum, die heute modern sind. Da tust du einen Griff rein, gehst über das Handy ins Internet, registrierst die Nummer, wartest die Bestätigungs-SMS ab, löschst sie und legst das Handy zurück. Und: fertig!«

»Ich tue gar nichts«, stellte Tschauner klar.

»Verstehe«, sagte der Detektiv, der gern Poker spielte und bei den Runden meist verlor.

»Ich will einfach nur sehen, ob du das hinkriegst«, ergänzte Tschauner leicht provokant, nachdem sie mehr oder weniger stillschweigend zu einer Vereinbarung gekommen waren.

Tschauner musste dann nur dafür sorgen, dass der andere in Elektrikermontur – der Büroumbau war da noch in vollem Gang – in die Geschäftszentrale hineinkam. Innerhalb einer halben Stunde hatte der Mann die Sache erledigt und zusätzlich noch eine Steckdose montiert, angeblich nur um seine Tarnung nicht auffliegen zu lassen.

Seither ist Tschauner im Besitz eines hübschen Handys, das er ausschließlich dafür verwendet, nachzuprüfen, mit wem sich seine Vorstandschefin privat unterhält.

Tschauner hat vielleicht nicht allzu viele Freunde, aber diese Felsenstein scheint gar keine zu haben. Hin und wieder telefoniert sie mit einem Typen, mit dem sie hauptsächlich Englisch spricht – ihr Liebhaber ist das nicht, soweit Tschauner das feststellen kann. Arzttermine, klingt aber nicht, als sei sie todkrank. Schade. Und dann, vor zwei Tagen, das Gespräch mit Sven Abakus. Eine Verabredung mit einem Ökoterroristen.

Jackpot!

Neumann, der nicht zu Aufregung neigt, wirkte doch ziemlich aufgeregt, als Tschauner ihm von dieser Sache erzählte. Als Tschauner dann vorschlug, die Frau mit dieser Geschichte abzuschießen, wollte er aber nichts davon hören: »Das spielen wir anders, Norbert«, hat er nur gesagt, und dann nicht verraten, was er damit meinte.

Tschauner bedauerte daraufhin, dass er mit der Geschichte nicht gleich die zwei Medienleute in seiner Laufgruppe aufgesucht hatte. Anderseits wusste er auch, dass es nicht okay wäre, die Sache nun an Neumann vorbeizuspielen.

Zwei Tage, nachdem er Neumann die Sache mit Abakus gemeldet hat – er war dazu ins Horus gegangen und hatte Neumann in seinem kleinen Büro gestört, wo er gerade mit dieser Sängerin, Amélie, ein kleines Tête-à-tête hatte – sieht Tschauner zufällig in der Zeitung ein Bild von Kohlmeier in Ankara.

Der Anblick des neuen Aufsichtsratsvorsitzenden bringt ihn zum Grübeln.

Als Kohlmeier noch Vorstandschef war, hatte Tschauner recht wenig mit ihm zu tun, er kam erst in Kohlmeiers letzten zwei Jahren zu RuhrSTROM und gehörte nicht sofort dem Vorstand an. Von Kollegen weiß Tschauner aber, dass Kohlmeier ein Verständnis für die Besonderheiten der regionalen Unternehmenskultur nicht komplett abgeht – jedenfalls hat er sich, anders als das eine Felsenstein getan hätte, nicht wie ein Berserker benommen, als bestimmte unorthodoxe Praktiken bei Betriebsausflügen der Personalabteilung an den Tag kamen. Diskretion. Dieser Wert wird bei Kohlmeier noch groß geschrieben.

Vielleicht sollte sich Tschauner ganz einfach mal mit ihm treffen, ihm seine Sorgen in allgemeiner Form schildern, sehen, was Kohlmeier dazu meint? Als Mann der Tat greift Tschauner sofort zum Telefon, ruft Kohlmeier an.

Der nimmt auch sofort ab. Er scheint sich über den Anruf zu freuen, vermutlich hat er in seinem Ruhestand nicht mehr allzu viel zu tun, und er verabredet sich mit Tschauner, will ihn gleich nach seiner Rückkehr vom Segelfliegen in Österreich treffen. Das Restaurant, das Kohlmeier für ihr Treffen vorschlägt, gehört zu den teuren Geheimtipps, aber die Sache, hofft Tschauner, wird die zweifellos happige Rechnung wert sein.

Die Erleichterung darüber, etwas unternommen zu haben, merkt er bereits in der nächsten Nacht, in der er zum ersten Mal seit Wochen bis zum Weckerklingeln morgens um 4:55 durchschläft.

FELSENSTEIN-WATCH

sperberauge
FF heute früh im Dienstwagen unterwegs, ca. 7:30 eingebogen auf die Hauptstraße Bochum Richtung Köln, am Handy, hab sie dann verloren
PEACE IS HERE (IF YOU WANT IT)

beobachter
kunststück die ist jeden tag um die zeit da unterwegs zur Pediküre ich weiß das seh sie immer aus dem bürofenster

sperberauge
Nummernschildervergleich?
PEACE IS HERE (IF YOU WANT IT)

beobachter
BO 666 hahaha das Nummernschild des Teufels

sperberauge
willst du mich verarschen?
PEACE IS HERE (IF YOU WANT IT)

mina blass
hab sie gerade gesehen wie sieh in die Breite Straße einbog, ich glaube sie war dies, in einem fetten Luxus Wagen ein einfacher Golf tuts wohl nicht für eine wie die.
ICH WOLLTE NACH DEN STERNEN GREIFEN, ABER DA WAR NUR DUNKELHEIT

mordskerl
GOLF FF würde mir reichen. Ich hab echt druck

beobachter
Was meinst Du mit FF, du Sau? Fabulous Fuck?

NEUER HORIZONT

So viele Gedanken im Vorfeld, und am Ende erweist sich die Begegnung als ganz einfach. Einfach und angenehm. Ziemlich gut.

»Fabulous Fab«, sagt Abakus gleich als Erstes, als Felsenstein im Lokal an seinen Tisch tritt.

Sie erschrickt kurz, erinnert sich dann aber sofort: Natürlich, so hatte die Band sie damals genannt, meist mit einer gehörigen

Prise Ironie, die bei ihm jetzt fehlte. Er missversteht ihr Zusammenzucken, entschuldigt sich für die vertrauliche Anrede: »Ich bin davon ausgegangen, dass ich dich nicht wiedererkenne«, versucht er sich zu erklären. »Deine offiziellen Fotos sind ziemlich irreführend, macht der Konzern das absichtlich? Und dann kommst du rein und siehst aus wie damals, nur schöner.«

»Dich hätte ich nicht wiedererkannt«, sagt sie und lächelt ihn an.

John ist mit ihr reingekommen und hat sich kurz umgesehen. Der Tisch, den sie hat reservieren lassen, steht etwas abseits. Er ist für den Fahrer und Bodyguard, der sich vor dem Restaurant wieder ins Auto setzt, einsehbar.

Als der Wirt 15 Minuten später mit ihrer Bestellung kommt – Apfelschorle für sie, Milchkaffee für ihn, einen Tomaten-Mozzarella-Salat, einmal Pizza Mar e Monte –, unterhalten sie sich mit einer alten Vertrautheit, die sich zugleich neu anfühlt.

»Eine Tochter«, ruft Fabienne aus. »Wie wunderbar. Wie alt ist sie? Ist sie dir ähnlich?«

»Sie ist zwölf, und nein, sie gleicht mehr ihrer Mutter, die sehr schön ist. Und klug. Sie hat weit früher als ich erkannt, dass eine Trennung für uns beide besser ist.«

»Aber das Kind. Wie geht deine Tochter damit um?«

»Sie wünscht sich, alles wäre so wie früher. Ich auch, nebenbei. Man bekommt leider nicht immer alles, was man sich wünscht.«

Er sieht traurig aus, als er das sagt, und Fabienne beschließt, das Thema zu wechseln: »Was ist mit BlueHoryzon? Ihr greift uns ziemlich an, nicht wahr? Mit ›uns‹ meine ich die Energiekonzerne. In manchen Punkten scheinen mir die Positionen gar nicht so weit voneinander entfernt. Bei anderen kommt es mir vor, als sei BlueHoryzon überhaupt nicht klar, dass ein Energiekonzern doch letztlich auch im Sinne der Kunden Gewinn machen muss.«

»Das interessiert mich. Erzähl weiter.«

Fabienne redet, greift die Punkte, die ihr auf der Website der Organisation aufgefallen sind, einen nach dem anderen auf, nimmt sie auseinander, stellt Fragen. Dabei spürt sie seinen Blick, freundlich und zunehmend beeindruckt. Manche ihrer Fragen kann er nicht beantworten, gibt das aber gleich offen zu, macht sich Notizen, um den Details nachzugehen. In anderen Dingen verteidigt er sehr entschieden die Linie der Organisation: »Es ist Unsinn zu behaupten, Erdgas sei eine ›saubere‹ Energiequelle. Der Rohstoff besteht zu beinah hundert Prozent aus Methangas, dessen Treibhauspotenzial ist dreimal höher als bei CO_2, die Gefahr eines klimatischen Kippeffekts, eines plötzlichen und dramatischen Klimawandels, wird damit recht real.«

»Jeder Rinderfurz auf einer südamerikanischen Hamburgerfarm produziert Methangas«, gibt Fabienne mit einem Lächeln zu bedenken.

»Es war auch nie die Idee der Natur, die halbe Welt mit Nutzvieh zu füllen, damit der Mensch in den Hamburgerläden einen ewigen Futternachschub hat.«

»Tatsache ist aber, dass der Energiebedarf Deutschlands mit den Erneuerbaren nicht abzudecken ist. Noch nicht zu akzeptablen Preisen. Wenn ihr Kohle nicht wollt, Öl nicht wollt, Gas nicht wollt – was bleibt dann?«

»Solange eine gewaltige, konzertierte Anstrengung von Wirtschaft, Politik und Wissenschaft zur Entwicklung von globalen Erneuerbaren noch nicht mal im Bereich des Denkbaren ist: das Hoffen auf ein Wunder«, meint Abakus, und dann, nach einer kleinen Pause: »oder Kernkraft.«

Fabienne starrt ihn verblüfft an:«Darfst du so etwas überhaupt sagen?«

»Ich darf sagen, was ich will, aber ich gebe auch zu, dass ich damit von unserer offiziellen Linie abweiche. Die Laufzeitverlängerung vom letzten Jahr, die von der Bevölkerung nicht ganz zu Unrecht als Kungelei von Wirtschaft und Politik aufgefasst wurde, entsprang zumindest teilweise derselben Einsicht.

Dazu kam allerdings das schlechteste Marketing, das ich je erlebt habe. Und eine falsche Grundlogik. Hätte man anders machen müssen.«

»Gut. Dann nehme ich mal eure Position ein. Was ist mit der Frage der Endlagerung?«

»Ein gigantisches Problem, und nicht aus der Welt, nur weil Deutschland den Atomausstieg beschlossen hat. Und wenn wir zu Erdgas zurückkehren: Bei der Förderung wird ebenfalls Radioaktivität freigesetzt, natürliche Radioaktivität zwar, aber die sogenannten NORM-Abfälle strahlen trotzdem ein paar tausend Jahre vor sich hin. Giftig sind sie allemal, wenn sie eingeatmet werden oder auf die Haut gelangen, zum Beispiel in den Schlammaufbereitungslagern, wo sie hier in Deutschland landen. In weniger entwickelten Ländern … – aber wem erzähle ich das. Ihr seid ja gerade dabei, recht beachtliche Gasdeals auszuhandeln.«

Fabienne sieht ihn an. Will er sie ausfragen? Ist er auf der Jagd nach Details? Sieht nicht so aus. Eben noch wirkte er traurig und müde. Jetzt sitzt ein anderer Mensch vor ihr, engagiert, mit vollem Einsatz bei seinen Themen. Für ihn ist die Zukunft kein ›Business as usual‹, ein Eindruck, den ihr der eine oder andere Vorstandskollege bei RuhrSTROM durchaus vermittelt. Gut. Ihr geht es genauso.

»Du gehörst also zu den Grünen, die Kernenergie befürworten, weil sie sämtliche Alternativen, die uns heute zur Verfügung stehen, für noch weniger verantwortbar halten. Schade, dass ihr euch in Berlin nicht durchgesetzt habt.«

»Wir passen nicht ins Wahlprogramm. Und, wie gesagt: Meine Kollegen denken anders als ich. Nicht alle, aber die meisten.«

»Unter solchen Umständen stelle ich mir deine Arbeit nicht einfach vor.«

»Ist sie auch nicht. Aber notwendig. Irgendjemand muss der Wahrheit eine Stimme geben.«

»Und bei uns hat die Wahrheit keine Stimme?«

»Die reine Wahrheit? Nicht, wenn es um die Nachhaltigkeit der Energieversorgung geht. Die Wahrheit, die ich meine, verträgt sich ganz einfach nicht mit eurer vorrangigen Verpflichtung, Geld für eure Anleger zu verdienen.«

»Bei dem meisten, was ich auf eurer Website lese, finde ich deine sogenannte reine Wahrheit genauso wenig.«

In Abakus' Augen blitzt kurz Wut auf, dann Resignation. Er nickt: »Touché, Fabienne. Du warst schon immer gut darin, dein Gegenüber an den Punkt zu bringen, wo ihm keine Antwort mehr einfallen will.«

Fabienne legt die Hand auf seinen Arm, sagt eindringlich: »Das reicht mir aber nicht, Sven.«

»Was meinst du damit?«

»Was du gerade erzählt hast, erlebe ich jeden Tag. Die meisten Menschen sind zu höflich, um ihr Befinden so direkt wie du zu formulieren. Es ist ihnen aber anzumerken. Ich kann förmlich zuschauen, wie sie beschließen, mit dem Denken aufzuhören – und zwar genau an dem Punkt, wo das Denken interessant werden könnte. Der Punkt, wo die Muster wirklich in Bewegung geraten, wo eine echte geistige Dynamik zu etwas Neuem führen würde. Und ich verstehe nicht …«

Fabienne unterbricht sich. John zeigt auf die Uhr. Fabienne nickt, hebt die Hand. Noch fünf Minuten.

»Du hast recht«, sagt Sven.

Verteidigt sich nicht weiter, fragt nicht einmal, was ihr Reden über Muster bedeuten soll – beinah, als verstünde er ohnehin, was sie damit meint. Vielleicht ist das ja wirklich so? Das wäre dann eine Art Wunder.

»Du hast recht«, wiederholt Abakus noch einmal. »Ich habe einen Freund, Michael Vishnu, der redet ähnlich wie du. Er ist Investor in Indien, fördert nur grüne Unternehmen, interessiert sich vor allem für diejenigen, die es wagen, weit über das, was heute Standard ist, hinauszudenken.«

»Klingt riskant.«

»Er sagt, um richtig zu gewinnen, muss man erst verlieren. Oft verlieren. Gut möglich, dass ich demnächst die Seiten wechsle. Er will schon lange, dass ich mich bei einer seiner Lieblingsfirmen in Südindien einsetze.« Er grinst. »Das zweite Geheimnis, das ich dir heute verrate.«

»Vishnu sagt mir nichts«, erwidert Fabienne und nimmt sich vor, dem Namen nachzugehen.

»Es kann sein, dass er demnächst in Deutschland ist. Ich könnte euch einander vorstellen. Wenn du Zeit findest, heißt das. Dabei fällt mir noch etwas ein.«

John steckt den Kopf zur Tür hinein. Fabienne bemerkt ihn, hebt die Hand, zeigt ihm drei Finger: drei Minuten.

»Erinnerst du dich an Shyne?«

»Shyne? Du meinst die Band? Aber sicher. Die waren richtig gut.«

»Stimmt. Viel besser als wir. Sie spielen nächste Woche in einem winzigen Klub in Düsseldorf, und ich dachte mir – na ja. Hättest du nicht mal Lust, dich wegzuschleichen? Und es ist ohnehin erst spät abends, du kannst also vorher noch genug arbeiten. Deinen Gorilla kannst du ja auch mitnehmen. Sie werden dir bestimmt gefallen: sind noch viel besser als damals. Wenn auch nicht viel erfolgreicher.«

Ob sie Lust hat?

»Das geht nicht«, sagt sie.

Abakus wirkt enttäuscht.

»Schade«, meint er nur, steht dann auf, um sie zu verabschieden, die Rechnung geht auf ihn.

»Ich glaube, John hat sich bereits darum gekümmert.«

»Dann danke ich dir. Und beim nächsten Mal bin ich an der Reihe – falls es ein nächstes Mal gibt. Reich mir die Hand, Fabienne. Du hast außergewöhnliche Hände, weißt du das? Ich habe mich sehr gefreut, dich zu sehen.«

FELSENSTEIN-WATCH

Frankfurt calling
FF ist in London. Sie hat einen Termin bei ihren alten Vertrauensärzten von Vauxhall Motors , die sie noch aus der McLloyd-Zeit kennt. Hat jemand etwas bemerkt? Was macht ihre Gesundheit?

störtebeker
*sie ist in Bochum, liebe krankfurter. sie ist hier in town. down town sogar. konzern town. und sie schraubt am program. macht es wie immer: 356 schautafeln. charts. Tabellen. achsen. kein stein bleibt auf dem anderen. DAS LEBEN IST EIN OPFER***

rhein.freak
Es ist Düsseldorf. Glaubt es. D Ü S S E L D O R F. Sie ist in D. schwarze Limousine, nicht das hellblaue Ding

Frankfurt calling
Wer hier wohl krank ist. Du, Störtebeker, Typ mit den nekrophilen Neigungen? Aber in Düsseldorf kennst du dich ja aus, mindestens das. Bist du eigentlich weiblich? Ej, Störtebeker, bist du damals wirklich ohne Kopf weitergelaufen? Machste das noch mal?

KEINE GUTE IDEE

Auf der Rückfahrt im Auto betrachtet Fabienne ihre Hände, die bisher nie irgendjemand außergewöhnlich genannt hat.

John räuspert sich.

»Ist etwas, John?«

»Es war keine gute Idee, diesen Mann zu treffen, Fabienne. Wir haben eine prekäre Sicherheitslage.«

»Ein alter Freund. Was sollte dagegen sprechen?«

»Die älteren Kollegen im Konzern nennen ihn noch immer den ›Ökoterroristen‹. Der ist bei denen unten durch.«

»Warum das denn?«

»Der Mann ist immerhin vorbestraft, war sogar hinter Gittern.«

»Weshalb?«

»Die Besteigung eines Schornsteins – auf dem Gelände eines Kernkraftwerkes von RuhrSTROM. Sachbeschädigung, Nötigung, Hausfriedensbruch, ich kenne die Vorwürfe nicht genau.«

»Wie lange war er im Gefängnis?«

»Nicht lange, fünf Tage. Die hatte er in U-Haft abgesessen. Die Ankläger haben später auf fünf Jahre plädiert. Manche sagen, Kohlmeier habe dann ein paar Strippen gezogen, dafür gesorgt, dass die Haftstrafe vergleichsweise mild ausfiel. Er kam jedenfalls mit einer Bewährungsstrafe davon.«

»Typisch Kohlmeier«, sagt Fabienne und lächelt.

»Ich frage mich, was er vorhat. Er war mal ein Freund. Ist er es noch? Kann er es unter diesen Umständen überhaupt sein?«

»Gute Fragen, John. Aber Freunde bleiben Freunde.«

»Ich sehe die Sicherheit in einem Rahmen, wie wir ihn eben hatten, nicht gewährleistet.«

»Es reicht, John. Es ist alles gut gegangen. Mehr will ich darüber nicht hören. Ich brauche auch solche Treffen. Mit all ihren Risiken. Ich danke dir für deine Ernsthaftigkeit. Du hast recht damit.«

John nickt, schaut auf die Straße, beschleunigt. Er wird sie nicht mehr darauf ansprechen, das weiß Fabienne.

War Sven wirklich im Knast? Sie hat sich bei ihm sicher gefühlt, so sicher wie lange nicht mehr bei jemandem. Ihr Gefühl sagt ihr: Er ist ihr Freund, daran besteht kein Zweifel. Gelernt hat sie, dass sie niemandem trauen kann. Sie muss aber Menschen trauen, auch das hat sie gelernt. Ohne vier, fünf, sechs Menschen immer in der Nähe, denen sie vertraut, kann sie nicht arbeiten – und nicht leben.

»Entschuldige, John«, sagt sie. »Es ist vollkommen richtig, was du sagst. Vollkommen professionell und korrekt. Und du meinst es gut, das weiß ich. Bei einem nächsten Mal besprechen wir vorher, wo und wie ein solches Treffen am besten stattfindet.«

John nickt, nimmt den Fuß vom Gas, so dass sie jetzt wieder innerhalb des Tempolimits fahren.

– IV –

FABIENNES TAGEBUCH

PRODUKTIVE GRUPPEN … das Gehirn braucht Störungen, um produktiv zu sein -- Gremien arbeiten effektiver, wenn sie heterogen zusammengesetzt sind: Männer, Frauen, verschiedene Herkünfte und unterschiedlicher Habitus, abweichende Vorlieben, unterscheidbare Karrieren. Verschiedene Blickwinkel. Komplementäre Erfahrungen.

PRODUKTIVER VORSTAND … bitte nicht einen Haufen Männer, die mehrheitlich dasselbe studiert haben, am besten noch an derselben Fakultät und in derselben Stadt, und die zudem vielleicht sogar in derselben Partei sind. Unbedingt anders besetzen!

KONZERNKULTUR … es geht um die Menschen … Unmöglich, jeden der zig Tausend Mitarbeiterinnen und Mitarbeiter kennenzulernen. … aber mit den Leuten reden, die vor Ort sind! Reden, reden – und …

FRAGEN, FRAGEN, FRAGEN … das habe ich schon immer getan! Die Fragen sind geblieben, nur ihr Inhalt hat sich verändert: Wo seht ihr in eurem Bereich die Stärken? Wo die Probleme? Und wenn es Probleme gibt – welche Lösungsansätze habt ihr anzubieten? Was muss sich ändern? Was wollt ihr ändern? Und wie?

STULLEN … ›Stullen mit Felsenstein‹ heißen unsere informellen Meetings jetzt im Konzern – wegen der belegten Brote vom lokalen Delikatessenhändler. Gruppen, nicht mehr als

15 Personen, quer durch die Hierarchien und aus ganz verschiedenen Bereichen, mit völlig unterschiedlichen Aufgaben – die mich fragen dürfen, was sie wollen, und mir sagen können, was sie wirklich besorgt. In der Regel sind die Gespräche angeregt und äußerst engagiert. Andere wiederum antworten höflich und nichtssagend auf die Fragen und verdrücken sich (und die Schnittchen) so schnell wie möglich.

AKZEPTANZ ... »Unsere Fabienne« heißt es nun manchmal in der Kantine des Konzerns – die Sekretärinnen berichteten davon. ... Freimütigkeit kommt an! Ich freue mich darüber.

KEINE AKZEPTANZ ... Schild sagt – zu den ›Stullen‹: »Für manche riecht das Ganze nach moderner Managementkultur, von der Art, die gerne als verlogen wahrgenommen wird. ... Die Achterbahnfahrt vom bezahlten Wochenendseminar in den Bergen, wo man mit Kollegen beim Wandern den Teamgeist fördert, um womöglich eine Woche später schon auf der Straße zu stehen, weil eine Unternehmensfusion das tolle Team überflüssig gemacht hat, kann heftig sein. Die Menschen sind frustriert. Unterm Strich fühlen sie sich wie eine austauschbare Ware behandelt.« Der neue Personalvorstand ist oft bei den ›Stullen‹ dabei – auch das freut mich sehr.

KASPAR HAUSERS BLOG

Alles so schön bunt hier! Wir berichten wieder einmal von unserer Lieblings-CEO Fabienne Felsenstein, auf vielfältigen Wunsch der Leser, die die Lady in unseren letzten Beiträgen vermisst haben. Sieht aus, als hätte Wondergirl ihren Vorstand nun endlich komplett, und so, wie der aussieht, hat's selten ausgesehen in der hiesigen Konzern-Landschaft. In dem fünfköpfigen Gremium geht es zu wie auf dem Multi-Kulti-Weihnachtsmarkt.

Wir finden in der RuhrSTROM-Vorstandsetage nun vertreten: Ost- und Westdeutschland, Persien und Schweden, Ingenieure, Juristen und Mathematiker, Männer und Frauen. Einzig zur Religionszugehörigkeit können wir nichts sagen, wenngleich wir ziemlich sicher sind, dass Norbert Tschauner (Vorstand für Operative Lenkung und Geschäftseinheiten) kein Muslim ist. Der Mann mit dem Marathon-Tick vertritt zusammen mit Hermann Suhr (Finanzen) RuhrSTROM, wie es einmal war. Unsere Ex-Mathematikerin und blonde Dauerfreude Fabienne ist natürlich das schillerndste Modell in diesem Früchtkorb, aber Per Tehrani, der neue Mann für Innovation und Internationalisierung, steht Madame in nichts nach. Er vereint in sich Persien und Schweden, spricht angeblich acht Sprachen, drei davon nicht-indogermanisch, und wurde kurz nach Felsensteins Amtsantritt bei einem schwedischen Energieversorger abgeworben. Bis vor wenigen Wochen war er bei RuhrSTROM noch als Executive Vice President im Einsatz, jetzt ist er die Leiter hochgerutscht. Way to go, Tehrani, und jetzt erklär uns bitte mal, was genau Innovation und Internationalisierung bei RuhrSTROM heißen soll?

Unser Lieblings-Vorstand ist aber eindeutig (sorry, Fabienne) die Dame Nummer zwo im Bund: Dagmar Schild. Warum das? Ganz einfach: Wir haben ein Herz für Punk-Musik, und die Dame war bis zum Fall einer gewissen Mauer staatlich ausgebildete Punk-Musikerin. Ja, ja – das gab's in der guten alten DDR tatsächlich, und dass Schild nun in der Vorstandsetage eines gesamtdeutschen Energieversorgers sitzt, spricht irgendwie ebenfalls für den Punk. Schild hat bei RuhrSTROM übrigens als Sekretärin angefangen – als frische Studienabsolventin und allein erziehend – auch in Deutschland kann man es also von der Tellerwäscherin (oder Gitarren-Zertrümmererin) zur Millionärin schaffen. Irgendwie scheint der Arbeitsdirektorenposten eine besondere Chance für die Damen zu sein – bei einem der Wettbewerber von RuhrSTROM hat ja schon seit einiger Zeit eine Frau den Job. Frauen und Energie! ›Times are a-changin‹? Naja, warten wir es mal ab …

An die Felsenstein-Watch: Schön, dass ihr so aufmerksam seid. Wir möchten allerdings darauf hinweisen, dass unsere CEO keinesfalls gleichzeitig in einem Kloster in Tibet, im Pennymarkt in Herne, im Szeneclub in London und im Vatikan in Rom – wo sie dann eine Boutique eröffnet? – gesichtet werden kann. Außerdem bitten wir allgemein im gegenseitigen Umgang um einen gemäßigten Ton. Der auch für uns neue Begriff des »schwanzlosen MEGA-Losers«, lieber »hitman«, hat in einer gepflegten

Watch-Kommunikation nichts zu suchen. Die Prada-Fraktion sei erinnert: Lasst sie leben. In diesem Sinne: Haltet die Ohren steif! Und die Augen weiter offen!

KASPAR HAUSER. IHR WIRTSCHAFTSBLOG AUF WELTKURIER.NEThttp://WELTKURIER.NET/community/blogs/KASPARHAUSER/archive/FELSENSTEIN2011.aspx

GEFANGENER DES EIGENEN RUHMS

»Speichern«. Klick. Und »Veröffentlichen«. Klick. Henning Wallter wechselt zur Online-Seite des Weltkuriers, kontrolliert nochmals den Eintrag, findet in seinem Blog einen Druckfehler: »Früchtkorb« statt »Früchtekorb«, den muss er gleich noch korrigieren. Er steht kurz auf, geht zur Schlafzimmertür, hört tiefe, feste Atemzüge.

Marlene schläft. Diese Frau ist unglaublich. Das Zusammensein mit ihr ist unglaublich. Der Sex mit ihr ist unglaublich. Und besonders unglaublich findet er, wie sie hinterher immer gleich einschläft.

So eine wollte er schon in der Studienzeit haben. Eine, die sich einfach nimmt, was sie will, und einen ganz selbstverständlich vor vollendete Tatsachen stellt. Bekommen hat er sie nie. Kann es sein, dass sein neuer Job ihm eine Ausstrahlung verleiht, die ihn für solche Frauen plötzlich interessant macht? Wenn, dann ist er dem Eierkopf Anders etwas schuldig.

Beim Gedanken an Anders stöhnt Wallter auf, sieht sich dann um – nein, er hat Marlene nicht geweckt. Das Problem ist, dass ihn die Arbeit bei LAIM langweilt. Vielleicht, weil sie nicht richtig losgehen will – es braucht eine Million Abklärungen, bis die Social Media-Attacke von RuhrSTROM gestartet werden kann. Wallter baut also erst mal Module. Die reicht er ein, ändert nach den Vorgaben, die zurückkommen, reicht wieder ein, ändert die Änderung. Öde, öde, öde. Wenn es anders wäre, hätte er vermutlich den Hauser-Blog schon längst aufgegeben. So aber kommt es ihm manchmal vor, als sei der Blog noch der einzige Ort in seinem Leben, wo er der Berufung, die er mal hatte, nachgehen kann.

Seine Leser danken es ihm nicht. Neulich zum Beispiel, der Blog über die Klimawandel-Skeptiker. Er sucht nach dem Titel, klickt darauf, liest noch einmal den Schluss:

Die vielen Tornados, Überschwemmungen, Dürreperioden der letzten Jahre? Nach Ansicht der Skeptiker: reiner Zufall! Das Abschmelzen des Polareises? Irgendwann musste das ja passieren. Pech für die Eisbären, gut für uns – dann können wir an den Erdspitzen auch noch leichter rumbohren, das ganze restliche Eis mit der Chemie versauen, die wir brauchen, um Mineralien und Öl aus der Erde zu holen, upps, da sind gerade mal wieder eine Milliarde Tonnen Rohöl versehentlich in das Polarmeer geflossen. Tut uns leid, Pinguine!

Ziemlich gelungen, findet Wallter selbst. Und was finden seine Kommentatoren?

> *duygu martens*
> *Mir schlafen die Knie ein, so was liest man ja inzwischen überall ... ich will was über die Felsenstein lesen, nicht über irgendwelche ollen Pinguine, hallo Hauser, ich dachte, du bist an der Quelle dran?*

Duygu, du hast es erfasst, denkt Wallter. Ich bin an der Quelle dran, das ist ja das Problem. Ein richtiger Journalist würde mit der Frau schlafen, vorher, hinterher und mittendrin die Informationen aus ihr rausziehen und das Ergebnis dann vergolden. »Ich habe es mir erfickt«, hatte ihm unlängst ein befreundeter Berufskollege zu einem neu erworbenen Gemälde aus einer Galerie erklärt, deren Preisskala eigentlich weit oberhalb seiner

Möglichkeiten lag. Ob die Aktion wohl so gut war, fragt sich Wallter nun, oder doch nur die Information?

Ein Pseudo-Journalist, wie er offenbar einer ist, verliebt sich stattdessen in seine Quelle und fürchtet seit einiger Zeit nichts mehr, als dass sie ihm auf die Schliche kommen könnte. Den Blogs, die Wallter über Felsenstein schreibt, ist das anzumerken. Er packt inzwischen nur noch Sachen rein, die er hundert Prozent recherchiert und nicht etwa von Marlene erfahren hat. Mit keinem Wort hat er sie nach der Entführung gefragt! Aber das Büro von Felsenstein hatte ihm seine Vermutungen bestätigt – soviel Faktencheck musste schon sein. Niemals würde er sich allein auf Suchergebnisse und auf die Autisten aus seinem Blog verlassen.

Viel reden Marlene und er ohnehin nicht über den Konzern oder die Arbeit. Marlene scheint ihre Chefin zu bewundern, was Wallter wiederum für die Felsenstein einnimmt.

Neulich hat Marlene von der Zeit in Griechenland erzählt, wo die Medien der Felsenstein angeblich hinterher jagten und nahezu jedes Gespräch mit ihr später in verfälschten Porträts wiedergaben. Laut Marlene wurde in den Presseberichten keine einzige Begebenheit so dargestellt, wie sie wirklich gewesen war – dafür aber fast jede Einzelheit verdreht und zum Nachteil ihrer Chefin ausgelegt. ›Spin‹ eben, denkt sich Wallter, die Drehung, auf die es ankommt.

Wallter unterbricht sie dann lieber, weil Marlene bei solchen Themen unglaublich wütend werden kann. Warum, versteht er nicht ganz, schließlich brauchen die Konzerne die Medien auch; sein neuer Job ist das beste Beispiel dafür. Und überhaupt: Muss man denn alles so ernst nehmen, was in der Zeitung steht?

Deutet er einen solchen Gedanken auch nur an, ist Marlene gleich wieder an der Decke. Und sieht unglaublich süß aus dabei. Es wäre unerträglich, sie zu verlieren. Wallter will lieber gar nicht daran denken. Also horcht er noch einmal Richtung

Schlafzimmer, wechselt dann zurück zu seiner Tastatur, korrigiert den Tippfehler, schaut noch kurz bei der Seite vorbei, die den Administratoren verrät, wer alles gerade online ist. Erstaunlich viele Leute, noch dazu dafür, dass es halb eins in der Nacht ist.

Sein neues Handy klingelt. Hartmann. Wallter geht ran.

»Ich hab gesehen, was du reingestellt hast.«

»Was ist mit dir los, Hartmann? Gehörst du jetzt auch zu den schlaflosen Internet-Junkies?«

»Mach keine Witze, Wallter. Ich bin noch in der Redaktion. Hier ist die Hölle los, alle drehen am Rad, und keiner weiß, wohin es rollt. Wir gehen nur noch auf dem Zahnfleisch.«

»Und was soll ich dabei?«

»Ich hab gerade deine Watch-Seite studiert. Ich bin mir ziemlich sicher, dass wir uns mit der Sache strafbar machen. Da gibt es einen Zusammenhang zu dem Farbanschlag und zu dem Entführungsversuch. Das werden auch andere schon festgestellt haben. Ich will, dass du sie auflöst.«

Während er weiterredet, klickt Wallter auf die Weltkurier-Website, um zu schauen, was die Watch-Leute treiben. Besser er weiß, was Hartmann vielleicht gerade sieht: »Felsenstein in Ketten und Leder im SM-Klub gesichtet«, ja gut, den Scherz versteht nicht jeder. Falls es ein Scherz sein soll. Was ist hier was? Das kann vielleicht tatsächlich ein Problem werden.

Trotzdem findet er, Hartmann kann sich doch gleich selber um die Abwicklung der Watch kümmern. Das sagt er ihm auch.

»Keine Zeit«, gibt Hartmann zurück. »So etwas muss mit Feingefühl gemacht werden. Könnten ja immerhin Abonnenten unter deinen Psychopathen sein, und im Moment heißt die Losung, jeden zahlenden Leser mitzunehmen, den wir kriegen können. Feingefühl – das ist doch ohnehin mehr dein Ding, Wallter, Mister Feingefühl, ist das nicht das A und O der Branche, in der du jetzt arbeitest?«

Welche Drogen nehmen die denn gerade beim Weltkurier, Koks? Hinter sich hört Wallter ein Geräusch und dreht sich um. Das Herz bleibt ihm kurz stehen. Marlene ist in der Tür.

»Hartmann, ich muss. Du kümmerst dich darum, ja? Die Sache ist wichtig.«

Bevor Hartmann ihn weiter beschimpfen kann, legt Wallter auf. Dann schaut er Marlene an, fragt sich, wie lange sie schon da steht, wie viel sie mitbekommen hat.

»Mein Redakteur«, sagt er, als sie weiter schweigt. »Ich meine, Ex-Redakteur.«

»Warum ruft der dich um diese Zeit noch an?«

»Du bist wach«, sagt er, statt zu antworten. »Warum bist du aufgewacht?«

»Schlecht geträumt«, erwidert sie, tritt näher, bemerkt den angeschalteten Bildschirm. »Hat dieses Arschloch wieder gepostet?«

»Der wird eh gleich abgeschossen«, meint Wallter. »Die Watch-Seite auch. Hartmann hat das vorhin gemeldet, deswegen habe ich die Seite ja auch offen.«

»Wirklich?«

Das erfreute Lächeln auf ihrem Gesicht macht ihm erst klar, wie bleich und verloren sie eben noch aussah. Eine Marlene, die ihn auf diese Art braucht, ist ihm neu. In diesem Augenblick freut er sich darüber, ihr mit dem Abschießen von Kaspar Hauser und seinen Watch-Kollegen eine Freude machen zu können, irgendeine Freude, jede Freude. Er wird Hauser sterben lassen und einen anderen Blog aufmachen.

Oder sich mitsamt seinem ›Feingefühl‹ mal mit ein bisschen mehr Ehrgeiz auf die PR-Karriere konzentrieren. Der Vorsatz ist gut. Ob er sich über den morgigen Arbeitstag hinaus halten lässt, bezweifelt Wallter. Zumal die richtige Drehung nicht immer seine Sache ist. Drehung? Drehung ist gut, denkt sich Wallter, Wendung auch! Let's spin! Mit Marlene. Mit dieser Marlene. Gerade mit ihr!

»Was hast du denn geträumt?«, fragt er Marlene, weil er sich gleichzeitig wie ein Held und wie ein mieser Wichser vorkommt und beides zusammenzudenken ganz schön kompliziert ist.

»Von dem Schuppen hinter dem Haus, in dem wir früher gewohnt haben. Die Kinder in der Nachbarschaft nannten ihn den Hexenschuppen. Lass – ich will nicht darüber reden. Ich denke, ich fahre jetzt nach Hause, morgen ist viel los.«

»Du willst nach Hause fahren?«, sagt Wallter, steht auf, nimmt sie in die Arme. »Jetzt gleich?«

Er küsst sie:«Bist du sicher?« Marlenes Lächeln ist nun noch eine Spur breiter geworden.

»Ich sollte wirklich gehen, Henning«, sagt sie.

»Sollte, hätte, wollte«, murmelt Wallter und zieht sie noch dichter an sich ran. »Die Frage ist doch, was du wirklich willst.«

»Was ich will?«, wiederholt Marlene.

Aber dann sagt sie nichts mehr, weil gerade ziemlich klar geworden ist, was Wallter wollen würde, und – hey! – warum auch nicht?

DAS PROTOKOLL

Sechs Personen sitzen an diesem Morgen um 9 Uhr bereits um den Tisch im oberen Konferenzraum der RuhrSTROM-Zentrale.

Die Vorstandsvorsitzende hat eingeladen, sie will noch einmal diskutieren und bündeln, wie ihre Kollegen die erforderliche Ausrichtung des Konzerns in den nächsten Monaten und Jahren einschätzen. Als Vorbereitung für die bevorstehende Vorstandsentscheidung und die Aufsichtsratssitzung, die in einigen Wochen stattfinden wird, sowie auch für den Energiegipfel, zu dem die Bundeskanzlerin geladen hat.

Zahlen werden bei diesem Treffen genannt werden, aber um

Zahlen geht es nicht in erster Linie. Ansichten und Aussichten, Maßnahmen und Visionen sollen zur Sprache kommen, das Ausmaß der Beschädigungen muss ausgelotet werden, die das übereilte Moratorium und der beschleunigte Atomausstieg der Politik an Deck des großen Energieversorgers angerichtet haben. Fabienne will hören, was die Kollegen umtreibt. Will ausloten, was die Kernthemen in den jeweiligen Verantwortungsbereichen sind. Angesichts der Bedeutung der Themen und der Schwierigkeit der Lage nimmt auch Justus Kohlmeier als Aufsichtsratsvorsitzender an der Besprechung teil.

Die Tür geht auf, Marlene Baier kommt rein. Etwas verspätet. Fabienne nickt ihrer Assistentin zu, Marlene setzt sich auf den Platz neben ihr, die Runde kehrt zurück zum anstehenden Thema.

Nicht nur RuhrSTROM gleicht dieser Tage einem angeschossenen, torkelnden Großwild, das beinah über Nacht den ganzen Stolz und Glanz der Jahre zuvor verloren hat. Die Politik hat beschlossen, dass wir Deutsche uns das leisten können.

Das jetzt stattfindende Meeting im oberen Konferenzsaal ist informell und erfordert kein Protokoll. Marlene Baier soll auf Wunsch ihrer Chefin lediglich die wesentlichen Eckpunkte des Austauschs notieren, um hinterher eventuelle Anpassungen der bereits erstellten Präsentation zu ermöglichen.

Auf dem Tisch steht das übliche Gedeck: Wasser und Saft, Apfelschorle, Kaffee und Tee, Gläser und Tassen. Obst und Kekse. Auf Fabiennes Wunsch auch weiche, dunkle Karamellbonbons. Für Kohlmeier: schwarze Schokoladentrüffel.

Der Tisch selbst stammt noch aus Kohlmeiers Zeit, ein ehemaliger Essenstisch für Mitarbeiter in einem Umspannwerk, der über hundert Jahre alt sein muss. Vielleicht stammt er sogar noch aus dem vorvorherigen Jahrhundert, der Zeit des Firmengründers Otto Ruhr. Kohlmeier hatte den Tisch entdeckt und aufarbeiten lassen – Nachhaltigkeit, findet er, darf auch im Mobiliar eines Sitzungszimmers zum Ausdruck kommen.

Nachhaltigkeit, dieser Modebegriff, gehörte immer schon zum Bestand der bürgerlichen Werte – erhalten, was man hat.

Kohlmeiers Vorliebe für die guten alten Dinge kommt entgegen, dass Fabiennes Assistentin ihre Notizen in Kurzschrift notiert. Das erinnert ihn an früher, als Sekretärinnen noch mit Block und Stift zum Diktat erschienen. Hübsches Ding, diese Baier.

Kohlmeier hält es für richtig, sich bei diesem informellen Austausch erst mal zurückzuhalten.

Das Mädchen, das so eifrig mitschreibt, macht ihm das leicht. Die Kleine wirkt auf ihn, mitsamt den dunklen Schatten unter den Augen, wie ein Gruß aus einer versunkenen Welt. Er könnte ihr stundenlang zuschauen.

INFORMELLES PROTOKOLL
ANLASS: ENERGIEWENDE/ANSTEHENDE GREMIENSITZUNGEN/ANSTEHENDER ENERGIEGIPFEL IN BERLIN

ANWESEND: FABIENNE FELSENSTEIN, CEO; HERMANN SUHR, FINANZVORSTAND; NORBERT TSCHAUNER, VORSTAND OPERATIVE LENKUNG UND GESCHÄFTSEINHEITEN; DAGMAR SCHILD, PERSONALVORSTAND; PER TEHRANI, VORSTAND INNOVATION UND INTERNATIONALISIERUNG; JUSTUS KOHLMEIER, AUFSICHTSRATSVORSITZENDER.

PROTOKOLL ERSTELLT DURCH: MB.
FF begrüßt die Runde, bedankt sich vor allem bei Kohlmeier dafür, dass er sich Zeit für diesen Workshop genommen hat. Entscheidungen der Bundespolitik der letzten Monate, Stichwort Moratorium, Ausstieg, Konsequenzen für Zukunft, Bilanzen und Bilanzierung von RuhrSTROM.
Auf Anregung von FF erfolgt danach kurze Stellungnahme durch Kohlmeier, betrifft mögliche Reparationszahlungen an Konzerne durch die Politik.

Kohlmeier: Der Ausstieg aus der Atomkraft richtet gigantischen volkswirtschaftlichen Schaden an. Die Politik dreht den Hahn zu, warum sollte die Politik nicht dafür zahlen? *Ergänzung Tschauner:* Natürlich muss sie zahlen. *Nicken von Suhr, Schild, Tehrani. Tschauner brummelt noch etwas. Der Hauch eines Lächelns auf dem Gesicht von Hermann Suhr.*

FF dankt für Wortmeldungen, schlägt vor, erst mal einen Überblick zu gewinnen. Welche Themen sind für Ruhr-STROM aktuell, wichtig, essenziell?

Tschauner – Klage gegen das Ausstiegsgesetz: Die Verfassungsklage gegen das Atomausstiegsgesetz ist vorbereitet und wird in der kommenden Woche eingereicht. *Suhr – Schadensersatzklage:* Die Schadensersatzklage gegen die Bundesregierung wird noch formuliert.

Schild – Personalfragen: 5000 Stellen stehen zur Disposition, davon 3500 in der Bundesrepublik. Schwerpunkt Süddeutschland und hiesige Region. Für die norddeutschen Standorte mit Alternativenergie-Schwerpunkten haben wir hingegen Einstellungsbedarf. In West-Europa bauen wir moderat ab, international sind wir stabil mit erwartetem Zuwachs in einigen Ländern, z. B. der Türkei.

Tschauner – Stellenstreichungen und Brennelemente-Steuer: Über Stellenstreichung an Rhein und Ruhr wäre im Detail noch zu reden. Generell dies: Bei der Brennelementesteuer sehe ich für Klagen auf jeden Fall eine Chance. Die Steuer wurde gleichzeitig mit der Laufzeitverlängerung von 2010 eingeführt. Die Behauptung, das sei Zufall und es bestehe kein Zusammenhang, kann einer juristischen Überprüfung nicht standhalten. Die Finanzgerichte werden das anders sehen als die Bundesregierung.

Suhr – Brennelementesteuer und Gaslieferverträge: Einverstanden. Was die Gaslieferverträge angeht, sind wir in Verhandlungen. Die Preise sind bekanntlich langfristig, bis über die nächsten drei Jahre, festgesetzt. Wir streben nach einer Marktanpassung. Das geht nur innerhalb von Paketlösungen, die Partner drängen im Gegenzug auf Unternehmensbeteiligungen und Endkundenzugang.

Tehrani – Verträge Auslandsstrom, Erneuerbare/Innovation: Die Verträge mit den ausländischen Versorgern über Atomstrom sind im Auge zu behalten – sollten angepasst werden. Erneuerbare: Die Forschungskontakte werden intensiviert, wir verhandeln über Joint Ventures mit kleinen, innovativen Unternehmen in Osteuropa und Asien, aber auch hier bei uns. Es braucht Zeit, daraus Produktlinien und werthaltige Marken zu machen, die Infrastruktur aufzubauen. *Ergänzung Suhr:* Das kostet Geld, das nicht da ist.

Schild – Die Alternativenergie-Sparten haben im Moment das größte Ausgleichspotenzial im Personalsektor. Ich kann den Einwurf des Kollegen nur unterstützen.

Suhr – Bilanzausblick: »Wir werden erstmals in der Konzerngeschichte ein negatives Quartalsergebnis haben.« 185 Millionen Euro Verlust. Der Gesamtschuldenstand des Konzerns liegt bei 21 Milliarden Euro.

Tehrani – Internationalisierung: Erst mit der Politik im Rücken sind wirklich nachhaltige Lösungen möglich, die heute dringend benötigt werden, von Solarstrom aus Nordafrika bis Wasserkraft aus Schottland oder Geothermie aus Island.

Suhr – Netzausbau: Mit dem entsprechenden Netzausbau – sehr interessant. Die Frage ist generell, wer den eigentlich vorantreibt. Unsere Beteiligungsgesellschaft für Netzbetrieb kann das nicht leisten. *FF* – Vernünftig und sinnvoll wäre es vielleicht, in dieser Frage auch mit Unternehmen wie der Deutschen Bahn zu kooperieren – schließlich gibt es da die Trassen, die Tunnels, alles, was man braucht. Und sie sind echte Netzexperten. *Tehrani* – Genial. Sollte auch international betrachtet werden. *Tschauner* – Unmöglich.

Tschauner – Kohle: Erneuerbare bedeuten riesige Spekulationsblase, viele Kosten, kein Ertrag. Mit Kohlekraftwerken lässt sich ausgleichen, was mit der Kernkraft verlorengeht; RuhrSTROM sollte sich wieder auf Planungprojekte aus der Ära Kohlmeier besinnen. Zwei weitere baufertige Kohlekraftwerke in der Schublade. Ein Vorteil für die Region. *Hast du seinen Blick gesehen, Fabienne? Tschauner schaut Kohlmeier an, als sei er der liebe Gott!* Konkurrenzfähigkeit ist aber nur gewährleistet, wenn die CO_2-Zertifikate mindestens fünf weitere Jahre bezuschusst werden. *FF* – Grundsätzlich muss Rentabilität von Kohle geprüft werden – wirtschaftlich spricht die zu erwartende Preissteigerung im Emissionshandel dagegen, und aus Klimaschutzgründen erscheint es unsinnig, sich auf eine solche Ressource zu verlassen, die besser zukünftigen Generationen als eiserne Reserve erhalten bleiben sollte. Tschauner – Heißt das: Ausstieg aus der Kohle? *FF* – Mittelfristig vermute ich: ja. *(Ho ho: staunender Tschauner!) Tschauner* – Das schlechte Ansehen von Kohle ist nicht gerechtfertigt. Kohle ist längst nicht mehr die Dreckschleuder, die sie mal war. *FF* – Der Punkt ist notiert, ... in diesem Rahmen kann bereits festgehalten werden: 1. Ja, Kohle muss kurzfristig hochgefahren werden, nach dem beschleunigten Kernenergieausstieg bleibt uns gar nichts anderes übrig. 2. Gesteigerte Wirkungsgrade und CO_2-Abscheidung müssen weiter vorangetrieben werden. Werden aber das Problem auch nicht wirklich nachhaltig lösen können. Wer will schon dauerhaft auf einer CO_2-Blase sitzen? Und 3. Aus diversen Gründen bestehen langfristig ganz erhebliche Zweifel an der Vertretbarkeit eines Festhaltens an Kohle. Was haben wir eigentlich zum Thema Pumpspeicherkraftwerke, Druckluftspeicherkraftwerke? Um die Erneuerbaren nicht gleich von vornherein in Ketten zu legen. *Suhr* – Es ist auffallend, dass sogar Unterflur-Pumpspeicherkraftwerke schon in der Entwicklung hiesiger Universitäten sind. Bei diesen Technologien wäre möglicherweise noch einiges mehr zu holen, vom Ansehen her und finanziell.

FF – Energiegipfel – was uns in Berlin erwartet: eine bizarre Konstellation. Eine der wichtigsten Branchen Deutschlands wurde von der Politik aus der Gewinnzone gedrängt – gigantische Werte werden vernichtet –, und jetzt soll einer ökologischen Alibi-Übung, dem Green Washing der Politik, auch noch das Green Washing der Industrie folgen. Wird sich ohne echte Innovationen und ohne wahre Nachhaltigkeit jedoch nicht rechnen und die Anleger mittelfristig verschrecken. Sämtliche Schritte und Möglichkeiten, die gerade genannt werden, bringen ertragsseitig noch keine Wende. Eher im Gegenteil, sie erhöhen die Kosten, und am Ende folgt dann dem Green Washing das Bashing durch den Kapitalmarkt. *Suhr* – Genauso ist es. *Weiter Suhr* – Einschätzung Energiegipfel: Meiner Ansicht nach sollten wir bei der Kanzlerin in Details punkten, Entschädigungen, Emissionsrechte, Laufzeiten, Garantien, Zuschüsse, flexible Rahmenbedingungen, die allesamt Spielraum geben, und auf Zeit setzen. Alles schön vage und unverbindlich halten. Die Atomdebatte muss nicht auf immer und ewig beendet sein. Das sollten Sie der Kanzlerin deutlich sagen: Will sie etwa irgendwann Kernenergie von den Griechen importieren?

ENDE DER SITZUNG UM 11:58 – GEZ.: MB

Kohlmeier ist von der Qualität der Beiträge eher enttäuscht. Auch die hübsche Protokollantin scheint etwas gelangweilt von der einigermaßen oberflächlichen Diskussion zu sein. Mehrfach hat sie die Beiträge nicht für notierenswert gehalten.

Sie ist wirklich ein sehr hübsches Ding, diese Baier.

DIE RECHNUNG GEHT AUF IHN

Kohlmeier hat Tschauner bei ihrem kleinen Treffen nicht physisch bedroht. Das ist nicht seine Art, auch wenn er in jüngeren Jahren hin und wieder zu solchen Mitteln gegriffen hat. Er hat lediglich ausgenutzt, dass der Andere ihn bewundert und vor ihm groß tun wollte.

Er hat Tschauner ermuntert, über seine Deals und Gegendeals mit dieser Kasse für »Sonderforschungen« zu reden, er hat gelacht und zustimmend genickt, er war sein Freund, sein größter Fan. Sie mochten sich. Das Vorstandsmitglied und der Aufsichtsratschef. Zwei Jungen aus derselben Landschaft. Von denen zumindest einer inzwischen erwachsen ist. Und mehr als das.

So hat Kohlmeier, der Gentleman, Schritt für Schritt sein Gegenüber dazu gebracht, alles auszuplaudern – und am Ende auch, das hatte Tschauner bestimmt nicht vorgehabt, die Sache mit der Handy-Spionage. Tschauner sah diese Maßnahme als eine Form des Selbstschutzes, und immerhin steht die Software ja für jedermann verfügbar im Internet. Kohlmeier stimmte ihm freundlich zu, hakte nach, wollte das Handy sehen, mit dem Tschauner seine Chefin abhörte.

Und dieser Idiot hatte das Gerät tatsächlich dabei. Kohlmeier nahm es in die Hand, ließ sich die Funktionen erklären, »unglaublich, Sie haben's ja wirklich drauf!«, und dann – steckte er es ein, einfach so.

»Die Rechnung geht doch auf Sie?«, fragte er und bestellte eine Flasche Wein für 750 Euro. »Dann stoßen wir jetzt miteinander an.«

Das hat Tschauner gar nicht gefallen, der Mann ist zu allem anderen auch noch geizig. Aber es war zu spät, das Spiel war gelaufen. Er war in Kohlmeiers Hand, und das würde ihm jetzt, in bitteren, ätzenden Tropfen, die der hervorragende Bordeaux nicht annähernd versüßen konnte, klar werden.

Setz nicht auf Einsicht, Einsicht kannst du bei einem wie Tschauner nicht verlangen. Einen wie ihn wirst du nur bezwingen, indem du seine Furcht vor einer höheren Gewalt hätschelst und pflegst.

Kohlmeier wusste allerdings, dass er den Mann nicht bloß einschüchtern durfte. Die Angst macht den Menschen zum unberechenbaren Tier. Und schafft falsche Motive.

Der Deal war recht einfach: Eine unbestimmte Zusicherung, die Sache mit den Kassen würde im Sande verlaufen. Zudem die vollkommen irreale Aussicht – nicht, dass Tschauner das klar gewesen wäre –, Kohlmeier hätte ein Interesse daran, seinen Gesprächspartner tatsächlich bis ganz nach oben zu bringen. Zu den Sternen. Dorthin, wo eine Handvoll Männer tatsächlich nur noch nach Regeln handelten, die sie sich selbst gegeben hatten. Und wo Frauen wie Fabienne aus Tschauners Sicht ohnehin nicht hingehörten. Obendrein noch die absolute Gewissheit, dass Kohlmeier ihn in den Abgrund stürzen würde, wenn Tschauner auch nur einen Schritt von dem Weg abwich, den sie gemeinsam ausgehandelt hatten.

Wenn man einen Kriminellen in die Schranken weist und ihn damit ins System des einigermaßen Guten zurückführt – färbt dann etwas vom Bösen, das ihn treibt, auf einen selber ab?

Kohlmeier stellte sich die Frage eher spielerisch, als ein Rätsel, über das sich vermutlich auch die Philosophen streiten. In den Kreisen, wo er sich mittlerweile bewegte, gehörten Verhandlungen wie diejenige mit Tschauner schließlich zum Alltag. Die Regeln, selbst die Auffassung von Gut und Böse, gehen international gesehen allzu weit auseinander.

Um zu verstehen, was das hieß, musste man doch nur die politischen Ereignisse des letzten halben Jahres im arabischen Raum anschauen, dachte sich Kohlmeier. Sie sind der beste Beleg. Hier hatten demokratisch gewählte Regierungen des Westens jahrzehntelang genau diejenigen Tyrannen unterstützt, die jetzt auf ihr Volk schießen ließen, weil es sich gegen ein jahrzehntelanges Unrechtssystem wehrte. Die Kehrtwende des Westens angesichts öffentlicher Proteste und Kundgebungen in Nordafrika kam Kohlmeier in etwa so vor wie die plötzliche Erkenntnis eines langjährigen Vertragspartners der Mafia, dass man mit der organisierten Kriminalität besser keine Geschäfte macht.

Andererseits, wer die Fragen von Gut und Böse am Beispiel der Politik klären will, wird ohnehin nicht sehr weit kommen.

FABIENNES TAGEBUCH

ENERGIEBRANCHE ... Die fetten Jahre sind vorbei. – Wir müssen uns neu aufstellen, alle Konzerne. Wer jedoch allzu offen von schwierigen Zeiten spricht und dabei vergisst, beruhigende – oder kämpferische – Töne anzuschlagen, läuft Gefahr, dass die Aktionäre davonrennen. Da helfen auch Analysten wenig, die insgesamt nicht allzu schwarzsehen wollen, zumindest nicht, was die Gesamtentwicklung der Großkonzerne anbelangt.

BÖRSE ... Positive Kursentwicklungen sind positive Kursentwicklungen und bergen Gewinne. Niedrige Kurse beflügeln Übernahmephantasien und Spekulationswetten, auch damit kann man handeln. An der Börse geht immer etwas. Wetten, dass? Aber, Achtung, nicht alles ist gut für RuhrSTROM.

BANKEN ... der Schlüssel zur wirtschaftlichen Entwicklung. Sie liefern Treibstoff und Schmierstoff für den Motor der Industrie. Sie ziehen die Fäden. Aber: Das Interesse der Banken ist nicht das Interesse der Konzerne. Während ein Unternehmen wie RuhrSTROM den Strom produziert, ohne den der Kühlschrank und die Kühlschrankfabrik nicht laufen, hat sich die Transaktionsökonomie, haben sich Investmentbanker und Trader zum Teil komplett ins Virtuelle verabschiedet. Das kann nicht gut gehen! Das wird nicht gut gehen! Ich habe Angst.

ZUR GOLDENEN GANS

Wo Kohlmeier vierzehn Tage zuvor mit Tschauner saß, sitzt er jetzt mit Fabienne.

Die »Goldene Gans« ist ein kleiner Landgasthof in der Eifel, der es auch vor dem Hintergrund seiner bemerkenswerten Weinkarte inzwischen zum gastronomischen Geheimtipp gebracht hat. Gut eine Stunde beträgt die Fahrzeit von der Kölner Innenstadt hierher, bei guten Verkehrsbedingungen. Die Szenezeitungen empfehlen den Ausflug zur »Goldenen Gans« mit »5 x Kölner Dom« – Prädikat also. Fünfzig Jahre lang hat nur die Bevölkerung in der Gegend das Essen hier geschätzt, mit dem Wechsel in der Küche sind die Preise nun weit über die Verhältnisse der Einheimischen gestiegen.

Das Lokal hat einige nette Ecktische und Nischen, wo man sich ungestört unterhalten kann. Beim letzten Mal hat sich das ausgezahlt.

Fabienne wollte sich kurz die Hände waschen und unterhält sich jetzt vorne in der Schankstube mit dem Wirt. Kohlmeier sitzt unter einem geschmackvoll gerahmten Bild von einem geschmacklos röhrenden Hirsch, vor Augen die Begegnung mit Tschauner. Dieser Norbert Tschauner verfügt über eine erhebliche Fähigkeit, Unrechtes ohne den Hauch eines moralischen Selbstzweifels zu begehen. Bemerkenswert. Das muss man sehr genau zur Kenntnis nehmen.

»Machst du dir Sorgen?«, fragt Fabienne, als sie sich wieder an den Tisch setzt. »Für mein Gefühl ist unser Strategie-Workshop ganz gut gelaufen. Konstruktive Beiträge, faktisch einigermaßen solide untermauert, mehr können wir derzeit nicht erwarten, oder?«

»Die erste Probe wird der Energiegipfel sein«, sagt Kohlmeier mit einem Lächeln, weil sein Schützling sofort bei den anstehenden Sachfragen ist, sich gar nicht fragt, ob ihn – Kohlmeier – etwas anderes beschäftigen könnte.

Fabienne entgeht das Lächeln nicht: »Oder machst du dir Sorgen wegen deiner Rosen?«, fragt sie – und sagt dann zum Kellner, der mit einer Flasche Sancerre und zwei Gläsern kommt: »Für mich bitte nur Wasser.«

»Ein Glas zum Anstoßen, Fabienne«, sagt Kohlmeier. »Mir zuliebe.«

»Also gut. Und eine Apfelschorle«, gibt sie dann noch in Auftrag, worauf der Kellner nickt und kaum merklich die Augenbraue hochzieht.

»Ich habe für uns die Vorspeisen-Platte bestellt«, sagt Kohlmeier amüsiert. »Häppchen zum Wein, ich bin nachher noch verabredet. Was ist denn mit meinen Rosen?«

»Nur eine Vermutung. Ich weiß, dass du es nicht magst, wenn sie nicht gut gepflegt werden«, erwidert Fabienne, während sie das Glas hebt, um mit ihm anzustoßen. »Ich verstehe davon ja nichts.«

»Ich auch nicht. Darum kümmert sich der Gärtner.«

»Natürlich. ... Dagmar Schild macht ihre Sache übrigens gut«, fährt sie mit ihrer Auswertung fort. »Die Frau ist ehrgeizig, ich mag das. Sie hat eine Chance bekommen und nutzt sie auch. Per Tehrani könnte seinen Bereich für mein Gefühl mit etwas mehr Aggressivität betreiben. Er braucht Zeit, um zu vernünftigen Resultaten zu gelangen, das ist mir klar. Aber auf seine Ergebnisse wird es im nächsten Jahr ankommen. Hermann Suhr gefällt mir. Kluger Mann. Nicht der Landschaftsgärtner, den man in ihm zuerst vermutet. Tschauner fährt seine eigene Schiene, verständlich, aber unproduktiv.«

»Tschauner wird machen, was man ihm sagt.«

Fabienne sieht Kohlmeier leicht erstaunt an.

»Wenn du meinst? Mir ist der Mann ein Rätsel. Ich erlebe ihn fast immer als höchst unangenehm, und ich weiß gar nicht genau, woran das eigentlich liegt. Es ist ja nicht so, als könnte er nichts.«

»Er ist ein perverser kleiner Wichser«, sagt Kohlmeier.

Fabienne wirkt kurz schockiert, lacht dann etwas unbeholfen. »Justus, du redest doch sonst nicht so.«

»Ich rede nie so. Aber in seinem Fall trifft das zu.«

»Er ist immerhin Mitglied meines Vorstands. Des Vorstandes, den du überwachst.«

»Sag mir Bescheid, wenn du ihn loswerden willst, und ich sorge dafür, dass es geschieht.«

Kohlmeier merkt Fabienne an, dass ihr diese Richtung des Gesprächs unangenehm ist. Sie schüttelt den Kopf, scheint etwas antworten zu wollen, überlegt es sich anders.

»Ich habe eine interessante Begegnung gehabt«, sagt sie stattdessen. »Sven Abakus, der Name müsste dir auch noch etwas sagen. Er war in meiner Studienzeit der Schlagzeuger in der Band meines Freundes.«

»Sven Abakus«, wiederholt Kohlmeier, der sich schon gefragt hat, ob sie den Mann ansprechen würde, und jetzt erstaunt ist, wie schnell es dazu gekommen ist.

»Er hatte geschrieben. Ich fand das ganz interessant, mich mit einem Vertreter von der, nun ja, anderen Seite zu unterhalten.«

Während sie von der Begegnung erzählt, sieht Kohlmeier ihr zu. Sie redet, findet er, ein wenig zu ausführlich von dem Mann. Ging es ihr nicht eben noch vordringlich um das Strategie-Meeting? Gut, auch bei der Beschreibung des Treffens mit Abakus stehen die Sachthemen im Vordergrund, aber sie wiederholt den Namen etwas zu oft. Sven. Sven meint. Sven sagt. Sven denkt. Kohlmeier gießt sich ein weiteres Glas ein. Da kommt der Name schon wieder: Sven.

So reden Menschen, wenn sie verliebt sind. Kohlmeier ist ein exzellenter Menschenkenner, er ist sich ziemlich sicher, dass Fabienne gar nicht merkt, wie ihre Erzählung auf ihn wirkt, vermutlich nicht einmal weiß, was in ihr selbst vorgeht.

Und was wäre denn, wenn sie sich wirklich in diesen Kerl verliebt hätte? Kohlmeier mag sich das gar nicht vorstellen, schon gar nicht bildlich. Und was würde eigentlich daraus folgen?

Fabienne strahlt ihn an, und Kohlmeier gelingt es, ihr Lächeln zu erwidern. Wenn es wirklich nach ihm gegangen wäre, säße der Kerl jetzt noch im Knast.

»Jedenfalls war das Treffen außerordentlich anregend, aber ich denke, John hat recht, wenn er mich zu mehr Vorsicht anhält. Schade. Sven ist ein guter Mann. Jemanden wie ihn könnten wir bei RuhrSTROM brauchen.«

»Und einen solchen Wechsel würde Abakus mitmachen?«, rutscht es Kohlmeier heraus.

»Justus, darum ging es bei unserem Treffen doch nicht. Aber bei dem, was Sven weiß ... RuhrSTROM NOVUM, zum Beispiel. Das wäre tatsächlich das Richtige für einen wie ihn.«

RuhrSTROM NOVUM. Eine Tochtergesellschaft von RuhrSTROM, Kohlmeier hatte sie mitbegründet. Ein Kooperationsprojekt mit zwanzig Stadtwerken, das sich damals intensiv mit dem Einstieg in neue Kraftwerkstechnologien, mit Erneuerbaren, mit Minikraftwerken und mit der Entwicklung von Smart Grids, von intelligenten Stromnetzen, befassen sollte. Um den Trend zur dezentralen Energieerzeugung, den man ohnehin nicht ganz würde stoppen können, für RuhrSTROM selbst zu vereinnahmen.

Sein Nachfolger hat auch diesen Ansatz einschlafen lassen. Generell liegt alles, was nicht mit fossilen Energieträgern zu tun hat, bei RuhrSTROM so gut wie brach. Windräder, dieses dekorative Sinnbild für erneuerbare Energien, drehen sich vornehmlich auf den Prospekten.

Die Idee, einen ausgebufften Grünen ins obere Management zu setzen, ist eigentlich nicht schlecht, zumal der jetzige Manager ebenfalls ein Busenfreund von Neumann und Tschauner ist. Könnte die beiden ärgern. Aber Sven Abakus an eine solche Stelle? Eine Katastrophe.

»Reden wir über Berlin«, sagt Kohlmeier jetzt. »Das Spiel ist recht einfach, du wirst schon sehen, hauptsächlich deswegen, weil ein unsichtbares Protokoll die ganzen Abläufe regelt.«

Sie ist nun ganz bei ihm, sehr aufmerksam, stellt Fragen ohne Ende. Ganz seine alte Fabienne. Aber es gibt eine neue, Kohlmeier hat sie kurz wahrgenommen, und wieder gefällt sie ihm gar nicht.

Fünf Stunden später sitzt er in seiner Bibliothek. Die Terrassentür steht offen, eine leichte Brise bewegt den dünnen Vorhang. Über den Computerbildschirm laufen Zahlen, zwei Handys liegen auf dem Tisch, hin und wieder klingelt eines, Meldungen aus einem Teil der Welt, wo noch lange nicht Abend ist.

In einer Telefon-Pause öffnet Kohlmeier eine kleine Schublade in dem alten Eichenschreibtisch, der schon seinem Großvater gehörte. In dem Fach liegen Füllfederhalter, ein Radiergummi, ein altes Lineal aus Holz. Das Skalpell aus der Sammlung seines Vaters ist rasiermesserscharf. Ganz hinten hat er das Handy verstaut, das er Tschauner weggenommen hat. Er holt es heraus, studiert es, denkt nach.

Dann legt er es wieder in die Schublade und macht sie entschlossen zu. »Gut«, sagt er zu sich selbst, mit fester Stimme.

ZWILLINGE, MY LUV

Als Fabienne nach drei weiteren Gesprächsterminen wieder in ihrem Büro ist, stellt sie fest, dass Dano angerufen hat.

»Call me back, luv, don't care how late it is«, lautet die Nachricht auf ihrem Anrufbeantworter.

»Luv«. Dano nennt sie nie »luv«. Außerdem klingt er, als hätte er getrunken. Das ist ebenfalls merkwürdig. Dano trinkt zwar gern, aber in der Regel merkt man ihm nichts an. Fabienne wählt seine Nummer.

»Dano. What's the matter?«

»Nothing. I'm missing you.«

Dano berichtet von der Ausstellung, die er vorbereitet, von den Bildern, die er dafür fertig stellt, Musterbilder – »Patterns, wie das, das in deinem Loft hängt. I might call it ›Atomblut II‹, what do you think?« Er überlegt, nach Bochum zu kommen, vielleicht übers Wochenende, mit dem Eurostar, in Köln ist ein Galerist, mit dem er sich ohnehin treffen will.

»Dano. Das wäre großartig!«

»Hast du denn Zeit für mich?«

»Kein bisschen, weißt du doch. Ich nehme mir Zeit.«

»Ah, fuck«, sagt Dano, und dann erzählt er ihr, was los ist.

Manon, die kahlköpfige Dozentin an der St. Martin's Academy, mit der Dano seit zwei Jahren zusammen ist, ist im dritten Monat schwanger.

Freut er sich darüber? Natürlich freut er sich darüber, auch wenn er keine Ahnung hat, wie er für den Familienzuwachs aufkommen soll.

»Manon kann doch jetzt nicht mehr arbeiten!«

»Dano, warum sollte Manon nicht arbeiten können?«

»Du kennst Manon nicht. Sie ist sehr zart«, sagt Dano.

Als zart würde Fabienne Manon nicht unbedingt beschreiben, die die Künstlerin von einigen Anlässen kennt, wo sie ihre ganz eigene, gewaltbereite Form von Performance-Kunst darbot.

»Ja und?« fragt Fabienne.

»Well«, sagt Dano. »Manon erwartet Zwillinge.«

Fabienne muss lachen.

Dieses Telefongespräch abends um halb zwölf ist absurd. Was kommt als Nächstes? Dafür, dass eben noch »nichts« los war, findet in Danos Leben gerade eine ganze Menge statt.

»Lach nur«, sagt Dano. »Ich sollte mich ja auch freuen. Die Ärzte haben mir vor Jahren erzählt, ich könne keine Kinder zeugen. Und jetzt bekomme ich gleich zwei. Ich habe nicht die geringste Ahnung, wie ich für uns alle aufkommen soll. Die Schule. Die beiden müssen doch dann auch studieren. Gut, das dauert noch eine Weile, ist aber teuer. Wir brauchen eine größere Wohnung in der Stadt. Manon will nicht zu mir rausziehen.«

»Dano, du weißt, dass ich für dich da bin.«

»Dammit, Fabienne, das meine ich nicht!«

»Darling. Don't be stupid.«

Dano hat sich bisher immer geweigert, von Fabienne irgendeine Form von finanzieller Unterstützung entgegenzunehmen. Manon, denkt sie, könnte in dieser Hinsicht eine etwas andere Einstellung haben, wilde Performance-Aktionen hin oder her. Wenn sie wirklich Zwillinge erwartet, dann muss auch jede Maßnahme, die darauf hinzielt, die Zukunft der Kinder abzusichern, erlaubt sein.

»Komm mich besuchen«, sagt Fabienne.

Aber sie weiß jetzt schon, dass Dano nicht kommen wird, nicht in dieser Situation.

GLEICHGEWICHT

Als sie den Hörer auflegt, meldet sich das dumpfe Orchester.

Den Druck auf den Ohren hat sie ignoriert, aber nun hebt der Klabautermann seinen Taktstock, und statt der Stille der Geschäftszentrale zu dieser späten Stunde, dem leisen Summen der Klimaanlagen, fängt nun die disharmonische Symphonie der Bässe an, die ihr dumpfes Lied zum Crescendo hintreiben –

»Nein«, sagt Fabienne.

Sie greift in ihre Tasche, gräbt nach den Tabletten, findet sie, ermahnt sich selbst, gelassen zu bleiben. In der Schublade ist eine Flasche mit Wasser, sie nimmt sie, schluckt die Tablette, trinkt. Schließt dann die Augen und bemüht sich, ruhig zu atmen, setzt der Höllenmusik Bilder von klaren, hellen, fließenden Mustern entgegen, die harmonisch sind, kein Chaos, lässt Licht gegen Dunkelheit wirken.

Allein schon die Vorstellung von Danos Bildern hilft ihr

sonst, das schwarze Orchester zu verdrängen. Und nun quittieren die lauten Instrumente, als wollten sie sich dafür rächen, ihr Gespräch mit Dano, und zwar mit markerschütternder Disharmonie.

Dano, ihr Gegengewicht, ihre Garantie für Gleichgewicht, hat sich von ihr abgekoppelt und schwimmt davon, zu anderen Ufern ... aber so ist es ja nicht, sagt sich Fabienne.

Dano entgleitet ihr nicht, Dano bleibt. Er erweitert nur die Welten, in denen er sich bewegt, und hält darin für Fabienne einen Platz frei.

Kein Schwindelanfall. Das ist gut. Der Anfall von Schwindel und Übelkeit, wie sie ihn zuletzt in London erlebt hat, ist die Ausnahme. Die Tabletten helfen, sie weiß, dass das bedrohliche Orchester seine Symphonie bald beenden wird.

»Sie haben Glück«, hört sie den Arzt in Griechenland sagen. Vielleicht.

Arbeiten geht auch gleich wieder, die vom Sekretariat sorgfältig vorbereiteten Post- und Unterschriftsmappen warten noch.

Die Tabletten machen müde. Spielt keine Rolle, solange sie das bewirken, was sie bewirken sollen. Fabienne legt das informelle Protokoll vor sich, überfliegt Marlenes Notizen, vergleicht sie mit ihrer eigenen Erinnerung an das Meeting, wundert sich etwas über den flapsigen Ton, den Marlene in den Zwischenbemerkungen einfließen lässt. Sie lächelt ein ums andere Mal. Die Notizen wirken unausgeglichen: nicht unbedingt die Art ihrer gewissenhaften Assistentin.

Ein neuer Mann vielleicht? Mit 27 darf man unausgeglichen sein, ermahnt sie sich, manchmal vergisst sie, wie jung Marlene ist. Andere Frauen in ihrem Alter studieren noch, gehen am Wochenende aus und tanzen die Nächte durch. Marlene scheint dieses Leben nicht zu vermissen. Sie selbst hat es ja auch nicht vermisst, fällt Fabienne dann ein.

Das Orchester hat seine Instrumente auf ein Pianissimo reduziert, das wird noch eine Weile so bleiben. Es stört sie nicht sonderlich, im Gegenteil, ohne die unsichtbaren Spieler zu ermutigen, versucht sie, die Muster in deren Chaos zu erkennen. Vielleicht gibt es da eins, vielleicht will es ihr etwas sagen.

Und dann bekommt sie plötzlich Lust auf Musik, auf schöne, harmonische Gesänge, helle Geigen gegen die dumpfen Spieler in ihrem Kopf ...

Shyne, denkt sie. Heute spielen sie. Sie könnte John bitten, bei dem Klub anzuhalten, sie hat sich die Adresse besorgt, der Laden ist in Düsseldorf, nicht weit von da, wo sie wohnt. Die späte Performance geht wahrscheinlich bis weit nach Mitternacht, die letzten Songs würde sie mit Glück noch mitbekommen ...

Es geht nicht, sagt sie sich.

Sie steht auf, stellt sich ans Fenster, starrt ins Dunkel der Bäume unten vor dem Konzernsitz. Setzt sich wieder. Konzentriert sich auf das Unternehmen, die vielen, in sich verschränkten Teile, die Dynamik, die sie zur Entfaltung bringen könnte.

Es wird nicht einfach sein, ihre Vision durchzusetzen. Aber das macht die Sache nicht weniger reizvoll.

FELSENSTEIN-WATCH

mina blass
Ich glaub ich spinne da ist im Klub Zero grad eine reingekommen siet aus wie Felsenstein. Ne, doch nicht.
ICH WOLLTE NACH DEN STERNEN GREIFEN, ABER DA WAR NUR DUNKELHEIT

hitman
Wenn vom RuhrSTROM Vorstand im Klub Zero eine wäre dann doch höchstens diese Lesbe, die da neuerdings das Personal fickt.
;))

mordskerl
kann man die wenigstens irgendwo abgreifen?

arlancourt
und wie sind Shyne? spielen sie noch?

mina blass
affengeil jeder der nicth hier ist hat was verpasst. :ooo
ICH WOLLTE NACH DEN STERNEN GREIFEN, ABER DA WAR NUR DUNKELHEIT

ANRUF

Mehrere Stunden später: Die Nacht ist schon weit fortgeschritten.

Das Atmen zweier Menschen. Einer ist eingeschlafen, eine liegt wach.

Ein neuer Tag kündigt sich an, nicht mehr als ein grauer Streifen am Horizont.

Neben dem Bett klingelt das Telefon, der Anrufbeantworter springt an.

Eine leise, klare Stimme ohne jedes Nebengeräusch, ein klein wenig metallisch: »*Hör gut zu. Du wirst uns nicht antasten. Du wirst den Berg in Ruhe lassen, du wirst unserem Land den Respekt erweisen, den es verdient. Wir werden nicht zulassen, dass du anständigen Arbeitern den Lohn abschneidest, die Existenz ganzer Familien für ein bisschen grüne Augenwischerei aufs Spiel setzt. Das Leben ist kein Traum. Es kann ein Albtraum sein. Wir wissen, wo du schläfst. Wir wissen, wer neben dir liegt. Wirf den Totengräber raus. Überleg dir, was du tust!*«

Ein Summton folgt.

Der Mann dreht sich um, schlägt die Augen auf.

»Hammer«, sagt er. »Kommt das öfter vor?«

»Nein«, sagt Fabienne. »Hier habe ich so etwas noch nicht erlebt.«

»Und woher hat der Kerl die Nummer?«

»Wieso Kerl?«

»War das nicht ein Kerl?«

»Vielleicht ein Androide. Ich denke, das spricht eine Maschine. Ich höre da weder Frau noch Mann heraus. Artifiziell. Jemand steuert eine Maschine. Menschenähnlich – aber nicht menschlich.«

Der Mann setzt sich auf, starrt Fabienne an:

»Wir sollten die Polizei informieren.«

»Lass. Ich mach das über den Konzern.«

»Was für eine Scheiße«, sagt der Mann und schüttelt den Kopf.

Dann nimmt er Fabienne in die Arme.

»Du zitterst ja.«

»Mir ist kalt. Die Nummer ist nirgends registriert. Es gibt nicht viele Leute, die sie haben. Anderseits: Geheimhaltung gibt es kaum noch. Für nichts. Für niemanden. Ein guter Hacker kommt an alles ran. Und auf ein paar Handys ist die Nummer ja zu finden.«

»Du hast recht. Die Bodyguards werden Überstunden machen müssen, wenn sich das fortsetzt.«

»Der Sicherheitsdienst. Ja. Reden wir nicht weiter darüber. Ich bin froh, dass du da bist.«

»Kannst du schlafen?«

»Ich kann nicht schlafen. Das Orchester ist wieder so laut.«

»Welches Orchester?«

»Shyne«, sagt Fabienne und lacht.

Unter dem grauen Streifen am Horizont erscheinen erste zaghafte Strahlen. Die Zimmer der Altbauwohnung in dem Düsseldorfer Haus füllen sich langsam mit Licht.

– V –

FELSENSTEIN-WATCH

guy fawlkes
FF in Berlin angekommen, eine ganze Menge andere Energiebonzen ebenfalls, das Adlon dürfte strahlen bei dem ganzen Aufmarsch;))
ATOMKRAFT NEIN DANKE

detlev
Was heißt hier Adlon ich weiß mit Sicherheit dass sie im Hilton ist. :(

aktivist
MELDUNG AN ALLE: FLASHMOB MORGEN VOR DEM KANZLERAMT. TREFFPUNKT HALB NEUN. TRILLERPFEIFEN BRINGEN LAUNE.

guy fawlkes
wie kommst du auf Hilton, detlev?
ATOMKRAFT NEIN DANKE

merkeline
beide falsch, ich kann euch versichern, sie sind im Gästehaus untergebracht, alles andere wäre rein schon sicherheitstechnisch viel zu aufwändig, ich arbeite im Kanzleramt, deswegen weis ichs.

mordskerl
Merkelinde, gibt es dich denn wenigstens in echt? Und hast du wenisgtens eine richtige Körbchengröße? Sonst werd ich gleich sauer

sperberauge
super merkeline, wir freuen uns, dass du dabei bist, und aktivist: danke für den hinweis, trillerpfeifen am morgen vertreiben kummer und böse strahlung. :)))
PEACE IS HERE (IF YOU WANT IT)

TSCHERNOBYL

Dass ein Mensch sich unsichtbar machen kann, einfach so, um dann an einem ganz anderen Ort wieder aufzutauchen – das hat John von seinem Kommandanten gelernt.

Der Kommandant war sein Ausbilder bei der Roten Armee. John kam mit achtzehn zur Truppe, das war noch in der Ukraine. Er hat seinen Kommandanten bewundert. Sie alle haben ihn bewundert, die jungen Männer, die in der Roten Armee ausgebildet wurden zur Verteidigung eines Vaterlandes, das es so bald nicht mehr geben würde.

Wenn einer mit dem Messer kommt, dann schaust du nicht auf das Messer, dann gehst du auf den Arm los, der das Messer hält. Sofort. Es geht um Bruchteile von Sekunden. »Vergesst das nicht: entweder er oder ihr. Den Arm müsst ihr erwischen, dann habt ihr eine Chance. Es ist die einzige, die ihr habt.«

Sie haben das geübt. Und vieles andere, stundenlang.

Die Technik des Verschwindens dagegen hat der Kommandant ihnen nur gezeigt, wirklich beigebracht hat er sie ihnen nicht, dafür blieb keine Zeit mehr.

Das lag an Tschernobyl.

Bei der routinemäßigen Durchführung eines Sicherheitstests

an dem Atomkraftwerk in der Ukraine geriet der Reaktorkern außer Kontrolle. Eine Reihe von gewaltigen Explosionen im Innern sprengte das schwere Dach. Und dann, im direkten Kontakt mit der Atmosphäre, fing das glühende Grafit im Kern zu brennen an.

Atomfeuer, eine nukleare Vorhölle vielleicht, betrieben von Orkus selbst, dem Gott der Unterwelt.

John wurde mit seiner Truppe zur Bewachung des Geländes abkommandiert. Mit seinen Kameraden stand er einen Kilometer von dem Brand entfernt. Einen Tag, eine Nacht. In den frühen Morgenstunden rief der Kommandant seine Männer zusammen.

»Verschwindet. Geht alle nach Hause. Sofort«, sagte er.

John hatte gesehen, wie Männer, die dichter am Katastrophenherd stationiert waren, umfielen und nicht wieder aufstanden. Das hier war kein gewöhnliches Feuer. Atomfeuer eben. Nur wenige seiner Kameraden nahmen die radioaktiven Substanzen nicht in den Körperkreislauf auf und hatten damit Glück.

John tat, wie ihm befohlen wurde: Er ging nach Hause.

Dort legte er sich ins Bett.

Drei Monate später war er wieder in der Lage aufzustehen. Die Strahlenkrankheit hatte ihn erwischt, aber er hatte sie überlebt. Ein Drittel seiner Truppe hatte weniger Glück: Sie starben.

»Einer war stark wie ein Bär, so nannten wir ihn auch, Bär«, erzählte er Fabienne bei dem einzigen Mal, als er mit ihr über den Vorfall sprach. »Der Bär ist gestorben. Ich habe überlebt. Ich weiß nicht, woran das lag.«

Die Sowjetunion bröselte und zerfiel dann in Einzelteile. John wanderte nach Deutschland aus. Dort fuhr er Taxi, arbeitete als Fahrer in Berlin, ließ sich zum Personenschützer ausbilden. Es gab nicht viel, was seine Ausbilder ihm noch beibringen konnten: Sein Kommandant hatte ganze Arbeit geleistet.

In Berlin geriet er an Fabienne Felsenstein. Schon damals wurde sie von Stalkern verfolgt und erhielt deshalb auf Veranlassung der Elektronikfirma Personenschutz. Später war er mit ihr dann in Griechenland und in Linz.

Schon in Griechenland hatte sie John – unfreiwillig – mit jeder Menge Arbeit versorgt. Die Entschlackung der Betriebe kostete Arbeitsplätze – mehrere Tausend – und trug ihr jede Menge Gegner ein. Selbst auf eine öffentliche Toilette hatte Fabienne nicht mehr unbegleitet gehen können. Später in Linz begleitete John sie noch bis in die Vorstands- und Aufsichtsratssitzungen.

Das alles hatten sie gemeinsam durchgestanden, diese Zeit hatte eine gemeinsame tiefe Vertrauensbasis geschaffen.

Als der Ruf nach Bochum kam, fragte sie ihn, ob er wieder mitkommen wolle. Er hatte inzwischen Familie, eine Frau, ein kleines Kind. Er dachte, dass es den beiden im Ruhrgebiet gefallen könnte. Es gab hier keine Hügel und Kuppen wie bei Linz, aber die Gegend war doch grün, erstaunlich grün.

Fabienne kennt er nun schon sieben Jahre, und sie kommen noch immer gut miteinander aus. Auch die Bezahlung ist gut. Irgendwann, wenn er genug angespart hat, wird er sich selbstständig machen, mit Arbeitszeiten, die ihm mehr Zeit für die Familie lassen. Fabienne wird das verstehen, ist sich John sicher.

Dass RuhrSTROM auch ein Atomkonzern ist, stört ihn nicht weiter. Auf die deutsche Ingenieurskunst kann man sich verlassen, ganz anders als auf die russische damals. Tschernobyl hat John nicht zu einem politischen Menschen gemacht, vielleicht aber zu jemandem, der auf ein ihm wohl gesonnenes Schicksal baut.

Würde er für Fabienne durchs Feuer gehen? Natürlich nicht. Aber er wird dafür sorgen, dass Feuer ihnen beiden so fern wie möglich bleibt.

Fabienne ist im Grand Hyatt eingetroffen.

Am frühen Abend hat sie in der Dependance von RuhrSTROM eine Ausstellung mit einem Bochumer Fotografen eröffnet – die erste Station ihres Aufenthalts in Berlin. Der Lobbyist von RuhrSTROM, der die Dependance leitet, hat sich ein Bein ausgerissen, um tout Berlin dort zu versammeln, keine sonderlich schwere Aufgabe mit der neuen, als medienscheu bekannten Vorstandschefin als Hauptact.

Die Besucherschar ist illuster: Künstler, Schauspieler, Amtsleiter, Abteilungsleiter aus den Ministerien, Galeristen, der ehemalige Innenminister, Popsänger, der russische und der türkische Botschafter, Vertreter von Industrieverbänden aus dem In- und Ausland, die Journalisten der Hauptstadtpresse.

Der junge Bochumer Fotograf, ein Meisterschüler von Wolfgang Tillmans, hat eine spezielle Collage-Technik entwickelt, in der er höchst eindrucksvolle und höchst seltsame Abbilder der Ruhrgebietslandschaft zeigt.

Es sind realistisch wirkende Bilder, die aber nicht der Realität entnommen sein können. Orte und Plätze sind neu arrangiert und ergeben Landschaften, die kein Mensch je so gesehen hat. Wenn man genau hinschaut, entdeckt man auf einem Bild die RuhrSTROM-Zentrale am Rande eines großen blauen Sees, dahinter Hügelketten. Weder See noch Hügelketten sind im Umland des realen Gebäudes zu finden.

Ihre Ansprache hält Fabienne knapp, lobt die Vorstellungskraft des Künstlers, weist auf den für sie inspirierenden Punkt hin: Neues aus Bestehendem zu komponieren, innovative Welten auf dem Boden des Bekannten und Bestehenden wachsen zu lassen.

Sie spricht von der »neuen Dimension blühender industrieller Landschaften« – ein Satz, den die Journalisten mitschreiben –, findet von da aus den Übergang zur Energiebranche.

Nach den Vorgaben der Politik sei die Energiewende schneller zu realisieren, als von den Konzernen bislang vorgesehen. Das berge Risiken für die Wirtschaft. Und für die Gesellschaft. Gelingen könne dies nur, wenn man das Bestehende ernst nehme und pflege und aus dem Bestehenden das Neue schaffe. Klug, kenntnisreich und konsequent.

Der Abend gehöre nicht ihr, sondern dem Künstler und der Kunst, schließt Fabienne – ein Hinweis, den die Journalisten, gedrängt von Redaktionen, die auf kurze Statements gieren, nicht weiter beachten. Auf dem Weg zum Fahrstuhl, begleitet von John und einem weiteren Bodyguard, wird sie von ihnen belagert.

»Wird RuhrSTROM gegen die Energiewende klagen?«

»In welcher Höhe wird RuhrSTROM Entschädigung von der Bundesregierung verlangen?«

»Wie lauten ihre Forderungen beim Energiegipfel der Bundeskanzlerin?«

Fabienne lächelt, schweigt – und verschwindet hinter den sich schließenden Fahrstuhltüren. Zwei Etagen weiter unten erwartet sie ein gesetztes Essen, geladen sind die beiden Botschafter, der Wirtschaftsstaatssekretär, ein Vorstandsmitglied der Deutschen Bahn, ein CEO aus der Erdölindustrie, der ehemalige Innenminister, der Chefredakteur vom Wirtschaftsblatt und weitere ausgewählte Gäste. Crevetten an Ruccola, Dorade auf Tomatenjus, Mousse zweierlei Art. Wasser, Bier, Weißwein, Rotwein, Kaffee, Zigaretten und Zigarren.

Fabienne denkt an Dano und redet über Kunst. Die Politik wird am Folgetag zu ihrem Recht kommen. Kohlmeier steht ihr vor Augen, die Lehren, die er ihr vor so vielen Jahren mitgab: Im sozialen Rahmen verraten die Menschen oft Dinge über sich, die man in ihrem Berufsalltag nie erfahren würde.

Ihr wird das heute Abend nicht passieren: Sie gibt nur preis, was ihr für den weiteren Verlauf ihres Aufenthalts nützlich erscheint.

Es ist gegen 23 Uhr 30, als sie, begleitet von John, zu Fuß ins Grand Hyatt wechselt. Die Nachtluft tut ihr gut. Auf den Trottoirs und in den Kneipen und Restaurants flirrt das überdrehte Nachtleben Berlins. Die Temperaturen sind deutlich kühler als noch tagsüber.

»John, was machst du mit deinem Sohn an seinem Geburtstag?«

»Wir fahren nach Disneyland.«

»Warst du schon mal da?

»Nein, eben, noch nie.«

»Ich würde gern mitkommen.«

»Das würde ihn sicher freuen. Aber es wird nicht gehen, fürchte ich.«

»Ich fürchte, du hast recht.«

In ihrem Zimmer schaut Fabienne Spätnachrichten und Nachtjournal: In Fukushima sind die Radioaktivitätswerte auf neue Rekordhöhen gestiegen. Die Börse hat in Folge der Schuldenkrisen in den Euro-Ländern und den USA einen rasanten Sturzflug angetreten, dem sich Befürchtungen und Prognosen zu einer Abschwächung der Weltwirtschaft anschließen. Experten und Pseudoexperten melden sich zu Wort. Ein Orkan hat die Atlantikküste Frankreichs zertrümmert, mit größeren Schäden unter anderem an den Austernbänken. Ein New Yorker Ex-Polizei-Chef soll die britischen Kollegen beim Kampf gegen Flashmobs und plündernde Straßenbanden beraten. Die Nachrichtenmischung streift noch das eine oder andere Sexualdelikt, dann wird der reale Horror durch den fiktiven abgelöst.

Sie schaut aufs Handy. Eine SMS: »War schön mit dir.«

Gegen Viertel vor eins nimmt sie ein Bad.

Sie hat eine CD eingelegt, die Dano ihr gebrannt und geschickt hatte, eine sentimentale Mischung aus Reggae-, Rap- und Klassik-Songs, dazwischen der eine oder andere Lullaby. Harry Belafonte, wie alt ist der eigentlich jetzt schon?

ANRUF

Gegen 1 Uhr 30 lässt sich Fabienne einen Eisenkrauttee bringen, einen Verveine.

Kurz danach legt sie sich nackt zwischen die leicht nach Jasmin duftenden Laken im Doppelbett der Suite, schließt die Augen, schläft ein.

Der Anruf kommt um 2 Uhr 30, diesmal aufs Handy.

Die Stimme ist die gleiche. Sie ist vollkommen neutral im Tonfall, ohne jeden Akzent, mit einem leicht metallischen Klang, kleinen Überlängen zwischen den einzelnen Wörtern: *»Die Menschen wollen getäuscht werden. Also täuschen wir sie – und verkaufen ihre Zukunft. Daraus schlagen wir unseren Profit. Es geht letztlich immer um Gewinn, um Geld. Wir nehmen keine Rücksicht. Wir sind dicht an dir dran. Wir waren dir schon zweimal sehr nah. Überleg dir, was du morgen machst. Nimm dir die Zeit. Nach dem Bad bist du entspannt. Die Bettwäsche riecht sehr angenehm. Du siehst auch nackt unverschämt gut aus. Schlafe gut. Wir sehen dich. Das Leben ist kurz. Noch kürzer für die, die sich ohne Not ans Licht der Öffentlichkeit drängen. Die Wahrheit einer Absicht ist die Tat. Wir erwarten dich.«*

Im Ton vollkommen unpersönlich? Nein. Ganz und gar mit ihren Gewohnheiten, und mehr noch, mit ihrem Denken vertraut. Auf eine perverse Art. Keine Frage: Wer immer hinter der Maschine steckt, kennt sie. Er oder sie.

Soll sie John rufen?

John ist nebenan. Ihre Tür ist verschlossen. Das Handy ist in Griffweite. Und dieses Zimmer hat keinen Balkon und schon gar keine Terrasse. Hier wird nichts passieren, nicht heute Nacht.

Die Stimme will ihr nur mitteilen, dass sie unter Beobachtung steht.

Nichts wird geschehen, bis sie eine Grenze überschreitet. Nur welche?

Sie schält sich aus den Decken, sucht nackt im Koffer nach ihrem Schlafanzug, es ist ihr egal, wer sie sieht, sie hat keine Angst, sie will keine Angst haben, diese Freiheit nimmt sie sich. Sie zieht den Schlafanzug an, legt sich wieder ins Bett, schließt die Augen.

Schlafen? Unmöglich. Dabei ist auf einmal alles still, nur das leise Rauschen des nächtlichen Verkehrs draußen auf der Straße ist zu hören, das Surren der Klimaanlage. Nicht zu laut. Der Lärm ist im richtigen Maß gedämpft. Die Fenster sind geschlossen.

Dano, denkt sie. Das Gemälde, das in ihrer Londoner Wohnung hängt, Atomblut, sie sieht es vor sich: ein pulsierender Kreislauf des Lebens. Eine Stadt im Dämmerlicht.

In welchem Licht liegt sie? In dem des Morgens oder des Abends? Dem der Nacht?

Wirbelnde, kreisende Muster tragen sie in eine Welt, die ganz ihr gehört …

FABIENNES TAGEBUCH

VERHANDLUNGSDADA … wäre das eine Möglichkeit? – Energiegipfel: Nachdem bereits einige Industriekapitäne ihre Wünsche, Forderungen und Vorschläge vorgestellt haben, bittet die Kanzlerin mich um meine Stellungnahme. Ich denke nochmals kurz nach, atme tief durch, lege kompakt dar: »Halli merri schiggi schiggi etrasko afuja abong.« Keine Ahnung, welche Sprache das sein kann, denken die meisten am Tisch. Esperanto? Ungläubige Stille. »Was meinen Sie?«, fragt die Kanzlerin. Ich atme nochmals durch, konzentriere mich, wiederhole ruhig und gefasst: »Halli merri, Frau Bundeskanzlerin, schiggi schiggi etrasko afuja abong.« Wieder ungläubige Stille. Erneut fragt die Kanzlerin: »Was meinen Sie?« – diesmal allerdings nicht nur mit einem Unterton ungläubigen Er-

staunens, sondern mit fassungsloser Entrüstung, ungeduldig und barsch, fast schon entsetzt. Ich nehme mir ein Herz, antworte kurz: »Schwi dada fa!«… nun atmet die Kanzlerin tief durch, zwei, drei Mal, fasst sich an den Hals, ringt um Fassung, will offensichtlich das Wort ergreifen … in diesem Moment, in dem niemand am Tisch mehr weiß, ob er Teil einer Komödie sein möchte oder Zeuge einer Tragödie werden soll, komme ich ihr zuvor, fasse all meinen Mut zusammen, setze nochmals einen drauf: »Oder möchte jemand widersprechen?« Schweigen. Eisiges Schweigen, schockgefroren, fast so, als stehe die Polarnacht bevor. Eine ewige Polarnacht. Plötzlich durchbricht einer der Bundesminister die arktische Stille: »Schwi dada fa«, sagt er zustimmend. »Ja, Frau Bundeskanzlerin, das Projekt ist überragend, wirklich sensationell! Mein Ministerium fördert es auch, wir geben, glaube ich, 250 Millionen. Vielleicht sollte man die Fördersumme nochmals erhöhen. Schwi dada fa!«

Lasst uns spielen, Freunde, mit den Eitelkeiten und den Unsicherheiten, der Arroganz und der Ignoranz. So viel Spaß muss sein. Schwi dada fa, Kollegen!

LOBBY

Die Kollegen sind bereits da.

Das Treffen der Vorstandsvorsitzenden der großen deutschen Energiekonzerne und Chefs einiger großer industrieller Stromverbraucher mit einem der Geschäftsführer des deutschen Industrieverbandes findet im obersten Stock der Verbandszentrale statt. Der Weg dorthin führt durch den überglasten Innenhof, an den großen Skulpturen vorbei, durch die Sicherheitsschleuse und dann mit dem Fahrstuhl nach oben.

Fabienne ist froh, dass John sie begleitet. Die vergangene

Nacht sitzt ihr in den Knochen. Oben angekommen, lässt sie sich einen Orangensaft geben, schiebt das Erlebte weg. Den Anruf. Die Drohung. Sie wird sich später damit befassen, ihre Kräfte braucht sie jetzt für das, was unmittelbar ansteht.

Als Erstes berichtet Gunnar Schmidt, der zuständige hauptamtliche Vertreter des Industrieverbandes, über die Vorgespräche mit den Referenten der Kanzlerin. Von der Pressekonferenz am Nachmittag soll ein Signal für den Wirtschaftsstandort Deutschland ausgehen: Im Hinblick auf Technologie die Spitzenposition verteidigen, dynamisch und innovativ. Die Kanzlerin will die notwendigen Schritte zur Energiewende konkretisieren und mit den Kollegen koordinieren.

»Auch mit der Kollegin, pardon, Fabienne.«

Beide kennen sich noch aus McLloyd-Zeiten. Schmidt gehörte damals vorübergehend ebenfalls zur Londoner Filiale, er war es auch, der sie in London zum ersten und einzigen Rave ihres Lebens mitnahm, in einer riesigen Fabrikhalle, die die Tanzenden besetzt hatten und zu der man nur mit Codewort Zugang bekam. Das war sonst nicht ihre Sache, aber zweifellos ein Abenteuer der ungewöhnlicheren Art, und es war vollkommen passend, dass Gunnars Neugier und Unvoreingenommenheit sie beide dorthin geführt hatte.

Fabienne ist nicht überrascht, dass er sich statt für Konzernhierarchien für diesen Posten beim Industrieverband entschieden hat. Auch die zweite Reihe passt zu ihm. Hier ist er in seinem Element und in seinem Bereich inzwischen vermutlich einer der Besten.

Die anderen Groß-CEOs der Branche sind schon lange in der Energiewirtschaft tätig. Mit dieser Art von Vorgesprächen sind sie vertraut, mit der Kanzlerin nicht weniger. Wenn auch spät, hat der Generationenwechsel doch endlich auch die Energiebranche erreicht. Fabienne Felsenstein ist deutlich die Jüngste, aber nicht mehr 15 oder 20 Jahre jünger als die Kollegen, wie es noch vor kurzer Zeit der Fall gewesen wäre. Nur einer ihrer Kollegen repräsentiert noch den alten patriarchischen Typus – Herbert Pechstein. Ganz selbstverständlich ist er es auch, der als Erster das Wort ergreift. Nach einigen Floskeln kommt er gleich zur Sache:

»Ausgleichszahlungen, Entschädigungen, Investitions- und Forschungsförderungen, weitere Staatsbeteiligung an den Kosten der Emissionszertifikate – zur Förderung von Kohleverstromung – das steht heute schon alles auf der Agenda der Referenten. Wir brauchen dazu nur noch das Jawort der Kanzlerin. Sie wird im Gegenzug wissen wollen, was wir investieren werden. Wir setzen bei uns 30 Milliarden Investitionsbudget für die nächsten 10 Jahre an, für Erzeugungskapazität und Netze. Ich denke, gemeinsam werden wir alle auf 100 kommen, können wir zumindest auf 100 aufrunden.«

Der Strategievorschlag ist oberflächlich, aber nicht unvernünftig, und vor allem umsetzbar; für die Kanzlerin und die Pressekonferenz, in der die Medien über die Ergebnisse des Energiegipfels informiert werden sollen, dürfte er reichen.

Fabienne findet die Zahlen ohne weiteres vertretbar. Das Spiel ist für sie zwar neu, aber allzu kompliziert kommt es ihr wahrlich nicht vor. 100 Milliarden sichert die Energiewirtschaft zu, und wie beim Poker soll die Gegenpartie jetzt gleichziehen. Zu neudeutsch: Public Private Partnership? War das Modell so gedacht?

Sichtbar oder verdeckt: 100 Milliarden vom Bund. Wie finanziert? Und für wen?

»Das sollte, nach Aussage der Referenten, möglich sein«, sagt Gunnar Schmidt. »Wichtig ist dabei nicht, wofür, und schon gar nicht, für wen, sondern dass die Schlagzeilen stimmen. Und die Regierung kann ihre eigenen Anstrengungen ohnehin nur vertreten, wenn sich die Gutmenschen angesprochen fühlen.«

Fabienne wird klar, worum es hier geht. Mit diesen Summen wird vor allem eines erreicht: Ihre schwindelerregende Höhe wird die eigentlichen strategischen Verhandlungen um Ausgleichszahlungen und Entschädigungen aus dem Fokus der meisten Medien verdrängen. Und der Bevölkerung suggerieren, es werde richtig etwas getan – und auch noch etwas Richtiges, Sinnvolles. Das Richtige zur richtigen Zeit.

»Große Streitereien hast du heute nicht zu erwarten«, hatte Kohlmeier Fabienne noch einmal im morgendlichen Telefonat eingeschärft. Es sieht so aus, als würde er Recht behalten. Und wann, denkt Fabienne mit einem kleinen Lächeln, hätte Justus einmal nicht Recht behalten?

Gunnar missversteht ihr Lächeln und erwidert es. Ihn scheint es zu freuen, dass Fabienne in dieser morgendlichen Runde ihren Platz gefunden hat, die Kollegin von früher – und eine hübsche Abwechslung zu den Dinosauriern, die in diesen Kreisen gewöhnlich den Ton angeben.

»Für die Kanzlerin geht es um Risikomanagement – sie muss das Feld bis zur nächsten Bundestagswahl bestellen. Sie will das Gelände kontrollieren, über das sie in den kommenden Jahren fahren wird. Dafür braucht sie die Basis mit euch.«

Das Gespräch bleibt sachlich, es geht um Abstimmungen, die von vornherein feststehen und deshalb auch problemlos bestätigt werden. Die Runde schließt einvernehmlich.

Gunnar Schmidt bringt die Gäste nach unten ins Foyer und wünscht zum Abschied gutes Gelingen im gemeinsamen Sinne. Er bleibt in der Zentrale des Industrieverbandes. Sein warmer und herzlicher Händedruck tut Fabienne gut an diesem Morgen.

Die Fahrzeuge warten, und der Konvoi startet die kurze Fahrt zum Bundeskanzleramt.

Man ist dort angekündigt, die Fahrer und Sicherheitsleute sehen sich nicht zum ersten Mal.

Vor der Einfahrt kommt es zu einer kleinen Verzögerung, weil sich eine Gruppe von ungefähr 150 Menschen an der Straße versammelt hat, viele mit Trillerpfeifen und Plakaten, auf denen die alte gelbe Anti-AKW-Sonne neu erstrahlt, ein lärmendes Spalier für die Karawane der Energiewirtschaft und die sie begleitenden Medien.

Fabienne spürt einen leichten Druck auf beiden Ohren. Sie schaut auf den fleischigen Hals des Fahrers, der sie bei ihren Aufenthalten in Berlin stets fährt und auch heute gleichmütig den Wagen durch die kleine Kundgebung lenkt.

»So was kommt hier wohl öfter vor«, sagt John zu dem Mann am Steuer.

Der Chauffeur nickt, antwortet: »Das Recht auf freie Meinungsäußerung ist eine demokratische Errungenschaft.«

Es gelingt Fabienne auch heute nicht, den leichten Akzent einzuordnen.

Draußen sind die Demonstranten jetzt dabei, Journalisten Statements in die Mikrofone zu diktieren. Fabienne bedauert, dass sie nicht an der Einfahrt ausgestiegen ist, um mit den Umweltaktivisten zu sprechen. Das wäre vielleicht offener und interessanter gewesen als der Austausch der Konzernbosse.

FABIENNES TAGEBUCH

MACHT ... die Kanzlerin versteht etwas von Macht, und noch mehr davon, die Macht zu achten, die einem verliehen wird. Lange Jahre hat sie gesehen, wie die Mächtigen um sie herum, oftmals in entrückter Selbstsicherheit, jenen einen Schritt machten, der sie in den Abgrund führte und den sie nie wieder rückgängig machen konnten. Das wird ihr selbst so nicht passieren. Bei ihr scheint mir alles geplant zu sein, kontrolliert und gesteuert. Ihre Fehlerneigung, die Schieflage ihrer Macht, liegt anderswo. Vielleicht da, wo die Sachprobleme so groß geworden sind, dass ihre Lösung nicht mehr mehrheitsfähig ist, weil die Lösung zu vielen im Land scheinbar schaden muss.

MACHTDILEMMA ... es ist für die Kanzlerin nicht grund-

sätzlich anders als für eine Vorstandsvorsitzende von Ruhr-STROM. Beide suchen wir nach Wegen zu Problemlösungen, die sachorientiert sind und dennoch realisiert werden können. Beide wollen wir unser Ziel erreichen, ohne die Macht zu verlieren. Aber am Ende müssen wir uns entscheiden, was im Zweifel Vorrang hat – die Sache oder die Macht!

VORGEFÜHRT

Das Gebäude ist ein republikanisches Statement, dessen Ausmaße allerdings eher die Regierungszentrale eines ganzen Kontinents vermuten lassen. Keineswegs jedoch barock und auch nicht schwülstig. Eine gediegene Moderne, eine konzentrierte Ruhe. Von diesem Ort aus lässt sich ein modernes Land gut regieren – der Eindruck ist für Fabienne nicht neu, aber er stellt sich an diesem Tag mit einer anderen Intensität ein.

Menschen sind nicht viele zu sehen.

In runden Fahrstühlen fährt man nach oben und versammelt sich in dem – an den Dimensionen des Gebäudes gemessen – überraschend kleinen Tagungssaal. Ein bis zwei Stunden Sitzung sind vor dem Lunch vorgesehen, der im angrenzenden Terrassenzimmer abgehalten wird. Die Referenten und Abteilungsleiter des Kanzleramtes sind bereits anwesend, eine oval geformte Tafel bietet Platz für die fünfundzwanzig Herren und die vier Damen, inklusive Protokoll, inklusive Fabienne.

Die Bodyguards warten unten im Foyer.

Die Bundeskanzlerin erscheint pünktlich, begleitet von einem der Regierungssprecher, setzt sich, begrüßt die Runde, fasst sich kurz an die Perlenkette. Dann legt sie die Fingerspitzen aneinander, schaut sich um, ein kurzer Blick auch zu Fabienne, der Neuen in der Runde. Nickt und trägt in ihrer präzisen, klaren Art die offiziellen Gründe für die beschlossene Energiewende vor.

Dennoch voraussehbar, dass die Runde höflich, aber bestimmt auf die ökonomischen Risiken der Regierungsbeschlüsse hinweist.

Voraussehbar auch, dass dann Pechstein als Erster länger das Wort ergreift. Er betont, der Fall Fukushima sei mit deutschen Kernkraftwerken nicht zu vergleichen. Welche Standards dort nicht eingehalten wurden, sei für uns in Deutschland irrelevant. Hierzulande würden alle geltenden Sicherheitsanforderungen erfüllt. Die Risiken eines Tsunamis gebe es bei uns nicht, die Lasten des politisch motivierten Ausstiegs – für den man selbstverständlich Verständnis zeigen wolle – sollten nun dennoch die deutschen Kraftwerksbetreiber tragen.

Pechstein spricht ruhig und entschieden; der Mann ist gewohnt, dass man ihm zuhört. Und ihm nicht widerspricht: »Wir haben vollstes Verständnis für ihre Situation und ihre Entscheidungen, Frau Bundeskanzlerin. Die Energiewirtschaft kann die Folgen der von Ihnen gewünschten radikalen Energiewende aber nicht kalkulieren. Sie führt erst einmal zu enormen Gewinneinbrüchen. Wir stehen vor der Wand, Frau Bundeskanzlerin. Wenn wir nicht außerordentlich aufpassen, steht das ganze deutsche Schiff bald quer zur See!«

Höflich, deutlich – und voraussehbar. War es das, was Justus ihr in ihren vorbereitenden Gesprächen hatte sagen wollen? Das Spiel ist abgekartet, man erwartet von dir nur, dass du die Regeln befolgst? Es handelt sich dabei um Regeln, die nichts mit einer visionären Idee von Zukunft zu tun haben, sondern mit kalkuliertem Geben und Nehmen.

Wenn die Politik etwas von den Unternehmen will, dann zahlt sie mit kleinen Gefälligkeiten. Der Anwesenheit bei einer wichtigen Einweihung etwa. Dem politischen Geleitschutz bei einem Auslandsprojekt. Oder einer repräsentativen ehrenamtlichen Position.

Wenn sie richtig viel will, so wie heute, dann muss sie schon mehr bieten, auch zählbarer Natur, so hatte es Kohlmeier jedenfalls Fabienne erklärt. Doch deutlich werden dürfe dies alles selbstverständlich nicht. Das zeigt auch die weitere Diskussion, sofern man, denkt Fabienne, diesen Begriff für das Herunterspulen zuvor abgestimmter Erklärungen wirklich verwenden will.

Die Entscheidungen der Politik führen in dramatische betriebs- und volkswirtschaftliche Engpässe? Natürlich! Die kurzfristigen Alternativen zur friedlichen Nutzung der Kernenergie seien für ein Industrieland wie Deutschland nicht adäquat, im Grunde nicht geeignet. Und was bedeutet das? Warum kommt niemand zum eigentlichen Thema?

Wahrhaftigkeit, denkt Fabienne. Komplexität und Schwierigkeiten nicht leugnen. Der Wahrheit ins Gesicht sehen, die Konsequenzen klar erkennen. Und danach handeln, logisch, unbeirrt, so durchschlagend wie möglich.

Die Kanzlerin nickt ihr zu.

Fabienne erinnert sich nochmals kurz an den Hinweis von Justus, bei solchen Anlässen stets kompakt und prägnant zu sprechen, die Zuhörer nicht mit Kompliziertem oder Unbekanntem zu verwirren, ergreift dann das Wort: »Betrachten wir die Alternativen, die es ja durchaus gibt. Steinkohle wäre derzeit zwar sehr ökonomisch, dürfte ökologisch – vor dem Hintergrund der CO_2-Emissionen – aber demnächst noch weiter unter Beschuss geraten. Mit Recht. Oder wollen wir unsere Klimaschutzziele aufgeben, Frau Bundeskanzlerin? Das Gleiche gilt für die Braunkohle: unter Klimaschutzaspekten im Grunde vollkommen abwegig. Für mich gibt es da nur einen Weg: Wir müssen so schnell wie möglich raus aus der Kohle. Fotovoltaik? Selektiv sicher sehr interessant, aber noch nicht in unseren Breitengraden, jedenfalls nicht flächendeckend. Die Fördergelder sollten bei uns in ganz andere Bereiche investiert werden. Wir dürfen nicht vergessen, dass Deutschland für die Nutzung der Solarenergie ähnlich gut geeignet ist wie Alaska. Solarthermie – global hochinteressant, äußerst vielversprechend, aber leider ebenfalls noch nicht in unseren Breitengraden. Wind – auf jeden Fall. Die Verspargelung der Landschaft ruft aber zunehmend Bürgerproteste hervor. Und die Auswirkungen von Offshore-Anlagen auf die Biosysteme sind auch noch nicht abschließend geklärt. Biomasse – nicht sonderlich attraktiv, nicht sehr potenzialträchtig. Ökologisch ebenfalls angreifbar – wird ja auch bereits massiv kritisiert, vor allem auf lokaler Ebene. Große Wasserkraft – sehr interessant, ökonomisch sinnvoll, aber schon vom globalen Potenzial her begrenzt, umso mehr bei uns. Kleine Wasserkraft – nach meiner Einschätzung deutlich weniger interessant. Geothermie – perspektivisch sehr bedeutsam, heute noch unökonomisch. Die eiserne Reserve. Holzpellets – Peanuts. Die Gasverstromung nimmt zu, natürlich, aber auch zu Kosten, die – über die gesamte Prozesskette – volkswirtschaftlich und politisch unrentabel sind ...«

Kurz vor Beginn der Runde, auf dem Weg vom Sicherheitscheck in den Tagungssaal, hatte sich Pechstein noch zu ihr gesellt und ihr geraten – so hatte sie ihn verstanden – kein Blatt vor den Mund zu nehmen.

»Es gibt den vereinbarten Modus, natürlich. Aber sagen Sie, was gesagt werden muss. Wenn nicht jetzt, wann dann?«, hatte er gemeint. »Es bleibt jedem überlassen, ob er sich an die Vereinbarungen hält. Oder sie.« Eine Ermunterung – oder eine Warnung?

Fabienne schaut auf die Kanzlerin, die ihr zuhört, unruhig wird, und die Fingerkuppen aneinanderlegt, auseinandernimmt, aneinanderlegt, den Kopf einzieht, so dass das Kinn das Brustbein beinah berührt, und schließlich leicht die Hand hebt.

»Frau Felsenstein, sie sind neu hier, nicht wahr?«

Das Schmunzeln der Kollegen bemerkt Fabienne erst jetzt. Herablassend, mitleidig, eine gute Portion Schadenfreude ist auch dabei. Als würde sie wilden Rock 'n Roll tanzen, wo doch gerade Slowfox angesagt ist. Noch ist ihr das gleichgültig, der Beat trägt sie weiter, denn worum geht es hier?

»Ich verweise auf den Energiemix. Frau Bundeskanzlerin. Bei uns stehen konkrete Kraftwerksinvestitionen an. In welche Energien investieren wir? Unter welchen Rahmenbedingungen? Und was tut die Bundesregierung, um den Anstieg der Erzeugungskosten zu begrenzen? Schon im kommenden Jahr werden die Strompreise der industriellen Verbraucher nach Verbandsschätzungen um durchschnittlich 9 Prozent steigen. Es gibt auch Szenarien, die deutlich darüber liegen. Wollen Sie im nächsten oder übernächsten Wahlkampf etwa verdoppelte Strom- und Energiepreise haben?«

Die Fragen sind berechtigt, nur nicht – so stellt sich heraus – in diesem Rahmen, nicht an diesem Tisch. Hier werden nicht Sachlagen abgewogen, schon gar nicht offen diskutiert. Hier werden politische Lagen abgeschätzt und abgestimmt.

Die Kanzlerin, die sich nun wieder an die Perlenkette greift, weist sie zurecht:

»Frau Felsenstein, so gehen wir nicht miteinander um. Sie sind offensichtlich neu hier. Lassen Sie uns zum gewohnten Ton in dieser Runde zurückkehren.«

Stocken. Stillstand. Die Feinde der Muster und der Neugier. Wie war das noch in der Schule? »Setzen, Felsenstein«, es interessiert keinen, warum einer der drei Könige ein Mohr ist. Und Fabiennes Ton ist heute doch eigentlich genauso wenig anstößig wie damals vor der Lehrerin.

»Frau Bundeskanzlerin, es gibt bei uns noch keine erneuerbaren Energien, die kostenseitig wettbewerbsfähig mit Kernkraft oder Kohle sind. Auch nicht im Entferntesten. Das wissen wir doch alle. Und mit einem Ausbau der Fossilen, auch wenn er nur übergangsweise wäre, werden wir die Klimaschutzziele – Ihre wichtigen und richtigen Klimaschutzziele, Frau Bundeskanzlerin – nicht erreichen können. Wir würden vielmehr umweltschädliche Erzeugungsstrukturen zementieren, die wir doch eigentlich angesichts des Klimawandels zügig überwinden wollten. Es gibt noch keine tragende technologische Brücke in das neue Energiezeitalter. Wollen wir am Ende Atomstrom aus Osteuropa kaufen, um dieses Land am Laufen zu halten?«

»Frau Felsenstein, so gehen wir hier nicht miteinander um.«

Das sagt nicht die Kanzlerin, das sagt nun der Regierungssprecher. Es ist sehr ungewöhnlich, dass er eingreift. Das Wort, ganz entschieden, gehört nicht mehr Fabienne.

Stattdessen bittet die Kanzlerin einen ihrer Referenten, die Eckdaten zu nennen, die die Regierung anbietet, um die Situation für die Unternehmen erträglich zu gestalten. Weiter im Spiel, das abgekartet ist, immer schon war, vermutlich auch immer sein wird. Poker ohne Überraschung, ohne Bluff, der reine Hinterhalt oder auch gar keiner, der Gewinn von vornherein verteilt.

Was die Kollegen wissen und auch schon bei der Vorbesprechung wussten. Fabienne kocht innerlich. Ihre Einlage war für eine kleine Unterhaltung gut, mehr nicht.

Nun greifen die Kollegen den Faden auf und zurren die Ausgangsbasis für die Verhandlungen in den Gremien fest. Wenig später einigt man sich auf die 100/100-Formel: Industrie und Regierung werden gemeinsam die notwendigen Schritte zu einem großen, für den Wähler scheinbar äußerst attraktiven Investitionsprogramm gehen. Deutschland wird, darin sind sich alle einig, neue Grundlagen für eine nachhaltige Stärkung seiner Wirtschaftskraft legen.

200 Milliarden Euro für die Energiewende. Das besagt: Wir meinen es ernst. Wohin werden die 100 Milliarden Euro des Staates fließen? Das ist eine Frage, die die Energiekonzerne nicht in großer Runde mit der Kanzlerin besprechen werden. Der Wähler soll sich angesprochen fühlen. Und Verteilungskämpfe werden ohnehin an anderer Stelle geführt, diskret und verborgen.

»Wir haben schon einmal ein Wirtschaftswunder geschafft,

das ein Vorbild für die Welt war.« So lautet die Botschaft nach draußen: »Wir packen es neu an!«

Am Nachmittag treten die Energiebosse und die Kanzlerin mit diesen Sätzen abschließend vor die Medien.

Das Treffen, so sieht es Fabienne, hätte man auch sein lassen können. Nicht mehr als ein Kasperle-Theater für die Presse, die Öffentlichkeit, die Wählerschaft. Wo sind die tragenden Innovationen? Die wahren technologischen Entwicklungspfade? Warum hat niemand wirklich von Forschung und Entwicklung gesprochen? Wo bleibt der Wettbewerb? Wo die internationale Vernetzung? Und wo die Wahrheit?

»Die Menschen wollen getäuscht werden«, hört sie die mechanische Stimme des anonymen Anrufers in ihrem Ohr. Dieser widerliche Mensch. Und wenn er recht haben sollte?

Die Mikrofone sind – nach den Worten der Kanzlerin – auch für jeden der Unternehmenschefs noch offen.

Nach Pechstein ist es Fabienne, die die Journalisten in erster Linie hören wollen – aber als sie sich nach vorn zum Mikrofon neigt, ist es nicht sie, sondern eine andere, eine mechanisch gesteuerte Fabienne, die den Reportern das gibt, was sich in diesem Augenblick gehört: der Situation angemessen und unumgänglich, vorübergehend mehr Kohle einzusetzen. Forschungs-Kooperationen? Definitiv sinnvoll. Energiewende als nationale Angelegenheit. Internationalisierung der Branche, mit Fokus auf eine erheblich verstärkte Zusammenarbeit in der EU, unabdingbar. Der Netzausbau, der ohne zusätzliche Förderung nicht zu leisten ist, die intensive Kooperation von wissenschaftlicher Forschung und Industrie hinsichtlich der Frage von Speicher- und Verteilungstechnologie, die von der Regierung mit in die Wege geleitet werden muss …

… nichts ganz Falsches dabei, aber ohne Leidenschaft, ohne klare Vision, und – das ist das Schlimmste für Fabienne – ohne Glauben an Substanz und Umsetzbarkeit ihrer eigenen Worte.

»Ich fand Ihren Beitrag vorhin sehr erfrischend.«

Pechstein reicht Fabienne im Gehen die Hand. Fabienne ist etwas größer als er. Sie schaut ihn an. Und ja, das immerhin will sie ihm zugestehen: Dass er diesen Satz zumindest ernst meint. Aber er sagte eben parallel auch Sätze wie diesen: »Frau Bundeskanzlerin, solange sie im Amt sind, besteht Hoffnung für unser Volk.«

Was gilt? Sie kann Pechstein sehr schwer einschätzen. Er ist im Auftreten weniger filigran als zum Beispiel Kohlmeier, kleiner, derber vielleicht, aber auch direkter, noch druckvoller. Kohlmeier das Florett, Pechstein der Säbel? Spieler sind sie beide. Mit Sicherheit.

In diesen Tagen geht das Gerücht um, ein Mitarbeiter von Pechstein habe sich vom Dach der Konzernzentrale in Baden-Baden gestürzt und sei – wie durch ein Wunder – lebend, allerdings schwer verletzt auf dem Vordach liegen geblieben. Die Pressestelle von SÜDcurrent soll ganze Arbeit geleistet haben, weder Blutspritzer noch Aufprall haben Augen oder Ohren der Öffentlichkeit erreicht.

Kann Fabienne sich vorstellen, dass Pechstein einen derartigen Druck auf einen Menschen ausübt und dieser keinen anderen Ausweg mehr sieht, als – zu springen? Ja. Sie kann. Mittlerweile.

BRUSTLÖSER

John steht beim Wagen seitlich vor dem Ausgang, und Fabienne kommt sich noch immer vor wie in Trance, als sie sich zur Drehtür begibt.

»Du wirst unserem Land den Respekt erweisen, den es verdient«. Wieder die Stimme des Anrufers. Sie hat die Botschaft stärker gespeichert, als sie es bisher wahrhaben wollte.

Es sind nicht mehr viele Menschen da, als Fabiennes Fahrzeug durch das geöffnete Tor rollt. Eine japanische Touristenfamilie, die den kurzen Weg vom Hauptbahnhof herübergekommen ist. Zwei ältere Frauen, die sie anstarren. Eine davon holt ihr Handy raus, tippt wie wild darauf ein. Um ihren Hals hängt an einem roten Band eine Trillerpfeife, offenbar war sie schon bei der Kundgebung dabei.

Und dann steht da noch ein Kamera-Team von Sat1, das sich weder verirrt hat noch hellseherische Fähigkeiten besitzt. Warten gehört zum Job. Und lohnt sich oft.

Die Kamera richtet sich sofort auf den Wagen der RuhrSTROM-Vorstandsvorsitzenden, als dieser durch das Tor rollt. Ein freundlicher Moderator strahlt sie an. Fabienne lässt John anhalten. Sie öffnet die Scheibe ihrer Limousine. Der hydraulische Fensterheber lässt das Panzerglas sanft surrend nach unten gleiten. Frische Luft dringt in den Wagen.

»Können Sie uns etwas über den Gipfel erzählen, Frau Felsenstein? Mit welchen Forderungen sind Sie da reingegangen, mit welchen Zugeständnissen kommen Sie raus?«

Der Satz wirkt, als hätte ein Hypnotiseur mit den Fingern geschnippt und sein Opfer aus fremdgesteuerter Umnachtung erlöst. Fabienne sieht den Mann an, spürt, wie ihr Kopf klar wird, fühlt sich, als öffneten sich die Türen eines engen Käfigs.

Hier steht jemand und scheint tatsächlich hören zu wollen, was sie zu sagen hat. Zumindest vermittelt er ihr den Eindruck. Das ist mehr, als sie den ganzen bisherigen Tag über erfahren hat.

ANRUF

Dieselbe Maschinenstimme, fünf Minuten, nachdem Fabienne Felsenstein das Interview mit dem Sat1-Moderator beendet hat:

»Beim ersten Interview in der Pressekonferenz, der Satz mit der Kohle war gut. Das zweite Interview hättest du bleiben

lassen sollen. Das war ein Fehler. Ein schwerer Fehler, jemand wird dafür büßen. Fragt sich wer: Vielleicht dein Freund Abakus, der neulich so lustvoll in deiner Nähe atmete? Sag dem Totengräber, er lebt ein gefährliches Leben. Sehr gefährlich. Er und seine Tochter, mit der er gerade über den Marktplatz geht: Da verschwinden die beiden in Karstadt. Sag Abakus: ein Narr, wer sich nur mit der Sache an sich beschäftigt. Vor ihm öffnet sich ein Abgrund, in den er fällt und in dem er sich das wertlose Genick bricht. Wie dein nutzloser Vorgänger. Das Leben ist ein Opfer. Wie leicht kann man kaputt gehen!«

Dann wieder das Summen.

FELSENSTEIN-WATCH

sperberauge
oh mein gott oh mein gott oh mein gott sie ist da. ff. direkt vor mir. gerade aus dem bundeskanzleramt gekommen. irre. und ein ganzes kamerateam dabei. die hat sie bestimmt hierher bestellt. ich kann nicht hören, was sie redet, aber die sendung merk ich mir. Gebe ich gleich weiter, sobald ich weis, wann das ausgestrahlt wird.
PEACE IS HERE (IF YOU WANT IT)

sperberauge
sie redet noch immer. richtig gesprächig, unsere ff. ich geh mal näher ran.
PEACE IS HERE (IF YOU WANT IT)

mordskerl
ich würde auch gern mal näher rangehen. kannst du mal ein bisschen tiefer haltn? Ich kann es selbst kaum noch halten

sperberauge
interview kommt heute als ausschnitt um 18 h, wird um 22 h wiederholt. ich weis jedenfalls, wo ich dann bin!
PEACE IS HERE (IF YOU WANT IT)

detlev
superklasse, sperberauge!!! :DDD Wir sind hier ja richtig CIAmäßig unterwegs!!!

mordskerl
Clitoris In Action? Wo findet das denn statt? Her damit

sudoku-lover
ich dachte, ff ist beim papst in rom??!?

mordskerl
Leute, das bringt mir nichts, jetzt auch noch der Papst. Ich versteh euch nicht. Ich muss mir wirklich mal absamen. Hilft nichgts. Ich bin jetzt raus -aus die Maus

KASPAR HAUSERS BLOG

Coole Sache: Jetzt hat sich unsere lichtscheue Konzernvorsitzende, Invisible Girl Fabienne Felsenstein, doch tatsächlich mal in aller Öffentlichkeit zu Wort gemeldet. Mehrfach sogar. Material Girl. Die anderen Energiebosse sind noch auf dem Weg in die Studios, da hat Felsengirl schon gesprochen. Hough! Wir machen in Kohle – erst mal – und in Regenerativen. Aber richtig. Nur die Energiewirtschaft wird überleben, die ganz andere Wege gehen wird.

Was sie da zu sagen hat, bewegt doch einige Gemüter im Land, allen voran die Politik, die beim Energiegipfel die Einigkeit von Wirtschaft und Kanzleramt in Sachen Energiewende demonstrieren wollte. Was heißen sollte: Wir unternehmen möglichst gar nichts und verkaufen es dem dummen Volk dann als Revolution.

Scheint, als wollte Fabienne Felsenstein das Spiel nicht mitspielen. Unmittelbar nach dem Treffen mit Bundeskanzlerin & Co. hat sie sich mit einem Reporter von Sat1 unterhalten und damit eine ungefähr so potente Bombe gelegt wie damals, als Prinzessin Diana Andrew Morton die Affäre mit ihrem Reitlehrer gestand – jedenfalls, wenn man dem Glauben schenken will, was unsere Wirtschaftsblätter dazu meinen. Gift und Galle, sagt Hauser dazu nur. Gift und Galle.

Und natürlich noch dies: Mission Accomplished, die Felsenstein-Soap ist angelaufen, und der Pilot war Spitze: Fortsetzung folgt! Sondergirl, wir folgen deinen Spuren!

Ein Wort an euch Unverdrossene vom Felsenstein-Watch: danke, danke, danke! Ihr seid die Größten und habt jetzt erst mal Pause. Technisch bedingt, wir stellen das System um. Entschuldigt die Umstände, wir melden, wenn der Link wieder funktioniert.

KASPAR HAUSER. IHR WIRTSCHAFTSBLOG AUF WELTKURIER.NET http://WELTKURIER.NET/community/blogs/KASPARHAUSER/archive/FELSENSTEIN2011.aspx

HORUS EST

»Vielleicht ist sie dumm.«

Thies Jacobi lacht. Das Horus läuft gerade zur abendlichen Hochform auf. Politik, Wirtschaft, Kunst – alle sind sie da. Rolf-Peter Neumann und Norbert Tschauner auch. Die drei haben sich in einer ruhigen Ecke zusammengesetzt.

Jacobi ist gut in Fahrt. Braungebrannt, gutgelaunt, die Haare frisch blondiert. Seine Frau ist auf dem Sparkassenball, er lässt sich von einem Freund an ihrer Seite vertreten. Das darf der, wenn er selbst dafür Zeit im Horus hat. Die Lokalreporter sind das Arrangement gewohnt und berichten darüber nicht. Warum auch? Die Ehe hält.

Es ist eine Weile her, seit sich die drei Freunde das letzte Mal getroffen haben. Das liegt an Tschauner, der Zeitmangel vorschützt, die anstehende RuhrSTROM-Strategie, den nächsten Marathon, alles, um nur nicht seinen Kumpels begegnen zu müssen. So jedenfalls kommt Neumann das vor. Der Wirbel um Felsensteins Auftritt nach dem Energiegipfel hat den Vorstandsfreund nun endlich aus seinem Versteck getrieben.

Die Statements der CEO für Sat1 machen die Runde: die Vorsitzende eines Energiekonzerns, die einem ganzen Land vorwirft, sich der Realität zu verschließen und einen Ausstieg aus der Kernkraft zu bejubeln, der nur mit dem Ausbau klimaschädlicher Energieerzeugungsformen zu halten ist und möglicherweise sogar den Zukauf von fremdem Atomstrom unabdingbar machen wird.

»Erneuerbare Energieformen sind die Zukunft, daran besteht überhaupt kein Zweifel«, sagt sie in dem Clip, der auf YouTube bereits mehrere Tausend Hits hat, »gerade auch für RuhrSTROM. Wir brauchen eine globale regenerative Energiewirtschaft, ohne die Risiken der Kernenergie und ohne CO_2-Emissionen. Aber diese Zukunft ist noch nicht da. Wie kommen wir dahin? Mit welchen Technologien und Innovationen? Wer zahlt dafür? Für einen Konzern und seine Mitarbeiter sind das überlebenswichtige Fragen, für eine Volkswirtschaft umso mehr. Mir geht es um Konsequenz und Aufrichtigkeit. Mit allen verfügbaren Kräften in jede zukunftsträchtige Richtung zu denken. Etwas anderes können wir uns doch gar nicht leisten.«

»Grün – oder zynisch?«, fragt hingegen ein auflagenstarkes Boulevardblatt in einer riesigen Schlagzeile. Tschauner erzählt, er habe sich die Schlagzeile ausgeschnitten und zu Hause über seinen Schreibtisch gehängt.

Heute Abend ist er nach geraumer Zeit mal wieder im Horus.

»Lange bleiben kann ich aber nicht«, hat er Neumann am Telefon schon angekündigt.

»Musst du nicht«, hat Neumann geantwortet. »Keiner will dich lange sehen. Wir wollen nur hören, wie die Stimmung ist.«

»Meine Stimmung ist blendend.«

»Freut mich zu hören. Deine Stimmung geht mir am Arsch vorbei.«

Und da sitzt also der dürre Tschauner auf einem Zweiersofa neben dem dicken Neumann, ein Iltis in Gefahr, von einer Riesenkröte erdrückt zu werden, während sich auf seiner anderen Seite Jacobi in Abendgarderobe in einem Sessel fläzt. Das rechte Knie des Politikers wippt auf und ab, auf und ab, als wollte es sich ganz alleine als Mini-Kraftwerk für die Region andienen, während sein Kopf sich unablässig hin und her bewegt, die Augen zwei feucht glänzende Scheinwerfer, dabei, den Raum zu sondieren.

»Dumm ist Felsenstein nicht«, sagt Tschauner widerwillig. »Suhr war neulich ziemlich beeindruckt von ihr. Sie haben gemeinsam irgendein Spreadsheet angeschaut, die Zahlen für Polen, glaube ich, oder Tschechien vielleicht, ich bin nicht mehr ganz sicher. Und er meint, er hätte die Papiere schon zu Hause studiert und nichts Auffälliges gefunden, aber sie hätte darauf bestanden, dass etwas nicht stimmt.«

»Und dann?«

»Sie hat ihn auf die sehr hohen Umsätze mit Kohlendioxid-Zertifikaten hingewiesen. Exorbitant hoch. Zu hoch für das kleine Unternehmen. Suhr meint, die Felsenstein sei ihm vorgekommen wie ein Trüffelschwein, immer schön die Schnauze am Boden.«

»Und das von unserm Finanzvorstand, der ja auch nicht gerade für seine Schlampigkeit bekannt ist. Und was ist schließlich dabei herausgekommen?«

Neumann, der bisher schweigend vor sich hingestarrt hat, blickt jetzt zu Tschauner. Der dreht seinen Kopf zu Jacobi und sieht an ihm vorbei zur Tanzfläche, bevor er antwortet.

»Die Felsenstein hat ihn gebeten, die Sache prüfen zu lassen. Da könne alles Mögliche dahinterstecken. Neulich sei gerade ein internationales Kartell aufgeflogen, durch ein Umsatzsteuerkarussell wurden Steuerhinterziehungen in Höhe von Hunderten Millionen Euro betrieben und abgeschöpft.«

»Nicht schlecht«, sagt Jacobi. »Den Fall solltest du dir von Suhr mal im Detail vorlegen lassen.«

Der vordere Raum im Horus hat sich gefüllt, auf dem Podium hinter der Tanzfläche gibt die Sängerin Amélie mit ihrer Band eine Hommage an Amy Winehouse: »But I said no, no, no.« Amèlie, hinreißend in einem langen, violetten Kleid, kopiert perfekt die dunkle Stimme der britischen Sängerin. Sie fängt Neumanns Blick auf, wirft ihm eine kleine Kusshand zu. Neumann erwidert die Geste mit einem Winken von drei dicken Fingern.

Tschauner hat den Austausch mitbekommen. Zum ersten Mal an diesem Abend schaut er den dicken Gewerkschaftsmann direkt an.

»Du hast doch nicht was Ernstes mit der, oder?«

»Mein lieber Norbert, was geht dich das an?«

Tschauner antwortet mit einem Grinsen, das man beinah verschlagen nennen könnte. Neumann schüttelt leicht verwundert den Kopf. Wie viele Jahre kennt man sich nun schon? Natürlich ist Tschauner neugierig, war er schon immer, aber so wie heute, gleichzeitig verstockt und frech, hat Neumann ihn bisher noch nicht erlebt. Er fühlt sich offenbar stark. Hat er neue Freunde gewonnen, die sie noch nicht kennen?

Jetzt kommt auch noch der Kellner und stellt ein »Auge des Horus« vor den mageren Vorstand. Das Gericht besteht aus einem hellroten Hügel aus Tatar, auf dessen oberstem Punkt in einer kleinen Vertiefung ein Eigelb schwabbelt, das mit einer einzelnen schwarzen Wacholderbeere verziert ist. Ein Anblick wie aus einem Horrorfilm – und bei den Gästen sehr beliebt.

»Ich dachte, du isst kein rohes Fleisch«, sagt Neumann.

»Hör mal, Rolf-Peter, man wird sich wohl noch ändern dürfen. Ein Mann braucht nun mal seine Proteine.«

»Zu dem Gericht gehört dringend ein Wodka, das weißt du.«

Neumann wartet die Antwort von Tschauner nicht ab, hebt die Hand, gibt dem Kellner ein Zeichen. Alkohol ist Gift für den Sportler, bisher war das Tschauners Credo. Mal sehen, wie weit er tatsächlich vorhat, sich zu ändern.

Der Kellner bringt ein Glas mit klarer Flüssigkeit, stellt es vor Tschauner hin. Neumann sieht ihn auffordernd an. Der Ausdruck auf Tschauners Gesicht ist nun nicht mehr verschlagen, sondern eher ein Greinen.

»Rolf-Peter. Ich hab übermorgen einen Wettkampf …«

Schon besser. So kennt ihn Neumann. Er überlegt, den Sportfritzen dennoch zum Trinken zu zwingen, als Jacobi, der sein Kopfdrehen kurz eingestellt hat, das Glas entdeckt.

»Sehr gut. Das ist bestimmt für mich.«

Und weg ist der Wodka. Jacobi steht nun auf, nickt den beiden anderen zu.

»Ich weiß nicht, wie es euch geht, aber ich habe noch zu tun. Und da unser Freund Norbert offenbar mit einem Mal der beste Freund seiner Vorstandsvorsitzenden ist, verliere ich hier nur meine Zeit. Viel Spaß mit der Felsenstein, Norbert, ich könnte darauf wetten, die Frau ist eine Klemmfotze.«

»Thies«, sagt Neumann leise, drohend.

»O entschuldige. Ich wollte sagen, eine Bombe im Bett.« Die beiden letzten Worte sagt Jacobi etwas leiser, die Handbewegung dazu ist eindeutig. Dann verschwindet er Richtung Eingang, wo gerade eine Gruppe von Neuankömmlingen erschienen ist, dem Aufzug der Damen und den Frisuren der Herren nach zu urteilen aus der Kunstszene.

»Was für ein primitiver Mensch«, sagt Tschauner naserümpfend.

Neumann starrt ihn verwundert an: »Sag mal, bist du nicht ganz dicht? Wir sind mit Thies seit bald fünfzig Jahren befreundet. Der Mann ist ein Ass. Der öffnet dir Türen, die kriegst du mit deinem ganzen Lauftraining nicht gestemmt. Ohne ihn wärst du nie, was du heute bist.«

»Ich zahle ja auch dafür. Seit Jahren schon. Ach, vergiss es. War Kohlmeier in letzter Zeit mal hier?«

»Kohlmeier?« Neumann sieht seinen Freund jetzt noch erstaunter an. »Kohlmeier ist nie hier. Der Laden ist nicht sein Stil, schätz ich mal.«

»Ich dachte nur. Weil er ja jetzt Aufsichtsratvorsitzender ist und so.«

»Und was soll er dann hier?«

»Zum Beispiel dich besuchen.« Tschauner attackiert bei diesen Worten entschlossen sein »Auge des Horus«, das inzwischen eher einem »Massaker des Horus« gleicht. Neumann kann nicht umhin festzustellen, dass sein Gegenüber von dem Teller noch nicht viel gegessen hat. So viel zu neuen Vorsätzen, oder was immer seinen alten Freund gerade umtreibt.

Neumann steht auf, richtet das Jackett: »Norbert, ich muss.«

Dann überlegt er es sich kurz, setzt sich wieder hin. Auf dem Doppelsofa macht Tschauner an seinem Platz einen unfreiwilligen kleinen Hopser, die Gesetze der Physik arbeiten eindeutig für den massigen Neumann: »Da fällt mir noch etwas ein. Mir wurde vor einer Weile zugetragen, dass Felsenstein eine Neubesetzung bei RuhrSTROM NOVUM plant. Der Ökoterrorist Abakus soll da eine Stelle bekommen, im oberen Management. Weißt du da mehr?«

Tschauner sieht Neumann erschrocken an, gleich darauf erscheint wieder dieser verschlagene Ausdruck in seinem Gesicht.

»Kann ich mir nicht vorstellen«, sagt er. »Aber ich kann mich ja mal umhören. … Ist doch ganz gut, dass ihr mich am Puls des Geschehens habt, nicht wahr?«

Vielleicht, denkt Neumann, als er sich nun endgültig weiteren Gästen zuwendet, vielleicht auch nicht. Tschauner spielt gerade sein eigenes Spiel, die Frage ist nur: was für eins? Und vor allem: mit wem? Neumann wird sich erkundigen, an diesem Abend im Horus dürften einige Personen anwesend sein, die ihm bei dieser Frage weiterhelfen können.

Alleine schert Tschauner nicht aus, so gut kennt Neumann den Freund nun doch. Und Jacobis flapsige Unterstellung ist natürlich Unsinn, selbst Neumann traut der Felsenstein mehr Geschmack zu.

Und egal, mit wem auch immer es Felsenstein treibt, denkt sich Neumann, eine frisch gefickte Frau kann vielleicht besser entscheiden als ein Mann mit einem Eimer Rotwein im Hirn.

Tatsache ist gerade, dass man auf Freund Tschauner gegenwärtig nur noch bedingt bauen kann.

TITTEN, ÄRSCHE UND CHAMPAGNER

In einer schwachen Minute, und von denen hat Dagmar Schild bei Kohlmeier nicht mehr als drei erlebt, gestand er ihr, dass sie ihm erhebliche Schwierigkeiten erspart hatte, als sie mit der Geschichte um die TÄCH-Tage gleich zu ihm kam.

Sie war bei RuhrSTROM noch ziemlich neu, als man sie ins Sekretariat der Abteilung für »Soziale Kommunikation« versetzte. Wie es zu dieser Entscheidung gekommen war, ist ihr bis heute nicht klar, vermutlich hielten ihre damaligen Vorgesetzten die Ostdeutsche an sich für unfähig, sich eine moralische Meinung zur westlichen Welt zu bilden. Weswegen sie ihr die Abrechnung der Betriebsausflüge – die sich unter Eingeweihten tatsächlich »TÄCH-Tage«, »Titten, Ärsche und Champagner«-Tage, nannten – der damaligen Abteilung für »Soziale Kommunikation« überließen.

»Ich frage mich schon seit einiger Zeit, wohin diese Abteilung eigentlich kommuniziert«, meinte Kohlmeier, als sie ihn damals mit der Sache konfrontierte. »Nach außen? Nach innen? Und wo sind die Belege? Und nun kommen Sie daher. Wie sind Sie denn darauf gekommen, sich mit Ihren Bedenken gleich ganz nach oben zu wenden?«

Sie hatte ihn auf dem Parkplatz abgepasst, sein Bodyguard hielt sie erst für eine Umwelt-Aktivistin. Er hatte sie tatsächlich ins Auto gebeten, damit sie ihm die Sache auf dem Weg zu seinem nächsten Termin erklären konnte: »Der Fahrer bringt sie gleich wieder zurück.«

»Meine Chefs scheint die Sache nicht zu stören«, schloss Schild ihre Erläuterungen während der Fahrt in dem geräumigen BMW, »immerhin haben sie mir die Buchhaltung übergeben. Was ich festhalten möchte: Sollte diese Art von Betriebsausflug bei RuhrSTROM normal sein, dann kann ich problemlos damit leben – jedenfalls, bis ich einen neuen Job gefunden habe.«

»Ich glaube, das wird nicht notwendig sein«, sagte Kohlmeier.

Er leitete RuhrSTROM damals seit gut einem Jahr und veranlasste sofort die Auflösung der Abteilung »Soziale Kommunikation«. Ermahnungen und Abmahnungen wurden ausgesprochen, die Verantwortlichen versetzt oder entlassen, alles sehr diskret, aber unerbittlich in der Konsequenz. Ein eindeutiges Signal, dass es unter Kohlmeier solche Späße so nicht geben sollte.

Es gab in dieser Anfangszeit mehr als genug Personen im Konzern, denen es ein Vergnügen gewesen wäre, Kohlmeiers Reformen durch einen Skandal zu bremsen oder gar zum Stillstand zu bringen. Sein hartes Durchgreifen brachte auch diese Leute auf Spur.

Die kleine Buchhalterin Dagmar Schild, deren Signalgeberfunktion Kohlmeier für sich behielt, wurde ebenfalls versetzt – nach oben. Der CEO ließ ihr die personelle Neustrukturierung der firmeneigenen Kindertagesstätte übertragen, deren Betreuung bisher die Eheleute von Mitarbeitern übernommen hatten – der Ehestand als einzige Qualifikation, das Ergebnis war entsprechend. Niemand, der sich anderes leisten konnte, schickte sein Kind dorthin.

Innerhalb von sechs Monaten hatte Schild aus der Tagesstätte einen lebhaften Betrieb mit viel Zulauf geschaffen, sogar außerhalb des Konzerns interessierte man sich dafür. Kohlmeier kam persönlich vorbei, um ihr zu gratulieren.

Dann begann ihre Affäre. Sie war auf dem Weg nach Hause, nicht weit vom Konzern, und nahm ihn einfach mit. Es war ihr egal, was die Leute redeten, das taten sie ohnehin. Kohlmeier lebte damals in vorläufiger Trennung von seiner Frau, und ihm gefielen ihre selbstgebackenen Brötchen, der Beerenwein, den der Nachbar im Schrebergarten zog, der vergnügte, unkomplizierte Sex mit ihr, dieser bedürfnisvollen Angestellten, die jedoch keinen Trieb hatte, die nächste Frau Kohlmeier zu werden.

Das Einzige, was Dagmar Schild wollte, war Verantwortung, Dinge bewegen. Jetzt war sie Personalvorstand. Justus hatte ihr geholfen, auf eine Position zu kommen, wo sie wirklich etwas bewegen konnte. Jetzt sitzt sie in einem Büro in der obersten Etage, da, wo Justus damals saß. Und wo nun seine Nachfolgerin – mit einem tragischen Intermezzo dazwischen – sitzt.

In der allerersten Zeit verhielt sich Schild gegenüber der neuen Chefin noch eher abwartend. Schild hatte nicht vor, jeden Weg mitzugehen; es gibt einen Unterschied zwischen einem Stellenabbau, der der erforderlichen Gesundung eines Unternehmens dient, und einem Stellenabbau, der in erster Linie Shareholder euphorisieren und Kurse hochjagen soll.

Als CEO findet sie die Frau beeindruckend. Der Medienauftritt nach dem Energiegipfel: stark. Vielleicht nicht besonders klug, die Aktien sind immer noch dabei, sich zu erholen, aber dass bestimmte Dinge auch mal ausgesprochen werden, liegt absolut auf ihrer eigenen Linie.

Die Tatsache, dass Felsenstein sich mit diesem Sven Abakus eingelassen hat, findet Schild ebenfalls ziemlich mutig. Als ihre Geschichte mit Kohlmeier begann, lief gerade das Verfahren gegen BlueHoryzon. Abakus war eines der wenigen Themen, auf das man Justus damals besser nicht ansprach. Ob er von Felsensteins Verhältnis weiß? Wohl eher nicht, denkt Schild. Sie hat die Sache auch nur zufällig mitbekommen, beim Konzert einer obskuren Band, die Jonas ihr empfohlen hatte: »Die sind ein Geheimtipp, Ma«, hatte er gesagt, »schau sie dir mit Pa doch mal an, ich muss an dem Abend eh arbeiten.«

Die letzte Person, die sie im Klub Zero erwartet hätte, war die neue CEO von RuhrSTROM. John war natürlich da, aber Abakus eben auch. Schild bekam dann mit, wie der Aktivist und Felsenstein den Klub gemeinsam verließen. Spät in der Nacht. Solche Details wahrzunehmen, hatte sie von Justus gelernt.

Die Frau ist seltsam, aber brillant. Und sie wird ihre ganze Kraft für die anstehende Zeit brauchen. Aktuell stehen eine Menge unbeliebter Entscheidungen an, die Felsenstein wird vertreten müssen. Einige betreffen Schilds Bereich und haben in den vergangenen Wochen viel Zeit in Anspruch genommen.

Bei den Unterredungen ist ihr zweierlei aufgefallen: Erstens bleibt Fabienne unter allen Umständen offen und fair. Und zweitens: Wenn sie, Schild, nicht erstklassig vorbereitet ist, hat sie keine Chance, ihre Anliegen durchzubringen. Felsensteins Fragen bringen jedes Bauwerk zum Einsturz, dessen Statik und Fundamente nicht hinreichend belastbar sind.

Arbeit hat Dagmar Schild nie gescheut. Trotzdem kommt es ihr vor, als habe sie in der Anfangszeit als Vorstand mehr gearbeitet als in ihrem ganzen bisherigen Leben.

Titten, Ärsche und Champagner. Vor einigen Wochen schon kamen die TÄCH-Tage wie ein Deja-vu wieder auf Dagmar Schild zu. Sie stand in unmittelbarer Nähe zu Fabienne Felsenstein, bei einem Empfang von einem Bürgermeister aus dem Ruhrgebiet. Er sprach die neue Vorstandsvorsitzende direkt an:«Ich war neulich mit Leuten aus Ihrem Unternehmen zur Besichtigung einer neuen Filtertechnologie für die Kohledreckschleudern. Von Technologie haben wir allerdings nicht viel gesehen, nur Titten, Ärsche und Champagner. Obwohl, einmal wurden die Damen über so ein Gitterrost geführt, die Röckchen flatterten, nichts drunter, nur Windenergie kam von unten. Also doch Technologie! Voll erneuerbar! Richtig gut. Vielen Dank, Frau Felsenstein.«

Dagmar Schild merkte der Vorstandsvorsitzenden an, dass sie die Bürgermeister-Sätze nicht einordnen konnte: Machte der Mann einen Scherz? Meinte er das etwa ernst? Und was bitte hatten Titten, Ärsche und Champagner mit Kraftwerkstechnologie zu tun? Sie hätte es der CEO erklären können, hat es aber nicht getan.

Titten, Ärsche und Champagner – das steht auch für die Schuld, die Justus ihr gegenüber noch hat. Und als jetzt die Geschichte mit Jonas aufkam, fiel ihr diese Schuld wieder ein. Vielleicht ist nun die Zeit gekommen, sie einzulösen. Titten, Ärsche und Champagner im Austausch gegen die Zukunft ihres Sohnes.

Bei der Geschichte mit Jonas geht es nicht um die feuchten Träume kleiner Angestellter, die auf Firmenkosten auf den Putz hauen. Jonas' Schwierigkeiten entspringen der Geschmacksrichtung einer jüngeren, gut ausgebildeten Generation.

Es geht dabei um Drogen.

Dagmar Schild tritt an das Fenster ihres Büros und sieht hinunter auf Bochum in der Dämmerung. Zeit für sie, die Abendstunden in etwas mehr Ruhe für wirklich grundlegende Arbeiten zu nutzen. Zeit für Jonas, sich zu seinem Arbeitsplatz im Schlosshotel Bochum zu begeben.

DIE ZUKUNFT IST WEIBLICH

»Halt den Mund und setz dich.«

Fabienne hat diese Antwort ihrer Lehrerin aus der zweiten Klasse auf eine neugierige Frage nie vergessen. Die Erfahrung des kleinen Mädchens von damals hat unter anderem zur Folge, dass die Frau, die sie heute ist, versucht, ein anderes Beispiel zu geben.

Das wäre dann nur ein Grund, warum sie sich an diesem Abend, nach diversen Treffen mit Analysten, die den ganzen Tag gedauert haben, in der Bankenmetropole in einer Altbauwohnung am Schweizerplatz einfindet, um einer der Masterklassen der Wirtschaftsfakultät an der Universität Frankfurt Rede und Antwort zu stehen.

Ein weiterer Grund ist die Dekanin, eine Bekannte aus den Tagen bei McLloyd, die sich mit Engagement um diesen Fachbereich bemüht. Das Thema »Frauen in Führungspositionen« liegt ihr besonders am Herzen, bei der Wohnung handelt es sich um ihre Privaträume. Sie war schon damals, bei McLloyd, im Frankfurter Büro tätig und hat der Stadt seither nie den Rücken gekehrt.

»Wir würden das ganz informell halten«, hat sie Fabienne am Telefon erklärt, »und ich werde allen einschärfen, dass es nicht um RuhrSTROM gehen soll.«

Der Termin steht nun schon seit Wochen fest. Als Fabienne den Raum betritt, erwarten sie ungefähr 35 Menschen, keineswegs nur Studenten – offenbar hat sich auch der eine oder andere Dozent die Freiheit genommen, sich in die Veranstaltung zu setzen.

Dem Raunen bei ihrer Ankunft entnimmt sie, dass die meisten den Clip mit dem Sat1-Interview kennen. Schade, dass diese Kids zu jung sind, um ihre Bewunderung angemessen mit Aktienkäufen zu untermauern.

Unsinn, ermahnt sie sich bei diesem Gedanken sofort. YouTube ist nicht dafür da, Aktien zu verkaufen, und die Abhängigkeit von den Medien, die ihr in diesem Zusammenhang wieder vor Augen geführt wird, ist ihr eigentlich zuwider. Es ist nur so: die Analysten ließen sich heute nur mit Mühe davon überzeugen, dass Fabiennes strategische Maßnahmen auch finanziell in die richtige Richtung weisen. Die Gespräche sitzen ihr noch im Nacken.

Von Analysten gegrillt zu werden ist wirklich nicht angenehm. ›Die Schweinehunde bestimmen, wo es lang geht‹ hieß gestern noch eine Schlagzeile in einer bekannten Wirtschaftszeitung. Auch eine Vorstandsvorsitzende stößt beim Grillen im Kapitalmarkt an die Grenzen ihres Datenwissens. Sogar eine wie Fabienne. Aber sie lernt in den Diskussionen auch immer eine Menge über den eigenen Konzern und über Markt und Wettbewerb. Das Niveau dieser Gespräche ist meist äußerst hoch.

Die Dekanin begrüßt sie herzlich, betont noch einmal, dass es an diesem Abend um »Frauen in Führungspositionen« gehen wird, nicht um Frauen auf YouTube und auch nicht um Frauen bei RuhrSTROM.

Ihre Einführung hält Fabienne knapp. Sie möchte so schnell wie möglich in ein gemeinsames Gespräch einsteigen. Die Fragen, die dann kommen, sind erfreulich differenziert.

Welche Möglichkeiten bietet ein MBA für den weiteren Karriereweg? Gibt es weibliche Führungsprinzipien? Führungspositionen für Frauen im arabischen Raum, geht das denn?

Die junge Frau, die nach Berufsaussichten im arabischen Raum gefragt hat, erinnert Fabienne mit ihren schwarzen Locken an Marlene. Ihre Assistentin ist nach der Analysten-Roadshow gleich nach Bochum zurückgefahren, irgendeine Verabredung, die sie nicht absagen konnte.

Fabienne hätte sie jetzt gern dabei. Sie ist müde, der Druck in den Ohren hat sich wieder gemeldet, das dunkle Orchester droht unterschwellig aufzuspielen. Die eine oder andere Frage hätte sie Marlene zuspielen können, warum ist sie nicht da, verdammt?

Wenn es um ihre Assistentin geht, fühlt sich Fabienne in letzter Zeit oft gereizt. Marlenes Unausgeglichenheit hat eher noch zugenommen, und dann liegt sie Fabienne ständig mit diesem

Blog in den Ohren, den man doch einfach auch mal ignorieren kann. Ist schließlich nur ein Blog.

»Nur ein Blog?!« Marlene hat beinah geweint, als sie das sagte. Was ist bloß mit ihr?

Nun, zumindest ihrer Doppelgängerin hier kann Fabienne sich heute Abend etwas intensiver widmen. Und die Frage eben war interessant. Was will dieses Mädchen im arabischen Raum?

Die junge Frau wird hochrot im Gesicht, als Fabienne sich danach erkundigt, und erklärt mit leicht wackeliger Stimme, dass sie seit zwei Jahren Arabisch lerne. Ein Job in Ägypten würde sie interessieren, »gerade in der jetzigen Zeit«. Kairo sei schließlich die Metropole Afrikas, und um etwas bewegen zu können, müsse man sich nach oben arbeiten, anders sei ein echter Wandel nicht zu leisten.

Fabienne nickt. Dazu könnte sie mehr sagen. Sie setzt gerade dazu an, als ein älterer Professor mit einem imposanten Bart und wenig Haaren auf dem Kopf sich ziemlich unhöflich einschaltet.

»Entschuldigen Sie, dass ich mich einmische, Frau Felsenstein«, sagt er. »Aber ich muss gestehen, dass ich meinen Studentinnen eher abrate, eine Führungsposition anzustreben. Letztendlich lässt sich das mit einer Familie nicht vereinbaren. In einer Fachfunktion ohne permanente Führungsverantwortung geht das leichter. Ich denke, gerade Sie werden dabei mit mir einig gehen.«

Die Dekanin wirkt peinlich berührt. Sie schaut fragend zu Fabienne: Soll ich eingreifen? Fabienne schüttelt unmerklich den Kopf: »Sie haben selbst Familie?«, erkundigt sie sich freundlich.

»Vier Kinder«, sagt der Mann stolz. »Und eine großartige Frau.«

»Und deswegen haben Sie auf eine Führungsposition in der Wirtschaft verzichtet?«

Ein Kichern der Studentinnen, die vorne sitzen.

»Ich bin Professor«, sagt der Mann ungehalten. »Ob Sie es glauben oder nicht, wir haben einen 80-Stunden-Job. Mit einem Führungsposten in der Wirtschaft lässt sich das durchaus vergleichen.«

»Dann verstehe ich nicht, wie Sie darauf kommen, dass eine Frau nicht leisten könnte, was Sie geleistet haben. Wieso ist ihr Dekan dann eine Frau?«

Die Dekanin hat zwei Kinder. Sie sitzen jetzt vor dem Fernseher in der Küche, nachdem sie Fabienne bei ihrer Ankunft mit kindlicher Höflichkeit begrüßt haben, und warten darauf, dass die illustre Gesellschaft sich wieder verzieht.

»Nun ... », der Mann wird etwas verlegen. »Ich habe ja die Kinder nicht ausgetragen. Und wenn sie klein sind, brauchen sie die Mutter. Außerdem würde ich die hormonellen Gemütsschwankungen, die es in der Schwangerschaft geben kann, keinem professionellen Betrieb zumuten wollen.«

Er lässt ein knurrendes Geräusch hören, offenbar ein Lachen. Zwei männliche Studenten in seiner Nähe lachen mit.

Fabienne wartet kurz, bis es wieder still ist. Dann sagt sie, immer noch freundlich, aber mit einer gewissen Schärfe: »Die Biologie lehrt uns, dass der Mensch im Laufe seines Lebens immer wieder hormonellen Veränderungen unterworfen ist. Die mittleren Jahre sind für Männer und Frauen in dieser Hinsicht gleichermaßen belastend. Trotzdem wird meinen männlichen Kollegen, die meisten um die fünfzig oder älter, nicht unterstellt, sie könnten ihren Job nicht mehr machen, nur weil ihr Stoffwechsel sich verändert oder der Drang, sich einen Porsche zu kaufen, gerade übermächtig wird. Ich verstehe nicht, was Sie uns damit sagen wollen.«

»Anne Lauvergeon hat auch zwei Kinder«, ruft die Studentin, die nach Ägypten will, dazwischen. »Und bei der Geburt des ersten war sie bereits Vorstandsvorsitzende von Areva.«

»Das ist Frankreich«, schnaubt der bärtige Professor ein wenig verächtlich. »Bei uns ist das nicht so. Frau Felsenstein hat, wie Sie bestimmt wissen, keine Kinder.«

»Sehen Sie«, sagt die Studentin, und spricht nun Fabienne direkt an. »Deswegen will ich nach Ägypten. In einem islamischen Land kann es nicht schlimmer sein als hier.«

Die Dekanin greift nun doch ein, bittet um weitere Sachfragen, für emotional gefärbte Privatansichten sei die Zeit zu knapp.

Nach einer weiteren Runde Fragen schlägt sie mit einem Blick auf Fabienne vor, den offiziellen Teil zu beschließen. Im Nebenraum stünde ein Buffet, beim Essen ergebe sich sicher noch Gelegenheit, sich weiter mit dem Gast zu unterhalten.

Fabienne ist etwas überrascht – sieht man ihr die Müdigkeit etwa an? –, aber auch dankbar. Sie hat seit dem Vormittag nichts mehr gegessen, und die Unterhaltung war anregend, aber nicht ganz einfach: Das dunkle Orchester hat sich definitiv dazu entschlossen, bei dieser Veranstaltung die Begleitmusik zu geben. Sie hat mehrfach um eine Wiederholung von Fragen bitten müssen, weil die Sätze in dem dumpfen Spiel untergingen.

Einen Gang zur Toilette nutzt sie, um eine weitere Tablette einzunehmen. Als sie zurückkommt, ist der Professor dabei, sich zu verabschieden. Er wünscht ihr: »Viel Glück mit der grünen Zukunft von RuhrSTROM!« Der Einzige im Raum, der offenbar keine Lust hat, sich an die Spielregeln zu halten.

»Grüßen Sie Ihre Frau, unbekannter Weise«, gibt Fabienne ihm freundlich zur Antwort.

Den Versuch der Dekanin, sich für den Kollegen zu entschuldigen, winkt sie ab. »Gehört alles dazu«, sagt sie nur – und gratuliert dann zu der aufgeweckten Runde, die sie hier angetroffen hat.

»Unter uns: es sind in diesem Jahrgang vor allem die Frauen, die mich beeindrucken«, sagt die Dekanin. »Sie sind es, die in die Zukunft schauen müssen, aus vielen Gründen, und das tun sie auch. Ich frage mich natürlich, wie sie nach dem Studium klarkommen werden. Dann entscheidet sich nämlich, ob sie wirklich den Biss haben, sich durchzukämpfen. Deine Funktion als Vorbild, als jemand, der es geschafft hat, ist da gar nicht zu unterschätzen.«

»Ich verstehe mich eigentlich nicht als Feministin«, erwidert Fabienne.

»Natürlich nicht«, die Dekanin lacht. »Keine der Frauen, die es so weit gebracht haben wie du, sehen sich so. Es spielt keine Rolle, als was du dich siehst. Wir sehen dich und denken, es gibt noch Hoffnung. Ganz ehrlich: Noch lieber wäre mir, du wärst ein eingewanderter, rabenschwarzer Zulu mit einer ungeheuren Kompetenz. Ein Deutsch-Afrikaner an der Spitze eines unserer Wirtschaftskonzerne – das wäre der Moment, wo ich meinen Studenten sagen könnte, jawohl, auf euren Einsatz und eure Leistung und die Aufrichtigkeit eures Bemühens kommt es an, und auf sonst gar nichts.«

Fabienne nickt lächelnd.

Eine sehr großgewachsene, blasse Studentin mit hellroten Haaren ergreift das Wort.

»Wir wollten Ihnen noch sagen, dass wir uns für Sie einsetzen«, erklärt sie. »Wir haben uns organisiert. Wir haben eine Gruppe gebildet, mit Studenten und Studentinnen an anderen Hochschulen, die in dieser ekligen Felsenstein-Watch Falschmeldungen platziert.«

»Ich habe gepostet, ich hätte Sie in Rom gesehen, wie Sie zur Audienz beim Papst gegangen sind«, kichert eine pummelige Studentin mit einer riesigen, schwarzumrandeten Brille.

»Wir verstehen das als einen Akt des Widerstands«, sagt die Marlene-Studentin. »Wie im arabischen Raum. Nur anders. Man muss diesen Kaspar Hauser mit seinen eigenen Waffen schlagen. Scheint auch zu funktionieren: Er hat die Seite auf Eis gelegt.«

Ihre Augen funkeln dabei, und ihre Freundinnen blicken Fabienne erwartungsvoll an. Es geht um den Blog, von dem Marlene immer redet, erinnert sie sich nun. Diesen jungen Menschen bedeutet er offenbar so viel, dass sie eine Sabotage-Gruppe gegründet haben, um ihn abzuschießen. Fragt sich nur, ob das der richtige Weg ist: Falsches mit Falschmeldungen zu unterwandern. Zumindest ist er kreativ, findet Fabienne.

Sie beschließt, das Thema zu wechseln.

»Gibt es denn noch etwas, was Sie wissen möchten?«

»Ich würde zu gerne erfahren, wie es ist, mit der Kanzlerin direkt zu reden«, platzt die bebrillte Studentin heraus. »Mir ist schon klar, wir sollen Sie nicht nach aktuellen Dingen fragen. Ich meine das auch nur ganz allgemein.«

»Pass bloß auf«, wendet sich die Dekanin grinsend an Fabienne. »Was immer du sagst, könnte demnächst im Netz landen.«

»Privat hat die Kanzlerin einen großartigen Humor«, antwortet Fabienne nach kurzem Überlegen.

»Wirklich?«

Die Bebrillte starrt sie bewundernd an.

»Das liest man überall«, sagt Fabienne mit einem Lächeln. »Ich habe sie leider noch nicht näher kennengelernt. Energiegipfel sind ja nicht sehr privat. Da hatten wir, nennen wir es mal so, eine intensive Relation.«

Wieder muss sie lächeln. Inzwischen hat sie ihren Frieden damit gemacht, auf dem Energiegipfel in die von den Kollegen ausgelegte Falle getappt zu sein. Und sie wird den gleichen Fehler nicht zweimal machen.

MUTTI MARLENE

»Ich möchte nicht ungerechtfertigter Weise auf irgendeinem Spesenkonto auftauchen«, hatte Marlene gesagt, als Henning sie fragte, ob sie ihn begleiten wolle.

»Wie kommst du denn darauf?«, fragte Henning, der sich darüber offensichtlich noch keine Gedanken gemacht hatte.

»Ich denke nur, das Horus … Das ist doch teuer. Was will dein Chef überhaupt da?«

»Er findet das wichtig für unsere Kundenbeziehungen. Komm schon, Marlene, du kannst mich doch nicht alleine lassen. Er freut sich, wenn du mitkommst.«

»Du hast ihm gesagt, dass ich mitkomme?«

»Nein. Doch. Irgendwie schon. Bitte, Marlene. Nachher gehen wir zu mir und gucken Rumblefish, okay?«

Dieser Mistkerl, hatte Marlene beim Auflegen gedacht. Er wußte doch, dass ich an dem Tag in Frankfurt war. Überhaupt war sie ziemlich ärgerlich auf Henning, unter anderem wegen seiner Behauptungen zu diesem Blog im Weltkurier: Da verspricht er ihr, der Blog würde eingestellt, und dann reißt Kaspar Hauser in Sachen Energiegipfel seinen Mund extraweit auf. Gut, der Blog war in diesem Fall nur eine kleine und noch dazu vergleichsweise harmlose Stimme innerhalb der Kakophonie der Presse, die über Fabienne herfiel, nachdem sie dem Privatsender ihre Meinung gesagt hatte. Trotzdem.

Eigentlich müsste Marlene stolz sein auf ihre Chefin. Was Fabienne in ihrem zweiten Interview von sich gegeben hat, findet sie an sich auch vollkommen korrekt. Sie ist nur nach wie vor der Ansicht, dass Fabienne sich mit einem solchen Vorgehen unnötigen Belastungen aussetzt.

»Mutti Marlene« hat Fabienne sie neulich genannt. Gut, dann ist sie eben die Mutti, aber sie war nun mal in Griechenland dabei, sie weiß, dass es Zustände gibt, gegen die selbst eine Fabienne Felsenstein machtlos ist. … und ja, natürlich ist da noch die andere Geschichte, über die Marlene nicht nachdenken will.

Das alles ist lange her, mehr als ein halbes Leben.

Das Horus. Neugierig war sie irgendwie schon, sie hatte schon einiges über den Club gehört. Politik, Wirtschaft und Glamour treffen sich in verruchter Umgebung. Ein Himmelreich für die kleinen Götter der Landschaft.

Also hatte sie eingewilligt. Und beschlossen, auf Glamour zu setzen.

Ihr neues Kleid ist rot, der Ausschnitt tief. Die Schuhe etwas zu hoch, aber egal, sie geht ja nicht wandern. Und dann leistet sie sich noch einen der teuren Lippenstifte von Chanel, weil das Rot perfekt zu ihrem Kleid passt.

Henning, der sie abholen kommt, trägt seine Chucks.

»Hey, ich hab immerhin eine neue Hose«, sagt er auf ihren Blick hin. Den eigenen Blick kann er von ihr kaum lösen.

»Du siehst umwerfend aus. Ich habe plötzlich gar keine Lust, dich mit anderen Menschen zu teilen. Sollen wir hierbleiben? Komm, wir bleiben hier!«

Marlene lacht und drückt ihm einen Chanel-Lippenstift-Abdruck auf die Wange. Sie hat sich in Rekordzeit fertiggemacht, eine halbe Stunde blieb nach der Rückkehr aus Frankfurt nur, aber der Einsatz hat sich gelohnt. Natürlich werden sie nicht hierbleiben. Interne Wertschöpfung mit Wallter hätte nicht dieser Investition bedurft. Davon soll jetzt die ganze Welt etwas haben.

DAS SPIEL UND DER SPIELER

Die Rückfahrt nach Bochum verläuft ruhig, angenehm, entspannt.

Das Treffen mit den Studentinnen hat Fabienne gut getan, sie gezwungen, die Kreise, in denen ihr Denken sich ständig bewegt, für kurze Zeit zu verlassen. Jetzt kehrt sie zu ihnen zurück.

Erst verschwommen, dann immer klarer erscheinen vor ihren Augen die dynamischen Muster, als die sie den Konzern in seltenen Momenten vollkommener Konzentration sieht. Das Zusammenspiel von Zahlen, Vektoren und Kurven, von Sachwerten und Struktur, von Potenzial und zwangsläufig auch

Widerständen. Die unablässige Bewegung darin. RuhrSTROM rotiert vor ihren Augen als Kaleidoskop von Möglichkeiten, wie Danos Bild in ihrem Loft.

Der Energiegipfel, das ganze Szenario in Berlin, fühlte sich in den Stunden danach erst wie ein Rückschlag an. Doch nun sieht sie die Dinge klarer.

Dem Schlingern der Energiekonzerne begegnet die Regierung mit Nebelmaschinen, für sie ist Zukunft ein Schlagwort. Die Kollegen aus den Vorstandsetagen versuchen, den Notausgang zu finden. Auf möglichst hohem Einnahme- und Erstattungsniveau. Mehr nicht.

Morgen, denkt sie, spätestens übermorgen, wird sie mit ihrem Team ihre Vorstellungen ein letztes Mal prüfen, die Strategie für die Verabschiedung bereit machen. RuhrSTROM soll in eine Zukunft fahren, die andere nicht einmal zu denken wagen.

Ihr fällt die Studentin ein, die sagt: Gerade jetzt will ich nach Ägypten. Auch RuhrSTROMs Weg erfordert eine Revolution: Wie sie aussehen könnte, scheint in diesem Augenblick zum Greifen nah.

Gerade jetzt wollen wir nach vorn.

Kohlmeier muss ihr bei der Durchsetzung helfen, und das wird er auch. Hermann Suhr wird mitziehen. Ebenso Dagmar Schild und Per Tehrani. Nur Tschauner bleibt ihr ein Rätsel. Der kleine Mann ist freundlicher geworden, zutraulicher. Nein, das stimmt nicht. Er verhält sich, als käme es auf Fabienne nicht wirklich an. Ihr gegenüber vertritt er seinen Vorstandsbereich, als ginge es in erster Linie darum, sie auf Distanz zu halten. Taxierend, als scheine er auf etwas zu warten. Nur worauf?

Als die ersten Anrufe kamen, dachte sie an Tschauner. Sein Stil und seine Reden passen aber nicht. Das Vorgehen traut sie ihm vielleicht zu. Und vermutlich hätte er dafür auch seine Leute.

Aber die Anrufe sind etwas anderes, eine seltsame Mischung

aus Spiel und wirklicher Bedrohung. Das Spiel eines Spielers, der keine Regeln kennt. Oder der Regeln einfach verändert, um gewinnen zu können. Ein Spiel, das bedrohlich werden kann, weil in dieser Zone nur das Spiel noch zählt.

Kurz vor Bochum hält John auf einem Rastplatz an – ein Rattern, seltsam, sagt er entschuldigend, er will sich die linke vordere Radaufhängung mal anschauen.

Als er wieder in der Wagentür auftaucht, wirkt er beunruhigt. Das Geräusch rührte von einer Lockerung des Rades her. Zwei weitere Räder hatten sich ebenfalls schon geringfügig gelöst. Er hat die Muttern wieder angezogen.

John kann sich nicht erinnern, dass ihm so etwas jemals passiert war.

Als sie in Bochum einfahren, fragt er sie, wo er sie hinbringen soll.

»Zu Sven«, sagt sie.

John nickt, nimmt die entsprechende Ausfahrt.

Nach dem Anruf, bei dem auch Sven bedroht wurde, hatte sie John alles erzählt. Wegen der Konsequenzen, nicht wegen der Emotionen, die gingen John nichts an. Das Gespräch hatte unmittelbar nach dem Energiegipfel stattgefunden, als sie in einer ruhigen Ecke des Flughafens auf ihren Rückflug gewartet hatten.

»Sven ist ein Freund«, hatte sie gesagt. »Vielleicht ist er auch mehr. Ich werde ihm von dem neuen Anruf erzählen, und ich werde ihm anbieten, dass wir uns nicht mehr sehen. Das bin ich ihm schuldig, und seiner kleinen Tochter noch mehr.«

John hatte sie überrascht.

»Ich kenne deinen Freund nicht gut«, hatte er gesagt, »aber ich könnte mir vorstellen, dass seine Ansicht dazu eine andere ist. Drohungen wird er kennen, auch die BlueHoryzon-Leute werden bedroht, das hat mir ein Kumpel erzählt. Was wirst du tun, wenn er dich weiter sehen will? Wenn er sich weigert, auf die Einschüchterungen eines anonymen Feiglings zu reagieren?«

»Dann werde ich ihm erklären, dass das nicht geht«, hatte sie nach einer kurzen Pause geantwortet.

John hatte geschwiegen. Dann hatte er gesagt: »Du kannst einen Mann nicht davon abbringen, das zu tun, was er für richtig hält, Fabienne. Entschuldige meine Freimütigkeit. Aber du und Sven – wenn er sich so entscheidet, und ich glaube, das wird er tun –, ihr habt nur dieses eine Leben.«

»Aber seine Tochter?«, hatte Fabienne gemeint.

»Seine Tochter ist zwölf, es gab sie schon, als er sich ganz anderen Gegnern aussetzte. Er wird wissen, ob er die Verantwortung übernehmen kann.«

»Du warst es doch«, hatte Fabienne erwidert, »du warst es, der gesagt hat, meine Sicherheit könne in seiner Gesellschaft nicht gewährleistet werden.«

»Du wirst dich umsichtig verhalten müssen. Das versteht sich von selbst. Aber die Frage für mich ist doch vielmehr: Warum hast du die Anrufe für dich behalten? Warum erfahre ich jetzt erst davon, da auch dein Freund bedroht wird?«

Weil ich glaube, den Anrufer zu kennen, hatte Fabienne gedacht. Weil ich glaube, sein Spiel spielt er nur mit mir. Er will nicht mein Leben, und auch nicht das Leben der Menschen, die mir nahe stehen. Er will, dass ich mich beuge. Ohne ihn zu kennen, ohne zu wissen, worum es geht.

»Du meldest die Sache dem Konzern«, hatte John gesagt, und war sich vielleicht gar nicht bewusst, dass er dabei war, seiner Chefin Anweisungen zu erteilen. »Oder du gibst mir die Erlaubnis, das zu tun. Und wenn du mit deinem Freund geredet hast, sehen wir weiter.«

»Einverstanden«, hatte Fabienne geantwortet. »Du meldest die Sache dem Konzern.«

»Und noch etwas. Dein Privathandy benutzt du nicht mehr. Leg dir ein anderes zu, und wenn du es nicht verwendest, dann nimmst du den Akku raus. Ich vermute, du wirst über dein Handy abgehört.«

»Und was ist mit dem Gespräch, das wir gerade geführt haben?«

John hatte gelacht und in seine Tasche gegriffen, hatte erst ihr Handy herausgeholt, dann den Akku, den er – »Du bist Gold, John, echtes Gold!« – vorsorglich entfernt hatte.

Jetzt brachte er den Firmenwagen vor dem Passivenergiehaus am Stadtrand von Bochum zum Stehen, in dem Sven Abakus wohnte.

FELSENSTEIN-WATCH

Allerletzte Meldung: Sperberauge Frankfurt calling Rhein. freak Peace is here (if you want it) hitmann arlancourt guy falwkes merkeline DIE ZUKUNFT IST WEIBLICH störtebeker friedericia schiller und all die anderen – ihr seid frei. Der Blog ist abgeschaltet. Lahm gelegt. Was macht ihr jetzt mit euren Beobachtungen? Zieht ihr weiter? Zieht die CEO-Beobachtung Kreise? Wo findet ihr euch wieder? Wer hilft mordskerl, dieser armen Sau? Muss man ihm helfen? Kann mann es überhaupt? Ade, zusammen … Last time calling … Wer mich sucht, der findet mich. Euer Kaspar

ECHTE FREUNDE, SCHEISS ROBOTER

Das Interieur des Horus ist so überladen, wie Marlene sich das vorgestellt hat, Satin und Glitter in Weihnachtsmärchentönen, nur weit mehr nackte Haut als beim winterlichen Kindertheater.

Luke Anders hat vor der Tür auf sie gewartet und sie an der Schlange vorbeigeschleust zum VIP-Empfangstresen, wo man seinen Namen nach einigem Suchen dann auch gefunden hat.

Drinnen lässt er sie erst mal stehen und eilt in Richtung Rolf-Peter Neumann, der bei der Bar herumlungert und kurz aussieht, als wolle er vor dem eierförmigen PR-Mann fliehen. Zu spät, Anders hat ihn sich bereits gekrallt und redet jetzt auf ihn ein.

»Schau mal«, sagt Henning plötzlich. »Ist das nicht –«

»Na klar. Landrat Jacobi. Hätte man sich ja denken können, dass der hier ist.«

»Nein. Den meine ich nicht, ich meine seinen Begleiter. Der mit dem Millimeterschnitt. Das ist doch der Sänger der Revierfreaks.«

»Revierfreaks? Was soll das denn sein?«

»Marlene, bitte. Das kann doch jetzt nicht wahr sein. Jeder kennt die Revierfreaks!«

Anders beschwatzt immer noch den dicken Neumann, zeigt jetzt mit einer Geste auf sie beide, Neumanns Blick bleibt ebenfalls an Marlene hängen. Unangenehm, außerdem sind die High Heels wirklich sehr, nun, high. Und Henning bleibt einfach stehen und schwatzt Schwachsinn über diese Band, die Marlene nicht kennt.

Könnte man sich vielleicht mal hinsetzen? Alles voll. Da – bei der Tanzfläche wird ein Tisch frei. Marlene schreitet majestätisch darauf zu, Stöckeln ist für Loser, das Laufen auf hohen Absätzen hat sie geübt. Henning, davon geht sie aus, ist gleich hinter ihr. Da. Der Stuhl. Geschafft. Marlene Triumphatrix!

Ob man sich denn zu Neumanns Runde setzen möchte?, fragt Anders, der nun doch wieder auftaucht. Henning erhebt sich halb, aber Marlene schüttelt den Kopf. Ihr gefällt es hier. Die Band ist gut zu hören, und auf der Tanzfläche ist auch schon Betrieb. Tanzt Henning? Vermutlich nicht. Sie auch nicht, nicht in diesen Schuhen.

Schöne Frauen machen an solchen Orten die Ansagen, findet Marlene, Hierarchien gelten hier nicht, und ohnehin taucht jetzt ein Kellner mit einem Tablett auf, stellt drei Gläser vor ihnen ab.

»Ein kleiner Gruß von Herrn Neumann«, sagt er.

»Ah, ›Das Lachen des Horus‹«, gibt sich Anders als Kenner, mit einer ziemlichen Ausführlichkeit – das Getränk ist offenbar auf Mojito-Basis hergestellt und wird von den Gästen schon mal »Die Galle des Horus« genannt, wegen der besonderen Bitterkeit der Spezialzutaten.

Das verrät er ihnen aber erst, als sie bereits angestoßen haben und Marlene nach dem ersten Schluck das Gesicht verzieht.

»Sehr lecker«, sagt sie höflich.

»Nicht wahr?«, ruft Anders. »So, und jetzt erzählen Sie mal, Frau Baier, wie viele Freunde haben Sie denn auf Facebook?«

Eine viertel Stunde später hat Anders den Schock verdaut, dass Marlene weder auf Facebook noch auf Twitter, weder bei Xing noch über MySpace zu finden ist. Das Thema hält er dennoch für verfolgenswert, gerade ist er dabei, die Vor- und Nachteile von RuhrSTROMs Präsenz auf Facebook zu referieren. Einerseits – anderseits, sagt er. Er redet vom Web 2.0. Verweist auf die neuerliche Präsenz von Felsenstein in den Medien. Die Pressestelle teile seine Ansicht. Felsenstein sei frisch, ein unverbrauchtes Gesicht.

Henning zieht die Braue hoch, unterbricht seinen Chef aber nicht.

»Mit ihrem Bekenntnis für einen neuen Weg hat Felsenstein ein erstes Signal gesendet. Das muss sie jetzt bei Facebook weiter verbreiten. Die Obama-Masche, im Sinne von: ›Ich bin hip, ich bin kontrovers, ich bin für die Zukunft!‹« Anders strahlt.

»Frau Felsenstein hat keine Zeit, einen Facebook-Account zu führen«, stellt Marlene klar.

Stimmt ja auch. Selbst wenn Marlene nicht auf Facebook ist, den Zeitaufwand bekommt sie mit, unter anderem von der einen Sekretärin im Büro neben Fabienne, die ihren Feierabend ausschließlich mit Facebook zu verbringen scheint.

»Wer redet denn von einem Account! Accounts sind für Normalbürger. Wir setzen direkt bei der aktuellen Kontroverse an und kreieren eine Facebook-Gruppe! Herr Wallter hat da schon ein paar sehr schöne Vorschläge eingebracht.«

Das interessiert Marlene. Ihr ist nach wie vor nicht ganz klar, was Henning bei LAIM eigentlich macht. Er redet selten darüber, außer um sich zu beklagen, dass er sich langweilt. Auch jetzt wirkt er nicht besonders auskunftsfreudig, schaut lieber zur Bühne, wo die Sängerin gerade »Parole« singt. Eine sehr schöne Frau. Marlene findet, sie selbst sieht besser aus. Jünger jedenfalls.

»Was für Vorschläge denn?«, fragt sie freundlich.

»Wissen Sie, da habe ich mit Herrn Wallter wirklich Glück gehabt. Der hat mir erklärt, wie man das heutzutage macht. Nehmen Sie nur den Fall dieses Ex-Ministers. Nach seinem Rücktritt ist innerhalb von wenigen Tagen eine riesige Anzahl von Menschen der Facebook-Gruppe ›Wir wollen ihn wieder haben‹ beigetreten!«

»Der stand ganz anders in der Öffentlichkeit als Frau Felsenstein«, gibt Marlene zu bedenken.

»Spielt keine Rolle!«, ruft Anders begeistert. »Weil man so viele Mitglieder doch gar nicht brauchte!«

»Wie meinen sie das denn?«

»Das kann man auch mit Robotern lösen, wie uns Herr Wallter jetzt auch welche bauen wird!«

»Bots«, sagt Wallter, der gleich darauf aussieht, als hätte er lieber gar nichts gesagt.

»Bots?«, fragt Marlene. »Warum braucht es die für RuhrSTROM?«

Anders nickt Wallter aufmunternd zu. Man könnte, denkt Marlene, Henning zugute halten, dass er aussieht, als wollte er sich unter dem Tisch verkriechen. Man könnte, wenn man wollte. Und will sie? Nein.

Anders ist inzwischen bei »Deutschland sucht den Superstar« gelandet: »Eigentlich verstehe ich nicht, warum die nicht auch Roboter einsetzen.«

»Vielleicht hat diese Popstarsendung gar kein Interesse dran, die Leute zu täuschen«, ruft Marlene wütend aus. »Vielleicht setzen sie lieber auf echte Freunde als auf Ihre scheiß Roboter.«

Ein paar Köpfe drehen sich nach ihr um, nicht viele, es ist laut hier vorne bei der Tanzfläche. Marlene nimmt die Aufmerksamkeit, die sie erregt, nicht wahr. Henning schon.

Anders, ein entweder sehr furchtloser oder sehr dummer Mann, fängt an, Marlene in väterlichem Tonfall zu belehren: »Erstens, liebe Frau Baier, sind das keine Roboter, sondern Bots. Gutartige Bots, die bösen gibt es nämlich auch, nicht wahr, Herr Wallter? In unserem Bereich heißt es, jeden Vorsprung nutzen, in diesem Fall Vorsprung durch Technologie. Ha ha!«

»Ha«, macht Henning, lässt es dann aber gleich wieder bleiben.

»Und drittens geht es um unsere Kunden, in diesem Fall RuhrSTROM, die ein solches Vorgehen von uns doch im Grunde erwarten. Deswegen haben sie uns schließlich geholt.«

»Ach. Steht das so in Ihrem Vertrag? ›Betrügen Sie die Menschen, spielen Sie Ihnen etwas vor, manipulieren Sie sie mit allen nur erdenklichen Mitteln, damit der Konzern vollkommen anders erscheint, als er ist?‹«

»In unserem Fall gilt: Der Zweck heiligt die Mittel«, sagt Anders, nun doch etwas irritiert. »Und wir wollen doch nur Gutes tun. Einsatz von Technologie zur Imagewahrung, nicht zur Zerstörung von Ansehen.«

»Ich finde schon, dass man gewisse Grenzen wahren sollte«, versucht Henning die Wogen zu glätten. »Wenn die Mittel nicht glaubhaft sind, hat niemand etwas davon. Das wissen wir. Und ›Bitchmoves‹ wird es mit einer so angesehenen Agentur wie LAIM sicher nicht geben. Auf keinen Fall!«

»Bitchmoves? Wovon redest du, Henning?« Marlene weiß

nicht, ob sie verwirrt oder nur erschüttert ist. »Ich fasse es nicht, Ihr wollt für Fabienne Felsenstein eine gefakete Facebook-Gruppe einrichten und dann so tun, als seien 100 000 Bots ihre echten Freunde? Das ist doch krank!«

Sie nimmt ihr Glas, stellt fest, dass es leer ist, setzt es wieder ab, schaut wütend zu ihren Tischkollegen.

»Genau. Trinken wir noch etwas«, schlägt Henning vor. »Wir können ja über etwas anderes reden. Unser Vorhaben ist ohnehin noch nicht ausgereift.«

»Es wird in der Gruppe bestimmt auch ein paar menschliche Freunde geben«, macht Anders unverdrossen weiter. »Dafür wird Herr Wallter schon sorgen. Und wissen Sie was, Frau Baier? Wenn Sie Facebook beitreten, könnten Sie auch dazu gehören!«

»Bier vielleicht? Oder einen Tee?«, versucht Henning ihn zu übertönen. »Was ist mit Ihnen, Herr Anders?«

»Manipulieren ist nun mal unser Geschäft«, dröhnt Anders. »Besser wir als die anderen!«

»Ich glaube, mir wird schlecht«, sagt Marlene entschlossen. »Ich gehe.«

Sie steht auf, greift nach Handtasche und Jacke, schwankt kurz auf ihren High Heels und stakst dann Richtung Ausgang.

Henning Wallter und Luke Anders starren ihr nach, dann sehen sie einander an.

»Was ist denn mit ihr?«, fragt Anders verwundert.

»Magenprobleme«, sagt Wallter. »Ich gehe ihr besser nach.«

»O je! Tun Sie das!«, ruft Anders. »Sie finden mich später dort hinten, am Tisch von Herrn Neumann.«

»Reizende Begleitung hast du dabei«, sagt Neumann, als Anders sich zu der Runde setzt, die sich um ihn versammelt hat.

»Mein Mitarbeiter, Herr Wallter«, antwortet Anders strahlend. »Die junge Frau ist seine Freundin. Sie sind kurz raus an die frische Luft.«

»Seine Freundin, so so«, sagt Neumann. »Mir kam sie bekannt vor.«

»Sehr gut möglich, sehr gut möglich«, erwidert Anders. »Frau Baier ist die persönliche Assistentin von Frau Felsenstein.«

»Und werden sie wiederkommen?«

»Magenprobleme«, erklärt Anders und verdreht die Augen. »Diese jungen Menschen vertragen einfach keinen Alkohol. Natürlich werden sie wiederkommen, Herr Wallter war ganz aus dem Häuschen, als ich ihm vorschlug, dein Etablissement aufzusuchen. Wenn wir schon dabei sind: Wie geht es meinen Investitionen?«

»Siehst du doch. Der Laden brummt. Im Übrigen habe ich mit den Finanzen nichts zu schaffen. Schwender kannst du fragen, da kommt er gerade.«

Der Anwalt, der sich mit blonder Begleitung zu ihnen setzt, ist Partner in der Kanzlei Aumann Kröner, die auch RuhrSTROM berät. Er sieht aus wie ein Filmstar, seine Begleitung ist einer – oder zumindest auf dem Weg dahin: In SOKO Köln war sie gerade als Leiche zu bewundern. Während Schwender sich mit Anders über die Feinheiten des Finanzplatzes Schweiz unterhält – komplexe Situation für Anleger, die Schweizer sind nur noch am überregulieren –, geht Neumann vor die Tür, blickt kurz die Straße auf und ab, niemand zu sehen.

Schade, mit der kleinen Baier hätte er sich gern unterhalten, besonders, wenn sie keinen Alkohol verträgt. Hübsch ist sie auch, hätte er nicht gedacht, dass sie sich so zurechtmachen kann. Ihren Kerl sollte sie loswerden. Der passt überhaupt nicht zu ihr – nun, sie wird schon noch dahinterkommen.

»Deinen Freund Tschauner habe ich neulich gesehen«, sagt der Bildhauer zu ihm, der eben noch an Neumanns Tisch saß und jetzt zum Rauchen vor die Tür tritt.

»Seit wann interessierst du dich für Marathon?«, fragt Neumann mit Blick auf den Bauch des anderen, der dem seinen Konkurrenz machen könnte.

»Das wäre ja noch schöner. Nein, er saß beim Tête-à-Tête im

Turbonegro, du weißt schon, dieser seltsame Schuppen bei Duisburg, wo sie im Moment alle hinrennen, um Austern zu essen.«

»Und, war sie hübsch?«

»Hübsch? Als hübsch würde ich Justus Kohlmeier nicht bezeichnen. Sein Kopf ist interessant. Vielleicht kriege ich ihn irgendwann dazu, mir Modell zu stehen.«

»Ich kann ja mal ein Wort für dich einlegen«, sagt Neumann und lacht.

Er lacht noch immer, als er ins Horus zurückgeht und beim Eingang kurz stehenbleibt, um das Treiben der Gäste zu beobachten, all die Leute mit ihrer glatten oder geglätteten Haut, den perfekt gestylten Frisuren, der gut geschnittenen Kleidung, die selbst unförmigen Körpern schmeichelt.

Der Laden ist wirklich eine Goldgrube, vielleicht nicht so, wie sich das Freund Anders erhofft, aber am Ende gibt es in dieser Region keine Information, kein Geheimnis, keinen gemauschelten Deal, die nicht ihren Weg hierher fänden – und von da, unweigerlich, zu Neumann.

– VI –

LOOPING

Justus Kohlmeier schwebt über den Wolken.

Er hat sich in seiner ASK 21 vom F-Schlepp bis über 3500 Meter bringen lassen und dann ausgeklinkt. Im Thermalwind ist er noch fast 250 Meter weiter gestiegen und segelt jetzt an der Gebirgskante entlang, die im Sonnenschein vergnügt vor sich hin glitzert.

Es ist kurz vor zwölf Uhr. Frühmorgens stand der Himmel noch voller grauer Wolken, und tatsächlich brauchte der Pilot des Schlepps ein bisschen Überredung, bis er bereit war, Kohlmeier mit hoch zu nehmen.

»Worauf freuen Sie sich, wenn Sie jetzt in Ruhestand gehen?«, wurde Kohlmeier von einer Journalistin gefragt, als er den Vorstand von RuhrSTROM verließ. »Auf's Segelfliegen«, hatte er geantwortet, ohne sie darüber aufzuklären, dass von Ruhestand sicher keine Rede sein würde.

Mit dem Segelfliegen hat er schon als Gymnasiast angefangen. Ein Schulkamerad hatte ihn auf den Flugplatz mitgenommen, und er war sofort begeistert. Alles gefiel ihm an diesem Sport: die Eleganz, die Lautlosigkeit, der Triumph des menschlichen Erfindungsgeists über die Elemente, die Kameradschaft.

Und dann ist da vor allem der Blick auf die Welt von weit oben, der die Dinge in Perspektive bringt, den Einzelmenschen verschwinden lässt in dem riesigen, größeren Ganzen, das uns alle umgibt.

Ein Sein zwischen Himmel und Erde. Ohne dröhnende Triebwerke.

Vor sich, auf einem der Gipfel, sieht er zwei winzige Gestalten, Bergsteiger, die den Aufstieg geschafft haben und jetzt ihr Mittagsbrot verzehren. Die Männer winken ihm zu, und er macht mit dem Gefährt einen kleinen Schlenker und lässt dabei den einen Flügel kurz abtauchen. Der Fliegergruß ist nicht ganz ungefährlich.

Bald wird er sich wieder auf der Erde befinden, sich mit kleinen Menschen wie diesen auseinandersetzen. Jetzt gönnt er sich die Auszeit in einem inzwischen wolkenlosen Himmel, um die Gewaltigkeit des Ganzen zu reflektieren, die den meisten entgeht oder sie ganz einfach nicht interessiert.

Selbst RuhrSTROM ist aus dieser Perspektive nur ein kleines Element in einem großen System, das schier ungeheuerlich anmutet: Geschaffen aus dem Bedürfnis des Homo Sapiens, mit seinesgleichen in einen konstruktiven Kontakt zu treten, stellen Wirtschaft und Handel das eigentliche Vermächtnis unserer Art dar, aus dem sich alles andere – Bauwerke, Musik, Literatur – lediglich ableitet, findet Kohlmeier.

Wer diese Winde zu reiten versteht, ist ein Gott – oder den Göttern so nahe, wie es ein Mensch nur sein kann.

Kohlmeier nutzt den Thermalwind als Paternoster und lässt die ASK 21 noch einmal höher steigen. Die gewürfelten Felder und weiten dunkelgrünen Waldschläge liegen nun tief unter ihm. Da und dort ist das Blitzen des Paneels einer Solaranlage zu erkennen. In dieser Gegend gibt es viele Bauern, die sich frühzeitig umorientiert haben, die Subventionspolitik der Regierung nutzen und sich nun als Mini-Kraftwerksbetreiber für die Region versuchen. Wind und Sonne statt Hafer und Weizen.

Kohlmeier kann sie da nur beglückwünschen. Mit Green Energy ist noch einiges zu bewegen, gerade weil ihre Manifestationen für jedermann sichtbar sind. Windräder. Solarpaneele. Den Menschen erscheint das konkret, und sie investieren. Aktuell ist weit mehr Geld da als industrielle Kapazitäten zur Umsetzung. Wo fließt dieses Geld hin? Wer profitiert?

Er schaut noch einmal nach den Bergsteigern, sie sind nicht mehr zu sehen. Wann sind sie wohl aufgestanden? Vermutlich noch vor Tagesanbruch, und alles nur, um einen kurzen Moment lang auf dem Dach der Welt zu stehen. In diesem Augenblick kommen Kohlmeier solche Entschlossenheit und Zähigkeit grandios vor – ein Monument des menschlichen Willens, Schwierigkeiten zu überwinden. Weiterzugehen. Schritt für Schritt.

Er kippt die Schnauze des Gleiters 55 Grad nach unten. Lässt die Maschine Richtung Erde rasen. Schneller, immer schneller, bis er die Geschwindigkeit von 210 km/h erreicht hat, eine kleine flache Kurve fliegt und dann langsam und gleichmäßig sein Gefährt hochzieht.

Die Sonne wandert eilig an ihm vorbei.

Am obersten Punkt des Loopings hängt er kopfüber, einen kurzen Augenblick lang vollkommen reglos, im Himmel über ihm, zur Erde hin, eine Kuppel aus Wolken und Felsen und grünem, grünem Gras – und unter ihm die Unendlichkeit des Alls.

Dann vollführt er einen weiteren weiten Halbkreis und segelt talabwärts wieder in Richtung des Flugplatzes. Zwei Tage hat er hier verbracht, zwei atemberaubend kostbare Tage.

Als er sich vom Flugplatz fahren lässt, ist es fast schon dunkel.

MAILBOX

Auf dem Handy, das er im Auto im Tal gelassen hatte, entdeckt Kohlmeier mehrere Anrufe. Die meisten international. Aber auch die heimische Landschaft hat sich gemeldet.

Tschauner, sein neuer Freund bei RuhrSTROM, berichtet

ihm in zwei Meldungen mit Eifer, was Kohlmeier größtenteils bereits über andere Kanäle in Erfahrung gebracht hat. Die Unruhe nach dem Energiegipfel. Die sich konkretisierenden Elemente von Fabiennes neuer Strategie. Was Tschauner besonders zu erbittern scheint, ist, dass die RuhrSTROM-Arbeitnehmer vor Ort so überwiegend positiv auf die neue Chefin reagieren: »Der Pförtner begrüßt sie mit Handschlag, kommt dafür extra aus seinem Glashaus geeilt!«

Wie immer verpasst Tschauner dann, worum es eigentlich geht. Der Energiegipfel hat RuhrSTROM und Fabienne erst mal in die Medien gebracht; klar ist aber auch, dass die Aufstellung des Konzerns für das, was sein Schützling will, noch nicht annähernd ausreicht. Sie wird Übernahmen und Fusionen ansteuern, von denen der Vorstand für Operative Lenkung und Geschäftseinheiten ganz offensichtlich nichts mitbekommt.

Dafür macht sich Tschauner Sorgen um seinen Kumpel, der RuhrSTROM NOVUM leitet. Seinen Verdacht, Fabienne wolle ihren Liebhaber Abakus dort einschleusen, hat Kohlmeier erst mal nicht entkräftet. Warum auch. Ist schon in Ordnung, wenn der dürre Mann eine Weile auf Kohlen sitzen bleibt.

Was Abakus angeht, ist der Informationsfluss im Moment gekappt, Kohlmeier weiß nicht und will auch gar nicht wissen, ob Fabienne die Beziehung zu dem Mann weiter unterhält. Der bloße Gedanke daran weckt in Kohlmeier unangebrachte, für ihn selbst leicht überraschende Impulse. Möglicherweise ist das sein Fehler: an den Mann überhaupt zu denken.

Soll er sich doch woanders absamen – wie dieser Kerl im Fabienne-Blog zu sagen pflegt. Ein sehr spezieller Sprachgebrauch. Hier aber gerade angebracht, findet Kohlmeier.

Es könnte nützlich sein, Abakus von Angesicht zu Angesicht zu sehen, sich seinen alten Gegenspieler in dessen gealterter, angefütterter Version vor Augen zu führen, kein jugendlicher Held oder Spaßvogel-Dämon mehr, sondern ein ganz normaler, fehlbarer Mensch. Bei einem möglichst durchschnittlichen Anlass. Ohne Megafon, ohne Banner. Müsste doch zu schaffen sein.

Neumann hat ebenfalls angerufen, die Nachricht ist für Kohlmeier nicht ganz durchsichtig. Warum will der Dicke mit ihm über Beraterverträge reden? Welche Verträge meint er denn – Kohlmeiers? Die eigenen? Und mit welcher Firma?

Und dann, gleich nach Neumanns Anruf, ist da noch Dagmar Schild. Ein Problem mit dem Sohn, schließt er aus dem, was sie ihm auf Band gesprochen hat.

Die Meldungen auf seiner Mailbox lassen Kohlmeier auf dem Boden der Tatsachen landen. Tatsächlich ist ihm, als sei er nicht nur gelandet, sondern bis zu den Knien in einem Morast aus banalen Ansprüchen versunken. Wie Gulliver bei den Liliputanern: festgebunden an tausend Seidenfäden, mit denen die kleinen Leute ihn daran hindern, seine volle Größe zu entfalten. Oder wie Prometheus, gefesselt.

Ein letzter Rest des Flugerlebnisses bleibt ihm dennoch erhalten: die Erinnerung an die blinkenden Paneele, die Frage nach den Geldströmen, die im Hintergrund fließen. Und der Blick auf RuhrSTROM als Element eines sehr viel größeren Ganzen.

Sein Schützling ist ohne Frage dabei, Bewegung in den Konzern zu bringen, und das ist auch gut so. Was Fabienne nicht weiß – was sie noch lernen muss –, ist, dass am Ende nicht sie die Richtung bestimmen wird. Das geht nicht. Das Spiel wird nun mal so nicht gespielt.

Die Kräfte, die am Spielbrett die entscheidenden Züge machen, sitzen in der modernen Wirtschaftwelt woanders, und wer sich ihnen nicht beugt, den fegen die Winde, die von ihnen ausgehen, ganz einfach hinweg.

ENTSCHEIDUNGS-ALGORITHMUS 1 … Traditionell funktionieren Entscheidungsprozesse innerhalb des Vorstands eines Energiekonzerns so: Wir haben einen Energieversorger X, der braucht ein neues Kraftwerk. Als Standort kommen die Städte Y oder Z in Betracht, die weitere Frage ist dann: Kohle oder Gas. Das wären die vier Optionen: Kohle, Gas, Standort Y, Standort Z, dazu hat jeder eine Meinung, und es gibt bei jedem Schritt den Versuch politischer Infiltration. Meinungen und Infiltrationen ergeben dann irgendetwas. Und das wird gehorsamst gemacht.

ENTSCHEIDUNGS-ALGORITHMUS 2 … Meine Art des Denkens ist das nicht – heute kann sich der Vorstand eines Energieversorgers eine solche Vorgehensweise nicht mehr leisten. Wir müssen uns ganz anderen Fragen zuwenden: Wie lauten die relevanten Parameter? Welche Megatrends werden langfristig an Einfluss gewinnen? Welche Art von Investment ist daraus abzuleiten? Hierüber habe ich mehrfach interessante Überlegungen gelesen.

Ein Megatrend ist der Klimaschutz, dessen Notwendigkeit sich durch den Klimawandel verstärkt – der Zertifikatehandel wird restriktiver, die Zertifikatepreise werden steigen, also wird Kohle mit der Zeit relativ unattraktiver als Gas, weil Kohle stärker mit CO_2 *belastet ist. Ein weiterer Megatrend ist die Verknappung der fossilen Energieträger. Mit jedem Tag, an dem wir leben, werden sie knapper. Öl verknappt sich relativ schneller als Kohle, also wird Öl spekulationsbereinigt stärker im Preis ansteigen. Gas ist an den Ölpreis gebunden, also wird Gas schneller im Preis ansteigen als Kohle, also ist Kohle aus dieser Perspektive heraus plötzlich attraktiver.*

Das sind nur zwei Beispiele von teilweise gegenläufigen Megatrends, die zu Dutzenden in die neuen Entscheidungen einfließen müssen. Die Frage »Was gefällt uns besser, Standort Y oder Z, Kohle oder Gas?« ist unwesentlich geworden. Es geht darum, welche Gesichtspunkte betrachtet werden müssen. Wie werden sie analysiert, welche Prämissen gelten, welche Entscheidungsalgorithmen werden angewandt? Darüber, und nur noch darüber, bestimmt der Vorstand. Die Anwendung der Parameter übernehmen dann Fachleute, und was dabei dann rauskommt, das wird gemacht.

Analyse statt Meinung. Logik statt Landschaft. Mathematik, Chemie und Physik statt Erd- und Gemeinschaftskunde und Religion. Das ist mein Traum!

DR. JENDROWIAK

Die Ärztin war eine pragmatische Theoretikerin. Das stellte sich schon bei der ersten Untersuchung heraus, die auch eine Reihe von Tests einschloss, mit Wartezeiten dazwischen. Klinikleiter wie sie selbst, meinte Dr. Jendrowiak, neigten zum Gotteskomplex: keine psychologische Feststellung, sondern eine physiologische. Macht könne die Hirnströme verändern, das sei aber – wohlgemerkt! – die Ausnahme, nicht die Regel, wobei gewisse Akteure der Finanzkrise geradezu bemüht schienen, diese Ausnahme zur Regel zu erklären.

»Sie müssen sich das vorstellen wie einen LSD-Trip, von dem man einfach nicht mehr runterkommt!«

Mit LSD kannte sich Fabienne nicht aus, und von den Machttheorien ihrer Ärztin hielt sie nicht allzu viel. Was deren Kompetenz im Hinblick auf das Lermoyez-Syndrom anging, dessen latente Anwesenheit Fabienne seit Griechenland nur zweimal – einmal in London, einmal in Düsseldorf – erlebt hatte, war sie bald überzeugt, dass Dr. Jendrowiak ihren guten Ruf verdiente.

Das lag auch daran, dass die Ärztin sich in keinem Moment auf schwammige Vermutungen einließ. Die Ursache des Syndroms war nicht bekannt, der Auslöser ein Hydrops – eine Erhöhung der Flüssigkeit – im Innenohr. Die Behandlungsmöglichkeiten waren gut, die Prognosen vollkommen offen. Soweit der Stand der Wissenschaft.

Dr. Jendrowiak sagte ihr nicht, dass sie Glück habe. Das Konzept von Glück, meinte sie auf eine entsprechende Bemerkung von Fabienne hin, habe in ihrem Verständnis von Gesundheit oder Krankheit nichts zu suchen. Vielleicht war es diese Aussage, die Fabienne endgültig von der Ernsthaftigkeit der merkwürdigen kleinen Dame überzeugte.

Der heutige zweite Termin, den sie noch vor dem Energiegipfel vereinbart hatte, ist nach Ende der offiziellen Sprechzeit. Die Arzthelferin bittet sie ins Wartezimmer, Frau Doktor sei sofort für sie da.

Fabienne fühlt sich gut. Der Tinnitus und der Ohrendruck melden sich nur noch selten, der Schwindel gar nicht. Andererseits beginnt gerade die Vorbereitungsphase für die Aufsichtsratssitzung in einigen Wochen: Der Vorstand hat Beschlussvorlagen verschickt, für die nächsten Wochen stehen Ausschusssitzungen mit einer Vielzahl von Gremien an. Finanzausschuss. Personalausschuss. Investitionsausschuss. Strategieausschuss. Präsidialausschuss. Auf die Treffen folgt dann die Feinabstimmung der Vorlagen, die in der Aufsichtsratssitzung zur Diskussion stehen werden. Ein langwieriger und intensiver Prozess.

Für Arztbesuche bleibt da keine Zeit. Marlenes Drängen auf diesen Termin hat aber doch Wirkung gezeigt.

»Meist übernimmt der Partner des High Achievers die Sorge um sein Wohlbefinden«, hatte Sven gemeint, als sie ihm von Marlenes Überfürsorge erzählte. »Klingt, als erhebe deine Assistentin Anspruch auf diese Rolle.«

»In Griechenland gab es Situationen, die ich keinem Partner hätte zumuten mögen«, erwiderte Fabienne. »Marlene war dabei. Ihr konnte ich das nicht ersparen.«

An dem Abend nach ihrer Rückkehr vom Energiegipfel, als sie Sven von den Drohanrufen erzählte – er hatte auf ihr Angebot so reagiert, wie es John vermutete –, war das Gespräch auf Griechenland gekommen. Der Schuss in die B-Säule. Und dann die Geschichte in Manila, als sie mitgenommen wurde, in den Jeep gezogen und in der Vorstadt Paranaque in einem abgelegenen Anwesen gezwungen werden sollte, Verkaufspapiere zu unterschreiben. Ein Beteiligungsverkauf sollte so in die richtigen Hände geraten. Mit Sven, stellte sie fest, konnte sie über diese Dinge reden. Das war für sie neu.

Selbst von den Anfällen hat sie ihm erzählt, er ist jetzt neben Marlene und Dano der einzige, der davon weiß.

»Ach, Lermoyez«, sagte Sven nur. »Eine Tante von mir litt darunter. Sie war eine ziemlich berühmte Kammersängerin. Das einzige Mal, als sie der Schwindel auf der Bühne während einer Vorstellung ergriff, muss die Hölle gewesen sein. Zum Glück sang sie da gerade liegend, aber sie meinte, die Klarheit des Klavierspiels während des Anfalls sei mit das Unerträglichste gewesen, was sie je erlebt habe. Ihr Auftritt, gerade diese Stelle, wird übrigens heute noch gefeiert.«

Die Geschichte mit Sven ist zart, und sie haben nicht viel Zeit füreinander. Er sagt, die Begegnung mit ihr sei dabei, sein Leben zu verändern.

Er hat sich entschieden, BlueHoryzon zu verlassen, wohl Richtung Indien. Leute wie er würden gerade an solchen Orten gebraucht. Leute wie sie natürlich noch viel dringender.

»Dort versteht man deine Art zu denken. Hier rennst du doch nur gegen Mauern an, gegen all diese überflüssigen Traditionen. Dort sind die Muster dynamisch.«

Sie versteht seine Euphorie, sieht jedoch, dass ihr Vorstand dabei ist, ihren Vorstellungen zu folgen, und dass ihre Art, die Dinge anzugehen, nicht allen in dieser Runde fremd ist. Suhrs Denkweise kommt der ihren entgegen. Schild ist neugierig, interessiert, sie wird schnell handeln. Auch Tehrani versteht ihr

Vorgehen. Was ihm im Wege steht, ist eine Vorsicht, die sich vielleicht zu viel Zeit nimmt, um Vorhaben umzusetzen. Zeit ist etwas, über das sie nicht im Übermaß verfügen können.

»Michael Vishnu ist demnächst in Deutschland«, meinte Sven noch, »du weißt schon, der Investor, von dem ich dir bei unserem ersten Treffen erzählt habe. Ich würde ihn dir gerne vorstellen, vielleicht abends, zum Essen, bei mir, Fabienne. Eine kurze Auszeit, das könnte dir gut tun.«

»Machst du dir jetzt auch Sorgen um mich?«

»Um ehrlich zu sein, nein. Ich habe schon lange niemanden mehr erlebt, der sich mit einer solch unerschöpflichen Konzentration und Energie in eine Sache hineinwirft. Mir fällt auf, wie selten das in meiner Umgebung geworden ist, vielleicht auch bei mir. Das möchte ich ändern.«

Wegen Sven müsste sie also nicht hier in dieser Arztpraxis sitzen. Auch Marlenes Wachsamkeit hat nachgelassen, andere Dinge scheinen ihre Assistentin gegenwärtig viel mehr zu beschäftigen. Trotzdem, sollte sie sich wieder wichtigmachen, kann Fabienne ihr nach dieser zweiten Visite ganz einfach sagen, dass ihre Gesundheit wirklich in den guten Händen kompetenter Koryphäen ist.

Ihre Koryphäe sitzt an ihrem Schreibtisch, als Fabienne das Besprechungszimmer betritt. Die Ärztin ist klein, mindestens einen Kopf kleiner als Fabienne, und sie sieht im Arztkittel und mit den wilden, strähniggrauen Haaren aus wie ein Troll aus einer nordischen Sagenwelt.

»Frau Felsenstein!«, ruft Dr. Jendrowiak ihr zur Begrüßung zu. »Sie müssen entschuldigen, dass ich Sie kurz habe warten lassen. Sie sehen gut aus. Glücklich. Wie geht es unserem Freund Lermoyez?«

»Mein Freund ist das Syndrom nicht. Es hat sich seit dem einen Vorfall in London auch nicht wieder gemeldet.«

»Okay. Nun ja. Aber Sie leben nun einmal miteinander, Lermoyez und Sie, da kann man sich genauso gut verstehen.«

Unter einer Pappschachtel holt Dr. Jendrowiak jetzt die Krankenakte hervor, studiert sie nochmals und macht dabei Geräusche, die entweder der Verdauung geschuldet sind oder dem tiefen Nachdenken.

»Ihre Testresultate sind exzellent«, sagt sie schließlich. »Ein klares Bild. Es gibt eigentlich keinen Grund, warum unser Freund wiederkommen sollte. Tinnitus?«

»Manchmal«, gibt Felsenstein zu.

»Druckgefühle im Ohr?«

»Auch. Mit dem Tinnitus.«

»Die Tabletten wirken?«

»Sehr gut, scheint mir.«

»Prima. Dann machen wir damit weiter. Das Rezept stelle ich Ihnen aus.«

Aus einer Schublade holt sie einen Rezeptblock, kritzelt etwas darauf, schaut dabei hin und wieder prüfend auf Fabienne.

»So«, sagt Dr. Jendrowiak schließlich. »Eine Sache noch, Frau Felsenstein. Sie finden mich vielleicht merkwürdig, das macht nichts, das geht vielen meiner Patienten so. Ich halte nun einmal viel von der Wissenschaft und wenig von nichtwissenschaftlichen Vermutungen. Die Wissenschaft sagt, dass in einem Fall wie dem Ihren mit einem Anfall gerechnet werden kann. In einem Jahr, in fünf Jahren, in zwanzig Jahren – wir wissen zu wenig über das Krankheitsbild, um uns darüber ein Urteil zu bilden. Was ich Ihnen sagen möchte, ist: Lermoyez und Sie gehören zusammen. Vielleicht werden Sie sich aus den Augen verlieren, vielleicht nicht. Mit dem, was Sie tun, hat Lermoyez überhaupt nichts zu schaffen. Aber, wenn er kommt, dann geben Sie ihm Raum, wie Sie es mit einem lästigen Cousin tun würden, der als Verwandter das Recht hat, Ansprüche an Sie zu stellen. Vergessen Sie nicht: ›The only thing we have to fear is fear itself!‹«

»Von wem ist das?«, fragt Fabienne lächelnd.

»Franklin Delano Roosevelt! Das war ein Mann, der sich mit Krankheit auskannte. Als er diese Worte sprach, standen die USA vor dem Tiefpunkt der Wirtschaftskrise der 1930er. Nicht unähnlich unserer Zeit also.«

Als Fabienne die Klinik verlässt, findet sie auf ihrem Firmen-Handy eine SMS. Sie kommt vom Chef der Presseabteilung: ARTIKEL ZU CEO-BLOGGER IN MORGIGER INTERNATIONAL NEWS. FINDET MIR DEN KERL, KÖPFT IHN, VIERTEILT IHN, TAUCHT IHN IN SIEDENDES ÖL. ICH WILL BLUT SEHEN!!!

Ganz schön martialisch, denkt Fabienne. Wovon redet der Mann? Und was bitte geht mich das an?

Die Erklärung kommt eine SMS später – eine zerknirschte, unnötig ausführliche Entschuldigung des Pressechefs, der sich beim Adressieren seiner Textnachricht, wie er erklärt, vertippt hat.

Moderne Medien. Wenn nicht einmal der Chef der Presseabteilung von RuhrSTROM sie beherrscht – wer soll sie dann beherrschen?

GEFEUERT

Henning Wallter ist seinen Job schon wieder los.

Nicht den Job bei LAIM – der wird ihm, vielleicht, noch eine Weile erhalten bleiben. Es geht um seinen Einsatz im Auftrag für RuhrSTROM, und wer ist schuld? Wallter natürlich. Keiner sonst weit und breit, dem er die Schuld zuschieben könnte.

Vielleicht noch Marlene, aber das wäre dann ziemlich weit hergeholt. Oder?

Sie redet nicht mehr mit ihm. Sie schneidet ihn einfach, seit dem Abend im Horus, der vielleicht nicht ganz glücklich verlaufen ist, aber sie könnte ja immerhin auch mal seine Position sehen, zwischen einem Chef wie Anders und einer Freundin wie ihr.

Will sie nicht. Tut sie nicht. Da kommt sie in einer Aufmachung daher, bei deren Erinnerung Wallter jetzt noch die Knie weich werden – und ein anderer Körperteil hart –, und dann lässt sie ihn einfach stehen. Als hätte sie ihm ein für alle Mal beweisen wollen, dass eine Frau wie sie für einen Mann wie ihn nichts ist.

Cockteaser. So nennt das der Angelsachse, der für vieles einen Namen hat, wo die deutsche Sprache versagt. Schwanzfopper? Geht gar nicht.

Seltsam ist es schon, wie schnell sie miteinander ins Bett geraten sind. Er mit ihr, das passt. Aber sie mit ihm? Seltsam. Und sehr schön.

Aber Marlene ist kein Schwanzfopper, oder wie immer das Wort auf Deutsch heißen mag. Das weiß Wallter auch, wenn er nüchtern genug ist, darüber nachzudenken. Das ist er in letzter Zeit nicht oft – seit diesem Abend hat er sich hauptsächlich selbst leid getan und nachts Unmengen alkoholischer Getränke eingenommen, die seine Performance, auch so ein englisches Wort, tagsüber empfindlich eingeschränkt haben. Nachts war sie ja ohnehin nicht gefragt, seine Performance. Wallter war sich nicht sicher, ob er sich darüber freuen oder ärgern sollte.

Gut möglich, dass die Geschichte, die gerade gelaufen ist, auch damit zusammenhängt.

Dabei müsste gerade Marlene sich eigentlich über diesen Artikel freuen, der heute in der International News erschienen ist, von einer Suzy Montag, die Wallter nichts weiter sagt. Der Text mit der Überschrift DEUTSCHER BLOGGER RUFT ZU CEO-WATCH AUF ist geradezu dazu angelegt, Marlene in Ekstase zu versetzen und ihr diese Quietschgeräusche zu entlocken, die sie in besseren Zeiten bei Wallter im Bett von sich gab –

– Mann, diese Quietschgeräusche! Beim Gedanken daran wird Wallter gleich wieder hart, was ja nun gar nicht geht, wo er doch gerade zusammengeschrien wurde, wie er es selten erlebt hat, und ohnehin ist weit und breit keine Frau, an der er sich abreagieren könnte, und er will auch keine andere Frau, er will nur Marlene. Diese Marlene!

Was genau ihr an der Unterhaltung im Horus nicht passte, ist ihm noch immer nicht klar. Eigentlich müsste sie wissen, wie PR-Arbeit funktioniert, sie ist ja keine Jungfrau mehr – o Gott, nein, das ist sie nun wirklich nicht –, und an dem Abend ist es ihm auch so vorgekommen, als redete sie weniger gegen Anders und ihn an, als gegen ein Phantom, das zwischen ihnen im Raum stand. Ging es um sie beide?

»Das verstehst du nicht«, hat sie ihm nur gesagt, bevor sie in ein Taxi stieg und in ein Leben ohne Wallter davonfuhr. »Ich denke nicht, dass du das verstehen kannst. Kannst du nicht, Henning. Lass mich.«

Wallter findet, er kann alles verstehen. Man muss ihm doch nur sagen, was er verstehen soll. Wenn man ihm das nicht sagt, dann geht das natürlich auch nicht, das Verstehen.

Okay, und dann hat er vor ein paar Tagen auch noch Scheiße gebaut. Richtige Scheiße. Das war bei einer unfassbar langweiligen Sitzung in der Presseabteilung von RuhrSTROM, bei der er dreimal rausgelaufen ist in der Hoffnung, Marlene zufällig im Flur anzutreffen. An dem Tag war sie wieder in Berlin bei irgendeinem Meeting, das hat er erst hinterher erfahren. Beim dritten Mal kam er an einem verwaisten Tisch vorbei, an dem gerade das Telefon klingelte. In der ziemlich unwahrscheinlichen, eigentlich absurden Hoffnung, dass es Marlene sein könnte, hat er abgenommen. Sie war es nicht.

Es war, wie er heute nun schließen muss, diese Suzy Montag von International News, die um eine Stellungnahme von RuhrSTROM zur Felsenstein-Watch bat. Mein Thema!, dachte Wallter an diesem Tag mit einem Kopf, in dem noch die Wodkas vom Vorabend schwappten. Wer wäre kompetenter als er, sich zur Felsenstein-Watch zu äußern?

Also hat er das getan.

Und heute dann dieser Artikel. Dass es die Watch-Seite gar nicht mehr gibt, hat Wallter der Frau am Telefon natürlich nicht gesagt – sie brauchte ihren Coup. Als Journalist, der er vor tausend Jahren mal war, kann er das verstehen. Dass sie Kaspar Hauser in ihrer Einleitung mit weltweiten Anti-Kapitalismus-Aktivisten vergleicht, fand er bis vor einer Stunde sogar recht schmeichelhaft.

In Frankreich nehmen Angestellte einen CEO, mit dessen Entscheidungen sie nicht einverstanden sind, schon mal in Geiselhaft. In den USA gibt es seit dem Bankencrash 2008 Bustouren, die Herrn und Frau Normalverbraucher vor die Villen derjenigen CEOs fahren, die sich weiterhin großzügige Boni und Millionensaläre auszahlen lassen. In Deutschland wiederum ruft seit kurzem ein Blogger, der sich Kaspar Hauser nennt, zu einer »Watch« der Bosse von Energiekonzernen auf, die in nichts weiterem besteht als einem minutiösen Aufzeichnen ihrer Bewegungen in der Öffentlichkeit. Den Anfang machte Hauser mit CEO Fabienne Felsenstein vom Bochumer Energiekonzern RuhrSTROM.

Was Frau Montag von den Bemühungen der Felsenstein-Watch hält, folgt in dem Text kurz danach.

Während die ersten Eintragungen noch relativ lückenlos dem Weg der CEO durch Deutschland folgten, sind seit einiger Zeit zunehmend widersprüchliche Meldungen auf der Seite zu finden. So wurde Felsenstein an einem beliebigen Nachmittag im letzten Monat in Bochum gesichtet und gleichzeitig auch in Paris. Eine andere Zuschrift besteht auf einem Treffen in der First Class Lounge des Flughafens Bangkok – auf dem beigefügten verschwommenen Foto ist eine Frau zu erkennen, bei der es sich wohl kaum um Felsenstein handelt –, während eine vierte Person darauf beharrt, sich gerade mit Felsenstein in der Umkleidekabine eines Schwimmbades in Rotterdam unterhalten zu haben. Unter den Lesern führen diese widersprüchlichen Meldungen regelmäßig zu heftigen Auseinandersetzungen, die sich über Seiten hinziehen können. Insbesondere dann, wenn einige der ›Watcher‹ ins Pathologische abzudriften scheinen.

Alle Macht den Bloggern? An der Felsenstein-Watch lässt sich ablesen, wie erbärmlich das Ergebnis daherkommen kann.

Klar. Die Frau muss ihren Status als Printjournalistin vor dem Dämon Internet verteidigen. Und, wie gesagt, Marlene dürfte sich über ihr vernichtendes Urteil freuen. Wallters Probleme fangen an der Stelle an, an der die Autorin die Stellungnahme der RuhrSTROM-Pressestelle zum Hauser-Blog zitiert:

»In unserem Land herrscht Redefreiheit, und es gab keinen Grund, den Schreiber daran zu hindern, sich als Kommentator von was auch immer aufzuspielen«, meldet die Kommunikationsstelle von RuhrSTROM. »Sonst hätten wir ja gleich jeden Stammtisch im Ruhrgebiet verklagen können.«

Vielleicht wäre es richtiger zu sagen, die Probleme des Pressechefs fangen an dieser Stelle an. Wallter selbst findet seine Aussage nach wie vor ziemlich gelungen. Und wahr, trifft doch zu, die Sache mit den Stammtischen.

Doch PR ist nun mal kein Geschäft mit der Wahrheit. Jedenfalls nicht mit dieser Art von Wahrheit, die so dermaßen unnötig und unflätig beleidigend daherkommt ... und was der Pressechef sonst noch alles gebrüllt hat, als Wallter bei der Sitzung heute Morgen zugab, dass er das Zitat geliefert hat.

Die Stimmung in der Presseabteilung war bereits seltsam, als Anders und er dort auftauchten. SMS-Probleme, kicherte die Sekretärin, als sie hereinkamen, den Hinweis hat Wallter nicht verstanden. Anders, das muss Wallter ihm lassen, hat sich bei dem, was dann folgte, sofort vor ihn gestellt.

»Herr Wallter ist mein Angestellter, nicht ihrer«, meinte der PR-Mann kühl, als der Pressechef Wallter zum fünften Mal ein »Sie sind gefeuert!« ins Gesicht schleuderte, so dass sich Wallter beinah schon vorkam wie in dieser Sendung von Donald Trump.

Dann hat er Wallter einen Wink gegeben, sich sofort zu verziehen, und das hat Wallter – danke, Herr Anders! – auch gern getan. Natürlich hat er sich, ohne seinen eierförmigen Vortänzer, in den labyrinthischen Gängen der Geschäftszentrale gleich wieder verlaufen.

Und jetzt steht er hier. Wo ist bitte noch mal der Ausgang?

Weiter vorne tritt gerade eine Frau aus einem Büro. Die soll ihm mal den Weg zeigen.

»Hallo!«, ruft Wallter.

Marlene dreht sich um.

Wie groß kann ein Zufall sein?, fragt sich Wallter. Und wie schön?

»Ich hasse dich«, sagt Marlene, kaum dass sie ihn bemerkt, und es klingt, als meine sie es wirklich ernst.

Dann schaut sie auf seine Schuhe.

Und ja, zwei Tage nach dem unsäglichen Abend im Horus ist Wallter tatsächlich in einen dieser sauteuren Schuhläden in der Innenstadt gegangen und hat sich von den sauteuren Schuhen die teuersten gekauft, die sie dort hatten. Kollege Alkohol hatte ihm das eingegeben, ein wankelmütiger Kollege, nebenbei, kurz danach flüsterte er ihm nämlich nur noch ins Ohr, was für ein Idiot er sei, als ob es an seinen Chucks liege, dass Marlene nichts mehr mit ihm zu tun haben wolle …

Immerhin, die Schuhe sind gekauft. Bestes italienisches Leder, handgenäht, kneifen wie die Hölle, aber das gebe sich, hat der Verkäufer behauptet.

Wallter nutzt die winzige Lücke, die Marlenes Verblüffung über seine Schuhe ihm beschert, um seine Ex-Freundin auf Stand zu bringen: »Der Pressechef hat mich gerade gefeuert.«

Das interessiert Marlene dann doch.

»Wirklich? Kann der das überhaupt?«

»Ich glaube nicht«, sagt Wallter. »Ich arbeite ja für Anders, nicht für RuhrSTROM. Ich vermute allerdings, er redet in diesem Moment auf Anders ein, mich loszuwerden.«

»Hm«, grummelt Marlene sanft.

»Ich will dich sehen«, sagt Wallter.

»Warum?«, fragt Marlene.

»Warum? Hör mal, Marlene. Selbst Matt Dillon hat eine zweite Chance bekommen.«

Das stimmt zwar nicht ganz, aber wenn es in Rumblefish mit rechten Dingen zugegangen wäre, dann wäre das so gewesen. Wallter kann Marlene anmerken, wie sie seine Aussage zu verarbeiten versucht und zu keinem vernünftigen Ergebnis kommt.

»Ach, scheiß drauf«, sagt sie schließlich. »Meinetwegen. Ruf mich an.«

Und weg ist sie.

Die weitere Viertelstunde, die Wallter braucht, um endlich den Ausgang aus der Geschäftszentrale von RuhrSTROM zu finden, tragen ihn seine Schuhe – seine genialen, wunderbaren neuen Schuhe! – wie auf Wolken.

RADIKAL DENKEN

»So etwas hat es noch nie gegeben«, sagen die Sekretärinnen. »Woher nehmen die auf einmal die Zeit für solche Treffen?«

Auch das ist nach dem Energiegipfel und Fabiennes Interview eingetreten: Auf der Vorstandsetage von RuhrSTROM hat sich eine intensive Diskussionskultur entfaltet. Allen scheint vollkommen klar zu sein, dass der Konzern dabei ist, Weichen zu stellen, die weit über die bisherige Arbeitsweise hinausgehen. Immer wieder kommt es zu etwas, was Bernd Hirsemann, der Generalsekretär, nur noch süffisant ›Vorstands-Flash-Mobs‹ nennt – kleine spontane Meetings in dem einen oder anderen Büro. Ein Begriff von der Straße transportiert in die oberen Etagen eines Energiekonzerns. Neue Zeiten!

Heute kommt es zum spontanen Zusammentreffen bei Suhr im Büro. Er selbst sitzt an seinem Schreibtisch vor dem Bildschirm, Felsenstein steht hinter ihm, gemeinsam starren sie auf Tabellen von Geschäftsberichten, deren Kurven allesamt steil nach unten zeigen.

»Viel schlimmer kann es nicht werden«, stellt Suhr jetzt fest, ein hagerer Mann, von dessen Mundwinkel zwei tiefe Furchen zum Kinn laufen.

»Das ist einer, der nur nach innen lächelt«, hat Marlene Baier einmal über ihn gesagt, und der Satz hat sich herumgesprochen, weil er stimmt. Marlene Baier ist natürlich da, sie ist in diesen Tagen von Felsensteins Seite nicht wegzudenken, genauso wenig wie Oscar Persson, der schwedische Assistent von Per Tehrani. Als Batman-und-Robin-Team an der Spitze des Vorstandsbereichs Internationalisierung und Innovation geben ›Per und Oscar‹ ein Paar ab, das einem buchstäblich ins Auge springt: Tehrani mit seinen kurzen dunklen Haaren und der riesigen Brille, ganz der Typ des Intellektuellen, der auch mal eine Revolution ausrufen könnte. Oscar dagegen der Bilderbuch-Schwede, der mit seinen quitteblonden Haaren und der hellen Haut aussieht wie der Coverboy einer Margarinepackung.

Gerade kommt auch Dagmar Schild herein. Felsenstein nickt ihr zu.

Nervöse Anleger, verhaltene Analysten – aus den Tabellen, die Suhr gemeinsam mit der kleinen Runde um ihn herum studiert, ist das alles abzulesen, man muss nur wissen, wie sie zu deuten sind.

»Wir bleiben bei der offensiven Kommunikation, es gibt auch gar keinen anderen Weg«, sagt der Finanzvorstand.

Fürs Erste hat der Markt einigermaßen positiv auf die Offenheit reagiert, mit der RuhrSTROM seine Geschäftslage vermittelt. Abzuwarten bleibt, ob das wieder umschlägt, zumal Signale und Bewegungen der Politik so unberechenbar sind wie die Fahrt eines betrunkenen Rennfahrers auf einer Serpentinenstraße im Hochgebirge.

»Die Russen zeigen nach wie vor Interesse«, merkt Suhr an und sucht dabei nach Papieren, die sein Assistent – der Mann hat ausgerechnet jetzt die Grippe – irgendwo abgelegt haben muss.

Auch das gehört zu den marktüblichen Mechanismen: Der

Sinkflug der RuhrSTROM-Aktie macht die Papiere für bestimmte Anleger gerade besonders interessant. Eine deutsche Schlüsselbranche steht eventuell zum Verkauf. Auch eine Art von Energiewende, denkt sich Suhr, ob das der eigentliche Plan der Kanzlerin war?

In den letzten Monaten hat es diverse Erkundungen gegeben, das Interesse der Private Equity-Leute ist gestiegen, und auch das einiger anderer internationaler Energiefirmen sowie etlicher Staatsfonds. Frankreich, Russland, China. Die Atomländer, die Kohleländer, auch die Länder der sogenannten strategischen Gas-Ellipse von Russland bis Katar. Sogar Indien und Singapur.

Ihnen allen spielt jetzt die deutsche Energiewende in die Hände. Das Feld kann neu bestellt werden. Und die Interessenten haben volle Kassen: Deutschland zahlt jeden Tag an sie, für Gas, für Kohle und künftig auch für Atomstrom ...

Die Energiewende hat für diese Länder bereits stattgefunden. Die Zeche wankelmütiger Politik zahlt nicht länger nur der deutsche Stromkunde und Steuerzahler – sondern zahlen jetzt auch die einst so stolzen Energieunternehmen in Deutschland.

Suhr hat ein ungutes und erstmals auch ein unsicheres Gefühl.

Gerade erst haben in Pakistan und im Iran neue Kernkraftwerke den Betrieb aufgenommen. Die Energiewirtschaften Chinas und Indiens rüsten atomar auf, und auch die Türkei baut inzwischen ihren ersten Reaktor, mit russischer Hilfe. Der tschechische Kraftwerksstandort Temelin wird ausgebaut, nicht mehr als 60 Kilometer von der deutschen Grenze entfernt. Sicherheits- und Energiepolitik international!

Felsenstein ergreift das Wort. Sie findet eine Kooperation mit den Russen nicht uninteressant, zumal da in Sachen Gas ohnehin viel zu regeln wäre. Selbst in Zeiten des Kalten Krieges waren die Russen verlässliche Vertragspartner und Energielieferanten. Kohlmeier hält zudem weiterhin die Türen offen, mit seinen Verbindungen ist das Terrain exzellent vorbereitet, in guter Zusammenarbeit mit verschiedenen ehemaligen und aktuellen Regierungsmitgliedern.

»Im Grunde ist die Frage doch die: Wollen wir stehenbleiben, mauern, Bestand bewahren?«

Felsenstein blickt sich in der Runde in Suhrs Büro um. Die Frage betrifft nicht alle Vorstandsbereiche gleichermaßen, aber es tut gut, sie für sich und die Kollegen noch einmal klar zu formulieren. In der Antwort müssen sie sich einig sein.

»Natürlich hieße das, schwerpunktmäßig auf rentable fossile Energieträger zu setzen, was man ja wohl mit der Regierung hinbekommen wird. Wir können aber auch weitergehende Schritte wagen, die allerdings auch finanziell ein ganz anderes Wagnis bedeuten.«

»Darüber muss ich keine Sekunde nachdenken«, sagt Suhr, ohne die Miene zu verziehen.

Jeder gewöhnliche Finanzvorstand hätte sofort mit einem klaren Nein für die zweite Option geantwortet. Nicht so Suhr, der einen eigenen Spaß an den Herausforderungen hat, die die neue CEO – ganz zu schweigen von der aktuellen Welt- und Wirtschaftslage – an ihn stellt.

»Wir müssen«, fährt Felsenstein mit einem leisen Lächeln fort, »die Details des Strategieplans im Auge behalten. Wenn wir uns in dieser Sache einig sind, müssen sämtliche Konzernbelange sachkundig und radikal durchdacht werden. Sobald wir alle Rückläufe zu den Beschlussvorlagen zusammen haben, können wir noch einmal eine Präzisierung vornehmen.«

»Bei uns wird es dabei bleiben: weitgehend raus aus der Kohle, Intensivierung der europäischen und Entwicklung interkontinentaler Zusammenarbeit, was die Erneuerbaren betrifft, plus ein weiterer Ausbau von Erdgas als fossile Brückentechnologie«, sagt Oscar mit einem Blick auf Tehrani.

»Das mit der Kohle wird den Kollegen Tschauner nicht freuen«, stellt Schild fest.

Sie streicht sich dabei durch die kurzen, blondierten Haare.

»Eine breitere Aufstellung des Konzerns ist unseres Erachtens unabdingbar«, übernimmt jetzt Tehrani selbst. »Europa ist im Bereich Energieversorgung heute bereits Realität. Wettbewerb würde uns und den Kunden nur gut tun. Dagegen arbeiten nach wie vor die einzelnen Nationen und die großen Firmen, die sich ›Wettbewerber‹ nennen, aber keine sind – und auch keine sein wollen.«

Suhr hebt eine Augenbraue, sagt aber nichts. Für seine Bilanzen ist der mangelnde Wettbewerb zwischen den europäischen Energiekonzernen kein Nachteil. Zumindest kurzfristig nicht.

»Nordafrika«, zählt Tehrani die Zielrichtungen auf, auf die sich sein Vorstandsbereich konzentrieren wird. »Die Türkei, sehr interessant. Ich sehe auch immer mehr Potenzial in Osteuropa. Nächste Woche, wenn ich in Budapest bin, steht unter anderem der Besuch bei einem kleinen Start-up auf dem Plan, das allem Anschein nach ein recht vielversprechendes Effizienz-Modul für den Netzbetrieb entwickelt.«

»Wie bist du auf die Firma gekommen?«, fragt Felsenstein.

»Interessanterweise über Tschauner. Sein Kumpel bei RuhrSTROM NOVUM kennt die Dachgesellschaft, die diese und andere grüne Firmen als Investorenkonsortium unterstützt. Die Gesellschaft sitzt in Deutschland. GreenInnoLab heißen sie. Bei den einzelnen Firmen geht es um wirklich interessante Produkte: IT-Konzepte für Netze. Dezentrale Mini-Kraftwerke für Kommunen und kleinere Verbraucher. Neue Speicheranlagen mit erheblich erhöhter Kapazität, die zudem weit weniger kosten als bisher. Wirklich beeindruckend.«

»GreenInnoLab«, sagt Suhr nachdenklich. »Die werden an der Börse schon als Insidertipp gehandelt. Sind aber noch keine große Nummer, glaube ich.«

Felsenstein sieht in die Runde. Ihr Blick fällt auf ihren weiblichen Personalvorstand. Dagmar Schild ist dabei, sich Notizen zu machen. Sie sieht erschöpft aus.

»Was gibt es von deiner Seite zu ergänzen, Dagmar?«

»Im Grunde immer dasselbe«, sagt Schild mit einem Seufzen. »RuhrSTROM braucht eine Verjüngung, und in den Bereichen, wo wir zulegen wollen – vor allem im technischen Innovationsbereich –, sind die Verhältnisse nicht so, dass jüngere Fachleute zu uns drängen.«

»Und das liegt woran?«, fragt Felsenstein.

»Wer will schon als High Potential in eine Branche, die nicht als innovativ gilt, die hochgradig strukturkonservativ ist und deren Technologien zwar noch genutzt werden, aber eigentlich zum Teil schon auslaufen? Apple oder Google brauchen wir ja nicht gleich zu werden, aber ein bisschen zeitgemäßer dürfte es bei uns schon zugehen. Jüngere Mitarbeiter wollen Eigenverantwortung, und mit der richtigen Anleitung können sie die auch leisten. Es gibt heute nun mal keinen unbeschränkten Pool von Fachkräften mehr, auf den wir zugreifen können. Eine Frage der Demografie – und der Bildung.«

»Und was unternehmen wir dagegen?«, fragt Felsenstein.

»Wir unternehmen einiges«, sagt Schild. »Die Personalreferate sind angewiesen, auf Diversifizierung zu achten. Die Umsetzung ist weniger einfach: ›Schmidt sucht Schmidtchen‹, das bestimmt noch immer eine Einstellungsmentalität der Projektleiter, die einen Kandidaten mit Dauerkarte ihres Lieblingsvereins ausnahmslos bevorzugen werden. Aber die Projektgruppen haben interessante Beiträge geleistet. Meine Assistenten sitzen in diesem Moment an der Auswertung – ich denke, bis übermorgen hast du unser aktualisiertes Paper auf dem Tisch.«

»Du siehst aus, als hättest du in letzter Zeit nicht viel Schlaf bekommen«, bemerkt Tehrani zu Schild. Er kommt aus einer Unternehmenskultur, wo persönliche Dinge schneller mal angesprochen werden.

»Ach, es geht«, meint Schild zurückhaltend. »Mir ist im Moment vor allem wichtig, dass wir unsere Strategie möglichst bald über die Bühne bringen können.«

»Erst mal auf die Bühne«, entgegnet Fabienne und nickt anerkennend.

Die Kolleginnen und Kollegen verlassen Suhrs Büro und versuchen, ihre Termine im Kalender wieder einzuholen.

Suhr bleibt am Schreibtisch sitzen. Halb aus Spaß gibt er ›GreenInnoLab‹ in das Suchfeld des Finanz-Portals ein und sieht sich die Kurvenverläufe der Aktie an. Tagesumsätze, letzte Woche, 3 Monate, 12 Monate. Suhr lässt einen kleinen Pfiff zwischen seinen Vorderzähnen ertönen.

ANRUF

»Dir fehlt es an Mumm, nicht wahr? Du könntest Himmel und Erde bewegen. Stattdessen stehst du da und bewegst nur Kieselsteine. Es wird aber bald einer kommen, der dich bewegt. Und das wird dir nicht gefallen.

Die Stammtische sind dumm und primitiv. Aber auch brutal. Sie schlagen zurück. Sie lösen die Bremsen. Sie lassen die Dinge rollen. Nimm allen Mut zusammen und gib uns ein Zeichen: Dann gehen wir gemeinsam voran. Mach nicht viele Worte, wenn du steinerne Taten sprechen lassen kannst.

Andernfalls wirst du keine Ruhe mehr haben. Nicht du und nicht die, die du liebst. Dein Haus wird brennen. Deine Mutter wird um Luft ringen. Der Lärm um dich herum wird gewaltig tönen. Sehr gewaltig. Und du, du wirst nicht mehr du sein wollen.«

Der Anruf ist auf der Mailbox des Privat-Handys gespeichert, das Fabienne nicht mehr benutzt.

John und sie hören sich die Nachricht zweimal an, dann steht John auf und verstaut das Telefon wieder dort, wo auch ein aus der Ferne eingeschaltetes Speakerphone Gespräche nicht auffangen kann.

»Er wird blumiger«, sagt John, »wobei ich jetzt einfach mal annehme, dass wir es hier mit einem Mann zu tun haben. Er hört sich gerne reden. Die Nachricht hat etwas Selbstgefälliges.«

»Was heißt das für uns?«, fragt Fabienne.

»Nichts Gutes. Je selbstsicherer er wird, desto eher wird er auf die Idee kommen, den nächsten Schritt zu tun, was immer das sein mag.«

»Er redet zwar von den Stammtischen, aber das ist nicht die Botschaft. Er will mich untergraben, verunsichern, beschädigen. Ich muss zugeben, es fällt mir nicht leicht, mich dagegen zu wehren. Die privaten Anspielungen sind nicht schön. Außerdem ist unklar, ob er private Kenntnisse über mich hat oder nur mit seinen Vermutungen spielt.«

»Der Konzern arbeitet mit den Behörden an der Sache. Dein Festnetz und das Handy sind übers Internet für die Ermittler zugänglich, die diesen Anruf vermutlich in genau diesem Moment analysieren. Lange kann es nicht mehr dauern, bis sie ihn haben. Oder sie.«

»Manchmal habe ich das Gefühl, ich lebe mit einer Zeitbombe.«

Sie mag das Handy gar nicht anfassen. Es kommt ihr kontaminiert vor, giftig. So wie der Plastiksack. Sie fragt John nicht, wo genau er es aufbewahrt – er hat vorgeschlagen, es angeschaltet in der Wohnung zu belassen, um den Eindruck zu erwecken, als sei es weiterhin in Betrieb.

»Der Anrufer wird inzwischen ahnen, dass wir nach ihm suchen. Trotzdem ruft er weiter an. Ich vermute, wir haben es hier mit jemandem zu tun, der seine Impulse nur teilweise unter Kontrolle hat. Oder sich sehr sicher ist. Wenn du willst, kann ich das Handy auch mitnehmen.«

»Lass mal. Solange er nur Drohlyrik von sich gibt, werde ich das schon aushalten.«

»Es ist nur noch eine Frage der Zeit, Fabienne.«

»Ja. Hoffentlich.«

Der Mittag ist nicht die beste Zeit für das Horus, was der Grund sein könnte, warum Kohlmeier dort besonders gern um diese Uhrzeit vorbeischaut.

Neumann hat Tschauner neulich nicht die ganze Wahrheit gesagt. Kohlmeier ist durchaus Gast im Horus. Aber er kommt nur dann, wenn die anderen Gäste nicht kommen, zu Tageszeiten, wo der Laden noch vom Schweiß, den abgestandenen Parfüms und den weiteren Gerüchen des Vorabends und der Nacht gesättigt ist, wo Myriaden von Staubkörnern die Luft schmutzig wirken lassen und das stolze Horus sich elend und erbärmlich und vollkommen glanzlos zeigt. Ein Zustand, der sich auch auf Neumann zu übertragen scheint, wenn er bei diesen Anlässen den widerwilligen Hausherrn gibt.

Neumann ist sicher, dass Kohlmeier es genießt, ihn und seinen Laden in solch schäbigem Licht zu sehen. Mehr noch: Der Mann genießt es, dass Neumann weiß, dass er es genießt, und rein gar nichts dagegen tun kann.

»Das ist alles auf keinem schlechten Weg«, sagt Kohlmeier jetzt, während er sich in einem Sessel räkelt, der einsam vorne auf der leeren und staubigen Bühne steht. Neumann sitzt neben ihm auf einem Holzstuhl. »Das Einzige, was fehlt, ist ein ganz entschiedener Schritt Richtung Innovation. Was Tehrani macht, ist Flickwerk, und dazu noch zaghaftes Flickwerk. So kommt RuhrSTROM nicht weiter.«

Wer die beiden bei ihrem Gespräch belauschte, würde nichts weiter hören, als zwei Aufsichtsratsmitglieder eines Konzerns, die sich über Beschlussvorlagen unterhalten, die ihnen für die nächste Aufsichtsratssitzung vorliegen. Ein seriöses Gespräch in zugegebenermaßen nicht ganz seriöser Umgebung – Kohlmeiers Wunsch, nicht Neumanns. Neumann hätte nichts dagegen, die Treffen woanders abzuhalten, wie wär's zum Beispiel mit der berühmten Steinterrasse im ersten Stock von Kohlmeiers Villa?

Aber Kohlmeier besteht darauf, den Gewerkschaftsmann ›chez soi‹, wie er gerne sagt, zu treffen.

Er ist ein arrogantes Arschloch – und Neumann auf die Zusammenarbeit mit ihm angewiesen. Das ist, schlicht und ergreifend, die aktuelle Lage.

»Dein Freund Tschauner hat mich da auf eine interessante Sache gebracht«, fährt Kohlmeier fort. »Ein Konsortium im Allgäu, international als Dachorganisation für grüne Start-ups tätig. Ich fahre nächste Woche hin, schaue mir sie an: Wer weiß, vielleicht sind sie der Schritt in eine neue Richtung, die RuhrSTROM noch fehlt?«

Es war ein Fehler, das weiß Neumann jetzt, Kohlmeier wegen der Beraterverträge anzugehen. Der Aufsichtsratsvorsitzende hat ihn so leicht und schnell entwaffnet, als sei das Schwert in seiner Hand nicht mehr als eine Feder. Samurai gegen Sumo-Ringer. So würde es Kohlmeier wahrscheinlich beschreiben.

Dabei hatte sich Neumann Chancen ausgerechnet: Mehr als 1,5 Millionen Euro hatte Kohlmeiers Beratungsfirma, die mehr oder weniger aus ihm selbst besteht, in den letzten drei Jahren von RuhrSTROM kassiert. Vor kurzem hat seine Firma mit RuhrSTROM neue Verträge geschlossen: über 2,8 Millionen, für die nächsten drei Jahre.

War das ordentlich genehmigt? Bestand ein Interessenkonflikt? Oder sogar Rechtsbruch? Kommt ganz darauf an, wer hinschaut. Den Standards des Corporate Governance entsprechen diese Verträge jedenfalls nicht. Meint sogar Neumann.

Erstens, hatte Kohlmeier auf seine Darlegung hin gemeint, seien die neuen Verträge vor seiner unerwarteten Aufnahme in den Aufsichtsrat geschlossen worden, inklusive gewisser, ganz erheblicher Regresszahlungen, falls der Konzern vorzeitig von den Verträgen zurücktritt. Es würde also den Konzern schädigen, wenn die Verträge jetzt vorzeitig beendet würden.

»Macht das Sinn?«

Was hätte Neumann darauf antworten sollen? Ungefähr fünf Minuten vor Kohlmeiers Amtseinsetzung wurden die Unterschriften geleistet, hat Neumann empört bei sich gedacht, die Anmerkung aber für sich behalten.

Zweitens, erklärte Kohlmeier, sei vom Präsidialausschuss doch alles abgesegnet, und drittens werde er auf der nächsten Hauptversammlung eine Aufstockung der Bezüge für die Aufsichtsratsmitglieder, und zwar um ein Drittel mehr für jeden, beantragen. Die entsprechenden Vergütungen seien schon seit Jahren nicht mehr angepasst worden. Internationalem Standard entsprächen sie ohnehin nicht.

Was heißt – das ist Neumann klar –, dass die Aufsichtsratskollegen ihrem Vorsitzenden keine unnötigen Steine in den Weg legen werden.

Schließlich, so ergänzte Kohlmeier freundlich, sei mit der neuen Vorsitzenden Felsenstein auch der Arbeitsaufwand für die Kontrolleure angestiegen – auf weit mehr als das Doppelte. Allein die bisherigen Beschlussvorlagen hätten sich im Umfang im Vergleich zum Vorgänger vervierfacht.

Wohl wahr. Und Neumann selbst hat natürlich nichts gegen mehr Geld, aber darum ging es ihm nicht.

Was hat ihn bloß geritten? Er weiß es nicht mehr. Er dachte, er hätte einen Hebel gegen Kohlmeier in der Hand. Das denkt er spätestens seit Punkt vier nicht mehr.

Denn: Viertens, sagte Kohlmeier mit einem Blick durch den Raum, in dem ein ganz leichter Ekel mitschwang, sei das Horus doch ein schöner Laden. Und Liechtenstein ein schönes Land.

Die Kontonummer, die Kohlmeier dann nannte, darf der Mann eigentlich nicht kennen. Wo hat er sie bloß her?

Der einzige Trost, der Neumann bleibt, ist, Kohlmeier an diesen Punkt gebracht zu haben. Er hat offengelegt, was er über Neumann weiß, und signalisiert, dass er keine Skrupel haben wird, sein Wissen einzusetzen.

Kohlmeier, der Gentleman. Von wegen. Der Mann ist eine

Bestie. Ein Unhold. Ein Kannibale – und einiges mehr, was Neumann für sich behalten muss, weil der andere schon wieder dazu übergegangen ist, diesen glatten, arroganten Small Talk zu machen. Abends würde Kohlmeier in seinem Maßanzug im Horus nicht allzu sehr aus dem Rahmen fallen. Mittags lässt seine Erscheinung alles um ihn herum noch schmuddeliger wirken, als es ohnehin schon ist. Auch dafür, gerade dafür, hasst ihn der dicke Gewerkschaftsmann in diesem Moment aus tiefstem Herzen. Er liebt seinen Laden nämlich.

Was Kohlmeier jetzt gerade vor sich hin plaudert, ist allerdings nicht uninteressant. Dagmar Schilds Sohn hat Probleme mit den Unibehörden, und zwar – durchaus pikant – weil er mit einem Kollegen aus dem Chemiestudium im Labor seines Instituts Crystal Meth hergestellt hat.

Kohlmeier findet die Geschichte zum Schießen. »Ich kenne Jonas, seit er so groß ist …«, prahlt er jetzt auch noch. »Und weißt du, was die beiden Jungs gesagt haben, als die Campus-Polizei sie erwischte? Sie hätten eine amerikanische TV-Serie gesehen, in der ein Chemielehrer ein Meth-Labor einrichtet, um die Kosten für seine Krebsbehandlung zu bezahlen, und hätten prüfen wollen, ob das Drehbuch auch im wissenschaftlichen Detail haltbar sei.«

Kohlmeier grunzt beinah anerkennend.

»Breaking Bad«, sagt Neumann.

»Bitte?«

»Die Serie heißt so. Amélie ist süchtig danach.«

Gleich darauf wünscht er sich, er hätte die Sängerin nicht erwähnt, weil Kohlmeier jetzt diesen Blick bekommt.

»Und was hält die Schild von der ganzen Geschichte?«, fragt er schnell. »Ist ja immerhin möglich, dass die beiden Jungs das Skript nicht nur im Hinblick auf die chemischen Vorgänge prüfen wollten, sondern auch hinsichtlich der Kohle, die in der Serie mit dem Stoff gemacht wird.«

»Dagmar? Ich bitte dich. Ihr kleiner Jonas hatte doch keine

Ahnung, was er da tut. Bastelt einfach mit und – hoppla! – wird da eine Droge draus! Seine Mutter ist felsenfest davon überzeugt, dass der Drahtzieher des Ganzen der Kumpel von Jonas war.«

»Jonas Schild?«, fragt Neumann nach.

»Jonas Alpstein. Sein Vater ist dieser Lyriker, wird dir nichts sagen. Dagmar macht sich natürlich auch Vorwürfe, weil sie den Jungen früher oft beim Nachbarn ließ, wenn sie auf der Arbeit war. Ziemlich verrückter Kerl, ein bisschen wie dieser Pettersson.«

»Pettersson?«

»Du hast keine Kinder«, sagt Kohlmeier leichthin.

Du doch auch nicht, denkt Neumann erbittert.

»Das ist ein Erfinder aus einem Kinderbuch«, fährt der andere gleichmütig fort, »das Jonas damals ständig mit sich herumtrug. Nur hat der Pettersson aus dem Kinderbuch in seinem Schuppen natürlich keine Ratten in die Luft gesprengt.«

»Der Nachbar hat das getan?« Neumann ist darüber ein klein wenig schockiert.

»Erzähl Dagmar bloß nicht, dass du das von mir weißt. Jonas fand das damals – wie sagte er immer? – ›affengeil‹.«

Kohlmeiers Plauderton wird Neumann gerade unerträglich.

»Und jetzt wirst du dafür sorgen, dass der Junge kein Gerichtsverfahren an den Hals bekommt?«

Kohlmeier bleibt sitzen, lächelt, breitet theatralisch hilflos die Arme aus: »Wie soll ich das denn machen? Ich kenne niemanden, der da zuständig wäre. Ich bin seit zwei Jahren vollkommen raus aus der Region.«

»Zwei Jahre ist nicht die Welt.«

»In diesem Fall schon.«

»Also gut«, sagt Neumann, weil er auf das Spiel keine Lust mehr hat. »Ich rede mit Jacobi.«

Kohlmeier dagegen scheint sich weiter gut zu unterhalten: »Jacobi. Natürlich! Warum bin ich da nicht selbst drauf gekommen. Der hätte allerdings die Verbindungen.«

»Lieber Justus, du musst mich entschuldigen«, sagt Neumann abschließend. »Ich habe noch zu tun.«

»Verstehe, in deinem Hinterzimmer«, erwidert Kohlmeier.

Wird er jetzt auch noch frech?

»Wenn wir schon dabei sind: Eure Sängerin, diese Amélie – kann man die eigentlich auch für private Anlässe buchen?«

Für private Anlässe schon, denkt Neumann, aber nicht für deine Art von privaten Anlässen. Die Mädchen beschweren sich nicht über das Geld – das scheint in Ordnung zu sein –, sondern darüber, dass sie bei deinen Soirées wie drittklassige Ware behandelt werden. Auch Nutten haben ihren Stolz.

Und Amélie, seine Amélie, ist keine Nutte. Auf keinen Fall. Soll sich Kohlmeier doch seine Schild holen, denkt Neumann, die gehört ohnehin eher auf einen Schwamm als auf einen Vorstandssessel.

»Amélie ist nach Frankreich gefahren«, weicht Neumann aus. »Ihr Vater liegt im Krankenhaus.«

»Das tut mir leid. Ich habe demnächst Gäste aus der Türkei, die eine gepflegte Unterhaltung zu schätzen wissen. Vielleicht fällt dir ja noch jemand ein.«

»Entschuldige bitte«, wehrt sich Neumann nun doch, »aber du kannst auch einfach einen Begleitservice anrufen, die erfüllen dir bis hin zu Haarfarbe und Brustumfang jeden Wunsch.«

»Könnte ich«, sagt Kohlmeier.

Bevor er dann, endlich, auch aufsteht.

Als Kohlmeier weg ist, würde sich Neumann am liebsten gleich unter eine Dusche stellen, um sich den Schleim abzuwaschen. Der Aufsichtsratsvorsitzende hat sich in einer Weise benommen, die jeden Respekt vermissen ließ. Als wollte er ein Exempel statuieren: Komm mir nie wieder in die Quere.

Kohlmeier hat ihn gedemütigt, aber er hat ihm auch eine offene Flanke gezeigt, die Neumann bei Gelegenheit nutzen wird. Möglicherweise hat Kohlmeier das mit Absicht getan.

Vielleicht fällt ihm gerade zu viel in den Schoß. Vielleicht sucht er eine Herausforderung, ein Objekt, an dem er seine Macht weiter prüfen kann. Zuzutrauen wäre es ihm. Neumann traut Kohlmeier inzwischen alles zu.

Im Fall des Aufsichtsratsvorsitzenden wird Neumann zunächst jedoch nichts anderes übrig bleiben, als abzuwarten und Ruhe zu bewahren. Die Einsicht hilft ihm in diesem Moment wenig, am liebsten würde er irgendjemanden, egal wen, zusammentreten. Oder die Kleine reinrufen, die so leidenschaftlich nuckeln kann. Aber die kommt erst in drei Stunden.

Tschauner, denkt er. Dieser Wurm Tschauner, der beim letzten Mal, als Neumann ihn sah, sich benahm, als hätte er sich über Nacht in einen Helden verwandelt. Tschauner wird er sich bei Gelegenheit vornehmen. Bald.

Wird Zeit, dass Tschauner wieder auf Spur kommt – auf seine Spur, nicht die von Kohlmeier.

DER SCHÖNE FRITZ

Zwischen einem Treffen mit einem Bankvorstand und einer Beratung mit dem Finanzausschuss trifft sich Fabienne mit Fritz Schwender.

Der schöne Anwalt ist bereits eingetroffen, als sie aus ihrem Büro kommt. Er plaudert mit den Sekretärinnen, die ihn umschwärmen, als sei er wirklich der Hollywood-Star, dem er äußerlich gleicht. Der Nescafé-Mann. GC.

»Störe ich?«, fragt sie, weil niemand im Nebenraum ihr Eintreten bemerkt hat.

Sie hätte Schwender auch zu sich ins Zimmer bringen lassen können. Anderseits hätte sie diesen Anblick keinesfalls missen wollen: der Anwalt, lässig auf der Tischkante sitzend, neben ihm an den Tisch gelehnt die hübsche Sekretärin, die immer sehr hohe Absätze trägt, auf der anderen Seite, mit etwas Abstand, die etwas weniger hübsche Schreibkraft, die aber die keckeren Sprüche drauf hat.

Selbst Edna Burger, die Büroleiterin, sitzt recht unkonzentriert an ihrem Tisch und gibt nur vor, in ihren Bildschirm vertieft zu sein. Die dritte Sekretärin kommt gerade mit einem Kaffee auf einem Tablett zur Tür herein.

»Bringen Sie den doch gleich in mein Büro«, sagt Fabienne amüsiert.

Die vier Frauen schrecken auf, nur Schwender bleibt einen kurzen Augenblick auf der Tischkante sitzen, gewissermaßen, um das Bild nicht vorzeitig kaputtzumachen, bevor er sich schwungvoll auf die Füße stellt und mit ausgestreckter Hand auf Fabienne zueilt.

Im Büro kommt er gleich zur Sache.

»Sie haben nicht viel Zeit, ich fasse mich kurz. Sie werden bedroht, Sie werden im Internet gestalkt, man veröffentlicht tendenziell strafbare Texte über Sie, ebenfalls im Netz – und es gab einen Eindringling in ihren Privatbereich. Alles Themen, wo ich Ihnen ganz zur Verfügung stehe. Welche Schritte Sie unternehmen wollen, liegt selbstverständlich bei Ihnen. Wir raten dringend dazu, welche zu unternehmen.«

»Und wie könnten die aussehen?«

»Ganz einfach: klagen, klagen, klagen. Und vor allem: Strafanzeige erstatten! Man darf den Leuten nicht alles durchgehen lassen, sonst erlauben sie sich irgendwann Dinge, die Sie und ich uns gar nicht vorstellen wollen.«

»Was die Drohanrufe betrifft: Da ist die Behörde eingeschaltet.«

»Richtig. Die suchen übrigens nicht nach einem Anrufer, auch nicht nach einer Telefonnummer, sondern nach einer Gerätenummer. Die sogenannte IMEi-Nummer verrät, wem das Gerät des Anrufers gehört.«

»Und wenn es ihm gar nicht gehört?«

»Verbrecher sind dumm. Das gilt für 85 Prozent der Kriminellen, mit denen wir zu tun haben. Der Rest, unter uns, würde sich mit solchen Kinkerlitzchen gar nicht abgeben.«

»Kinkerlitzchen würde ich das nicht nennen.«

»Natürlich nicht. Verzeihen Sie! Ich will damit sagen: Kluge Verbrecher halten sich nicht damit auf, Einzelpersonen zu bedrohen. Die bedrohen, wenn überhaupt, lieber ein ganzes Wirtschaftssystem. Nebenbei, auch interessant: Cyberterrorismus – da kommt noch einiges auf uns zu. Cybermobbing haben wir schon, wie wir gerade sehen.«

Schwender sieht mit einem Mal nicht mehr aus wie der lässige Gentleman George C., sondern eher wie ein Detektiv aus einem alten Schwarz-Weiß-Film. Vermutlich, denkt Fabienne, hat er Spaß daran, statt mit trockenen Wirtschaftsthemen einmal mit etwas Aufregenderem zu tun zu haben.

Detektiv Schwender mustert Felsensein prüfend: »Können Sie mir noch etwas über die Inhalte der Anrufe sagen?«

Fabienne überlegt kurz. »Ich sehe vier Faktoren. Erstens: Bedrohung. Sachschaden, Körperschaden. Gewalt, Verletzung, Tod. Das wird gesteigert, Schritt für Schritt. Langsam, aber stetig. Unaufhörlich. Zweitens: Nähe. Durch vermutete oder gewusste Situationen. Die Nähe soll die wahrgenommene Bedrohung steigern und tiefe innere Unsicherheit erzeugen. Details meiner Wohnung. Meiner Kleidung. Es ist unklar, ob er oder sie tatsächlich in der Nähe ist. Oder nur beobachtet, annimmt, mitkoppelt. Drittens: Forderungen. Kohle. Region. Die Forderungen sind unkonkret. Es soll eine Atmosphäre geschaffen werden, aus der heraus möglichst wenig verändert wird. Aus der heraus ich still halte. Halte still, rühr dich nicht, das ist wohl die eigentliche Botschaft. Und viertens: Vokabular und Bilder. Der oder die Täter sind mythisch interessiert. Kriegermythen. Mir kommt es vor wie ein Mix, zum Teil gespielt, zum Teil fast privat. Und nicht ungebildet.«

»Wow«, sagt Schwender und starrt sie an. Für dieses Skript hat er gerade keine andere Antwort parat.

»Ist das alles?«, fragt Fabienne.

»Nicht ganz«, erwidert Schwender. »Wir sollten auch über die Geschichte reden, die neulich in der International News beschrieben war, diese ›Felsenstein-Watch‹.«

»Man hat mir gesagt, die gibt es gar nicht mehr.«

»Das ist richtig. Den Blogger, der sie angerissen hat, gibt es allerdings noch. Sein Blog ruht zwar auch schon seit einiger Zeit, aber der Mann hat eindeutig Verleumdung betrieben.«

»Wirklich? An einem längeren Verfahren habe ich aber kein Interesse.«

»Das Verfahren geht gegen die Zeitung. Sie lässt schließlich zu, dass eine Watch, ein Blog, veröffentlicht wird. Wie sie das Schmerzensgeld dann verwenden, ob sie es beispielsweise an eine wohltätige Organisation weitergeben, ist ihre Sache. Und was den Weltkurier betrifft – da stehen die Aussichten nicht schlecht. Das ist keine Zeitung, hinter der ein mächtiger Medienkonzern steht, das ist eine Investmentbude geworden. Die werden einknicken wie ein neugeborenes Kalb im Stall.«

Fabienne denkt nach. »Wenn es aber um den Blogger geht – würde er seinen Blog nicht einfach woanders veröffentlichen? Und vorsichtiger?«

»Das ist möglich«, gibt Schwender zu. »Aber ein rechtliches Vorgehen hätte auch auf Nachahmer eine abschreckende Wirkung. Immerhin das.«

»Oder man würde die CEO von RuhrSTROM als Hysterikerin hinstellen.«

»Wer Sie kennt«, sagt Schwender mit seiner sonorsten Filmschauspielerstimme, »würde Sie niemals als Hysterikerin bezeichnen.«

»Die meisten kennen mich aber nicht«, gibt Felsenstein zu bedenken.

»Sie könnten das ändern. Es wäre vielleicht der effektivste Weg, dem Ganzen zu begegnen.«

»Herr Schwender, haben Sie sich mit unserem Pressechef verbündet?«

»Wir haben vorhin kurz geplaudert«, gibt Schwender zu. »Er ist noch immer ganz hingerissen von Ihrem YouTube-Video. Ich auch, das wollte ich Ihnen ohnehin noch sagen. Sie sehen darin umwerfend aus, selbst in dieser ungünstigen Kameraperspektive durch ein Autofenster. Sie könnten in diesem Medium eine Menge bewegen – auch für den Konzern. »

Sage keiner im oberen Management, er sei nicht eitel, was die Aufmerksamkeit der Medien betrifft. Da lässt am ehesten die Wirkung des Verstandes nach. Auch Fabienne kann sich von dieser Schwäche nicht ganz freisprechen – erst recht nicht, wenn ein Typ, der aussieht wie ein Filmstar, ihr einreden will, sie käme im Flimmerkasten gut rüber. Sie räuspert sich: »Was ist nun Ihr Vorschlag?«

»Formell Unterlassung bewirken. Wir können eine einstweilige Verfügung beantragen. Die Frist dafür ist noch nicht verstrichen. Auch um dem Weltkurier mal wieder auf die Finger zu klopfen. Und einen großen Fernsehauftritt in Auftrag geben. Danach wäre erst mal Ruhe im Karton.«

»Vielleicht.«

»Ja, sie haben recht. Vielleicht. Aber sie hätten dann die Themen gesetzt.«

Edna lässt von draußen den Telefonknopf blinken. Schwender bemerkt es und erhebt sich: »Vielen Dank, Frau Felsenstein. Ich denke, wir sind erst einmal durch.«

»Ja, ebenfalls danke. Was die Sache mit der Unterlassung betrifft – das möchte ich mir durch den Kopf gehen lassen, bevor Sie Schritte unternehmen.«

»In Ordnung«, sagt Schwender, ein wenig enttäuscht.

Ein Klopfen an der Tür nimmt er zum Anlass, sich zu verabschieden.

»Hast du einen Augenblick, Fabienne?«

»Für dich, ja. Wie war Budapest?«

Per Tehrani strahlt.

»Hinreißend«, sagt er. »Und das Start-up, das wir da besucht haben, ist an äußerst interessanten Geschichten dran. Klein, aber fein, die Module könnten eine erhebliche Verbesserung der intelligenten Netzsysteme bewirken. Nur das Konsortium, das dahintersteckt, dieses GreenInnoLab, die wollen mir nicht richtig gefallen.«

Er runzelt die Stirn, was ihm das Aussehen eines besorgten Doktoranden gibt.

»Auf dem Papier scheint alles zu stimmen. Ich kann mir nur nicht richtig vorstellen, wie die arbeiten. Eine Firma mit 105 Mitarbeitern bewegt Milliardenbeträge. Angeblich. Die Vorhaben könnten besser gar nicht aussehen, gerade im internationalen Bereich. Wie robust sie sind, weiß ich allerdings nicht. Die Werthaltigkeit mancher Garantien erscheint mir zudem zweifelhaft. Zudem gibt es in Asien weit mächtigere Konkurrenten. Für mich stellt sich die Frage: Wollen die mit RuhrSTROM ihr Image aufbessern?«

»Warum mit RuhrSTROM?«

»Gerüchte besagen, sie seien mit uns im Gespräch. Alles sehr unverbindlich, du kennst das, Namen und Zahlen schweben im grauen Kapitalmarkt ja wie Seifenblasen durch die Luft. Aufgepumpt auf Pump.«

»Hübsches Bild. Dem müssen wir nachgehen, den Gerüchten, meine ich, nicht den Seifenblasen. Ich frage mich aber auch, Per, ob du dich im Moment nicht generell zu vorsichtig verhältst.«

»Weder du noch RuhrSTROM würden es mir danken, wenn ich euch ein Loch grabe, in dem die Gelder nur verschwinden. Außerdem liegt die Entscheidung, falls es um eine Akquisition gehen sollte, ohnehin bei dir.«

»Beim Vorstand. Und du bist mein, unser Mann für die strategisch wichtigen Themen. Aber deine Meldungen klingen bisher, gerade was die Erneuerbaren betrifft, durchgängig vorsichtig. Zaghaft will ich nicht sagen, das musst du selbst wissen, ob der Begriff zutreffen könnte.«

Per schweigt, geht zum Fenster, starrt in die Bäume draußen vor dem Geschäftsgebäude. Dann dreht er sich wieder Fabienne zu: »Gut«, sagt er, und seine Stimme klingt nun sehr formell. »Ich verstehe deine Kritik. Im Fall der Erneuerbaren bin ich der Ansicht, dass eine Finanzblase von der Art uns drohen könnte, wie wir sie zuletzt bei den Immobilien hatten. Das heißt aber nicht, dass wir nicht handeln sollten.«

»Mit Umsicht und Entschlossenheit.«

»Genau. Danke. Dann gehe ich mal wieder an die Arbeit.«

Der Verweis, denkt Fabienne, als Tehrani die Tür hinter sich schließt, war notwendig, und im Grunde mehr ein Hinweis. Auch das Zögern steht der Dynamik der Muster im Wege, und käme es mit den besten Absichten daher. Ein regionaler Familienbetrieb, der nicht im harten globalen Wettbewerb steht, kann sich, nur den Generationen und seinen Arbeitnehmern und Kunden verpflichtet, ein langsames, langatmiges Handeln vielleicht manchmal noch leisten. RuhrSTROM hat Vierteljahresberichte zu vertreten, die eine direkte Auswirkung auf die internationalen Märkte haben. In Sekunden. Ein anderes Denken, ein anderes Handeln – ein anderes Rennen. Wer das nicht aushält, braucht ja auch nicht mitzumachen.

ANRUF

»Plane die Schlacht, wäge Sinn und Unsinn des Kampfes ab. Wisse um den Nutzen des Denkens, des Planens, was den Menschen unterscheidet vom tollwütigen Tier – so sagt es schon Sun Tsu. Die Stammtische sind unruhig. Es geht um ihre

Existenz. Du kennst sie nicht gut genug. Sie mögen keine Veränderungen. Sie haben schon ein gutes Leben. Das möchten sie behalten. Gier, Wut und Dummheit sind etwas, vor dem man sich hüten muss. Weiche aus. Sei besonnen. Deine neue Strategie muss sehr klug sein, wenn du nicht Wut ernten willst. Was wirst du tun?

Willst du die Stimme deiner Mutter hören?«

Ein Band wird eingespielt. Eine ältere Frauenstimme ist zu hören:

»*Wer ist da?*«

»*Wir sollen ihnen Grüße ihrer Tochter ausrichten, Frau Felsenstein.*«

»*Meine Tochter? Was ist das für ein Unsinn. Fabienne meldet sich schon selbst, wenn sie sich überhaupt mal meldet. Ich hab schon länger nichts mehr von ihr gehört …*«

»*Natürlich nicht. Sie hat ja viel zu tun. Deswegen hat sie uns beauftragt, Sie zu grüßen.*«

»*Ich kenne Sie überhaupt nicht. Wer sind Sie denn? Sie wollen mir Angst machen, ist es das? Einer alten Frau, die mit diesen ganzen Geschäften nichts zu tun hat. Schämen Sie sich nicht?*«

»*Und Sie? Schämen Sie sich nicht für Ihre Tochter?*«

MORGENSTUND

Früher Morgen, kurz nach halb sieben Uhr. Bochum-Land, Jacobis Country. Vor der Stadt.

Die Sonne scheint durch die Bäume, Vögel zwitschern. Von dem kleinen See, an dem die Trainingsstrecke für Läufer liegt, steigt im Morgenlicht feiner Nebeldunst auf.

Tschauner hat gerade seine letzte Runde gedreht und biegt jetzt hinter seinem Lauflehrer in den kleinen Waldweg, der zu den Umkleideräumen neben dem Parkplatz führt. Der drahtige Mann atmet schwer, sein dunkles T-Shirt ist nass geschwitzt.

Die beiden Männer, die auf ihn warten, der eine fett und im zerknitterten Anzug, der andere in Reitkleidung und frisch gewichsten Stiefeln, entdeckt er erst, als sie sich mitten auf den Weg vor ihn stellen.

»So früh schon unterwegs?«, fragt er unwillig.

Weiter vorn dreht sich der Lauflehrer fragend zu ihm um. Tschauner winkt ihn weiter.

»Ich komme gleich nach«, ruft er.

Thies Jacobi, der Mann in den Reitstiefeln, schaut dem jungen Mann hinterher.

»Hübscher Junge«, bemerkt er.

»Lass den Scheiß, Thies«, sagt Neumann schlecht gelaunt. »Tschauner, wir müssen was bereden.«

Er deutet auf eine Bank weiter vorn am Wegrand und setzt sich darauf. Jacobi nimmt neben ihm Platz. Tschauner stellt sich davor, stützt die Hände auf die Knie, wartet, bis sein Atem sich wieder normalisiert hat. Dabei betrachtet er von unten ein wenig spöttisch seine beiden Besucher.

»Was verschafft mir die Ehre? Muss ja wichtig sein, wenn ihr euch so früh aus den Federn bemüht.«

»Was denn wohl? Du hast versucht, uns zu verarschen, lieber Norbert«, flötet Jacobi.

Seine Augen glänzen, ein Knie wippt unablässig. Der Mann wirkt wie ein Kandidat für eine spontane Implosion. Tschauner schaut angewidert weg.

»Sag mal, ziehst du dir den Scheiß jetzt schon zum Frühstück die Nase hoch?«

»War noch gar nicht im Bett«, sagt Jacobi triumphierend.

»Schluss jetzt«, befiehlt Neumann.

Mit einer schnellen Bewegung, die man dem dicken Mann nicht zugetraut hätte, steht er auf und nimmt Tschauner in den Schwitzkasten, so dass dieser nach Luft schnappt, zieht ihn auf die Bank hinunter. Kein Entkommen für ihn, Neumann ist bei weitem kräftiger als er.

»Och ne«, ruft Jacobi, und wischt dem Eingeklemmten über das Gesicht.

Dann rückt er etwas zur Seite und betrachtet seinen Lederhandschuh.

Da klemmt Tschauner nun, in einer ziemlich bildnahen Wiederholung der einen oder anderen Szene aus der Zeit, als sie alle drei noch in der Schule waren und die beiden Älteren Tschauner hin und wieder in die Mangel nahmen.

Neumann beugt sich vor, flüstert Tschauner ins Ohr: »Deinen Freund Kohlmeier magst du jetzt viel lieber als uns. Ist doch so, Norbert. Ist das nicht so?«

Neumann lässt Tschauner los. Der steht sofort auf, schüttelt sich. »Kann sein«, sagt er trotzig. »Und was geht es euch an?«

»Nach all den Jahren«, seufzt Neumann, »weiß der kleine Norbert noch immer nicht, wer seine wirklichen Freunde sind. Erstaunlich.«

Er nickt Jacobi zu, der aufspringt, den Stiefel hebt und dem aufjaulenden Tschauner mit voller Wucht gegen das Knie tritt. Dann noch zweimal in die Seite, wohl einfach, weil er schon am Boden liegt.

Kurz schaut er zu, wie Tschauner sich vor Schmerzen windet, und wandert dann schon mal gemächlich zurück zur Wegzweigung Richtung Parkplatz, an der wieder der Lauflehrer erschienen ist.

»Alles in Ordnung?«, fragt der Mann.

»Er kommt gleich«, ruft Jacobi.

Neumann ist bei Tschauner geblieben.

»Frühstück?«, erkundigt er sich freundlich bei Norbert, der sich liegend das Knie hält.

»Scheiße«, ruft Tschauner erbittert.

»Recht hast du«, sagt Neumann. Und noch einmal: »Frühstück?«

Tschauner nickt. Neumann ist kein Unmensch, aber dieser

kurze Abtausch, Stiefel gegen Körper, das bisschen Marodieren, hat ihm gut getan. Scheiß Kohlmeier!

ECHTE FREUNDE

Beim Kaffee vor dem Büdchen am Parkplatz des Laufklubs sind die drei wieder die alten. Mehr oder weniger – Tschauner beharrt darauf, dass Jacobi ihm den Meniskus zertreten hat und nimmt noch übel.

Kann unter Freunden schon mal passieren, dass man sich nicht mehr ganz so gut versteht. Die Prioritäten, was seine Freunde angeht, dürften Tschauner jetzt jedenfalls wieder klar sein.

»Ich werde dich verklagen«, knurrt er Jacobi böse an.

»Wichser«, sagt Jacobi nur.

»Wir mögen dich eben, Norbert«, sagt Neumann. »Ist einfach so. Da müssen wir doch auf dich aufpassen.«

Nach einer weiteren Viertelstunde ist Tschauner dann so weit, dass man mit ihm wieder über das Wesentliche reden kann. Auch setzt ihm die Nachricht, Kohlmeier habe sich mit Neumann unterhalten, unübersehbar zu. Neumann hat den Inhalt ihres Gesprächs bewusst offen gelassen im Vertrauen darauf, Tschauner würde die Lücken füllen. Tut er auch. Was er vor sich hinredet, ist nicht ganz verständlich, aber das macht nichts.

»Kohlmeier ist eben nicht zu trauen«, stellt Neumann fest.

Weiteres Gebrabbel von Tschauner, der gerade dabei ist, hinter diese an sich doch offensichtliche Wahrheit zu kommen.

»Wir sollten ihm eine Lektion erteilen«, sagt Jacobi.

»Sehr gute Idee, genial«, nölt Tschauner, der für einen Moment in seine vorherige Entrüstung zurückfällt. »Warum lauerst du ihm nicht einfach frühmorgens auf und zertrittst ihm den Meniskus?«

»Warum eigentlich nicht?«, sagt Jacobi und sieht fragend auf Neumann.

»Bei Kohlmeier machen wir das anders«, erwidert Neumann und legt sich den Zeigefinger an die Nase. »Cherchez la femme!«

Und dann erzählt er ihnen von der Geschichte mit Schilds Sohn.

»Er geht nun davon aus, dass unser Thies mit seinen Freunden von der Staatsanwaltschaft redet«, beendet Neumann seine Erzählung.

»Ich bin nicht Kohlmeiers Lakai«, ruft Jacobi empört.

»Manchmal ja, manchmal nein«, meint Neumann gleichmütig. »In diesem Fall schlage ich vor, jawohl, du redest mit deinen Freunden bei der Staatsanwaltschaft.«

»Sag mal, tickt's bei dir im Oberstübchen noch ganz richtig? Ich rede, wann ich will, mit wem ich will, was ich will.«

»Sag ich ja«, erwidert Neumann. »Schilds Sohn ist nämlich Jonas Alpstein. Auch bekannt als: Jonny der Schneemann.«

»Der Barpianist vom Schlosshotel Bochum? Das ist Schilds Sohn?«

»Ohne Frage«, sagt Neumann. »Der Junge hat so viel Dreck am Stecken, da reicht ein Bagger nicht, um den wegzuschippen.«

Thies solle, schlägt Neumann seinen beiden Kumpels vor, mit dem Staatsanwaltsfreund reden, aber nur, um ihn darauf hinzuweisen, was in diesem Fall noch zu holen wäre. Auch die Staatsanwaltschaft braucht schließlich hin und wieder positive Ergebnisse, um bei den Wählern zu punkten.

»Schade um den Jungen«, meint Jacobi, »der war eigentlich immer fix und zuverlässig. Andererseits. Was ist schon ein kleiner Dealer gegen die Möglichkeit, Kohlmeier in die Eier zu treten?«

Neumann unterdessen spaziert gerade der Gedanke durch den Kopf, dass das, was sie gerade beschließen, genau das ist, was Kohlmeier von ihm wollte. Möglich wäre es. Dem Mann ist auch so etwas zuzutrauen. Das wäre dann so eine Art Selbstbefriedigung. Neumann fragt sich, ob einer wie Kohlmeier sich wohl auch ab und zu selbst einen runterholt.

Was auch immer Kohlmeier hier erreichen will, da ist eben auch noch eine andere Rechnung offen: Die leider vereitelten TÄCH-Tage. Neumann, der an den Ausflügen mit Titten, Ärschen und Champagner noch als Betriebsrat hin und wieder teilgenommen hat, war ernsthaft betrübt, als sie mit einem Mal nicht mehr stattfanden. Was sind schon Dienstreisen ohne Herrenprogramm? Wofür soll man da Koffer packen? Er hat sich immer gefragt, wer Kohlmeier damals die Sache hinterbracht hat.

Nun, die Sache hat sich geklärt – und auch der Aufstieg von Dagmar Schild wird rückblickend nachvollziehbar. Was war denn nun eigentlich schlimmer: die eigene Mätresse die Karriereleiter hochficken oder sich mit ein paar Kumpels einen schönen Abend machen, der niemandem wehtut und die Volkswirtschaft voranbringt? Und die internationalen Wirtschaftsbeziehungen.

»Tschauner«, fragt Neumann noch abschließend, »was veranlasst dich eigentlich, Tipps für grünes Investment bei RuhrSTROM zu streuen? Tehrani soll das gesagt haben. Das passt so gar nicht zu dir.«

Der lädierte Läufer zuckt nur mit den Achseln. Nicht gerade eine Auskunft. Und sagt: »Da muss jemand was missverstanden haben.«

»Dachte ich mir doch«, sagt Neumann.

Er glaubt Tschauner zwar kein Wort, ist aber milde gestimmt. Für heute ist es genug, und das Wichtigste ist doch: Die drei Freunde sind wieder vereint. Womöglich noch enger als zuvor, und das ist schön, oder etwa nicht?

Tschauner scheint das auch gerade so zu sehen. Immerhin hat Jacobi nicht mit Stahlkappe 30 Zentimeter höher zugetreten. Tschauner wirkt fast gerührt, das macht vielleicht auch der Schuss Korn im Kaffee gegen die Schmerzen.

Wenn Neumann und Jacobi nicht achtgeben, wird ihr kleiner Freund demnächst anfangen, lauthals das schöne Karnevalslied hinauszuschmettern: »Echte Fründe ston zesamme …«

– VII –

55 MILLIONEN EURO

Die Vorbereitungsphase ist abgeschlossen.

Die Gespräche und Vorlagen haben die erforderlichen Runden durchlaufen. Papiere sind geprüft, durchleuchtet und ergänzt worden. Fragen gestellt und beantwortet. Das Kenntnis- und Entscheidungspotenzial des Konzerns ist weitgehend ausgeschöpft.

Der Vorstand trifft sich heute im offiziellen Rahmen.

Im Anschluss an die aktuellen Tagesordnungspunkte wird er sich das zentrale Papier besehen, das die endgültige Strategie der nächsten Jahre festlegt.

In den letzten sechs Wochen wurde das Kind, ein Frankenstein-Monster wie so manche Strategie eines großen Unternehmens, konzipiert und zusammengesetzt und liegt jetzt da, gepudert und strahlend und bereit für den Schockstart ins Leben.

In vierzehn Tagen steht die Sitzung des Aufsichtsrats an, der die Vorlage bewilligen muss. Erst danach sollen die Medien informiert werden.

Der übliche Ablauf, sofern er nicht durch ein Leck hier, eine Andeutung dort unterwandert wird. Solche Lecks sind in der Regel sorgfältig platziert. Gerade in der jetzigen Zeit, wo die Energiekonzerne fahrig wirken, unkoordiniert und geschwächt, laufen viele unterschiedliche Bedürfnisse parallel und durcheinander.

Die Sitzung an diesem Tag findet im oberen Konferenzraum statt, eine Arbeitsrunde um den alten Essenstisch aus dem Umspannwerk. Sie wurde ordentlich einberufen, die Unterlagen zu den Tagesordnungspunkten rechtzeitig verteilt.

Alle Vorstände sind anwesend, auch Tschauner, der sich auf eine Krücke stützt. Eine Sportverletzung, erklärt er auf Suhrs Nachfrage schlechtgelaunt. Irgendetwas an ihm ist anders, denkt Fabienne. Er wirkt gehemmt – liegt vielleicht an der Verletzung.

In der zweiten Reihe sitzen vollständig versammelt die Assistenten. Der Margarineboy. Die dunkelhaarige Marlene. Der Assistent von Dagmar Schild – ein ver.di-Mann, wie Fabienne vor kurzem erfahren hat. Hermann Suhrs junger Mann mit dem fotografischen Gedächtnis, der sich zudem mit einem Laptop ausgerüstet hat, der vermutlich den schnellsten Zugang von allen am Tisch zu den RuhrSTROM-Datenbanken ermöglicht. Und dann Tschauners Assistent, der sich, seit Fabienne ihn kennt, noch kein einziges Mal zu Wort gemeldet hat.

Die Protokollassistenz übernimmt die kecke Sekretärin, das ist nicht die mit den High Heels. Vielleicht ist Tschauner auch darüber enttäuscht. Sie notiert Anwesende, Datum, Ort. Beginn der Sitzung: 10 Uhr.

Der erste Punkt betrifft noch ein Deinvestitionsprogramm, das bereits in Kraft war, als Fabienne ihr Amt antrat. Inzwischen sind die Angebote für abzustoßende Kraftwerksbeteiligungen eingegangen. Drei liegen vor, in sehr unterschiedlicher Höhe, Angebot 1 übertrifft die Angebote 2 und 3 finanziell deutlich.

Fabienne geht davon aus, dass Angebot 1 vom Vorstand beschlossen und dem Aufsichtsrat zur Genehmigung vorgelegt werden wird. So lautet auch der zwischen den Assistenten abgestimmte Beschlussvorschlag. Sie ist verblüfft, als der Kollege Tschauner sich für Angebot 2 einsetzt und nachdrücklich und vehement darauf beharrt, dass der Konzern doch auf die

55 Millionen Euro verzichten kann, die die beiden Angebote voneinander trennen – und die das Unternehmen doch gerade jetzt eigentlich so gut gebrauchen könnte. Was wohl der Finanzvorstand von Tschauners Plädoyer hält?

Suhr hört sich die Argumente des Kollegen schweigend an, seiner Miene ist nichts zu entnehmen.

Dagmar Schild dagegen unterstützt sogar Tschauners Vorschlag. Auch sie ist dafür, Angebot 2 an erste Stelle zu setzen. Ihr geht es um die Mitarbeiter – bei diesem Angebot soll ein weit größerer Anteil von ihnen übernommen werden.

»Ist das eine feste Zusage des Bieters?«, fragt Fabienne.

»Ein Absichtsbekundung.«

»Was du darauf geben kannst, weißt du doch. Für mich ist Angebot 1 den anderen so deutlich überlegen, dass wir gar nicht anders können, als es vorzuziehen.«

Tschauner hält weiterhin dagegen, verweist auf die Zulieferer, die im Fall von Angebot 2 Garantien bekämen, die es bei 1 nicht gebe. Im Interesse des Konzerns sei das deswegen, weil man mit diesen Zulieferern in anderen Zusammenhängen ebenfalls weiterarbeiten wolle.

»Wir haben da«, sagt Tschauner pompös, »auch eine – strategische – Fürsorgepflicht.«

Es ist der alte Ton, der hier die Vorstandssitzung bestimmt. Beinah scheint es Fabienne, als hätten die unverbindlichen Treffen, die spontanen Austausche, die hochenergetischen und hocheffizienten Gespräche der letzten Wochen niemals stattgefunden.

Tschauner war meist nicht dabei, das ist wahr, aber liegt die Rückkehr der neuen, alten Stimmung nur an Tschauner?

Bei einem Delta von 55 Millionen darf allerdings schon die Frage erlaubt sein, warum Angebot 2 von Schild und Tschauner favorisiert wird und warum es – wenn der Bieter es doch so ernst meint und doch so hehre Ziele hat – finanziell nicht ansprechender daherkommt.

Suhr hält sich zurück, er wird Fabienne nicht in den Rücken fallen, das weiß sie, aber er wird ihr den Kampf auch nicht abnehmen. Tehrani, der bei früheren Konflikten ein Talent bewies, Spannungen zu entschärfen, in dem er die Positionen, meist in Form einer Frage, noch einmal wiedergab, schweigt ebenfalls. Ob es an dem Gespräch vor ein paar Tagen in ihrem Büro liegt oder an etwas anderem: Angesichts der Art, wie diese Geschichte gerade diskutiert wird, könnte Tehrani genauso gut gar nicht anwesend sein.

In der anstehenden Sache kommt hinzu, dass das Programm vor ihrer Verantwortungszeit als Vorstandsvorsitzende angelaufen ist. Aus gutem Grund könnte man es damit auch einfach weiterlaufen lassen. Wegschauen, sich das Leben vereinfachen, den Missstand nicht beachten, der vor ihrer Berufung keiner war und ohne ihre Berufung offensichtlich auch heute keiner wäre.

Oder sie könnte die Entscheidung dieser Angelegenheit in der heute vorliegenden Form vertagen, was absehbar auf dasselbe herauskommen würde.

›Halte still, rühr dich nicht.‹ – Seltsam, wie der anonyme Anrufer ihr in diesem Augenblick als der eigentliche Gegner im Raum erscheint. Ein Gegner, den es lohnt, zu besiegen. Stillhalten wird sie nicht. Hier steht die Entscheidungskultur des Unternehmens zur Debatte.

»Liebe Kollegen, es gibt keinen sachbezogenen Grund, das Angebot 1 nicht zu bevorzugen«, sagt sie, und ihr Ton klingt abschließend. »Es ist im Sinne der Aktionäre. Das Handelsrecht und das Aktienrecht – sowie unsere Ehre und Professionalität – verpflichten uns, auf das beste Angebot einzugehen. Sollte das nicht möglich sein – aus Gründen, die Sie noch vorbringen sollten, die bisherigen reichen jedenfalls nicht aus –, stellen wir die Frage zurück, bis ein besseres Angebot kommt als Angebot 1. Wir können den Vorgang auch ganz aus dem Desinvestitionsprogramm heraus nehmen, damit habe ich kein

Problem. Das sind die beiden einzigen Alternativen zu dem Beschlussvorschlag für Angebot 1, eine dritte gibt es nicht. Wir werden nicht aus sachfremden Gründen auf ein suboptimales Angebot eingehen.«

Suhr nickt anerkennend. Tehrani grinst kurz, schaut dann wieder ernst. Schild reibt sich nervös die Schläfen.

Norbert Tschauner sieht aus dem Fenster. Dann sagt er: »Okay. Ich kümmere mich um ein verbessertes Angebot.«

Der Einstieg ist geschafft. Fabienne spürt beinah körperlich, wie die Stimmung im Raum sich lockert, in die Nähe des dynamischen Flusses kommt, der die informellen Vorstandsrunden getragen hat. Vielleicht wollten ihre Kollegen nur, dass sie ihnen noch einmal vorführt, wie ernst es ihr mit dieser neuen Idee von Vorstand und Vorstandsarbeit ist. Es ging um den Beweis, ob ein Tschauner – und es gibt immer einen Tschauner – den Wagen mit etwas Sturheit wieder in die alte Spur zurückzwingen kann.

»Dann müssen aber alle Bieter nochmal nachlegen können«, ergänzt Suhr. »Im Sinne von Fairness und Transparenz.«

Fabienne muss grinsen. Und mit ihr Marlene und Tehrani.

ACHT ENTSCHEIDENDE PUNKTE

Als die Runde zum eigentlich Thema der Sitzung, den Eckpunkten und Inhalten der neuen Strategie, kommt, ist es bereits zwei Uhr nachmittags.

Acht Hauptpunkte hat Fabienne definiert, 263 Schaubilder vorbereitet: Jeden Punkt gilt es noch einmal zu prüfen, jede Schautafel zu kontrollieren.

Diese Sitzung ist ihr Auftritt.

»Punkt eins: Die bereits eingeleitete Sanierung wird fortgesetzt und kurzfristig zum Ziel geführt. 115 von immer noch gehaltenen 265 Unternehmensbeteiligungen – und ich weise darauf hin, dass wir ohne die verdienstvollen Maßnahmen aus der Ära Kohlmeier in dieser Hinsicht noch weit mehr Arbeit leisten müssten – werden so schnell wie möglich verkauft, fusioniert, in Partnerschaften eingebracht, dicht gemacht oder anderweitig entkonsolidiert. Der neu beschlossene Verkauf der Netze ist ebenfalls Bestandteil der dringend notwendigen Sanierung.«

Suhr nickt, das Verfahren kommt ihm entgegen: füllt die Kassen, hilft dem Rating und sorgt für die dringend benötigte Bewegungsfreiheit. Neues ist nur möglich, wenn das Bestehende weiter entschlackt wird.

Tschauner wirkt besänftigt, die Nennung von Kohlmeiers Namen gibt ihm vielleicht das Gefühl, dass sich alles im Rahmen des Alten und Bewährten bewegen wird.

»Punkt zwei: Klagen und Entschädigungsforderungen – in Folge der sogenannten Energiewende – werden intensiv weiter verfolgt. Ziel 1: eine Revision beziehungsweise Überarbeitung der Beschlüsse zur deutschen Energiewende. Ziel 2 – und das ist realistischer: Entschädigungen für nicht mehr refinanzierbare Investments.«

Wer wollte etwas dagegen einwenden? Jeder Energiekonzern, der sich bisher auf die Kernkraft gestützt hat, ist allein schon durch das Aktienrecht zu diesem Schritt im Grunde geradezu verpflichtet. Die ersten, aktuellen Gerichtsentscheidungen zur Brennelementesteuer stimmen bereits hoffnungsvoll, hier sollten definitiv Gelder in die Konzernkasse zurückfließen.

»Punkt drei: Beteiligungen an Primärenergie-Unternehmen. Gemeinsam mit ihnen investiert RuhrSTROM in neue Kraftwerke und neue Kraftwerkstechnologie – Verstromung fossiler Energieträger, primär Gas, zur Abfederung des Atomausstiegs. Wir werden die Verhandlungen kurzfristig intensivieren und versuchen, innerhalb eines Jahres abzuschließen.«

Der Punkt ist allgemein gehalten, die Schaubilder schließen Kohle nicht aus. Ohne das ›deutsche Öl‹ wird mittelfristig nichts laufen, das wissen alle im Raum, und Tschauner sieht sich bestätigt: Die Pläne für neue Kohlekraftwerke in seiner Schublade sind baufertig, mit ihrer Realisierung ist auch die Landschaft gut bedient.

»Punkt vier: Ausbau der friedlichen Nutzung der Kernkraft im globalen Kontext. Investitionen gemeinsam mit nationalen Energieversorgern am jeweiligen Standort. Weiterentwicklung der bestehenden internationalen Kontakte, insbesondere in den USA, in der Türkei, in Russland, Indien, China, vielleicht auch in Vietnam.«

Auch dieser Punkt versteht sich für den versammelten Vorstand von selbst – allenfalls die Handvoll Aktionäre, die bei einer Veranstaltung vor acht Wochen mit Anti-AKW-Transparenten vor dem Konzern auftauchten und »Abschalten, abschalten!« brüllten, dürften sich davon irritiert zeigen. Und vielleicht die Kanzlerin.

Aber RuhrSTROM wird, wenn sich das Blatt nicht wieder wendet, seine Kernkraftanlagen im Land tatsächlich abschalten, innerhalb der gesetzten Fristen. Die Energiewende kann dem Konzern jedoch nicht den einträglichen Einsatz für Kernkraft – mit Know-how, mit Ingenieursleistung – in anderen Ländern untersagen, und das wäre auch unsinnig.

»Haben wir lieber deutsches Know-how in einem amerikanischen Kernkraftwerk oder chinesische Technik in einem Meiler in Pakistan?«, fragt Finanzvorstand Suhr, ohne dass es wirklich einer Antwort bedarf.

»Punkt fünf: internationale Investitionen in den Ausbau und Aufbau regenerativer Großkraftwerke. Innovative Kraftwerkstechnologien, dazu neue Speichertechnologien, dadurch zunehmende Skalierbarkeit. Investitionen ebenfalls auch gemeinsam mit nationalen Energieversorgern am jeweiligen Standort.«

Tehranis Feld. Auch nicht überraschend, wenn man der allgemeinen Entwicklung folgen oder sie gar vorwegnehmen will. Die Höhe der beabsichtigten Investition ist, nach Tschauners Ansicht, vollkommen überrissen. Er fragt nach ihrer Rechtfertigung, sieht sich den Zahlen, die Tehrani souverän vorträgt, unterlegen, kapituliert. Vorerst.

»Punkt sechs: intensive Beteiligung an Programmen zur Einleitung und Umsetzung der Energiewende. Durchsetzung staatlicher Förderung der Brückentechnologien Kohle und Gas – ebenso wie die Durchsetzung weiterer, zusätzlicher staatlicher Förderung der Energieerzeugung mittels regenerativer Energien, auch für die Anwendung im kleineren Maßstab.«

Ein weites Feld an Aktivitäten – von der EU bis zum Gemeinderat in Erkenschwick. Suhr wirft Tschauner einen Blick zu: Das Vorhaben verlangt einen Einsatz, den vor allem auch sein Bereich leisten muss.

»Punkt sieben: national und international – Intensivierung der Kundenbindung und der Kundenakquise. Marken-Diversifizierung – kundengruppenbezogen, national energieträgerbezogen. Preis-Differenzierung, auch energiemixbezogen.«

Alle nicken, auch Tschauner, der nicht wirklich etwas mit diesem ganzen Kundengetue anfangen kann, auch nicht wirklich versteht, was Fabienne eigentlich will. Fabienne liegt viel an diesem Punkt: Dem unumgänglichen Personalabbau müssen Erweiterungen in anderen Bereichen entgegengesetzt werden. Wachstum am richtigen Ort – darum geht es ihr. Und der Kunde im Mittelpunkt. Endlich auch in der Energiewirtschaft. Sie nickt Schild zu. Und auch Tschauner. Es ist viel Potenzial in diesem Bereich. Kreativität und Aktivität sind gefragt.

»Punkt acht: national und international – Kompetenz- und Strukturentwicklung in den Bereichen von Smart Grids, also intelligenten Netzen, dezentraler Energieversorgung, selbstlernender und selbststeuernder Energiesysteme. Echte Systemintelligenz – nicht nur kosmetische Schritte. Vernetzte Energiestädte der Zukunft. Deutlicher, ja dramatischer Ausbau der Anstrengungen in Forschung und Entwicklung. Weltweite Innovationspartnerschaften. Ausbau der Finanzierungskompetenz für den Endkunden als Systempartner.«

Womit das Paket vorgestellt wäre – mit dem Überraschungs-Ei als letztem Punkt.

Suhr, der bisher gute Chancen für eine zumindest annehmbare Quartalsbilanz und ein positives Budget für das kommende Jahr sah, merkt hier nun auf. Felsenstein beobachtet ihn, spürt beinah, wie das enorm fähige Hirn ihres Finanzvorstands sich in komplexen Rechenleistungen ergeht, Zahlen abwägt, Vorteile prüft.

Dieser letzte Punkt reicht am weitesten in die Zukunft. Er bietet Vorteile, gerade auch, was die Darstellung einer zukunftsfähigen Konzernstrategie in der Öffentlichkeit angeht. Und er kostet erst einmal Geld, viel Geld.

Was Fabienne mit ihrem letzten Punkt skizziert hat, ist entweder der Weg in eine solide Zukunft – oder ein Pokern mit Ideen, die unseriöse Spieler in den Abgrund treiben können.

Dezentralisierung. Smart Grids – ein intelligentes, sich selbst regulierendes Stromnetz. Selbstlernende Energiesysteme. Im Idealfall kann dieser Weg für RuhrSTROM eine geschäftliche Revolution bedeuten, die die Energiewende weit hinter sich lassen wird. Wissensmanagement als Erfolgsfaktor der Energiewelt von Morgen, so sieht es Fabienne.

Mit dieser Strategie – sofern sie im Aufsichtsrat Genehmigung findet – verpflichtet sich Fabienne auch selbst auf eine längere Zeit. Die Umsetzung besorgt der Konzern, sie steht da als Garant für ihre Wirksamkeit. Wer daran glauben will, muss lernen, an Fabienne zu glauben.

Suhr wird mit ihr über die Zahlen verhandeln müssen, aber dieser Ansatz entspricht dem, was auch er sich für RuhrSTROM wünscht, da ist sich Fabienne sicher.

Der Überblick ist gewonnen. Nun geht es an die Details.

Die 263 Schaubilder werden noch einmal hochgefahren, die Zahlen im Einzelfall angepasst, für 15 Schaubilder ergeben sich aus der Diskussion nennenswerte Ergänzungen, einige Charts sollen in den nächsten Tagen noch zusätzlich erstellt werden.

Der Vorstand beschließt einstimmig. Zwölfeinhalb Stunden nach ihrem Beginn wird die Sitzung beendet, es ist 22 Uhr 30.

Das Gremium, das Fabiennes Vision noch das endgültige Go geben muss, ist jetzt der Aufsichtsrat.

LIMODIENST

»Ich sitze in einer Limousine und fahre durchs nächtliche Allgäu«, sagt Kohlmeier am Telefon. »Ich kann dir versichern, dass die Bäume nachts hier genauso schwarz sind wie bei uns im Ruhrgebiet.«

»Bitte?«, sagt Fabienne. »Ich höre dich sehr schlecht.«

»Ich höre dich ausgezeichnet«, antwortet Kohlmeier, »die Verbindung scheint mir gut zu sein.«

»Justus, du musst entschuldigen, in meinem Telefon ist ein Brummen. Hörst du das auch?«

»Nein«, erwidert Kohlmeier sehr laut, und weiter: »Ich versuche es später noch einmal, in Ordnung?«

»In Ordnung«, sagt Fabienne, deren Stimme weiterhin so klar ist, als sitze sie neben ihm im Auto. »Bis dann.«

Fabienne hat ihn kurz nach der Vorstandssitzung über die Ergebnisse informiert. Beachtlich, denkt er, wie schnell Fabienne sich in der fremden Materie nicht nur eingefunden, sondern sie in einer Weise durchdrungen hat, die ihr erlaubt, die Fronten weit zu öffnen – weiter als es Kollegen, die viel mehr Zeit hatten als sie, je vermocht hätten.

Sie setzt auf Internationalisierung und Innovation, nicht nur im Bereich der regenerativen Energien. Innovation ist für sie das Herz von allem. Innovation, Investition, Arbeit, Werte. Das ist die Prozesskette, die Fabiennes Denken bestimmt.

Er selbst, an ihrer Stelle, würde die Frage von Innovation und vor allem die entsprechenden Ressourcen nach wie vor im

Unternehmensbereich fossile Energieträger ansiedeln. Warum etwas verschenken?

Die regenerativen Energien rechnen sich nun einmal betriebswirtschaftlich kaum, findet Kohlmeier. Beatmet werden sie durch die Förderungsprogramme der Politik, was ja an sich auch Vorteile bietet. Andere Vorteile.

Siehe dieses Konsortium, dessen Hauptquartier in grüner Bilderbuchlandschaft Kohlmeier gerade besucht hat. Wangen im Allgäu. Er mag den kleinen Ort im schwäbischen Teil der hügeligen Voralpen. Neben aller Beschaulichkeit, neben den Käsereien und Webereien, hat sich hier auch eine kleine Technologiezelle angesiedelt und wird unter dem neuen grünen Landesvater, denkt Kohlmeier, vermutlich richtig stark gefördert. Das ist nicht sicher, aber Kohlmeier geht davon aus. GreenInnoLab passt gut in diese Landschaft.

Die Landschaft in Bochum weiß wahrscheinlich nicht einmal, wo Wangen überhaupt liegt. Alles hinter den eigenen Landesgrenzen fällt gern einmal ins Dunkel des Unwissens und Ungewissen. Kohlmeier erinnert sich noch gut an eine Frage von Jacobi in anderem Zusammenhang: »Vogelsberg? Kenn ich gar nicht. Liegt der im Sauerland?« Man darf vermuten, dass es jetzt heißen würde: »Wangen? Liegt das am Rhein?«

Kohlmeier traut den GreenInnoLab-Jungs einiges zu. In Kuwait, Bahrain und Oman sind sie aktiv. Und auch im Zusammenhang mit dem vor einiger Zeit eingeläuteten Deal mit der Türkei haben sie Chancen.

Die Strategie verlangt, im Land und gleichzeitig in Brüssel aktiv zu werden. Lobbyarbeit ist ein Feld, in dem Kohlmeier helfen kann. In Brüssel gibt es offizielle und inoffizielle Förderungen. Damit im Fall der Türkei nichts schief läuft, muss er sich schon mal persönlich kümmern. Man weiß ja nicht, was passiert, wenn die Türkei sich politisch in eine Richtung entwickelt, die aus Sicht der EU unerwünscht ist.

Dabei, überlegt er, wäre auch ein Scheitern solcher Projekte für GreenInnoLab keine größere Katastrophe, zumindest nicht in seinen Augen, nicht angesichts seiner Möglichkeiten.

Kohlmeier hat für die Hin- und Rückfahrt den Limousinendienst genommen. Er hat Herrn Faraduman anrufen lassen, so nennt er den großen höflichen Iraner, der seinen Fahrersitz und den Beifahrersitz im Chrysler immer so weit nach vorne schiebt, dass sein Auto innen schon fast wie eine Stretchlimousine wirkt. Faraduman ist äußerst diskret. Bisher ist Kohlmeier jedenfalls nichts anderes zu Ohren gekommen.

Dass es sich bei GreenInnoLab vielleicht um eine ungezündete Bombe handelt, eine Blase des ungeerdeten Wunschdenkens, die wesentliche Löcher in den Konzern schlagen könnte – das ist Kohlmeier bei diesem Besuch klar geworden. Eine Ahnung, die heute fast zur Gewissheit wurde. Der Auftritt nach außen kann nur im Fall eines größeren Wunders dem entsprechen, was das Konsortium tatsächlich aus eigener Kraft zu leisten vermag.

Wenn sich etwas zu gut anhört, um wahr zu sein, dann ist es das in aller Regel auch, so hatte Kohlmeier über die Jahrzehnte seines beruflichen Wirkens hinweg sich immer wieder selbst ermahnt. Und Wunder passieren nicht oft. Auch das wusste er.

Aber warum sollte man nicht auch einmal auf ein Wunder setzen? Und selbst dann, wenn die Sache letztlich wirklich implodiert – sie dürfte sich zumindest lange genug halten, um die Deckel an einer ganzen Reihe von Geldtöpfen zu heben. Das ist jetzt schon in bemerkenswertem Umfang der Fall, und da geht sicher noch mehr, viel mehr. Dass die Gelder längst nicht alle dort landen, wo sie hingehören, ist Kohlmeier bewusst. Für so etwas hat er einen Riecher.

Er sieht das gelassen. Gelder fließen nun mal in alle möglichen Richtungen, nicht nur in die ursprünglich vorgesehenen – das ist ihre Art. Gegen dieses Naturgesetz kann man nicht angehen. Aber solche Gelder gehen nicht verloren, auch das weiß

Kohlmeier. Sie wechseln lediglich den Besitzer. Und was ist da schon dabei?

Man muss die Dinge vom Ende her denken.

Der Großteil der Menschen will getäuscht werden, das, so meint er, lässt sich schon an ihrer Bereitschaft ablesen, sofort zu vergessen, auf welche Art sie beim letzten Mal ihr Vermögen verloren haben. Kaum taucht eine Blase auf, so lebt auch schon wieder die Hoffnung, sie werde diesmal – gegen alle Indizien und trotz allen Erfahrungswerten – nicht platzen … und dann kann man den Leuten zuschauen, wie sie mit strahlenden Gesichtern zum nächsten goldenen Kalb eilen, um es mit ihren sauer verdienten Kröten zu überschütten. Bei diesem Gedanken strahlt auch Kohlmeiers Gesicht ein wenig.

Wer sich unter all diesen nicht täuschen lässt, muss sich zumindest überlegen, ob er die aktuelle Sachlage nutzen will oder nicht. Alles andere wäre fahrlässig, findet er.

Angenommen, Kohlmeier betriebe die Sache mit GreenInnoLab und RuhrSTROM mit der Ernsthaftigkeit, die er gegenüber den Allgäuer Geschäftsführern bisher nur vorgetäuscht hat, dann würde Fabienne den Braten zweifellos riechen.

Sie dürfte keine Mühe haben, die Machart der Präsentation zu verstehen, die das Unternehmen GreenInnoLab so eindrucksvoll beschreibt. Aber sie wird keine rechnerische Lücke entdecken können. Diejenigen, die die Unterlagen angefertigt haben, halten vielleicht wenig von Aufrichtigkeit und Wahrheit, aber einiges von Darstellungskonsistenz. Die Jungs in Wangen sind richtig gut. Das macht das Projekt gerade interessant. Und Kohlmeier muss zugeben, er ist sehr versucht, sich darauf einzulassen.

Die Zeit ist günstig für Finanzmarkt-Haie. Kohlmeier hat eine gewisse Sympathie für diesen Menschenschlag. Sie sind nicht immer angenehm im Umgang, aber der Einsatz – der Einsatz stimmt fast immer.

Aus den Höhen der Regionen, in denen sich Kohlmeier bewegt, blickt er auf seine ehemaligen Vorstandskollegen herab, auch auf neue CEOs wie Fabienne, deren Einkommen von ahnungslosen Bürgern und stimmenhungrigen Politikern angeprangert werden – und für einen wie ihn doch nur Peanuts sind.

Natürlich braucht es die Manager. Ihn hat es damals auch gebraucht.

Wenn es jetzt gerade aussieht, als wendete er das Spiel gegen RuhrSTROM, dann ist das falsch. Er ist ganz einfach dabei, den Konzern ins größere Ganze zu integrieren.

Und außerdem hat er sich noch nicht entschieden.

Fabienne steht ihm im Weg, das muss er zugeben. Die Frau, die sich mit vollem Herzen engagiert. Das Mädchen, das damals den Fernseher beschimpfte, vor so vielen Jahren in London. Seine Fabienne, die dabei ist, sich von ihm zu entfernen, vielleicht musste das ja so kommen. Arm in Arm mit Abakus: Der Makel an dem Bild, der Stachel in seinem Fleisch, der Quell des Zorns, der ihn so unerwartet immer wieder überkommt … morgen Abend wird er sich den Mann mal ansehen. Ein Vortrag an der Volksuniversität, eine exorbitant banale Umgebung, in der der ehemalige Aktivist zweifellos eine exorbitant banale Figur abgeben wird.

Kohlmeier wird hingehen, sich das ansehen. Ein zahmer Pudel an Fabiennes Seite. Damit könnte er leben. Und danach: Frieden.

Die letzten Kilometer lässt Kohlmeier Herrn Faraduman über die Landstraße fahren. Draußen liegt dunkle Nacht auf den Feldern, den kleinen Gehöften, den Baumgruppen. Der Chrysler neigt sich kaum in den Kurven der geschwungenen Straßenführung. Kohlmeier mag den leichten Anpressdruck, wenn der schwere Wagen am Kurvenende wieder auf die Gerade zieht.

Er blättert in den Magazinen und Tageszeitungen, die Faraduman für seine erlesene Kundenschar bereit hält, legt sie dann wieder beiseite, starrt aus dem Fenster. Wer die Muster zu lesen versteht, hat kein Problem damit, die Inszenierung in den

Meldungen solcher Medien zu erkennen. Fast nichts, was in den Zeitungen steht, ist wahr.

Kohlmeier seufzt, schickt dann ein kleines Lächeln in die nächtliche Landschaft, die sanft an den Wagenfenstern vorbeizieht.

Der Tag, der hinter ihm liegt, war alles in allem überaus erfrischend in seiner Einsicht in die menschliche Natur, die Kohlmeiers bisherige Ansichten nur bestätigt.

GreenInnoLab, denkt er, toller Name! GreenInnoLove wäre auch nicht schlecht. Oder einfach GreenLove? GreenBang vielleicht, GangBang? GreenGangster?

Über solche verträumten Wortspielereien schläft Kohlmeier im Fond des Wagens ein.

IM NEUEN WÄCHST ALTES

Es ist nach Mitternacht. Tschauner ist noch in seinem Büro.

Alles in allem verlief die Strategie-Sitzung zufriedenstellend.

Regenerative Fördergelder sind am Ende auch nur Gelder, die sich verteilen lassen. Die verteilt werden müssen.

Tschauner hat seine Lobby am Start. Hat er nicht jahrelang dafür gearbeitet, dass die richtigen Leute an den richtigen Stellen sitzen? Sollen sie mal zeigen, was sie können.

Ihm passt die grüne Energiewende nicht in den Kram. Das ist schon mal klar. Das Ganze wird gerade arg kleinteilig. So ein Konsortium wie GreenInnoLab ist da schon ein gutes Mittel, die Sachen zu bündeln, dem ganzen Wandel eine hilfreiche Struktur zu geben.

Kohlmeiers Hinweisen hat er Taten folgen lassen. Die Landschaft ist informiert über die Chancen, die eine Firma wie GreenInnoLab mit sich bringt. Wenn die alten Wege verstopft werden, dann müssen eben neue aufgetan werden. Auch darin war die Landschaft schon immer gut.

Felsenstein wird sowieso baden gehen. Davon ist er überzeugt. Wenn nicht sofort, dann in den nächsten Jahren. Das kann er aussitzen – so viel Selbsterkenntnis hat er.

Tschauner glaubt keine Sekunde an das Gelingen dieses Strategie-Unterfangens für RuhrSTROM. Wer soll das umsetzen?

Neumann wird ihn rechtzeitig informieren, wann er sein Scherflein ins Trockene bringen soll, und dann wird er eben den am Boden liegenden Konzern mit dem nächsten CEO, diesmal mit ein bisschen mehr Bodenhaftung, wieder aufrichten. Mit einem wie ihm.

HERNE UND DAS ANTHROPOZÄN

Der Hörsaal, in der die Volksuniversität der ebenso bekannten wie unglamourösen Revierstadt ihre Veranstaltungen abhält, ist bereits brechend voll, als Abakus etwas verspätet eintrifft.

Er war am Flughafen, um Michael Vishnu abzuholen. Magda, seine Tochter, war ebenfalls dabei; Michael ist ihr Patenonkel. Die beiden sind jetzt Eis essen gegangen, nach Ende des Vortrags werden sie ihn abholen.

»Worum wird's denn heute gehen?«, wollte Vishnu auf der Fahrt in die Stadt wissen. Der Inder spricht ein erstaunlich flüssiges Deutsch, dank eines Kindermädchens, das die Abenteuerlust aus dem Schwabenland nach Bangalore verschlagen hatte.

»Der Titel lautet: ›Blame it on the Holozän‹.«

Vishnu lachte: »Du hast also wieder einmal vor, das Gespenst des Anthropozäns an die Wand zu malen?«

»Das ist kein Gespenst«, antwortete Abakus. »Unsere Spezies betreibt Geo-Engineering in einem planetaren Maßstab. Darüber muss man doch reden.«

»Der Begriff ist eine politische Finte. Wogegen ich nichts

habe – ich denke, er erfüllt seinen Zweck. Ich bezweifle nur, dass das verantwortungslose Treiben des Menschen es verdient, mit einem eigenen Erdzeitalter bedacht zu werden.«

Als Hindu hat Michael Vishnu ohnehin andere Maßstäbe von Zeit- und Weltaltern, von Zeiten und Welten.

»Die Explosion unserer Spezies – und gerade in den letzten 300 Jahren auf Kosten vieler anderer – ist das Ergebnis einer zehntausendjährigen Periode der relativen klimatischen Stabilität: das Holozän. Ohne Hilfe von irgendeinem Asteroiden, oder was immer die Eiszeit davor auslöste, sind wir dabei, die klimatischen Verhältnisse so weit zu verändern, dass der sogenannte Kippeffekt nur noch eine Frage der Zeit ist. Der Begriff des Anthropozäns ist nützlich, weil er uns die Dimensionen dessen, was wir tun, vor Augen führt. Wenn es uns nicht gelingt, das Ruder herumzureißen, wird es demnächst heißen: ade Menschheit.«

»Werden wir dann alle sterben?«, wollte Magda wissen, die ihrem Vater mit großen Augen zugehört hatte.

»Erstens sterben wir noch lange nicht«, antwortete Vishnu an Svens Stelle, »zweitens werden wir wiedergeboren. Und drittens gehen wir beide ins Eiscafé, während dein Vater den wissbegierigen Bürgern dieser Stadt seine Gruselgeschichten erzählt. Ich will dringend hören, was in der Schule läuft. Hast du schon einen Freund? Und was ist mit dieser Frau, die wir nachher sehen werden: Kennst du sie denn?«

»Fabienne? Ein bisschen, sie ist okay. Weißt du, dass ich jetzt Basketball spiele? Unsere Mannschaft hat schon zwei Turniere gewonnen!«

Abakus weiß, dass er als Redner eine gute Figur macht. Hinter das Vortragspult auf dem Podium stellt er sich gar nicht erst, er bleibt lieber unten, vor den Bankreihen, auf Augenhöhe mit dem Publikum.

Seinen Text trägt er weitgehend frei vor, er referiert ihn nicht zum ersten Mal und kann so auch viel besser auf die Reaktionen des Publikums eingehen. Zwischendurch ein paar Witze, zum Klimawandel gibt es einige, die fast besser beschreiben, worum es geht, als jede Wissenschaft das könnte.

Selbst in seinen schwermütigeren Phasen hat Abakus immer gern vor Menschen geredet – er ist der geborene Showman, er gewinnt Energie aus der Aufmerksamkeit eines Publikums, und er glaubt weiterhin, dass das, was er zu sagen hat, sich auch zu sagen lohnt.

Vishnus Kritik am Begriff des Anthropozäns, der bereits Ende des 19. Jahrhunderts von einem italienischen Geologen geprägt und Anfang des neuen Jahrtausends vom holländischen Nobelpreisträger Paul Crutzen wieder aufgegriffen und in seiner Konsequenz durchleuchtet wurde, kennt Abakus natürlich auch. Es sind vor allem britische Geologen, die darauf bestehen, dass die Stufe des Holozäns seit zweihundert Jahren durch eine neue Stufe des Anthropozäns abgelöst wird. Ihre Forderung begründen sie mit den Ablagerungen in den Erdsedimenten, in denen sich erhöhte CO_2- und Radioaktivitäts-Werte, die auf die Industrialisierung zurückgehen, deutlich ablesen lassen – ganz zu schweigen von den Veränderungen der Wasserläufe, den Eingriffen in die Landschaft durch den Städtebau, den Verbrauch und die Vernichtung von Ressourcen, die über Jahrmillionen in der Erde gelagert haben. Umgekehrt sind britische Forschungsmethoden nach dem angeblichen Skandal um die Manipulation von Klimadaten an der University of East Anglia in den Verdacht des Tendenziösen geraten.

Möglich ist aber auch, dass das, was die Medien »Climagate« nannten, ein gefälschter Skandal war: Nachdem sie den Rechner der Universität gehackt hatten, heißt es, hätten Klimakonferenzgegner den E-Mail-Verkehr der Forscher, auf dem die Vorwürfe beruhten, unsachgemäß wiedergegeben.

Paranoia rules – gerade auch in geldträchtigen Forschungsbereichen – und steht damit dem effektiven Handeln oft im Weg. Abakus weiß das, er ist aber grundsätzlich der Ansicht, dass das

Anthropozän an sich eine gute Story abgibt: ein Lehrstück über extreme Bedrohungslagen, mit einem silbernen Hoffnungsstreifen am Horizont. Tut euch zusammen, denkt miteinander statt gegeneinander und kämpft gemeinsam für eine bessere Zukunft! Was gibt es dagegen einzuwenden? Vishnu nennt seinen Ansatz eine wissenschaftliche Märchenstunde.

Abakus stört das nicht. Die Menschen brauchen Märchen. Auf dem kargen Boden der Fakten wachsen Utopien allenfalls für jemand wie Fabienne. Und was die Details angeht: Die Menschen sind doch weit besser in der Lage, die Dinge für sich zu reflektieren, als viele sogenannte Experten es ihnen zutrauen.

Zum Beispiel der schon etwas ältere Herr mit den vollen Haaren in der vorderen Bankreihe, der Abakus schon beim Reinkommen aufgefallen ist: Irgendwoher kennt er ihn. Ein Wissenschafter vielleicht?

Mit ziemlicher Beharrlichkeit weist er auf die Fragwürdigkeit bestimmter Daten hin, auf die sich Crutzen verlässt. Der Holländer habe ja auch schon Anfang der 1980er Jahre mit seinem pseudowissenschaftlichen Szenario eines »nuklearen Winters« nach einem dritten Weltkrieg tief in die Melodramkiste gegriffen.

Ob er damit sagen wolle, die Vorstellung eines globalen Nuklearkrieges sei eher der Stoff für Komödien, fragt Abakus und hat die Lacher auf seiner Seite. Etwas ernsthafter gesteht er dann ein, dass sich im Bereich des globalen Klimawandels vieles im Bereich vorläufiger Gewissheiten bewegt: Wissenschaft sei nun mal ein dialektisches Feld, gerade das mache sie so aufregend.

»Wichtig ist vor allem, die Regeln wissenschaftlichen Arbeitens einzuhalten. Und dass allen klar ist: der Status Quo ist nicht mehr als das, was wir gerade wissen.«

»Oder nicht wissen«, hält der Herr dagegen.

»Sehr richtig. Die Erde ist eine Scheibe, bis das Gegenteil

bewiesen ist. Es geht darum, die Fragen immer neu zu formulieren. Dazu braucht es eine Haltung, die jede vermeintlich gültige Antwort als vorläufig begreift.«

»Wenn jeder mitreden würde, dann hätten wir statt Antworten nur einen schwammigen Brei.«

Ob der Herr der Ansicht sei, das Feld des Fragens und Wissens sollte einer Elite vorbehalten werden, womöglich einem Geheimbund, zu dem nur Zugang hat, wer über Geld und Macht verfüge, erkundigt sich Abakus leicht provokant.

»Warum nicht?«, sagt der Herr, der sich damit im Saal keine Freunde macht.

Er scheint im Begriff, seine Ansichten noch weiter auszuführen, aber Abakus weist mit einem nicht ganz ehrlichen Bedauern darauf hin, dass die Zeit abgelaufen ist.

Der Applaus, der ihm zuteil wird, ist laut und anhaltend, beinah, als wollten die Zuhörer signalisieren, dass sie es zu schätzen wissen, wenn man ihr Recht auf Mitdenken und Mitreden ernst nimmt.

Abakus geht davon aus, dass der ältere Herr versuchen wird, ihn weiter zu belagern. Solche Leute machen das gern, und wenn er nicht nach Hause müsste, hätte er auch nichts dagegen. Der Mann verlässt aber als einer der Ersten den Raum, und nach zehn Minuten gelingt es auch Abakus, sich aus dem Kreis der Menschen, die ihm für den Abend danken und ihn noch weiter befragen wollen, zu lösen.

Vor dem Vorlesungssaal warten Vishnu und Magda auf ihn. Die beiden sind in eine Unterhaltung über Simcity vertieft, ein Computerspiel, mit dem sich eine virtuelle Stadt entwickeln lässt – Magda hat es vor einigen Monaten für sich entdeckt.

»Ich habe selten so angeregte Menschen aus einem Vortrag kommen sehen«, meint Vishnu anerkennend. »Da waren ja auch einige richtige Prominente darunter: Justus Kohlmeier, alle Achtung. Er wirkte recht beeindruckt – wir haben uns kurz unterhalten.«

»Kohlmeier war da?«, fragt Abakus mehr als ungläubig. »Das glaube ich nicht. Und er ist mir auch gar nicht aufgefallen. Mir hat er sich jedenfalls nicht vorgestellt, und bei meinem Gedächtnis für Gesichter ...« –

»Er war da«, sagt Vishnu. »Ich habe ihn neulich bei einer Investorenkonferenz kennengelernt. Er saß auf dem Podium, einer seiner seltenen Auftritte, der Mann hält sich ja sonst konsequent im Hintergrund.«

»Ich kann mir nicht vorstellen, was einer wie Kohlmeier in einer Volksvorlesung zu suchen hat.«

»Vielleicht interessiert es ihn ja, welche globalen Folgen die Gasdeals, die er mit den Russen verabredet, nach sich ziehen?«

»Machst du Witze? Und wenn wir schon dabei sind: Kennst du meinen Planetenwitz?«

»Die olle Kamelle hat einen Bart bis zum Boden. War bei deinem heutigen Publikum bestimmt ein Renner, was?«

»Wie geht denn der Planetenwitz, Papa?«, schaltet sich Magda ein.

Abakus grinst seine Tochter an.

»Pass auf! – Sagt ein Planet zum andern: Ich fühle mich gar nicht gut. Ich glaube, ich habe die Menschheit. Antwortet der andere Planet: Mach dir keine Sorgen, das geht wieder vorbei.«

»Ich verstehe nicht, was daran lustig sein soll«, sagt Magda nach einigem Überlegen.

»Womit deine Tochter den Nagel auf den Kopf trifft«, meint Vishnu. »Was ist daran lustig? Du solltest deine planetaren Märchenstunden sein lassen und endlich mal etwas Konkretes bewegen, was hältst du davon?«

»Um ehrlich zu sein: viel. Wir reden später darüber.«

Auf dem weißen Tischtuch sind rote Spaghettiflecken, braune Tupfer vom Schokoladeneis und eine Rotweininsel, wo Sven mit der Flasche danebengeleert hat. Das lag nicht etwa an seiner Müdigkeit angesichts des langen Tages und des doch ziemlich späten Abendessens und auch nicht an seiner Trunkenheit, sondern an irgendetwas, mit dem Michael Vishnu ihn zum Lachen gebracht hatte, während er am Einschenken war.

Vishnu hat einen Humor, der auch Fabienne gut gefällt, und eine Herzlichkeit im Umgang mit Magda, die sie sich von ihrem eigenen Patenonkel auch gewünscht hätte.

»Mein Patenkind hat Gutes von ihnen erzählt«, sagte er Fabienne gleich zur Begrüßung, was sie gefreut hat, wenngleich sie der Behauptung nicht ganz trauen wollte.

Magda hält eine vorsichtige Distanz zur neuen Freundin ihres Vaters, und Fabienne ist den Umgang mit Mädchen dieses Alters nicht gewohnt. Immerhin hat sie heute noch in einem Laden ein Geschenk für Svens Tochter gefunden, eine schwarze Geldbörse mit einem Gruftimädel darauf, sehr beliebt bei den Jugendlichen, hat ihr die Verkäuferin versichert.

»Emily the Strange!«, hat Magda ausgerufen, als sie die Geldbörse auspackte. »Vielen Dank, ich habe schon alle Bücher, und ich mag die sehr!«

»Da hast du einen echten Treffer gelandet«, meinte Sven später, »du solltest ihr Zimmer sehen, da sind nur Bilder von diesem seltsamen Mädchen. Und Boybands natürlich. Justin Bieber. Ihre Mutter ist darüber eher irritiert.«

»Bei mir waren es Fußballer und Fußballerinnen«, lächelt Fabienne. »Das hat meine Mutter irritiert. Boybands wären ihr vermutlich lieber gewesen.«

Inzwischen ist Magda auf dem Sofa eingeschlafen. Abakus unterbricht jetzt eine Erzählung aus alten BlueHoryzon-Tagen, um sie ins hintere Zimmer zu tragen.

»Erzähl Fabienne doch mal von deinem indischen Darling«, trägt er Vishnu auf. »Ich bin gleich wieder bei euch.«

»Meine neuste Art, Geld zu verbrennen«, sagt Vishnu und grinst Fabienne an.

Er ist braungebrannt, kräftig, mit dem ledrigen Gesicht und den graumelierten, kurzen Haaren eines Bergsteigers – was er auch ist. Abakus und er haben gemeinsam schon mehrere Viertausender bestiegen, für nächstes Jahr ist eine Woche im Himalaya fest gebucht.

»Sie verbrennen Geld?«, lächelt Fabienne zurück. »Aber Vishnu ist doch der Gott der Erhaltung und kein Zerstörer.«

»Erschaffung, Erhaltung und Zerstörung bilden einen integralen Kreislauf«, entgegnet der Inder. »Es gibt keine Erschaffung ohne vorherige Zerstörung, keine Innovation ohne Risiko. Wissen Sie, ich habe in den 1990ern mit IT sehr viel Geld gemacht, was nur möglich war, weil es damals einen Investor gab, der an die Vision meiner Firma glaubte. Ich hatte sie mit zwei amerikanischen Freunden gegründet, wir waren alle Mitte zwanzig, und ich kann Ihnen versichern, dass wir in dieser Zeit nicht einmal eine Krawatte besaßen, geschweige denn das Bedürfnis, eine zu tragen. Trotzdem, der Mann, er war schon Ende fünfzig, hat in uns etwas gesehen und uns gefördert, und bereut hat er es natürlich nicht. Aber er war auch bereit, ein Wagnis einzugehen. Das habe ich nie vergessen. Als ich meinen Anteil an unserem Unternehmen verkaufte, habe ich angefangen, junge Unternehmen zu unterstützen, die technologische Alternativen zu fossiler Energie entwickeln.«

»Also Umwelt-Aktivismus.«

Umwelt-Aktivismus würde er das nicht nennen, meint Vishnu mit einem kurzen Blick zu der Tür, hinter der Sven verschwunden ist. Es sei nur einfach so, dass die Klimaveränderung ein bekanntes Risiko darstelle, die fossilen Energieträger begrenzt seien und jeder vernünftige Betrieb sich ohnehin gegen Widrigkeiten versichern sollte. Seine Firma sei in diesem

Sinne eine Versicherung gegen den GAU der herkömmlichen Energiewirtschaft.

»Ich verliere natürlich Geld«, gibt er zu. »Aber nicht immer. Ich sehe das so: Man muss verlieren können, wenn man Größeres bewirken will. Ich investiere prinzipiell nur in Firmen, die eine 90-prozentige Chance zum Scheitern haben, die aber, wenn ihr Vorhaben erfolgreich ist, die Infrastruktur der Welt radikal verändern können.«

»Sie setzen auf schwarze Schwäne, Michael«, sagt Fabienne und denkt dabei an die wunderbare Reise vor vier Jahren zu einer Studienfreundin in Perth. Dort, in der Metropole Westaustraliens, hatte sie so viele schwarze Schwäne gesehen wie noch nie zuvor. Und eine Energiewirtschaft, die trotz so viel Sonne und Wind noch immer voll auf Kohle setzte.

»Ganz genau. Die sind zwar selten, wenn aber mal einer daherkommt, dann ist der Einfluss enorm.«

Die westliche Welt, erklärt er Fabienne, sei in einer Schockstarre befangen, sie sitze ängstlich auf ihrem Geld und merke nicht, dass das Rennen längst woanders gemacht wird: in den jungen, aufstrebenden Industrienationen.

»Ich werfe mein Geld aus dem Fenster. Nur so kann es auf unerwartete Weise zurückkommen. Und dazu noch vermehrt.«

Interessanter Gedanke, findet Fabienne, wenn auch auf etwas flapsige Weise vorgetragen. Es ist allerdings nicht so, als würde Vishnu seine Haltung damit nicht treffend beschreiben – eine Einstellung, denkt Fabienne, die sich jenseits von Sachzwängen, Rahmenbedingungen und politischen Unwägbarkeiten bewegt. Kurz ist sie neidisch. Diese Art von offenem Denken ist in einem gewöhnlichen Konzernalltag weder gewünscht noch möglich. Nicht einmal ihr.

Der Hinweis von Vishnu auf die jungen Märkte, der ist allerdings selbst etwas antiquiert, findet Fabienne. Kein großes Unternehmen lässt sich diese Märkte entgehen, auch kein Energiekonzern. Recht hat er allerdings damit, dass die großen

Versorger nur allzu gern ihre alten Geschäftsmodelle exportieren. Wir exportieren das, was hier gescheitert ist, am besten gleich dahin, wo wir es gar nicht können, denkt Fabienne und schmunzelt ein wenig. Das greift in der Tat erheblich zu kurz. Damit bekommt man keinen schwarzen Schwan zu Gesicht.

»Worum geht es bei ihrem, wie nannte das Sven, indischen Darling?«

»Eine hochinteressante Geschichte«, meint Vishnu. »Jedenfalls für mich. Das Unternehmen sitzt in meiner Heimat Bangalore. Es handelt sich um eine kleine Gruppe von sehr klugen, sehr gut ausgebildeten Leuten aus aller Welt, hauptsächlich aber aus Indien. Ihr Fokus gilt der Energiewirtschaft, genauer: dem Netzsystem. Sie haben sich damals gesagt: Über intelligente Netze denkt inzwischen jeder nach. Wir wollen weitergehen. Die Netze sollen selbstlernend sein, sich merken können, wie der Energiefluss sich verhält, sich dann selbst danach ausrichten und adjustieren und sich am Ende sogar selbst weiterentwickeln. Biokybernetik für die Stromwirtschaft, selbstlernende Systeme für den Energiekreislauf der Welt!«

Fabienne hat jedem von Vishnus Worten andächtig gelauscht, sieht Danos Gemälde in einem völlig neuen Zusammenhang, mit noch mehr Kraft, positiver Kraft, großer Zuversicht.

»Schließlich«, fährt der indische Unternehmer fort, »ist die effiziente Verteilung von Strom auch eine nicht zu vernachlässigende Art von Klimaschutz. Das Unternehmen hat die Technologie und die Infrastruktur für ein selbstlernendes Energie-System entwickelt, und das Ergebnis, soweit ich das beurteilen kann, ist maximale Effizienz bei minimalem Einsatz. Beautiful! Das erste Pilotprojekt soll ab kommendem Jahr in Südindien implementiert werden. Dafür brauchen sie unser Geld. Wenn das gelingt, wenn sich das Potenzial der Sache bestätigt – dann könnte dieser kleine indische Regionalversorger die Welt auf den Kopf stellen: ein Google der Energiewirtschaft!«

Vishnu sieht Fabienne an, seine dunklen Augen strahlen.

»Und wenn es nicht gelingt – dann ist er bankrott«, fügt Abakus an, der wieder in den Raum zurückkommt.

»Nein, das nicht«, antwortet Vishnu. »Weder der Regionalversorger noch meine Technologiebude. Und bei meiner Art des Vorgehens sind Verluste nun mal eine integrale Vorstufe zum Gelingen. Ich kann es mir leisten, in größeren Dimensionen zu denken, und das tue ich auch.«

»Manche nennen ihn mutig, andere verrückt«, sagt Abakus zu Fabienne.

»Und wie nennst du ihn?«

»Ich?« Abakus lacht. »Ich nenne meinen Freund Vishnu einen der visionärsten Menschen auf dem Planeten.«

Vor Fabiennes Augen erscheinen die Charts und Bildmuster des Unternehmens, das Vishnu beschrieben hat. Eigentlich ein »Antikonzern«. Für die westeuropäische Wirtschaftswelt gilt noch immer in aller Regel: Nicht der Beste gewinnt, sondern das durchsetzungskräftige Mittelmaß. Dagegen scheint das, was der Inder skizziert, aus einer anderen Dimension zu kommen: einer Welt voller Bewegung, Flexibilität, Produktion, Energie und auch Risiko.

Wenn wir wirklich mit selbstlernenden Netzen schon so weit sind, überlegt sie, dann können doch auch energieeerzeugende Gebäudeanstriche eigentlich nicht mehr fern sein – Fotovoltaik nicht mehr an Silizium gebunden, sondern im Zusammenspiel mit organischen Zellen. Speicherung großer Mengen von Energie, stellt sich Fabienne vor, kann dann vielleicht wirklich schon bald in elektrochemischen Systemen erfolgen. Selbst das Einfangen der Sonnenenergie im Weltraum sollte dann keine unrealistische Utopie mehr sein. Die Frage der Energieübertragung werden die Ingenieure dann sicher auch lösen können.

Von leitungsgebundenen Netzen zur globalen solaren Energiewirtschaft! Energie so mobil und flexibel wie eine iCloud! Ein echtes Internet der Energie. Fabiennes Muster geraten in Bewegung.

»Ich muss das sehen!«, hört sie sich zu ihrer Überraschung sagen. »Selbstlernende Netze sind Teil meines strategischen Konzeptes, unserer Neuausrichtung, aber ich hätte niemals gedacht, dass die Pioniere schon so weit sind.«

»Sie werden das sehen«, sagt Vishnu. »Ich gehe davon aus, dass Sie Sven besuchen werden.«

»Sven besuchen?«

Fabienne starrt Abakus erstaunt an.

»Ich habe mit Michael darüber gesprochen, bevor du gekommen bist«, erklärt Abakus ein wenig verlegen. »Mit Magda am Tisch wollte ich das vorhin nicht ansprechen. Ich habe es dir ja schon gesagt: Ich werde nach Indien gehen. Bald.«

»Was heißt bald?«

»Schon in einem Monat«, meint Vishnu, »wenn es nach mir ginge. Wir brauchen dringend einen Projektmanager für das Internationale Marketing. Sven ist der perfekte Mann dafür. Ich bin froh, dass wir ihn jetzt bekommen, und wie ich höre, sind Sie daran nicht unschuldig.«

»Ich freue mich natürlich für Sven«, erwidert Fabienne langsam. »Aber mir ist nicht ganz klar, was ich damit zu tun hätte.«

»Ach, wissen Sie«, sagt Vishnu, »nicht nur Magda hat von Ihnen geschwärmt. Entschuldige, Sven, ich sehe schon, dir ist das peinlich. Ihr Europäer seid in emotionaler Hinsicht doch sehr eigen. Das dachte ich vorhin schon, als ich mich mit ihrem Aufsichtsratschef Justus Kohlmeier unterhielt, Fabienne.«

»Ihr habt Justus getroffen?«

Fabienne blickt Sven verwundert an. Dieser Abend hält gerade eine Menge Überraschungen bereit. Sven wird fortgehen – das war zu erwarten, aber so bald! Sie will nicht darüber nachdenken, was das für sie bedeutet.

Und jetzt ist plötzlich Justus mit im Spiel. Hat er etwa auch mit der indischen Geschichte zu tun? Und wenn das so sein sollte – warum ist ihr die Vorstellung mit einem Mal so unangenehm?

»Ich habe ihn nicht getroffen«, stellt Sven klar. »Ich habe ihn gar nicht erkannt. Wenn Kohlmeier aber der Mann war, der bei mir vorne im Vortrag saß, dann hatten wir – wie sagst du immer, Fabienne? – bei der abschließenden Gesprächsrunde für einen kurzen Moment eine recht intensive Relation.«

ANRUF

»Ein Narr, wer seinen Launen folgt. Ein Narr, wer den launigen Narren gewähren lässt. Du wirst verlieren, was du geliebt hast. Es war deiner Liebe nicht wert. Eine Närrin bist du. Es gibt keine Liebe. Es gibt nur Enttäuschung und Verrat. Und Narren, die nicht aufhören wollen, ihren Launen zu folgen. Was jetzt kommt – und das sei dir gewiss, es wird kommen –, hast du nur dir selbst zuzuschreiben.«

Dann das Summen.

»So persönlich war er noch nie«, sagt John.

Er ist ganz nah, denkt Fabienne.

»Die Nachricht ist auf deinem Festnetzanrufbeantworter. Wird das Festnetztelefon auch überwacht?«

»Schwender sagte neulich, ja.«

»Der Anschluss ist analog. Ich weiß nicht, ob die Überwachung da funktioniert.«

»Erkundige dich. Ich halte das nicht mehr besonders gut aus.«

»Eine Frage der Zeit, Fabienne.«

»Das hast du schon mal gesagt, du wiederholst dich!«, entgegnet sie und fügt ein wenig sorgenvoll hinzu: »Fragt sich nur was.«

Der Druck auf den Ohren. Das Spiel des dunklen Orchesters, die Symphonie des ordnungsfremden Chaos, ist an diesem Morgen nach dem Gespräch mit Sven und Vishnu gewaltig.

Ein letztes, knutschendes Paar, Touristen aus Istanbul, sitzt noch in der altrosa Plüsch-Lounge, wo der Pianist Jonas Alpstein alias Jonny der Schneemann dabei ist, seine Noten einzupacken.

Es ist zwei Uhr früh im Schlosshotel Bochum.

200 Euro hat der schlanke junge Mann mit den halblangen Haaren und den schmalen Händen mit seinem Auftritt an diesem Abend verdient. Dazu kommt Stoff im Wert von 1800 Euro, den er in den Pausen vertickt hat.

Das ist im Hinblick auf sein laufendes Verfahren zwar nicht besonders klug, aber die Kundschaft erwartet es von ihm, und der Kunde, das bekommt er immer wieder mal vom Hoteldirektor gesagt, ist hier schließlich König. Außerdem braucht er das Geld.

Erstaunlich, wer alles auf das weiße Pulver abfährt.

Vielleicht könnte man einen Roman darüber schreiben und die halbe Region hochgehen lassen, bevor man selbst weggeblasen wird, denkt sich Jonas manchmal. Was unweigerlich geschehen müsste, weil man damit ein paar echt mächtige Leute anpissen würde.

So ein Roman wäre ein richtiges Selbstmordkommando. Wenn es nur um ihn selbst ginge, wäre das Jonny sogar egal. Stirb jung und hinterlass eine schöne Leiche. Es gibt weit mehr Tage, an denen Jonny sich selber hasst, als Tage, an denen er sein Weiterleben für gerechtfertigt hält.

Ungünstig wäre nur, wenn damit seine Mutter in die Sache reingezogen würde. Die Vorstellung ist ihm unerträglich. Dagmar ist einer der wenigen Menschen auf der Welt, die Jonny mag. Auf seine Mutter kann man bauen, das hat sie erst neulich wieder bewiesen.

Auf wen kann man das sonst? Nicht einmal auf den eigenen Kumpel, der anfangs von der Geschäftsidee Crystal Meth so begeistert war. Kaum wird der vernommen, hat er nichts Besseres zu tun, als Jonny zu verpfeifen. Ein Glück nur, dass der Typ von Jonnys anderen Nebenverdiensten keine Ahnung hat.

Und die Ermittlungsrichterin hat die US-Serien-Story astrein geschluckt, Jonny hat ihr angesehen, dass diese genau dem entspricht, was die Alte vom neumodischen Medienkonsum der Jugend erwartet. Noch besser ist allerdings, dass das Verfahren jetzt voraussichtlich tatsächlich eingestellt wird. Es gibt auch Momente, in denen sich Jonny nur noch wünscht, es wäre alles vorbei, egal wie.

Aber dann denkt er wieder an seine Mutter. Dagmar braucht nicht zu wissen, wer ihr Sohn wirklich ist.

Er geht nach hinten, holt seinen Mantel aus dem winzigen Aufenthaltsraum, verabschiedet sich vom Barmann und nimmt den Lieferanteneingang Richtung Parkplatz, wo seine Ducati steht.

Neben dem Motorrad parkt sein Kontaktmann in seinem alten Mercedes. Normalerweise machen sie ihre Geschäfte durch das geöffnete Fenster, diesmal hält der Andere ihm die rechte Tür auf.

Jonny steigt ein, schließt die Tür, holt das Geld der letzten Woche raus und zählt seinen Anteil ab, gibt den Rest weiter. Will die nächste Lieferung verabreden.

Der Kontaktmann räuspert sich.

»Es wäre besser, du würdest eine Weile lang stillhalten«, sagt er.

»Stillhalten? Warum?«

»Es gibt Gerüchte. Dein Name taucht auf, wo er nicht auftauchen sollte.«

»Du redest von dem Verfahren? Das sollte kein Problem mehr sein.«

»Vielleicht. Hör zu, ich rede jetzt nicht im Namen des Chefs. Der weiß nichts davon. Ich denke auch nicht, du willst, dass er es erfährt.«

Jonny seufzt.

»Ich habe keine Wahl«, sagt er. »Ich war wieder da. Ich war mir sicher, dass ich gewinne. Jetzt stehe ich bei dem Typen schon mit 20 000 in der Kreide.«

Andere Leute nehmen Drogen. Jonny der Schneemann dealt mit Drogen, und er mag Pferderennen. Letzteres ist auch eine Art von Sucht, und mindestens genauso teuer, wenn man sich nicht zu beherrschen weiß.

»Krass. Vielleicht solltest du mal eine Therapie machen oder so.«

»Was bist du jetzt, mein Geschäftspartner und Kontaktmann oder mein Lebensberater?«

»Nichts von beidem, wenn es nach mir ginge. Okay. Eine Lieferung. Das war's dann. Ich will in deiner Scheiße nicht mit drinhängen.«

Wer, denkt Jonny der Schneemann, würde schon in meiner Scheiße mit drinhängen wollen? Auf dieser Welt: niemand. Scheiße.

WIR HABEN IHN!

Schwender ist am Telefon, der schöne Fritz aus der Anwaltskanzlei: »Die bisher ermittelten Daten deuten auf einen Nutzer im regionalen Umfeld von RuhrSTROM hin. Wer die Anrufe tatsächlich getätigt hat, ist noch unklar, aber der Kreis der Verdächtigen ist nun zumindest etwas eingeschränkt. Hat der Konzern ihren Personenschutz verstärkt?«

»Ja, die Kollegen sind im Einsatz. Rechnen die Ermittler damit, dass der Mann noch auf andere Weise aktiv werden könnte?«

»Nach dem letzten Anruf – den Sie ja mitbekommen haben –, ja. Definitiv. Ob und wann es zu einer Festnahme kommt, konnte man mir nicht sagen. Mein Eindruck ist, dass es zumindest noch ein paar Tage dauern wird.«

»Das klingt nicht nach einem beschleunigten Verfahren!«

»Nun, Sie haben nicht gerade frühzeitig Bescheid gegeben. Vielleicht wollen die Ermittler einen weiteren Anruf abwarten. Der Mann muss auch schlicht zu Hause sein. Die Richterin muss die Papiere unterzeichnet haben. Aber, wie gesagt, sie sind dran.«

»Ich bin heute überwiegend im Konzern. Morgen am späten Nachmittag findet das Interview im Fernsehstudio statt, die Aufzeichnung für übermorgen. ›Macher in Deutschland‹. An beiden Orten, denke ich, wird wohl nichts passieren.«

»Nun ja, der Mann könnte durchaus ein ehemaliger Mitarbeiter …«

»Okay, danke, Herr Schwender!«

»Gern geschehen, Frau Felsenstein, auf bald.«

Ein ehemaliger Mitarbeiter. Oder jemand, der weiter im Konzern arbeitet.

Das überrascht Fabienne nicht, damit hat sie beinah gerechnet. Anderseits weiß der Mann Dinge über sie, die die Mitarbeiter nicht wissen können. Privates. Das Private in den Anrufen ist es, was sie zunehmend beunruhigt.

Ihre Angst überlagert inzwischen die Botschaft: Halte still, rühr dich nicht. Ein Narr, wer seinen Launen folgt? Vielleicht ist die Angst das Mittel. Und die Botschaft zugleich. Sie soll eingeritten werden. Am Zügel gehen. Privat und im Unternehmen. Das wird er nicht bekommen.

MACHER IN DEUTSCHLAND

Die Aufzeichnung im Studio fängt nicht besonders vielversprechend an.

Als Fabienne Felsenstein mit ihren Leuten dort eintrifft, ist die platinblonde Moderatorin gerade mitten in einem Tobsuchtsanfall, den sie auch bei Ankunft ihrer Gäste erst mal nicht unterbricht. Gegenstand ihrer Tiraden sind zwei jüngere

Mitarbeiterinnen, die es offenbar schon kennen, dass man sie als verfickte Schlampen bezeichnet. Ein mehr als ungewöhnlicher Jargon unter Frauen, findet Marlene.

Was genau schief gelaufen ist, ist nicht auszumachen. Gar nichts, vermutet Marlene, und eine Sekretärin, mit der sie sich später kurz unterhält, bestätigt ihr das auch.

»Ist nun mal die Art, wie unsere Chefin auf Touren kommt.«

Die zwei zusätzlichen Bodyguards von Fabienne bestehen darauf, im Studio zu bleiben, und stehen dann den Kameras im Weg.

Als die Stylistin ankündigt, sie »auf Heidi Klum« machen zu wollen, nimmt Fabienne den Schminkstift selbst zur Hand.

Natürlich zielt die erste Frage – nach einer höflichen und, das muss auch Marlene zugeben, sachkundigen Einführung – gleich auf die Sicherheitsvorkehrungen, mit denen Fabienne neuerdings lebt.

Wie geht es ihr damit? Wie sehr fühlt sich Felsenstein bedroht?

Die Platinblonde blickt verständnisvoll, scheint aber zu hoffen, dass sich ihr Gast gleich zu Beginn als die Hysterikerin erweist, als die sie die Zeitungen neuerdings hinstellen – das Verschwinden des Weltkurier-Blogs hat etliche Kommentare provoziert, die meisten dahingehend, dass im Hause RuhrSTROM der Verfolgungswahn regiert.

Fabienne lacht nur und verweist charmant darauf, dass ihre Bodyguards zusammen mit der Bewachung der platinblonden Moderatorin – ihr Fahrer, der einen der anderen Bodyguards kennt, habe ihr von den eigenen Sicherheitsvorkehrungen der Gastgeberin erzählt – doch eine richtige kleine Armee bilden würden, bei der zumindest die Studiogäste sich vollkommen sicher fühlen müssten: »Ihr Personenschutz und meiner, das ergibt wie viel insgesamt? Sieben Mann?«

Die Platinblonde wirkt leicht angefressen, fragt aber nicht weiter nach.

»Gut gemacht«, murmelt der Pressechef, der neben Marlene

im Hinterraum auf die aufgereihten Bildschirme starrt, wo die Aufnahmen aller Kameras zu sehen sind. »Unsere Gastgeberin wird sich lieber die Zunge abbeißen, als ihre eigene Wachbegleitung zum Thema werden zu lassen. Ihre Jungs, im Gegensatz zu unseren, haben in der Szene einen üblen Ruf.«

Fragen nach Frauen an der Führungsspitze deutscher Unternehmen – Beruf und Familienplanung, die Bedeutung des Aussehens in ihrer Position – beantwortet Fabienne mit einem gewissen Witz und deutlich zunehmender Verhaltenheit.

Ein- oder zweimal versucht sie, das Gespräch auf Sachthemen jenseits ihrer Person zu lenken. Die Platinblonde will jedoch nichts davon wissen. Sie scheint entschlossen, ihren Zuschauern mit Fabienne Felsenstein das Bild des oberflächlichen Wirtschafts-Fräuleinwunders zu liefern.

Der Pressechef schüttelt den Kopf. »Ganz ruhig, Felsenstein«, murmelt er. »Nicht die Nerven verlieren.«

Marlene sieht ihn irritiert an: »Sie klingen ja wie der Trainer beim Leichtathletik-Meeting«, sagt sie.

»So komme ich mir auch vor«, sagt der Kommunikationschef ein wenig hilflos.

Als die Platinblonde mit einem leicht schmierigen Lächeln sich auch noch nach ihrem doch wohl recht opulent ausgestatteten Dienstwagen und dem angeblichen Luxus-Büroumbau erkundigt, wird es Fabienne zu viel: Das Interesse an ihrer Person, erklärt sie entschieden, sei schmeichelhaft. Aber immerhin würde es doch aktuell um weit größere und interessantere Fragen gehen. Das sei der Grund, warum man sie zu RuhrSTROM geholt habe. Wie das denn beim Publikum dieser Sendung sei, die Zuschauer hätten da vielleicht auch Interesse, mehr zu erfahren?

Ein leichter Applaus des Studio-Publikums brandet auf, nicht geplant, die Aufforderung dazu kam nicht von den Schildern, die außerhalb des Kamerablicks die Zuschauer über ihren gewünschten Einsatz informieren.

Lass niemals zu, dass dein Gesprächspartner die Führung

übernimmt und die Themen bestimmt. Diese Grundregel des Talkshow-Gewerbes vergisst die Platinblonde kurz und hakt nach. Die größeren Fragen, dazu würde sie gerne mehr wissen – ein gewisser Sarkasmus schwingt in ihrer Erkundigung mit, der aber keinen Spontanapplaus erntet.

Für Fabienne öffnet sich ein kleines Fenster, durch das unerwartet ein Hauch von Dynamik hineinweht. In einfachen klaren Worten beginnt sie, über die Notwendigkeit und Möglichkeiten einer nachhaltigen Energiewirtschaft zu reden.

Die Platinblonde, das muss man ihr lassen, braucht nicht lange, um die Chancen des veränderten Gesprächsverlaufs zu erkennen. Die Nachfragen sind jetzt sachkundig, präzise und differenziert. Sie hat sich vorbereitet. Der stutenbissige Ton weicht einem ruhigeren Fachgespräch über Potenzial und Schwierigkeiten der weiteren Entwicklung im Energiebereich: Fossile gegen Erneuerbare. Fukushima gegen einen erhöhten CO_2-Ausstoß.

Es schadet nicht, dass die beiden Gesprächspartnerinnen kompetent, redegewandt und äußerst gutaussehend sind. Fabiennes Gegenüber zeigt sich dann sogar an den volkswirtschaftlichen Aspekten interessiert: Wie sieht die Verpflichtung gegenüber den Aktionären aus? In einer Zeit, wo die Energiekonzerne an Wert verlieren – wie weit kann man da als CEO überhaupt gehen, ohne sich auf ein untragbares Risiko einzulassen?

»Wie kann es in dieser schwierigen Situation überhaupt weiterlaufen?«, fragt schließlich die Platinblonde, und sie scheint ein aufrichtiges Interesse an der Antwort zu haben.

Und so kommt es, dass Fabienne knapp umreißt, was sie als Ecksteine einer haltbaren Strategie betrachtet. Es sind die wenigen Punkte, die sie sich vor dem Studiobesuch tausendmal durch den Kopf hat gehen lassen, mit ihrem Team und auch mit dem Vorstand eingehend besprochen hat. Sie wollte schließlich mit Substanz auftreten, ohne den Aufsichtsrat öffentlich zu brüskieren, der dem Strategieplan ja noch zustimmen muss.

Die mittelfristigen Unwägbarkeiten der Kohleverstromung – man denke an die Klimaziele – spricht sie ebenso an wie die Notwendigkeit, weitere Quellen für Gas zu erschließen. Es handele sich bei beiden um wichtige Brückentechnologien. Aber eigentlich gehe es um Innovation. Dabei sei der innovative Ausbau von Netz- und Speichersystemen an erste Stelle zu setzen. Nur so könnten die Erneuerbaren bei uns zukunftsfähig sein, erklärt Fabienne.

Was Atomstrom betrifft, gibt sie unumwunden zu, dass sie das Potenzial für Klimaschäden durch die fossilen Energieträger als weit bedrohlicher einstuft, die Sicherheitsvorkehrungen der Kernkraftwerke bei RuhrSTROM hingegen für angemessen und deren Betrieb für verantwortbar hält. Den Ausstieg stellt sie nicht direkt in Frage.

Stattdessen betont sie, die Kunden, die Bürger, sollten ganz anders, direkt und auf wirtschaftlich tragbare Weise an ihrer Energieversorgung beteiligt werden – etwa mit innovativen dezentralen Erzeugungsstrukturen. Das wäre eine realistische Vision für die Zukunft, nicht nur für uns in Deutschland.

Das klingt nach einem neuen RuhrSTROM. Der Satz steht im Raum, die Interviewerin spricht ihn nicht aus, lässt Fabienne die entscheidende Aussage machen. Sie setzt dazu an, ein kurzes Statement, das sie, vielleicht etwas lauter als nötig, vorträgt: »Wir sind das unseren Kindern, wir sind das künftigen Generationen schuldig.«

Der Satz, an sich, ist banal. Er fällt tausendfach in Gesprächen über Energieversorgung, jeder Politiker führt ihn im Mund, und die Wirtschaft nicht weniger.

Doch im Studio ist es, als würden Zuschauer, Mitarbeiter, selbst die Moderatorin kollektiv den Atem anhalten. Als sei eine Vision, die alle angeht, gerade zu greifbarer Realität geworden und Fabienne Felsenstein der Garant dafür, dass Träume wahr werden können.

»Danke«, sagt die Platinblonde nach einem kurzen Blick

zum Redaktionsleiter. »Ich danke Ihnen sehr für dieses Gespräch.«

Die Zeit ist um, und der Moderatorin ist ihre Zufriedenheit anzusehen. Sie weiß, dass sie gerade eine hervorragende Figur gemacht hat.

»Ich hoffe, Sie kommen bald wieder zu uns. Bei unserem nächsten Treffen müssen Sie mir unbedingt mehr von Ihren Kooperationsplänen mit so neuartigen Unterfangen wie GreenInnoLab erzählen«, fügt die Platinblonde mit einem Blick auf ihre Karteikarten noch an.

Fabienne lächelt, erwidert nichts.

»In unserer nächsten Sendung ...«, richtet die Platinblonde ihre Worte nun direkt an die Kamera und verkündet die Programmhinweise, die ebenfalls auf einer Karte stehen, auf der allerletzten ihres Stapels.

FREUND LERMOYEZ

Das Schwirren der Maschinen im Studio provoziert seit geraumer Zeit das dunkle Rauschen, Fabienne hatte einen zunehmenden Ohrendruck schon bei Beginn des Interviews empfunden. Das dunkle Orchester übertönt mittlerweile jede menschliche Stimme.

Der Anfall dauert nur kurz – aber er ist heftig.

Fabienne taumelt kurz, bekommt mit, wie Menschen sich um sie drängen, sie beglückwünschen, ihr die Hände schütteln wollen, dann ist zum Glück John da, und auf der anderen Seite Marlene.

»Keine Sorge, wir bringen dich hier raus«, flüstert John ihr zu, doch sein Gesichtsausdruck zeigt echte Sorge, die auch vor dem Hintergrund der tiefen Vertrautheit des Sicherheitsmannes mit seiner Chefin zu sehen ist.

An ihr inzwischen wieder enorm geschärftes Gehör dringt

seine Stimme wie ein Brüllen, sein Arm dagegen gibt ihr den Halt, den sie braucht, um sich nicht anmerken zu lassen, dass der Raum um sie herum zu einem Karussell geworden ist.

Marlene schweigt, schaut nur mit brennenden Augen auf sie.

Fabienne ringt ein letztes Mal um Fassung, spricht die nötigen Worte, bedankt sich, verabschiedet sich – und dann sind sie endlich aus der Tür. Im Flur bleibt Fabienne kurz stehen, stützt sich an der Wand ab, atmet tief durch. Die Stimme der Moderatorin dringt zu ihr, als stünde die Frau direkt neben ihr.

»Kohlmeier wird zufrieden sein.«

Natürlich ist die Platinblonde nicht hier, sie ist noch immer in dem anderen Raum, und die Tür ist sogar geschlossen. Ein seltsamer Satz. Fabienne hat keine Zeit, darüber nachzudenken, sie speichert ihn nur ab, für alles andere ist später Zeit.

Der Schwindel lässt bereits nach. Das Gehör normalisiert sich auch wieder so weit, dass sie, als sie beim Auto in der Tiefgarage sind, sich von John nicht in die Privatklinik, deren ambulante Sprechstunde vielleicht ohnehin heute schon geschlossen ist, sondern gleich nach Hause fahren lassen will.

Marlene telefoniert mit Dr. Jendrowiak, die verspricht, vorbeizukommen.

Der Pressechef, dem der ganze Vorgang offenbar nicht weiter bedrohlich vorkommt, sitzt vorne neben dem Fahrer im Wagen und gibt Anweisung an seine Abteilung, den Apparat höher zu fahren, die zusätzliche Aufmerksamkeit reinzuholen, die dieser sensationelle Auftritt – »wirklich sensationell!« – doch offensichtlich verdient.

»Morgen Abend um acht Uhr wird gesendet«, sagt er mehrfach und zu verschiedenen Personen in sein Handy, und es klingt, als hätte er Aufnahme, Schnitt und Abnahme gleich selbst in die Hand genommen. »Wir waren sensationell!« Aha. Auch das Interview liegt nun offenbar bei ihm, ist eigentlich schon fast seines.

»Meine Verehrung«, sagt er zu Fabienne, als er anhalten

lässt und aussteigt. »Meine große, tiefempfundene Hochachtung, Frau Felsenstein.«

Zu dritt setzen sie die Fahrt fort. Kaum, dass Fabienne mit John und Marlene die Wohnung erreicht hat, klingelt Dr. Jendrowiak bereits an der Wohnungstür. Sie erkundigt sich nach dem Verlauf des Anfalls, macht ein paar einfache Tests, nickt dann zufrieden.

»Alles gut«, erklärt sie. »Kommen Sie morgen bei mir vorbei, ich möchte Sie gern noch einmal sehen und nochmals eine genauere Diagnostik erstellen. Es reicht, wenn Sie gegen Abend da sind, ich bin morgen sowieso länger in der Praxis. 19 Uhr?«

Erneut klingelt es an der Tür: Der Concierge steht da mit einer flachen großen, viereckigen Kiste.

»Aus England«, sagt er. »Wenn ihnen das recht ist, Frau Felsenstein, dann nehme ich das Verpackungsmaterial gleich mit.«

Auf ihr Nicken hin holt er aus der Kiste ein in Plastikfolie verpacktes Bild.

Dr. Jendrowiak, die es nicht sonderlich eilig zu haben scheint, schaut ihm dabei zu. Als »Atomblut« zum Vorschein kommt, mustert sie es eingehend und klatscht dann in die Hände.

»Wundervoll!«, ruft sie. »Eine ganze Welt in einem Bild. Ist der Maler jemand, den Sie kennen?«

»Ein Freund aus London«, sagt Fabienne, und es kommt ihr wirklich vor, als sei nicht nur das Bild, sondern Dano in ihre Wohnung eingetreten – Dano, von dem sie nun lange nichts mehr gehört hat. Wie es ihm wohl geht? Sie muss ihn anrufen. Es gibt viel zu erzählen, auch von Sven – Sven und Dano werden sich mögen, da ist sie sich sicher.

Als es zum dritten Mal an der Tür klingelt, steht da, ganz unerwartet, Justus Kohlmeier.

Er ist noch nie in dieser Wohnung gewesen, die jetzt ungewöhnlich voll ist mit Menschen – die Ärztin, der Concierge, John und Marlene, beinah, als würde Fabienne etwa eine Party feiern und sich nicht gerade von einem Schwindelanfall erholen.

Also bleibt er erst mal in der Tür stehen, sieht fragend um sich. Sein Blick ist wie immer freundlich und kühl.

Als Fabienne ihn hereinbittet, sind gleich darauf auch alle anderen weg: Marlene muss noch mal zurück zur Arbeit, Dr. Jendrowiak geht nun ebenfalls, begleitet vom Pförtner, der das Packmaterial trägt, John verzieht sich diskret in einen Nebenraum.

Fünf Minuten nach seiner Ankunft sind Kohlmeier und Fabienne bereits ganz unter sich.

»Gut gemacht«, sagt ihr Mentor. »Wenn das, was ich von allen Seiten höre, stimmt, dann hast du gerade Fernsehgeschichte geschrieben.«

»Danke, dass du gekommen bist«, erwidert Fabienne.

Sie weiß nicht, warum er hier ist, und noch weniger versteht sie, warum dieser Besuch ihr nicht angenehm ist. Sie möchte, dass er wieder geht. Das ist seltsam, immerhin sitzt hier, auf einem Stuhl neben ihrem Sofa, Justus, ihr Freund, ihr Mentor. Was stört sie an seiner Anwesenheit?

»Die Aufsichtsratssitzung«, fällt ihr ein. »Ich habe in der Sendung vielleicht ein wenig auf etwas vorgegriffen, das noch gar nicht endgültig verabschiedet ist.«

»Ich würde mir darüber keine Gedanken machen«, sagt Kohlmeier. »Ich selbst hätte das nicht besser spielen können. Deine Formulierungen waren perfekt. Unangreifbar. Fürs Erste werden sie dir aus der Hand fressen.«

Die Worte sind freundlich, die Stimme – ungehalten.

»Der Pressechef hat mir erzählt, dass du hier bist«, sagt er jetzt. »Ich war gerade in der Nähe, und da unten keiner in der Loge des Concierge saß – ich hoffe, ich habe euch nicht bei irgendetwas gestört.«

»Warum solltest du stören?«, fragt Fabienne.

»Ich habe neulich deinen Freund Abakus bei einem Vortrag erlebt«, sagt Kohlmeier auf ihre Antwort hin ziemlich unvermittelt. »Um die Wahrheit zu sagen, ich halte nichts von ihm. Heiße Luft und nichts dahinter. Ich weiß nicht, was du an ihm findest.«

Fabienne schweigt. Sie ist erst verblüfft, und dann, was ihr sehr selten passiert, wird sie wütend. Anders als bei der wut- und lustbegabten Marlene äußert sich das bei ihr nicht in einer Eruption, sondern in einem Zustand, der sich anfühlt, als sei das Blut in ihrem Körper zu Eis geworden: »Abakus geht dich nichts an, Justus«, sagt sie.

»Kann sein. Aber du gehst mich etwas an. Du bist nicht mehr du selbst, seit du ihn kennst. Und jetzt dieser Anfall. Dein Freund Lermoyez.«

»›Mein Freund‹ – woher weißt du das? Nein, lass, ich will es nicht wissen. Sag mir lieber, was geht es dich an?«

»Nichts, vielleicht, vermutlich. Aber RuhrSTROM geht mich etwas an«, sagt er. »Und der Konzern sollte dich auch etwas angehen, wenn du denn mal Zeit finden würdest, etwas anderem zu folgen als deinen Launen.«

»Es ist besser, du lässt mich jetzt allein.«

»Ich habe die Unterlagen studiert, die dein Vorstand dem Aufsichtsrat zur neuen Strategie übermittelt hat. Die Beschlussvorlagen sind unproblematisch, die Gesamtrichtung hochinteressant. Unser Gremium wird dir keine Probleme bereiten. Ich möchte, dass du dich im Weiteren auf die Umsetzung konzentrierst. Deine Freunde werden dich dabei nur behindern.«

»Und deswegen bist du hier? Um mir das zu sagen?«

»Entre nous«, meint Kohlmeier. »Im Vertrauen. Mit dem, was ich gerade gesagt habe, überschreite ich möglicherweise die mir gesetzten Grenzen als Aufsichtsratsvorsitzender.«

»Das klingt, als sollte ich dir dafür danken.«

»Du kannst machen, was du willst. Du sollst nur wissen, dass ich dein Freund bin.«

Die Betonung liegt auf dem »ich«, ganz leicht nur, aber die Botschaft hat Fabienne verstanden. Kohlmeier ist ihr Freund, andere Freunde neben ihm soll sie nicht haben – es sei denn, er lässt das zu. Und die Spitze mit Lermoyez, von dem niemand, wirklich niemand außer Marlene und Dr. Jendrowiak etwas wissen: Die soll ihr klar machen, dass sie vor diesem Mann keine Geheimnisse haben kann.

Und Sven. Sven Abakus weiß auch von Lermoyez. Neulich ist er doch Kohlmeier begegnet. Hat er ihm etwa von Fabiennes Anfällen erzählt?

Als die Haustür hinter Kohlmeier ins Schloss fällt, steht John auf, geht ins Wohnzimmer hinüber, wo Fabienne jetzt auf dem Fußboden vor Danos Bild sitzt. Sie hat die Hände im Gesicht vergraben, ihre Schultern zucken ganz leicht.

Fabienne weint.

John verlässt das Zimmer lautlos und kehrt in den Nebenraum zurück, vorsichtig schließt er hinter sich die Tür.

Fabienne kann hören, dass sein Telefon klingelt. John spricht leise hinein.

Dann öffnet er, wieder vorsichtig, erneut die Tür und flüstert Fabienne zu: »Sie haben ihn. Den Anrufer. Zugriff erfolgt. Du brauchst dir wegen diesem Dreckskerl keine Sorgen mehr zu machen.«

DOCH NICHT WIE IMMER

Die Kaffeeverabredung mit Henning Wallter war erst seltsam, dann nett, dann wie immer.

Das gab es nun doch schon mit diesem Mann, musste Marlene bei der Gelegenheit feststellen, ein »wie immer«, das sie in der Zeit, als sie ihn nicht sehen mochte, vermisst hatte.

Was er denn nicht verstehen könne, fragte er sie gleich, als sie sich im Café Zentral trafen, und sie brauchte einen Moment, bis sie begriff, was er meinte. »Ich denke nicht, dass du das verstehen kannst. Kannst du nicht, Henning. Lass mich« – ihre letzten Worte, als sie vor dem Horus ins Taxi stieg.

Sie war kurz versucht, ihm alles zu erzählen, wurde dann aber von einem Herrn Hartmann unterbrochen – sein Ex-Redakteur, erklärte Henning, als er sie einander vorstellte –, der sie durchs Fenster gesehen hatte und reingekommen war, weil er mit Henning über Kaspar Hauser reden wollte. Henning winkte gleich ab.

»Ist doch gut, wenn Hauser auch mal ein Ende findet«, sagte er nur.

Der Blog und die Felsenstein-Watch sind von der Online-Seite des Weltkuriers verschwunden, der ohnehin, wenn man diesem Hartmann glauben darf, aus dem letzten Loch pfeift.

»Unser journalistisches Ethos steht auf dem Spiel!« rief er aus. »Und wir werden verlieren, es ist zum Kotzen. Da kann ich mich genauso gut auch gleich verkaufen. Wallter, was meinst du, hat Anders noch eine Stelle für mich frei?«

Seine könne er vermutlich bald haben, hat Henning erwidert, später erklärte er Marlene, er gehe davon aus, dass Anders ihn demnächst entlassen werde. Und dann? Henning hat nur mit den Achseln gezuckt.

Alles in allem wirkte er eher niedergeschlagen. Marlene hatte nicht einmal Lust, mit ihm einen Streit anzufangen, darüber, dass er sich nicht einfach so in sein Schicksal ergeben könne.

Stattdessen hatte sie ihm von RuhrSTROM erzählt, von Fabienne, von der Strategie, die demnächst in den Aufsichtsrat kommt. Ganz allgemein natürlich nur, der Mann kommt ja trotz allem von den Medien, und Marlene muss sich professionell verhalten. Aber es hatte schon Spaß gemacht, ihm die enthusiastische Stimmung zu beschreiben, die seit einiger Zeit in der Vorstandsetage herrschte und selbst einen an sich recht knorrigen Manager wie Tschauner manchmal mitzureißen schien.

Die Art, wie er sie während ihrer Erzählung angeschaut hatte – die Art, wie Henning ihr immer das Gefühl gab, eine ziemlich tolle Nummer zu sein –, die hatte sie vielleicht auch vermisst. Ganz sicher sogar.

Das Treffen war an einem Nachmittag, Marlene hatte leider nicht viel Zeit, seither hat sie gar keine mehr. Arbeit, Arbeit, Arbeit. Für RuhrSTROM, für Fabienne, für sich selbst.

Sie haben kurz danach ein paar SMS ausgetauscht, die Texte recht unverbindlich.

Marlene hatte sich überlegt, dass sie Henning nach der Aufsichtsratssitzung treffen will, diesmal abends. Das war noch im Café Zentral, gesagt hat sie dann aber doch nichts.

Er hat auch von sich aus keine weitere Verabredung vorgeschlagen, anderseits hatte sie ihm ja auch gerade klargemacht, dass ihr Job sie in den nächsten Wochen zu 150 Prozent beanspruchen wird.

Das Treffen war also nett. Eigentlich wie immer. Aber danach kam – nichts mehr.

Und jetzt ist es so, dass sie ständig an ihn denken muss. Sie schilt sich eine dumme Nuss. Zig Mal sagt sie sich, er mache sich womöglich gar nichts mehr aus ihr, und zig Mal sagt sie sich, dass es ihr egal ist, ob es einen Henning Wallter in der Welt gibt oder nicht.

So etwas ist nicht gesund. Da ging es ihr noch besser, als sie ihn einfach geschnitten hat. Um ihn wieder zu schneiden, müsste sie ihn aber sehen, und wenn sie ihn sehen würde, dann würde sie diesmal die Zeit ganz bestimmt nicht damit verplempern, mit ihm Kaffee zu trinken.

Wo ihre Wohnung doch gleich um die Ecke vom Zentral liegt. Dumme Nuss!

Wo ist sie nur geblieben, Marlene Triumphatrix? – Doch plötzlich hat sie eine Idee.

»Ich muss kurz telefonieren«, erklärt Marlene Edna und den anderen Damen in Fabiennes Sekretariat, wo sie die erste Medienaufmerksamkeit zu ›Macher in Deutschland‹ beobachten und festhalten. Vom Sender der Platinblonden ist morgens eine angespitzte Ankündigung der heutigen Sendung rausgegangen – kleine Clips aus dem Interview stehen bereits im Internet und werden tausendfach angeklickt. Verschiedene Online-Berichte vereinen Vorschau und erste Kommentierungen.

Marlene wählt Hennings Nummer. Seine Mailbox geht an. Sie hinterlässt ihm eine Voicemail-Nachricht, erzählt von der Aufnahme im Studio, fragt, ob er abends zu ihr kommen will, damit sie sich die Sendung mit Fabienne gemeinsam anschauen können.

Eine Stunde später hat er noch nicht zurückgerufen.

Also hinterlässt sie eine weitere Nachricht, diesmal schon ein wenig ungehalten.

Als sie zwei Stunden später noch immer nichts gehört hat, ist sie so wütend, dass sie ihm auf seine Mailbox spricht – nein: schreit –, er brauche sich überhaupt nicht mehr zu melden. Wenn er sich daraufhin immer noch nicht meldet, denkt sie sich, dann … – weiß sie auch nicht.

Er meldet sich nicht.

Bis zum Abend hat sie noch immer nichts gehört, also verabredet sie sich kurzfristig für ein gemeinsames Private Viewing mit dem Sekretariat.

UNTER VERDACHT

Henning Wallter bekommt von Marlenes Anrufen nichts mit, weil er zu diesem Zeitpunkt nicht mehr in Besitz seines Handys ist.

Sein neues, aktuelles Smartphone haben ihm die beiden Beamten abgenommen, genauso wie sein Bargeld, seine Ausweise, seine Kreditkarten. Schuhbänder und Gürtel haben sie ihm gelassen. Beinah, als wollten sie ihm sagen: »Häng dich ruhig auf, das stört hier keinen.«

Der Mann und die Frau standen um zehn Uhr in der Früh im Vorraum von Luke Anders International Media. Wallter hörte, wie sie nach ihm fragten, und kam gleich hinten aus seinem

Zimmer. Eigentlich, findet er, hätte allein schon das seine Unschuld beweisen müssen, das, und auch, dass er sofort bereit war, die beiden auf die Wache zu begleiten.

Er hat dieses Papier, das sie ihm unter die Nase gehalten haben, noch nicht einmal richtig angeschaut. Vorläufige Festnahme? Lachhaft.

Als sich herausstellte, was die Ermittler zu ihm geführt hatte, kam ihm die Sache noch viel lächerlicher vor. Immerhin war das Handy, das ihn verdächtig gemacht hatte, schon seit Monaten verschwunden. Und er hatte die SIM-Karte ohnehin unverzüglich sperren lassen. Doch jetzt schien es, als hätte sein Handy irgendetwas mit diesen Drohanrufen bei der Felsenstein zu tun.

»Es ist mir doch geklaut worden«, sagte Henning.

Was stimmte: Das war an dem Vormittag gewesen, als Hartmann ihn rausschmiss. Und Anders ihm später anbot, bei seiner Firma einzusteigen.

Das alles teilte Wallter den Beamten mit.

Hatte er den Diebstahl gemeldet? Nein. Aber Herr Anders war damals Zeuge! Daraufhin wurde Wallters Chef geholt.

Als der Eiermann den Raum betrat, war von seiner gewohnten Fröhlichkeit nichts zu spüren. Er sah Wallter misstrauisch, sogar ein wenig ängstlich an.

Es hätte Wallter in diesem Augenblick nicht gewundert, wenn Anders sich zu den Beamten umgedreht und ihnen mitgeteilt hätte: »Jawohl, das ist der Mann, der meinen Hund vergiftet und meine Großmutter vom Dach geworfen hat.«

Was dann kam, war fast genauso schlimm. Es stellte sich nämlich heraus, dass Anders in Erfahrung gebracht hatte, wer sich hinter dem Pseudonym Kaspar Hauser verbarg.

»Wie konnten Sie nur?«, fragte er. »Wie konnten Sie nur meinen Auftrag für RuhrSTROM annehmen und gleichzeitig diesen – diesen subversiven Blog schreiben!«

Einen Entlastungszeugen – seinen einzigen Entlastungszeugen – hatte sich Wallter eigentlich anders vorgestellt. Anders als diesen Anders, den er gerade erlebte.

Von außen betrachtet, das musste Wallter allerdings zugeben, mutete sein Verhalten tatsächlich etwas – eigenwillig an.

»Es kann nur einen Grund dafür geben«, ereiferte sich Anders dann auch noch. »Sie hatten von Anfang an eine krankhafte Obsession mit dieser Felsenstein, das ist mir jetzt vollkommen klar. Vermutlich haben Sie unser Treffen vor dieser Kneipe ganz bewusst herbeigeführt. Und dann haben Sie auch noch mit ihrer reizenden Assistentin angebandelt. Das arme Mädchen! Wenn die erfährt, wie kaltblütig sie getäuscht worden ist – und zu welchem Zweck! Das grenzt ja schon an Missbrauch!«

Bei der Erinnerung wurde Wallter nun etwas flau im Magen, sodass er selbst zunächst keine Worte fand. Anders hatte in diesem Punkt vollkommen recht – Marlene würde die Sache ganz sicher nicht auf die leichte Schulter nehmen!

»Leute wie Sie«, fuhr Anders dann fort, »nette, freundliche Menschen, mit denen man sich gerne unterhält, sind doch am Ende immer die, die plötzlich die Axt zur Hand nehmen und ihre Nachbarn niedermetzeln.«

»Hören Sie mal«, wehrte sich Wallter. »Geht das nicht ein bisschen zu weit?«

Und musste Anders diesen filmreifen Auftritt nun wirklich gerade auf der Polizeiwache hinlegen?

Wallter machte Anstalten aufzustehen, die Beamten beobachteten ihm konzentriert, fast auf dem Sprung.

»Kommen Sie mir nicht zu nahe«, kreischte Anders. »Ich traue Ihnen nicht mehr. Nicht einen Meter!«

Worauf sich Wallter wieder in seinen Stuhl fallen ließ.

Er stellte fest, dass dieser letzte Satz ihm naheging. Er selbst sah sich eigentlich als einen vertrauenswürdigen Menschen. Unzuverlässig in kleinen Dingen, klar. Gewiss zog er hin und wieder auch mal eine gute Geschichte der Wahrheit vor. Gerade deswegen saß er doch bei Anders im Büro gar nicht so falsch.

Dass nun aber selbst der fröhliche Eiermann ihm nicht mehr trauen wollte, war schon ein wenig schockierend. Kurz fragte sich Wallter, ob er vielleicht tatsächlich anonyme Anrufe auf Felsensteins Anrufbeantworter hinterlassen hatte, ob er vielleicht irgendwo eine Axt versteckt hatte, um seinen Nachbarn in einem umnachteten Moment zu attackieren.

Quatsch!

»Hartmann, dieses Verräterschwein«, sagte er mehr für sich.

Anders, offenbar entschlossen, dass der Axtmörder vor ihm nicht etwa die Falschen auf seine schwarze Liste setzt, erwiderte: »Aber nein. Herr Hartmann hat mit mir nie über Sie gesprochen. Ich war gestern beim Oberbürgermeister auf dem Geburtstag und habe den neuen Geschäftsführer des Weltkurier kennengelernt, netter Kerl, spricht für einen Engländer erstaunlich gut Deutsch. Und als wir uns über dies und das unterhielten, erwähnte er, der Verfasser des Kaspar Hauser-Blogs sei doch bei mir im Büro, das hätte ihm der Online-Redakteur erzählt. Mir war da noch gar nicht klar, wen er meint. Heute Morgen habe ich dann gleich eins und eins zusammengezählt.«

Sein Chef strahlte schon wieder, erfüllt mit Stolz über seine detektivischen Fähigkeiten, und Wallter wurde ziemlich unbehaglich zumute, denn mit dieser zusätzlichen Information konnte es verdammt schwierig werden, glaubhaft seine Unschuld darzutun.

Mit dieser Befürchtung lag er auch vollkommen richtig. Die Beamten brachen gleich auf, um sich vor Ort in der Weltkurier-Online-Redaktion Einblick in den mittlerweile eingestellten Blog zu verschaffen.

Seither sitzt Wallter nun also in einer Zelle, samt Gürtel und Schnürsenkeln.

Befragt wird er erstmal nicht, aber das ist auch nicht nötig. Die Lektüre der Kaspar Hauser-Texte und mehr noch die der

Kommentare seiner »psychopathischen Fans«, wie Hartmann sie gerne nennt, lassen Wallters Status als Verdächtigen raketenartig in die Höhe schnellen. Diffamierung, Marodierung und Bedrohung als Geschäftsmodell? Ihm ist klar, dass die lokale Polizei davon ausgehen muss, einen wahren Jahrhundertfang gemacht zu haben.

Den werden sie, vermutet er, so schnell auch nicht wieder hergeben wollen.

VORSTADT-GROUPIES

Die Runde aus Fabiennes Büro trifft sich bei Edna, der Büroleiterin, in dem kleinen Einfamilienhaus in der Vorstadt.

Auf dem niedrigen Couchtisch im Wohnzimmer stehen Wein und Saft, Bier und Baileys, Kuchen und Chips. In der Regalwand aus Eiche ist der erst vor wenigen Wochen gekaufte Flachbildschirm bereits eingeschaltet. Kerzen brennen auf dem Kaminsims, durch die halbgeöffnete Schiebetür zum Garten stiehlt sich eine kühle Brise in den Raum, ein wenig Konzernduft der großen weiten Welt, die auf den Hauch von Spießbürgertum drinnen trifft.

Und da kommt auch schon die Anmoderation zur Sendung. »Macher in Deutschland«: »Unser Gast heute ist die derzeit angesagteste Frau der deutschen Wirtschaft: Fabienne Felsenstein!«

Die Ansage reicht aus, um die zwei Sekretärinnen und Marlene in Ednas Wohnlandschaft in eine Versammlung von sachkundigen, zunehmend angetrunkenen Groupies zu verwandeln.

»Felsenstein rules!«, ruft die kecke Sekretärin schon beim ersten Anstoßen, und das tut Fabienne in diesem Interview tatsächlich.

Die Sekretärin mit den High Heels beäugt währenddessen

kritisch Fabiennes Outfit und befindet es für passabel. Immerhin ein Kleid, wenngleich höhere Absätze nicht verkehrt gewesen wären.

Edna lobt Frisur und Make-up, die ihrer Ansicht nach die Kunst der Stylistinnen beim Sender zum Ausdruck bringen. Marlene berichtigt diese Fehleinschätzung dann gleich, indem sie der Runde vom Ansinnen der Stylistin, Fabienne als Heidi Klum ins Rennen zu schicken, erzählt. Was nun wirklich für niemanden im Raum nachvollziehbar ist.

Überhaupt ist Marlene der Hit des Abends. Sie war dabei, sie kann in jedem Moment berichten, was hinter den Kulissen stattfand. Und das tut sie auch.

Mit jedem Glas Baileys mit größerem Vergnügen.

Henning Wallter ist vergessen, jedenfalls für den Moment. Auf ihr Handy schaut sie nicht mehr, jedenfalls nicht so oft. Vielleicht alle zwanzig Minuten, höchstens, bis die kecke Sekretärin sie fragt, ob sie auf einen Anruf warte. Daraufhin kippt Marlene einen weiteren Baileys und steckt das Handy in die Tasche ihres Mantels an der Garderobe.

Kurz überlegt sie, ob sie es in hohem Bogen in den nächtlichen Vorstadtgarten schleudern soll. Aber das ist ihr dann doch zu blöd.

KÖNIGIN DER HERZEN

Fabienne Felsenstein schaut sich nur den Anfang von ›Macher in Deutschland‹ an. Sie ist gerade noch rechtzeitig von Frau Dr. Jendrowiak nach Hause gekommen.

Dann wendet sie sich jedoch ab, betrachtet lieber Danos Bild, das John an eine Stelle gehängt hat, wo sie es vom Sofa aus im Blick hat.

Sven ist gekommen und behält für sie die Sendung im Auge.

John sitzt ebenfalls auf dem Sofa, Fabienne hat ihn dazu eingeladen; wenn er schon für ihre Bewachung abgestellt ist, warum nicht hier, in ihrem geräumigen Wohnzimmer?

Vor dem Bodyguard steht ein Bier, alkoholfrei. In einer Schale liegen Chips. Fabienne trinkt Wasser, Sven Wein. Im Kühlfach liegt eine Flasche Champagner, die Sven mitgebracht hat.

»Ich kann auch wieder gehen«, hat er gleich gemeint, als er überraschend vor ihrer Tür stand.

Sie hatte sich bei ihm seit dem Abend mit Vishnu nicht mehr gemeldet, ihre Funkstille per SMS mit der Aufregung um die Sendung erklärt.

»Bitte bleib«, hat Fabienne erwidert und sich fast geärgert, wie sehr sie sich über seine Anwesenheit freute.

Denn das geht nicht, sie darf sich nicht freuen, ihre gemeinsame Geschichte hat keine Zukunft. Er wird nach Indien gehen, sie muss sich von ihm lösen. Und dann ist da ja auch noch dieser kleine Samen von Misstrauen, den Justus gesät hat ... Unmöglich! ... Fabienne will nicht glauben, dass er es war, der ihrem Mentor von Lermoyez erzählt hat.

Es spielt keine Rolle. Nichts spielt eine Rolle, außer RuhrSTROM. Was sie von ihrem Auftritt im Fernsehen jetzt mitbekommt, findet sie in Ordnung. Ihr Auftreten ist locker, gelöst und voller Zuversicht. Es fehlt auch nichts von dem, worum es ihr vordringlich geht.

Der Abschluss des Statements: eine Spur zu laut, es klingt dadurch ein wenig zu sehr gewollt. Sie ist jedoch froh, dass man ihr nicht anmerkt, wie wenig sie akustisch noch mitbekommen hat.

Ganz zum Schluss fällt der Satz mit GreenInnoLab.

»Seltsam«, sagt Fabienne. »Das habe ich gar nicht mitbekommen.«

Sie erinnert sich an die Karte, die die Moderatorin in der Hand hielt: Da stand der Name des Konsortiums drauf. Was die Platinblonde dazu gesagt hat, hat sie nicht mehr wahrgenommen.

»Ich kenne das«, meint Sven. »Diese Fernsehauftritte sind wie ein Rausch. Am Ende weiß man nicht, was irgendjemand gesagt hat, und hofft nur, dass man selbst nicht zu viel Unsinn geredet hat. Das hast du in keinem Moment getan, das nur nebenbei.«

Im Fernseher folgen jetzt Nachrichten, Fabiennes Handy vibriert auf dem Tisch, die ersten Anrufer, die zur Sendung gratulieren wollen. Sie schaut aufs Display, legt es dann weg.

Ich muss mit Justus über diese Sache mit GreenInnoLab reden, beschließt sie.

In diesem Moment fällt ihr der Satz wieder ein, den sie im Sender noch durch die Wand gehört hat: »Kohlmeier wird zufrieden sein.« Auch etwas, was sie in diesem Augenblick wegschieben möchte.

Sie wendet sich Sven zu: »Komm, Sven. Du bist immerhin der Marketingexperte. Muss RuhrSTROM nach diesem Auftritt das Schlimmste erwarten?«

Ihr Freund, der nicht nur ihr Liebhaber ist, sondern mit dem sie – wenn auch von verschiedenen Seiten her – gemeinsam an einer besseren Welt arbeitet, steht auf, holt die Flasche Champagner aus dem Kühlfach und hält sie in die Höhe: »Meiner vollkommen objektiven Ansicht nach bist du mit diesem Auftritt gerade zur Königin der Herzen in der deutschen Wirtschaft aufgestiegen. So etwas kann man nicht planen, das braucht ein Naturtalent. Und ich bin so ungeheuer stolz auf dich, dass ich platzen könnte.«

Er lässt den Korken knallen, füllt dann drei Gläser: »Ich muss gleich zu Magda, aber anstoßen wollen wir doch noch. Auf dich, Fabienne. John, bitte, Sie sollten heute auch mal einen Schluck mittrinken.«

»Ich möchte nicht stören«, sagt John zurückhaltend.

»Ein kleiner Schluck, John«, sagt Fabienne. »Wenn du magst.«

John neigt zustimmend den Kopf, erhebt das Glas, trinkt jedoch keinen Tropfen.

»Königin der Herzen«, sagt er dann. »Prinzessin Diana, nicht wahr?«

Er runzelt nachdenklich die Stirn: »Das war keine glückliche Frau. Ich kannte mal einen, der für sie gearbeitet hat.«

AUCH DU WIRST UNTERGEHEN

Kohlmeier hat sich die Sendung in seiner Bibliothek angeschaut, ganz allein oder in bester Gesellschaft – je nachdem, wie man das auffassen will.

An drei Wänden stehen die Werke bedeutender Männer mit dem Buchrücken zu ihm. Er hat sie gelesen, sie haben ihn angeleitet, in allem, was er getan hat. Von Marc Aurel bis Macchiavelli. Jetzt flüstern sie ihm zu, was bedeutende alte Männer immer zuflüstern: Wehe, wehe. Auch du wirst untergehen.

Kohlmeier achtet nicht darauf. Er hat die Börsenkurse offen auf dem Laptop, behält sie im Auge, während er sich Notizen macht und ab und zu einen Schluck aus seiner japanischen Teetasse trinkt. Die Kraft der Samurai.

Heute Abend ist in der Silberkanne ein schlichter Jasmintee, der Duft weht durch den hohen Raum und durch das Kippfenster auf die Terrasse hinaus, wo der Oleanderstrauch in dem Terracottakübel noch immer in voller Blüte steht. Wunderschön. Ein sehr aufmerksames Gastgeschenk eines arabischen Geschäftspartners, der erst vor kurzem hier war.

Er ist sich sicher, dass er demnächst das Konsortium aus Russen, Aserbaidschanern und Kasachen am Apparat haben wird. Die Chinesen vermutlich auch. Fabiennes Auftritt war enorm.

Das Erfreuliche am Internet ist, dass solche Fernsehauftritte sich sofort herumsprechen und schon gleich nach der Ausstrahlung zigtausendfach auf der Website des Senders gesehen oder wiedergesehen werden können. Eine Meldung verpassen – das gibt es nicht mehr. Nicht in der Welt von Bits und Bytes. Über lichtschnelle Datentransfers gehen die Nachrichten und Meinungen um die Welt.

Im Foyer des Gebäudes 43 im Googleplex in Silicon Valley ist eine Projektion zu sehen, auf der die jeweiligen Netzaktivitäten als Lichtsignale zu beobachten sind. Die blinkenden Punkte zeigen die Herkunft der Suchanfragen. Weite Teile des Globus sind immer noch dunkel. Aber zwischen den entscheidenden Zentren zischen die Blitze hin und her.

Diktatoren werden so gestürzt, ganze Länder geraten in Aufruhr. Menschen gehen auf die Straße und fragen: »Wo ist meine Stimme?«

In China ist bereits früher Morgen. In Moskau werden die Straßenlichter bald aus- und die Monitore eingeschaltet.

Und für GreenInnoLab wird es ein denkwürdiger Tag werden.

Als sein Telefon klingelt, vermutet Kohlmeier erst, es sei Fabienne. Stattdessen ist es die platinblonde Moderatorin: »Na, zufrieden?«

»Ein bisschen sehr plump, dein Product Placement zu unseren grünen Freunden in Wangen. Aber ansonsten: keine Einwände.«

»Die Redaktion ist jedenfalls hingerissen. Dein Schützling ist unser neuer Star. Hätte ich nicht gedacht, dass sie das so hinkriegt.«

»Fabienne Felsenstein ist immer für eine Überraschung gut«, sagt Kohlmeier unverbindlich. »Und diesmal hast du auch etwas davon gehabt, nicht wahr?«

»In jeder Hinsicht. Immer nett, mit dir Geschäfte zu machen. Ich lass dich mal, du hast bestimmt noch was anderes vor. Bis zum nächsten Mal!«

Ja, vielleicht, denkt Kohlmeier, als er auflegt. Vielleicht aber auch nicht. Die Frau hätte ihn nicht anrufen dürfen. Gefährdet unnötig das Szenario, das in diesem Fall allerdings wie geplant verlaufen könnte: Steigt der Wert von GreenInnoLab innerhalb der nächsten 72 Stunden auf einen vereinbarten Betrag, werden auf einem Konto auf den Virgin Islands, das nicht auf Kohlmeiers Namen läuft, einige Millionen eingehen. Und das ist nur der Anfang. Mit der Wertsteigerung lässt sich weiter spielen – dafür braucht Kohlmeier nur noch RuhrSTROM. Und RuhrSTROM wird er bekommen, der Konzern wird mitmachen, Fabienne hat sehr genau verstanden, was er ihr bei ihrem kleinen Tête-à-tête sagen wollte.

Ihre Wohnung bot einen Anblick wie auf dem Jahrmarkt, befindet er kopfschüttelnd beim Gedanken an seinen Besuch. Die Zwergenärztin, das Bild von diesem Chaospunk, der Pförtner mit der Folienverpackung im Arm – die reine Rocky Horror Picture Show.

Nun, das spielt keine Rolle. Fabienne macht ihre Sache nach wie vor gut, das allein zählt.

Noch vor kurzem hätte Kohlmeier auf den Untergang von RuhrSTROM wetten können und vermutlich auch gewonnen. Der Vorgänger von Fabienne hätte die Schlacht der Energiewende ohne Frage mit Pauken und Trompeten verloren. RuhrSTROM auf dem direkten Weg zum Regionalversorger hätte alle Winkelzüge der Politik mit vollziehen müssen, und wäre am Ende zerlegt, filetiert, pulverisiert worden.

Stattdessen konnte Kohlmeier seinen Schützling in den Sattel heben und muss allerdings zugeben, dass das Szenario dadurch deutlich komplexer geworden ist. Emotionaler. Seine Gefühlslagen in den letzten Wochen sind für ihn selbst überraschend. Ein Auf und Ab wie in der Jugend. Natürlich lässt er sich in seinen Geschäften nicht davon beeinflussen.

Wenn die Geschichte mit GreenInnoLab sich so weiterentwickelt, wie es gerade den Anschein macht, werden die Jungs in Wangen bald in mehr Geld schwimmen, als sie ohne aufzufallen in die Karibik oder nach Malta schleusen können. Möglicherweise werden sie dann tatsächlich anfangen müssen zu arbeiten. Richtig investieren, und mehr als nur Alibi-Ergebnisse produzieren. Was würde dann passieren? Wäre nicht uninteressant, das zu sehen.

Kohlmeier holt sich einen Zettel und einen Stift, setzt sich wieder neben den Laptop und fängt an zu rechnen. Zahlen, Szenarien, Werte, Gewinne.

Als er wieder auf die Uhr schaut, ist es schon nach drei Uhr in der Früh. Kohlmeier will noch wach bleiben. Er schaut auf den Bildschirm seines Laptops.

Plötzlich läuft eine Eilmeldung quer über den Monitor.

Kurz darauf beginnt sein Telefon zu klingeln und bleibt auch die nächsten drei Stunden nicht mehr still. Ganz andere Zahlen erscheinen jetzt auf dem Blatt neben dem Computer.

Was gerade passiert ist, hat das Potenzial, die Welt auf den Kopf zu stellen.

– VIII –

DIE RIESEN DER OZEANE

Kohlmeier hatte das Potenzial von LNG – verflüssigtem Gas – als einer der Ersten erkannt.

»In seinen Adern fließt vielleicht Flüssiggas«, hatte Jacobi in Arabien über den damaligen CEO von RuhrSTROM gespottet, als dieser die Herren Aufsichtsräte auf eine gemeinsame Reise nach Kuwait, Damman und Dahran eingeladen hatte.

Was Jacobi eigentlich meinte: der vornehme Mann hatte nicht für das rechte Unterhaltungsprogramm auf dieser Reise gesorgt. Kein Angebot für Männer mit echtem Blut in den Gefäßen! Wo waren denn nun die Haremsdamen?

Dieser Stockfehler im Programm war tatsächlich einer der Gründe, warum Region und Landschaft zu Hause von Kohlmeier nicht von den Vorzügen des LNG-Transportes zu überzeugen waren. 6000 Flugmeilen ohne spürbares Ergebnis für alle.

Im Kern aber fehlte es den so bitter Enttäuschten schlicht an Weitblick und Detailinteresse.

Denn das Potenzial dieses Energietransportweges wäre leicht zu erkennen gewesen: Nach wie vor werden auf den Ozeanen der Welt mehr als 90 Prozent des globalen Handelsaufkommens transportiert, von immer größeren Frachtern und Container-Schiffen, mit immer weniger Personal.

Die LNG-Tanker gehören zu die Giganten der Meere. Sie transportieren das flüssige Gas in Drucktanks über die Meere, in Membranbehältern im Schiffsbauch oder in Kugeltanks, die auf Deck sitzen wie schneeweiße Eierhälften.

Die Supertanker unter den LNG-Transportschiffen sind die Q-Max.

Einer davon kann 345 Meter lang und 55 Meter breit sein. In seinen Tanks lagern fast 270 000 Kubikmeter verflüssigtes Gas, heruntergekühlt auf eine Temperatur von minus 160 Grad. Im Zielhafen wird das LNG wieder in Leichtgas zurückverwandelt, wodurch das Volumen der Ladung um das 600fache ansteigt – auf mehr als 150 Millionen Kubikmeter.

Zuoberst in den Transporttanks verwandelt sich schon während der Fahrt ein geringer Anteil des LNG zurück in seinen ursprünglichen Zustand. Ein System von Saugpumpen und Röhren leitet es aus den Tanks ab und in den Maschinenraum, wo es als Energie- und Treibstoffspender dem Schiff selbst dient.

Ein solcher Tanker transportiert genug Rohstoff, um ein ganzes Land von der Größe Koreas oder Japans für einige Stunden mit Energie zu versorgen – für einen Mann wie Kohlmeier ein leicht zu erkennender Fingerzeig auf die ungeheuren Dimensionen eines Geschäftes, das bei seinem Besuch mit dem Aufsichtsrat in Kuwait und Saudi-Arabien erst am Anfang schien.

Inzwischen sind die Gastransporte über See zu einer der vielen lebenswichtigen Hauptschlagadern der Weltwirtschaft geworden. Tagtäglich fahren die Tanker. Und stellen die Energieversorgung wichtiger Meeresanrainerstaaten sicher.

Seit 1969 befahren LNG-Transporter die Weltmeere. Anders als bei Öltankern gab es bisher mit keinem einen wirklich nennenswerten Unfall. Einmal schlug ein Blitz auf einem Deck in der Nähe der Lüftungsschächte ein und verursachte ein kleines Feuer. Die Tanks waren davon jedoch nicht betroffen. Zweimal liefen Schiffe mit LNG auf Grund. Beide Male ging kein Tropfen der Ladung verloren.

In seiner flüssigen Form ist Erdgas kaum brennbar. Der Transport gilt als äußerst sicher.

Es ist 8 Uhr 35, ein sonniger Morgen. Die Temperatur liegt bei 26 Grad, wie üblich zu dieser Tageszeit, ein leichter Wind bläst.

Vom malaysischen Flughafen Sungai Besi bei Kuala Lumpur startet eine zweimotorige Militärmaschine zum Überwachungsflug über die Straße von Malakka.

Die 800 Kilometer lange Meeresenge verbindet den indischen Ozean mit dem chinesischen Meer. Die Crew fliegt im Auftrag des Überwachungssystems »Eye in the Sky«, das Malaysia, Indonesien und Singapur gemeinsam ins Leben gerufen haben, als der Schiffsversicherer Lloyd's of London die Handelsstraße im Jahre 2005 auf Grund der vielen Piratenüberfälle als »kriegsgefährdetes« Gebiet einstufte.

Die hungrigen Piraten stammten meist aus armen Küstendörfern; die internationalen Handelsschiffe müssen ihnen vorgekommen sein wie gebratene Tauben, die täglich zu Hunderten an ihnen vorbeizogen.

»Eye in the Sky« ist wirksam – die Zahl der Überfälle ist von über 100 noch im Jahr 2005 auf gerade mal ein Dutzend pro Jahr zurückgegangen. Lloyd's of London stuft die Straße wieder als sicher ein, die Piraten sind mehrheitlich in ihren Erstberuf zurückgekehrt, zum Fischen also.

Die Männer der Beobachtungscrew sind miteinander vertraut. Der Pilot, Sohn einer aus Japan eingewanderten Familie, ist vor einem Monat dazu gekommen. Die Vorschriften besagen, dass unter den Beobachtern an Bord Vertreter aus allen drei verantwortlichen Ländern sein müssen, und geben vor, wie weit eine Maschine des jeweiligen Landes in den Luftraum der anderen eindringen darf.

Diese Zeugnisse eines unruhigen Friedens zwischen den Anliegerländern spielen für die aktuelle Crew keine Rolle. Man ist regelmäßig miteinander unterwegs, man kennt sich, scherzt, trinkt Kaffee aus Pappbechern und genießt den Anblick von Dschungel und Meer am frühen Morgen.

Unten auf dem Wasser funkeln im ersten Sonnenlicht die schwimmenden Fahrzeuge. »Das sind die Vereinten Nationen der Weltmeere dort unten«, scherzt der Pilot diesmal, Schiffe aus aller Welt, unterwegs nach China, Japan, Korea, und auch nach Russland.

Dort zum Beispiel, stellt einer der Beobachter an Bord fest, kommt ein LNG-Tanker aus dem Phillip-Kanal. Er hat Singapur und den Kanal, mit 1,3 Kilometer Durchmesser die engste Stelle der Straße von Malakka, bereits passiert und ist nun unterwegs Richtung Norden.

Es handelt sich offenbar um einen Q-Max LNG-Tanker. Dieser kommt aus Katar und ist nach Korea unterwegs, wo seine Ladung nach der Verstromung für mehrere Stunden wesentliche Teile der Elektrizitätsversorgung des Landes abdecken wird.

Aus dem Cockpit sieht der gewaltige Tanker aus wie eine dicke kleine Zigarre im Wasser. Eine silberne Zigarre. Die Flug-Crew genießt den faszinierenden Ausblick.

DIE FEUERWAND

»Ein Unfall.«

Das sagen später alle, die dabei waren. Keine Bombe, keine Terroristen an Bord, keine Fremdeinwirkung.

Die Maschine war gerade umfassend gewartet worden, die Technikermannschaften auf dem Flughafen sind zu 100 Prozent zuverlässig, die Wartungsteams sind über jeden Zweifel erhaben. Es ist also ein dummer Zufall, dass an diesem Morgen plötzlich einer der Motoren ausfällt. Für die Piloten sowohl Routine als auch Herausforderung.

Ein plötzlicher Ruck, ein merkwürdiges Geräusch. In die so oft am Simulator trainierten Notfallabläufe der Piloten hinein trifft die Maschine ein neuer Schlag. Möglicherweise durch den verirrten Flug einer Möwe. Der bisher noch intakte Motor fängt Feuer.

Hektik im Cockpit, Panik an Bord.

Der Pilot ruft die höchste Alarmstufe aus, tut mit seinem Kollegen im Cockpit alles, was er tun kann, um die Maschine auf den offenen Teil der Malakka-Straße auszurichten, kämpft wie verzweifelt, springt schließlich in letzter Sekunde aus dem Flugzeug, folgt mit dem Fallschirm den Beobachtern und dem Co-Piloten, in ängstlichem Hoffen zwischen Himmel und Meer.

Die Tatsache, dass das brennende Gefährt, das nun herrenlos in einem schrägen Spiralflug nach unten trudelt, ausgerechnet, fast punktgenau, auf dem Deck des unten vorbeiziehenden LNG-Tankers landet, ist dann einfach nur Pech.

Furchtbares Pech.

Die Präzision des Einschlags, so werden die internationalen Experten später einmütig feststellen, spricht gegen einen Terroranschlag: Der cleverste Terrorist hätte nicht planen können, dass der Weg dieses taumelnden Flammengeschosses mit solcher Exaktheit den seitlichen Bereich des mittleren von fünf Tanks an Bord durchschlägt, um dort das flüchtige Gas ganz oben im Behälter zu entzünden. Und wie hätte selbst der kühnste Terrorist den genauen Ort berechnen können, an dem die Triebwerke versagen würden?

Durch das entstandene Loch strömt das minus 160 Grad kalte Flüssiggas aus und setzt den Stahl des Schiffes Temperaturen aus, die das Metall innerhalb kürzester Zeit brüchig werden und schließlich wie Glas splittern lassen. Große Teile der Ladung des Schiffes landen auf der Wasseroberfläche, die bei den Minusgraden des LNG sofort gefriert.

Auf der Eisfläche bildet das auslaufende Flüssiggas nun eine Lache.

Der Prozess der Rückverwandlung in den gasförmigen Urzustand ist bereits in Gang. Beschleunigt wird er durch das Feuer, das sich von der Methan-Sauerstoffmischung nährt. Dieses Feuer richtet sich auf den gefrorenen Wellen zu gewaltigen Höhen auf, steht da wie eine Wand aus Feuer, ein lodernder, tobender glutroter Berg aus Flammen, an dem der Wind zerrt, und an dessen Flanken sich Flammenzungen da und dort nach den Bäumen am Ufer strecken, sie aber nicht ganz erreichen können.

Eine Höllenwand. Höher als ein Haus. Höher als ein Hochhaus. Es ist, als ob die gesamte Eiger-Nordwand in Flammen stünde. Was Hollywood in »Backdraft« einst so eindrucksvoll in Szene setzte, erscheint harmlos gegen dieses reale Flammeninferno. Hier brennen nicht dreihundert oder dreitausend, hier brennen drei Millionen Quadratmeter.

Einen solchen Vorfall gab es nie zuvor. Was nicht hieß, dass es ihn nicht geben könnte. Und was nicht heißt, dass es ihn nicht geben würde. Nun hat die Realität die Erwartungen überholt. Mit dem Eintreten von Unwahrscheinlichkeiten muss man rechnen – und verdrängt dies doch allzu oft. Das weiß die Welt spätestens seit dem Tsunami vor Fukushima.

Winde der Götter. Diesmal haben sie Malakka gewählt. Die Götter – oder der Teufel?

Die Küstenwache sieht dem Horrorspektakel hilflos zu. Der heutige Stand der Technik kennt keine Möglichkeit, einen Gasbrand dieser Art zu löschen. Man kann lediglich abwarten, bis die Quelle sich erschöpft hat. Die Hitze ist selbst in großer Entfernung noch infernalisch.

Die Kette der Reaktionen verläuft rasend schnell. Nach gut dreißig Minuten zieht sich das relativ raucharme Feuer mit seinen riesigen Ballen aus unvorstellbar heißen Flammen zurück, fällt in sich zusammen, gibt den Blick frei auf die fünfzehn weiteren Schiffe, die unglücklich genug waren, in seinem Radius von knapp einem Kilometer in der Feuerhölle gefangen zu sein.

Der Tanker ist verschwunden. Verschlungen von Feuer und Meer.

Die Nachbarschiffe brennen vor sich hin oder sind gerade dabei, unterzugehen. Ein Öltanker aus Saudi Arabien produziert dicke, schwarze Rauchschwaden und überzieht nun seinerseits die Wasseroberfläche mit dem, was sich auf ganz andere Art in Energie für Asien verwandeln sollte.

Unterdessen rasen die ersten Bilder aus der Hölle von Malakka längst schon rund um den Globus.

Einmal halb um den Erdball schauen Boston und Rotterdam fassungslos zu: An ihren Küsten laufen die LNG-Tanker Häfen in unmittelbarer Nähe bewohnter Gebiete an. Auch Wilhelmshaven blickt schockiert nach Südostasien und ist dankbar dafür, dass ein LNG-Terminal auf seinem Stadtgebiet – entgegen älterer Planung – doch noch nicht kurz vor der Inbetriebnahme steht.

Nicht nur in diesen Städten stellt sich die Frage nach der Sicherheit der LNG-Technologie mit einem Mal ganz anders.

Nach Abklingen des Feuers sind 215 tote Seeleute zu beklagen, 16 Schiffe verloren, unmittelbare Schäden in Milliardenhöhe entstanden, die ökonomischen und die ökologischen Auswirkungen noch gar nicht abzusehen. Die politischen ebenso wenig.

GOTT IST EIN TEUFEL?

Es ist 6 Uhr 15 morgens in Deutschland.

Fabienne ist gerade aufgewacht, trinkt ihren ersten Kaffee des Tages. Sie hat sich entschlossen, Handy und Laptop nicht gleich einzuschalten. Die Welt und ihre mediale Vermittlung dürfen auch mal kurz Ruhe geben.

Über das Festnetz ruft Justus an und unterhält sich mit ihr, als hätte der unangenehme Austausch vor zwei Tagen nie stattgefunden. Dann gibt er ihr unvermittelt die entsetzliche Nachricht von Malakka weiter. Sachlich und ruhig, mit und trotz all ihrer furchtbaren Dramatik.

Fabienne ist schockiert.

Vor Jahren hatte sie einmal ein LNG-Terminal im Nahen Osten besichtigt und war fasziniert von der Technik und den Technikern gewesen, beeindruckt von der ungeheuren Vernetzung unserer globalen Welt.

Und nun das! Ein wichtiger Energieträger nicht als Nährstoff des Lebens, sondern als Todesbote der Apokalypse.

Fabienne kann es kaum fassen. Sie wundert sich, dass vom Konzern noch niemand angerufen hat.

»Fukushima und Malakka innerhalb eines Jahres, Fabienne. Das ist ein Witz.«

»Der Witz ist böse, Justus!«

»Es ist unbegreiflich. Ein Lottogewinn ist tausendmal wahrscheinlicher. Du kannst schon mal Rücklagen für noch weiter steigende Gaspreise bilden.«

»Weitere Rücklagen – woher? Können wir uns das leisten? Diese Sache geht doch weit über das Gas hinaus.«

»Zweifellos. Und deine Strategie hält weiter stand?«

»Darüber muss ich kurz nachdenken.«

Ja, befindet Fabienne dann. Die Strategie hält stand – sie ist davon überzeugt. Die Maßnahmen in ihrem 8-Punkte-Katalog sind vernünftig, das Ergebnis intensiver Analysen von Konzern und Markt. An diesen Einsichten wird auch Malakka vorerst nichts verändern. Im Gegenteil.

»Gut«, meint Kohlmeier am Telefon. »Das wollte ich von dir selbst hören. Die Kollegen vom Vorstand stehen hinter dir?«

»Die Strategie ist verabschiedet. Das Protokoll lässt da keine Zweifel zu.«

»Was nicht dasselbe ist, das weißt du. Und über die Katastrophe von Malakka hast du mit ihnen noch nicht gesprochen.«

»Was ich weiß, ist, dass dies der richtige Weg ist für RuhrSTROM. Nach Fukushima. Und jetzt auch nach Malakka!«

»Gut. Dann bleiben wir bei dem verabredeten Vorgehen.«

Nach dem Telefongespräch denkt Fabienne an die Toten der

Feuerhölle. War es in der Feuerwalze von Malakka heißer als an den Graphitziegeln von Tschernobyl? Wann beginnt Blut zu kochen? Wie zerplatzen Gefäße? Verdampft ein Mensch in der Teufelsglut?

Fabienne graust es bei diesen Gedanken. Sie ist bis ins Mark getroffen, mag sich das Leid der Opfer und ihrer Angehörigen kaum vorstellen, ihr wird heiß.

Man kann die Toten von Malakka auch als ein Blutopfer sehen, überlegt sie, das Blutopfer der Atomindustrie oder der Energiewirtschaft insgesamt. Denn letztlich werden sie alle von der Katastrophe wahrscheinlich profitieren. Als Konsequenz verursacht der Unfall schließlich Verknappung, unmittelbar oder mittelbar, sofort oder auf Sicht. Und Verknappung wirkt sich immer auf die Preise aus. Alle in der Branche werden daran über kurz oder lang verdienen. Vermutlich. Weniger oder mehr.

Fabinne tritt auf die Terrasse hinaus in die kühle Morgenluft und blickt über die Dächer der Stadt. Auf dem Geländer liegen Tautropfen. Es ist noch sehr frisch. Die Sonne ist noch nicht aufgegangen in den Straßen von Düsseldorf.

Malakka ist fern und doch so nah.

ELVIS WACKELT

»Eine Katastrophe«, sagt Tschauner im Büro seines Assistenten ins Telefon. Die Tür zum Vorzimmer ist geschlossen.

»Die Frau ist eine Katastrophe, der Strategieplan ist eine Katastrophe, und wenn nicht irgendetwas passiert, dann wird sie uns noch alle in den Abgrund reißen.«

»Tatsächlich«, sagt Neumann am anderen Ende der Leitung.

»Rolf-Peter, ich tue, was ich kann. Aber ich bin umgeben von feigen Hunden, die die sogenannten Sachargumente von dieser Frau einfach schlucken.«

Oben auf dem Computerbildschirm von Tschauners Assistenten klebt ein Elvis mit Spiralfederbeinen. Tschauner schnippt nach ihm, und der King legt sich ganz nach hinten, als wolle er Limbo tanzen.

Wenigstens einer, der dem Vorstand für Operative Lenkung und Geschäftseinheiten den angemessenen Respekt erweist.

»Wenn wir sie nicht loswerden, dann sind wir den Laden los. Das sage ich dir. Und wenn es dann so weit ist, vergiss bitte nicht, dass ich es war, der dir das gesagt hat.«

Ja, nickt Elvis mit seinem ganzen Körper. Vor, zurück, vor, zurück. Ja, ja, ja.

»Also los, Rolf-Peter. Was machen wir? Der Ball liegt bei dir, du bist im Aufsichtsrat.«

»Gar nichts«, sagt Neumann am Telefon.

»Gar nichts?«

Verblüfft hält Tschauner den wackelnden Elvis an.

»Genau das habe ich gesagt. Nichts.«

»Bisschen wenig, oder?«

»Wie man's nimmt. Kohlmeier und ich hatten gerade eine kleine Unterhaltung. Malakka und die Folgen, die dich, wenn ich es richtig verstehe, noch nicht sonderlich zu beunruhigen scheinen. Spielt keine Rolle, Norbert. Unser Gespräch war recht anregend. Es ging übrigens auch um die Firma, die du so schätzt. GreenInnoLab? Da hast du unserem Aufsichtsratvorsitzenden einen fetten kleinen Floh ins Ohr gesetzt. Gratuliere. Gut gemacht, würde ich sagen, zumal Kohlmeier in dieser Hinsicht eine Linie fahren will, die wir nur begrüßen können.«

Neumann wirkt ausgesprochen gut gelaunt, was Tschauner etwas verwundert. Und dann der Seitenhieb mit Malakka. Natürlich, der Vorfall ist schrecklich, aber immerhin auch sehr weit weg. Dass Kohlmeier nun mit einem Mal auf ihrer Seite stehen soll, überfordert den dürren Mann dann doch.

»Kohlmeier? Erst zertrümmert ihr mir das Knie, weil ich mit dem Mann auch nur rede, und jetzt ist Kohlmeier plötzlich unser Freund?«

»Freund wäre übertrieben«, sagt Neumann. »Aber was das Geschäft angeht, lässt sich unter den richtigen Umständen durchaus mit ihm reden.«

»Super«, sagt Tschauner einigermaßen beruhigt. »Heißt das, wir können jetzt endlich zur altbewährten Ordnung zurückkehren? Kohle für Deutschland, in Deutschland, und Scheiß auf die Windräder?!«

Schweigen in der Leitung. Dann räuspert sich Neumann: »Norbert. Ist dir schon mal der Gedanke gekommen, dass du für deinen Posten spektakulär ungeeignet sein könntest?«

»Nein«, sagt Tschauner, und das trifft auch zu. »Sag schon, Rolf-Peter, was ist los?«

Die weitere Unterredung dauert nicht mehr als fünf Minuten, danach legt Tschauner ganz behutsam den Hörer auf. Und dann starren er und der Wackelelvis auf dem Monitor seines Assistenten sich eine ganze Weile lang einfach nur verblüfft an.

»Eine Katastrophe«, ruft Tschauners Assistent, der in den Raum kommt und seinen Chef in besinnlicher Haltung vorfindet.

»Aber gar nicht«, erwidert Tschauner gut gelaunt.

»Nein?«

Der Assistent wundert sich. So, wie sich die Kurse gerade verhalten, meint er, ganz abgesehen von der anhaltenden Folge von Schreckensmeldungen aus der Straße von Malakka, komme ihm der Begriff der Katastrophe doch ganz angemessen vor.

»Katastrophen sind für Verlierer«, sagt Tschauner ein wenig herablassend. »Männer in meiner Position müssen über den Moment hinaus denken, dafür werden wir schließlich bezahlt.«

»Ach so?«, sagt der Assistent und streichelt dabei Elvis kurz über den Kopf.

Der nickt. Jawohl.

»Sie werden schon noch dahinterkommen. Ich sage nur so viel: RuhrSTROMs Schicksal liegt gegenwärtig in den Händen von Träumern und Tänzern, deren angebliche ›Visionen‹ einer neuen Realität nicht standhalten werden. Der Konzern ist geschwächt. Aber tot ist er nicht. Eine Renaissance des Altbewährten ist die Lösung, die nun dringender als je gefordert ist. Die Wende der Wende der Wende … Na? Dämmert's?«

Dass es dämmert, ist dem Assistenten anzusehen. Er nickt weise, als hätte er sich das alles schon gedacht.

POST MALAKKA

Die Straße von Malakka bleibt 72 Stunden lang komplett gesperrt, bis der Verdacht eines Terroranschlags endgültig ausgeräumt ist, man sich den heißen Wrackteilen nähern und beginnen kann, sie aus der Hauptfahrrinne zu ziehen. Frachter und Tanker werden noch über Wochen weite Umwege in Kauf nehmen, um ihre Ladung am Zielort abzuliefern.

Das wiederum führt dazu, dass ein wesentlicher Teil der auf diese Energieladungen angewiesenen asiatischen Wirtschaft und, mit einer gewissen Verzögerung, auch die gesamte Weltwirtschaft für einen kurzen, traumatischen und folgenschweren Augenblick ins Stocken gerät. Sie beginnt gewaltig zu stottern.

Gemessen an den hitzigen Auswirkungen dieses tropischen Höllenfeuers auf die globalen Rohstoff- und Finanzmärkte mutet die Verschuldungsblase Griechenlands fast an wie ein Teelicht bei Windstille, das gerade noch sein letztes Flackern zeigt.

Fabienne Felsensteins Kalender schwillt nach dem Malakka-Vorfall bis zum Platzen mit Terminen für Videokonferenzen, Meetings in Berlin und Brüssel, Frankfurt und London, Gesprächen mit Analysten, Experten und Politikern an.

Sie stellt dabei fest, dass ihre Stimme deutlich an Gewicht gewonnen hat.

Das liegt wohl auch an ihrem Auftritt bei »Macher in Deutschland«. Das Interview, zigtausendfach angeklickt auf

YouTube, von einigen Millionen Zuschauern zur besten Sendezeit im Fernsehen mitverfolgt, trägt das seine dazu bei, dass sie nun innerhalb und außerhalb der Industrie verstärkt Gehör findet.

Unmittelbar vor dem Einbruch aller Kurse hatte die RuhrSTROM-Aktie nach Ausstrahlung der Sendung kurzfristig noch um bis zu 12 Prozent zugelegt, um dann – als die potenziellen Folgen des Malakka-Vorfalls an Raum gewannen – mit den anderen Werten der Energiewirtschaft auf ein 5-Jahres-Tief abzustürzen.

Anders die GreenInnoLab-Aktie: Ihr konnte auch der Malakka-Unfall nichts anhaben. Sie begab sich auf einen Kurvenanstieg, den man so zuletzt bei den Kursen einzelner alternativer Energiewerte kurz nach Fukushima gesehen hatte. Plus 120 Prozent in der Spitze. Und 81,5 Prozent noch bei Börsenschluss in Frankfurt. Es scheint, als hätten sich einige Anleger aus traditionellen Papieren noch gerade rechtzeitig in diesen Zukunftswert geflüchtet.

Von Malakka profitieren erstaunlich viele. Die Gasproduzenten, die nicht auf den Seeweg nach Asien angewiesen sind, insbesondere die russischen Gasförderer. Die Kohleförderer und Kohleverstromer – Kohle ist auf einmal wieder eine salonfähige Alternative, selbst im Zeichen der Erderwärmung. Die Erneuerbaren sowieso, siehe GreenInnoLab. Und die weltweite Stromerzeugung aus Kernkraft verbucht ebenfalls ein noch weiter steigendes Interesse. Ein wahrhaft grauenhaftes Ereignis auf dem Meer führt so schon bald wieder zu steigenden Kursen an den Börsen. Zumindest bei den richtigen Werten.

Auch die Kurse der deutschen Energiekonzerne kommen langsam wieder aus dem Keller. Nach dem ersten Schrecken der Anleger dringt die rationale Erkenntnis durch, dass Deutschland ja gar nicht in Asien liegt. Und nicht auf die Gastanker aus Katar warten muss.

Doch welche Auswirkungen der Unfall auf Korea, Japan

und die anderen Länder, für die die Straße von Malakka der energiewirtschaftliche Lebensnerv ist, noch haben kann, vermag derzeit niemand zu beurteilen. Erst wenn China und die USA eine Bewertung vorgenommen und die Märkte darauf reagiert haben, wird man klarer sehen. Die Risiken sind noch immer enorm.

Auch deshalb äußert sich Fabienne zu den Folgen von Malakka nicht öffentlich. Das einzige Statement, das sie über ihre Pressestelle hat herausgeben lassen, bekundet Mitgefühl mit den Familien der verstorbenen Seeleute und verweist auf die fortgesetzten Bemühungen RuhrSTROMs, sich der Frage von Energieversorgung auf neue und nachhaltige Art anzunähern. Bezahlbar und sicher. Vor Malakka und nach Malakka.

POST HAUSER

Marlenes Platz in diesen Tagen ist an Fabiennes Seite.

An jenem Vormittag jedoch, als der Unfall noch neu und die Schreckensbilder der Flammenhölle auf allen Sendern zu sehen waren, als der Vorfall noch untersucht und mögliche Folgen abgeschätzt wurden, hat sie sich eine kurze Auszeit geleistet.

Für Henning Wallter. Den Marlene hassen müsste.

Behauptete der Kerl doch immer, er wüsste nicht, wer Kaspar Hauser sei – und dann stellt sich heraus, er war es selbst.

Täuschung, Falschheit, Hinterlist, Verrat vielleicht, Vergewaltigung gar? – Marlene will es gar nicht gelingen, auf den Begriff zu kommen, der für sein Verhalten ihr gegenüber zutreffen könnte. Wie auch immer er lauten mag, auf das Vergehen sollte die Todesstrafe stehen. Die mehrfache Todesstrafe, wie sie der Pressechef gern ins Feld führt. Die könnte man auch aus Marlenes Sicht bei Gelegenheit mal wieder einführen.

Das Problem ist allerdings, dass Marlene die Nachricht von Wallters Verrat von eben diesem Pressechef erhält, der an jenem Vormittag wie Marlene sehr früh im Büro ist. Er hat gerade ein doppeltes Feld zu bearbeiten – den erfolgreichen Auftritt Felsensteins in ›Macher in Deutschland‹ zum einen, die Reaktion des Konzerns auf den Unfall in der Straße von Malakka zum anderen.

Freundlicherweise nimmt er sich trotzdem Zeit, Marlene darüber zu unterrichten, dass »ihr Freund« Wallter gerade festgenommen worden sei, weil er bei Fabienne Felsenstein Drohanrufe getätigt hat.

So, wie der Pressechef »Freund« sagt, klingt es wie eine ansteckende Krankheit. Die Schadenfreude in seiner Stimme ist nicht zu überhören.

Der Mann hasst Wallter, weil der seine Pressestelle bei der International News vorgeführt hat.

Marlene kann sich gut vorstellen, dass Wallter Kaspar Hauser ist – gab es nicht den einen oder anderen Hinweis? Aber ein Wallter, der bei Fabienne Drohanrufe tätigt – undenkbar, sagt sich Marlene.

Dem Pressechef sagt sie das auch. Der wiegt den Kopf und grinst.

Bevor der Mann sie noch weiter ärgern kann, lässt sie ihn einfach stehen, geht die Treppen herunter, kurz an die frische Luft. Sie muss etwas tun. Wen zum Teufel könnte sie in dieser Sache anrufen?

Der Einfall kommt ihr, als ein Taxi auf dem Weg zur Ausfahrt an ihr vorbeifährt, also winkt sie es heran, steigt ein und nennt den Firmennamen: LAIM. Die Adresse findet der Fahrer über sein Online-Smartphone und das GPS.

Dann ruft sie Edna an, erzählt ihr etwas von einem familiären Notfall, lehnt sich in den Sitz zurück und fragt sich erst jetzt, was sie mit dieser Aktion eigentlich will. Seit wann empfindet sie Henning Wallter als Familie?

Nicht Wallter, redet sie sich dann ein, aber Fabienne. Fabienne ist ihre Familie, sie will nicht, dass ihre Chefin an einem

Justizirrtum schuld ist, auch nicht mittelbar. Vermutlich ist das gegenwärtig nicht Fabiennes Hauptsorge, umso mehr ein Grund, sie ihr abzunehmen.

Die Argumentation kommt Marlene selbst eher schwach vor, aber es ist zu spät, der Wagen hält schon vor dem Bürohaus, in dem Luke Anders International Media im obersten Stock sitzt und der Weltkurier im dritten.

Als sie unangemeldet in sein Büro platzt, ist Luke Anders mehr als bereit, Felsensteins Assistentin im Detail zu schildern, wie er dazu beitragen konnte, »diesem Monster das Handwerk zu legen«. Der Stolz auf seine Heldentat ist dem eierförmigen PR-Mann deutlich anzusehen.

»Und Sie sind sich sicher, dass er auch hinter den Anrufen steckt?« fragt Marlene.

»Alles deutet darauf hin!«, ruft Anders begeistert.

Nichts deutet darauf hin, so sieht das Marlene. Kurz darauf ermahnt sie sich – da ist sie schon wieder aus der Tür –, es würde auch nichts dagegen sprechen. Außer dass sie Wallter kennt. Und weil sie Dinge hasst, die für gegeben genommen werden, einfach nur deshalb, weil irgendjemand – oder irgendein Blatt – das gern so hinstellen möchte. Die Boulevardpresse, zum Beispiel.

Wetten, Anders hat den Boulevard bereits aktiviert?

Einen Vertreter der Presse auf dem Weg zum Boulevard trifft Marlene immerhin im Treppenhaus. Hartmann steht am Fenster unter einem glänzend neuen »Rauchen verboten«-Schild und raucht. Schuldbewusst drückt er die Zigarette aus, als er sie sieht.

»Und Sie machen bei dieser Vorverurteilung vermutlich auch mit«, ruft Marlene ihm gleich wütend zu, bevor ihr einfällt, dass der Redakteur ja irgendwie auch ein Freund von Wallter ist.

»Das waren keine Terroristen da unten bei Malakka«, erwidert Hartmann leicht verwirrt.

Von Wallters Festnahme weiß er nicht.

»Unmöglich«, sagt er sofort, als Marlene ihn über die Sache mit Wallter aufklärt. Unmöglich – dafür würde sie ihn am liebsten umarmen.

»Das mit Kaspar Hauser ist auch unmöglich?«, hakt sie nach.

»Nein, dieser Teil der Geschichte stimmt«, gibt Hartmann zu, bemerkt ihren Gesichtsausdruck, zuckt mit den Achseln.

»Tut mir leid, Frau Baier«, sagt er. »Aber glauben Sie mir, Henning Wallter ist kein schlechter Kerl. In einer anderen Welt könnte aus ihm sogar ein richtig guter Journalist werden. Und was ihm nun vorgeworfen wird, kann ganz einfach nicht stimmen.«

»Und was tun wir jetzt?«, fragt Marlene.

»Wir holen die Kavallerie. Was sonst?«

Die Kavallerie stellt sich als ein Freund von Hartmann heraus, der Anwalt ist und Kurth heißt. Sein Lachen, als Hartmann ihm die Lage schildert, ist selbst durch das Telefon in diesem erstaunlich winzigen Redaktionsbüro zu hören.

Bereits fünf Minuten später steht er mit seinem hellblauen Nissan vor der Tür, ein langer Mann in einem recht geschmacklosen, rotbraun karierten Anzug, der seiner Autorität jedoch keinerlei Abbruch tut.

»Sie kommen auch mit«, befiehlt er Marlene, tritt aufs Gas, lässt die Reifen quietschen und verbringt dann die ganze Fahrt damit, sich über den Dilettantismus der Polizei zu entrüsten.

»Darüber solltet ihr schreiben!«, ruft er Hartmann zu, der neben ihm sitzt.

»Tun wir doch schon immerzu,« behauptet Hartmann, der das Seitenfenster heruntergekurbelt hat und raucht.

»Dann schlage ich vor, ihr schreibt nicht nur darüber, sondern veröffentlicht es auch!«

Was soll Marlene machen, der Mann ist ihr sympathisch.

Vor dem Präsidium empfiehlt Kurth den beiden, erst einmal draußen zu warten, und geht alleine rein.

Hartmann lehnt sich ans Auto, raucht schon wieder und sagt

irgendwann zu ihr: »Sie mögen die Medien nicht besonders, hab ich Recht? Gibt es dafür einen bestimmten Grund?«

Die Frage ist ernst gemeint, das ist Marlene sofort klar. Sie überlegt, ob sie Hartmann von Griechenland erzählen soll, von Fabienne und von den Folgen der Medienhatz. Die halbe Wahrheit. Es ist die andere Hälfte, die sie dann, zu ihrer eigenen Verblüffung, als Grund aufführt: ihre eigene Geschichte, über die sie selten redet – eigentlich nie: »Mein Vater galt in den Medien eine Zeit lang als »Porno-Baier«. Ich vermute, die Sache sagt Ihnen etwas.«

Hartmann starrt sie an, pfeift dann leise durch die Zähne: »Ich habe mich immer gefragt, wie die Familie damit fertig geworden ist. Sie sind die Tochter?«

Und nach einer kleine Pause, in der fast so etwas wie Scham mitschwingt, fügt er an: »Ein absoluter Skandal. Sie haben jedes Recht, den Medien zu misstrauen.«

»Finde ich auch«, sagt Marlene.

Weiter muss sie auch nichts sagen, weil die Tür vor ihnen aufgeht und darin Kurth, die rotbraun karierte Wunderwaffe, erscheint.

Mit Henning Wallter im Schlepptau.

AUSSTIEG AUS AUSSTIEG?

Mit der Kanzlerin, weiteren Ministern und anderen Vertretern der Energiewirtschaft trifft sich Fabienne fünf Tage nach dem Unfall am Äquator zu einer grundsätzlichen Standortbestimmung in Berlin.

Bei diesem Anlass plädiert Fabienne dafür, anstelle von starren zeitlichen Deadlines den Ausstieg aus der Kernenergie mit Bedingungen zu verknüpfen, die den Fortschritt beim schrittweisen Netzausbau und der Weiterentwicklung erneuerbarer Energien mit einbeziehen.

Das Land bleibe so, argumentiert Fabienne, wirtschaftlich unabhängiger, wäre ökologisch auf einem weit nachhaltigeren Weg als mit der neuerlichen Wende zu fossilen Rohstoffen, wie sie die Pläne der Kanzlerin erzwingen, und bliebe zudem von einem Anstieg der Strompreise weitgehend verschont. Malakka habe klar gemacht, wie anfällig die globale Energieversorgung tatsächlich ist und wie fragil die Weltwirtschaft insgesamt. Niemand wisse, was daraus noch alles folgen könne.

»Heute ein Unfall – morgen ein Terroranschlag auf die Pipelines. Alles im Bereich des Denkbaren, immer schon – aber mit dieser Medienaufmerksamkeit steigt doch die Wahrscheinlichkeit noch mehr. Und umgekehrt sind die Kraftwerke da, ihr Betrieb entspricht höchsten Sicherheitsstandards. Kann sich Deutschland denn wirklich noch leisten, auf ihren Einsatz zu verzichten?«

»Sie reden im Grunde von einer modifizierten Laufzeitverlängerung«, stellt irgendwann einer der anwesenden Regierungsberater fest.

»Der Ausstieg sollte endlich im Grundgesetz verankert werden, auch um die Unumkehrbarkeit dieses Generationenprojektes zu dokumentieren, verbunden mit einem klaren Bekenntnis der Industrie zur Lösung der Endlagerproblematik und einem für alle Konzerne verbindlichem Innovationsraster«, sagt Fabienne. »Meiner Ansicht nach ist es das, was uns Vernunft und Logik abfordern. Nach Malakka lässt sich ein solches Vorgehen der Bevölkerung möglicherweise auch vernünftig vermitteln. Sie kennen die neusten Zahlen zum CO_2-Ausstoß! Noch nie war der Anstieg der CO_2-Emissionen höher als jetzt. Unsere Einsparungen sind nicht mehr als Rundungen in der globalen Summe. Was wir an CO_2 einsparen, wird anderswo zu gleicher Zeit vielfach draufgepackt.«

»Sie reden von einer modifizierten Laufzeitverlängerung«, wiederholt der Mann. »Das lässt sich der Bevölkerung nicht vermitteln. Atomstrom ist out. Vollkommen. Ein für alle Mal. Für immer.«

Die Kanzlerin bezieht zu dieser Aussage keine Stellung. Sie hat dem Statement von Fabienne allerdings sehr aufmerksam zugehört.

Nach Fukushima ohne Kernkraft, nach Malakka mit dramatisch verteuertem Gas und vor der Klimakatastrophe mit noch mehr Kohle: Wie soll das denn gehen, fragt sich nun wohl auch die Regierungschefin.

Medizin bleibt Medizin, Mathematik bleibt Mathematik. Aber Wählerstimmen, das A und O der Politik, bleiben nun mal Wählerstimmen.

KONZERNSTRATEGIE

Auf den Tag genau eine Woche nach dem Unfall in der Straße von Malakka findet in Bochum die lange erwartete Aufsichtsratssitzung statt, die nur einen einzigen Tagesordnungspunkt hat: die strategische Neuausrichtung des Konzerns RuhrSTROM.

Die Märkte haben sich von der Achterbahnfahrt der Kurse noch nicht wieder komplett erholt. In den allermeisten Fällen führt die Fahrt für die Energiekonzerne nicht gänzlich zurück auf das Vor-Malakka-Niveau. Zu unklar sind insbesondere die kommenden Kostensituationen für Firmen, die zentral auf fossile Energieträger angewiesen sind. So wie RuhrSTROM.

Die Sitzung beginnt um 12 Uhr. Sie findet im großen Sitzungssaal der RuhrSTROM-Zentrale statt. Die Gedecke stehen auf dem Tisch. Die Caterer stehen bereit, um auf Abruf Schnittchen oder warme Speisen zu bringen.

Die Sitzung leitet der Aufsichtsratsvorsitzende, Justus Kohlmeier. Einen gesonderten Tagesordnungspunkt zu den Folgen des Malakka-Unfalls gibt es nicht. Die Strategien müssen auch vor diesem neuen Hintergrund bestehen.

Der Maßnahmenplan, der in dieser Sitzung besprochen werden soll, entspricht den Entwürfen, die die Vorstandsvorsitzende mit dem Vorstand in den letzten Wochen und Monaten skizziert und verfeinert hat und die bei der Vorstandssitzung vor zwei Wochen ein letztes Mal geprüft und auch formal beschlossen wurden. Heute steht die Genehmigung durch das Kontrollgremium an. Der finale Schritt.

Der 8-Punkte-Plan, den die CEO vorstellt, gibt die generelle strategische Vorgehensweise wieder. Fabiennes 263 Schaubilder sind entsprechend den Beschlüssen des Vorstands nochmals überarbeitet und ergänzt worden, inzwischen sind es 275 Grafiken, Tabellen und Textschaubilder, die zur Präsentation anstehen.

Eine echte Zumutung, finden etliche der Kontrolleure, was sollen wir mit all den Analysen, Grafiken, Zahlen und unaussprechlichen Kennziffern? Früher hat man uns gesagt, dass alles in Ordnung ist, und dann konnten wir ein Bier trinken und uns dem eigentlichen Programm zuwenden.

Und all diese unsinnigen Theorien zum Klimawandel, denkt sich einer der langjährigen Weggefährten von Jacobi im Aufsichtsrat: Ich lebe seit 55 Jahren hier, im Sommer war es immer warm, und im Winter kalt, das wird auch so bleiben; ihren ganzen Scheiß zum Klimaschutz sollte sich unsere neue Vorsitzende besser sparen.

Fabienne spricht, erläutert, ergänzt, differenziert, relativiert, bedient dabei die Wechsel der Schaubilder selbst. Spricht lange, fast ununterbrochen. Beinah unablässig. Hoch konzentriert. Sachlich, ruhig.

Ihre Strategie setzt auf Internationalisierung und Innovation. Der Plan sieht den Ausbau der Kundenbindung und Kundenakquise vor. Dazu wird verstärkt auf Energiegewinnung durch Erdgas gesetzt. RuhrSTROM hält am moderaten Ausstieg aus der Kohleverstromung fest. Der Klimaschutz lässt nichts anderes zu. International betrachtet soll die Expertise im Betrieb der Kernenergie verstärkt zum Einsatz gebracht und nutzbar gemacht werden. Vom Versorger zum Dienstleister. »Sicherheit für die Welt« – und für RuhrSTROM. Dazu kommen international massive Investitionen in regenerative Großanlagen.

Und schließlich sind da die neuen, zukunftsfähigen, bürgernahen Modelle der regionalen und nationalen Energieversorgung – mit RuhrSTROM NOVUM, dessen Chef, Tschauners Kumpel, sich aus Sorge um seinen Job ausgesprochen kooperativ zeigt. Hier geht es um Zusammenarbeit mit den Stadtwerken im Land, aber auch mit ganz neuen Trägergesellschaften. Und um das Verständnis der Kunden als Partner. Hier geht es auch darum, der zunehmenden Konkurrenz der Stadtwerke von vornherein die Spitze zu nehmen.

Die verstärkte Energiegewinnung durch Erdgas, auf die Fabienne setzt und für die Kohlmeier viel Vorarbeit geleistet hat, ist mit dem Unfall des LNG-Tankers bei Malakka generell eher problematischer geworden. Fragen um die Förderung, um den Transport, um die Sicherheit werden laut – auch wenn sie RuhrSTROM noch nicht direkt betreffen.

Ein mehrere Wochen vor dem Malakka-Vorfall publizierter, wenig beachteter Bericht amerikanischer Wissenschafter ist zudem mit einem Mal in aller Munde. Er schildert Erdgas als größere Bedrohung für das Klima als selbst Kohle – eine These, die mit einiger Vorsicht formuliert wird, aber ausreichen könnte, um das vergleichsweise »saubere« Image des fossilen Energieträgers für immer zu zerschlagen.

»Und was«, fragt ein Aufsichtsratsmitglied, »wenn die Politik jetzt auch noch beschließt, aus dem Gas auszusteigen?«

»Dann gehen wir eben auch mal auf die Straße«, ruft ein anderer, eine Bemerkung, die einiges Gelächter hervorruft.

»Wir haben ja Kohle«, sagt Neumann. »Oder wir könnten,

wenn ich den Kollegen Tschauner richtig verstanden habe, zumindest Kohle haben. Mehr Kohle!«

Fabienne wirft Neumann einen verwunderten Blick zu, wartet, ob Tschauner sich noch selbst dazu äußert. Das tut er nicht.

Sie ergreift dann wieder das Wort, plädiert für ihre Strategie, für einen verantwortlichen Umgang mit der Zukunft, die langfristig gar keinen anderen Weg zulassen wird als diesen Aufbruch ins Neue, konsequent und entschlossen betrieben, mit fossilen Energieträgern als Brückentechnologien.

»RuhrSTROM wird als der Energiekonzern in Deutschland den Weg in diese Zukunft weisen«, sagt sie und schaut dabei um sich. »Davon bin ich, meine Herren, zutiefst überzeugt, und ich stehe dafür mit meinem Namen!«

20 Gesichter stehen für 20 Stimmen, und diese Gesichter wirken alles andere als überzeugt. Ein solcher Gewaltakt in der gegenwärtigen Finanzlage? Welcher Anleger ist denn bereit, dafür zu zahlen?

»Ich investiere prinzipiell nur in Firmen, die eine 90-prozentige Chance zum Scheitern haben, die aber, wenn ihr Vorhaben erfolgreich ist, die Infrastruktur der Welt radikal verändern können«, klingt ihr Michael Vishnus Stimme im Ohr. Sven ist am Vortag zu ersten Treffen nach Indien geflogen, er wird in zehn Tagen zurück sein.

Das Risiko hier sieht anders aus. Die Chancen auf einen Erfolg ihrer Strategie schätzt Fabienne nicht auf nur 10 Prozent, sondern auf 75, vielleicht sogar 80 Prozent. Und mehr Sicherheit gibt es ohnehin nicht mehr in einer Welt von Fukushimas und Malakkas. Fabienne braucht jetzt die Unterstützung dieser Männer, die vor ihr sitzen.

Die Arbeit müssen dann sie und ihre Vorstandskollegen und vor allem die 30 000 Mitarbeiterinnen und Mitarbeiter von RuhrSTROM machen.

Vorläufig halten sich die alten Recken bedeckt, sitzen da,

sehen sie an, als wollten sie klarstellen, dass eine kleine Showeinlage im Fernsehen die eine Sache ist, der Ernstfall, nämlich diese Sitzung, aber eine ganz andere.

Risikobereitschaft ist hier keine Tugend, die Zukunft soll bitte in der Zukunft bleiben. Das einzige Gesetz, das diese Runde akzeptiert, sind die Quartalsbilanzen, die dringend, unbedingt, wieder nach oben zeigen müssen.

Sie liest den Vorbehalt in den Augen der Aufsichtsratsmitglieder, sowohl derjenigen auf Seiten des Kapitals als auch denen der anderen Seite, jener der Arbeit. Vielleicht auf der Seite der Arbeitnehmerbank noch mehr als auf der Kapitalseite.

»Und mit dieser Strategie wollen Sie uns in unsere Zukunft führen? Wirklich, Frau Felsenstein?« fragt das Aufsichtsratsmitglied Opaschowsky.

Er ist einer der beiden Vertreter der Arbeitnehmerseite im Präsidialausschuss, ein Mann mit einer weichen, seltsam hohen Stimme, was der Wortmeldung, die als Misstrauensvotum genommen werden könnte, den Beigeschmack eines beinah koketten Spiels verleiht.

PORNO-BAIER

Als Wallter an der Seite des energischen Herrn Kurth ins Freie trat, wunderte er sich ein wenig darüber, Marlene im Gespräch mit Hartmann zu sehen.

Sie war dann aber auch gleich weg. Ein Hauch von Zimt bei der Umarmung. Diese Marlene!

»Deine Marlene ist ein feines Mädchen«, sagte Hartmann, als sie zusammen in die Straßenbahn stiegen – Kurth war mit quietschenden Reifen in die andere Richtung davongebraust.

»Ich weiß nicht, ob sie meine Marlene ist,« sagte Wallter. »Ich wünschte, sie wäre es.«

»Dann tu mal was dafür«, antwortete Hartmann und wirkte kurz etwas ungehalten.

Diese Marlene!, dachte Wallter wieder, als ihm Hartmann schließlich beschrieb, wie sie den Redakteur im Treppenhaus mit blitzenden Augen angeschaut hatte, ohne Frage kurz davor, ihn eigenhändig ans Telefon zu prügeln, wenn er nicht sofort etwas für seinen Ex-Pauschalisten unternehmen würde.

»Verständlich vielleicht, bei ihrem Hintergrund«, sagte Hartmann noch.

»Klar. Solche Aktionen fordert der Job vermutlich ständig von ihr«, erwiderte Wallter.

»Das meine ich nicht. Hat sie dir denn noch nie von ihrem Vater erzählt?«

»Ich dachte, der sei tot.«

»Richtig. Ihr Vater ist der Porno-Baier. War der Porno-Baier. Ich sehe schon, das sagt dir nichts. Du kannst es ja googeln – ich muss hier raus.«

Hartmann verlässt die Straßenbahn – und Wallter setzt sich kurze Zeit später zu Hause sofort an den Computer.

Die Geschichte ist inzwischen fünfzehn Jahre her, aber Material dazu gibt es im Netz dennoch reichlich.

Marlenes Vater war Elektromeister in einem kleinen Ort außerhalb von Frankfurt, einer dieser Kleinstädte, wo öffentliche und private Aufträge grundsätzlich unter der Hand vergeben und fetten Geschenken und Gefälligkeiten verdankt wurden. Das System hatte Vater Baier selbst mitgetragen – dann wurde es ihm mit einem Mal, der Grund dafür wurde nie ganz klar, zu bunt.

Also ging Vater Baier zum Staatsanwalt und zeigte eine Reihe von bestechlichen Beamten in der Stadtverwaltung an. Der Staatsanwalt nahm die Sache auf, besprach sie aber lieber erst mit seinem Freund, dem Bürgermeister des Ortes.

Der Bürgermeister riet dem Staatsanwalt, die Sache zu vergessen, und nannte Vater Baier, dessen Firma ihm die gesamte

Elektrik in seiner Privatvilla installiert hatte, ohne je eine Rechnung dafür zu stellen, einen unausgewogenen Charakter.

Nicht lange danach verfiel er mit dem Chefredakteur der Lokalzeitung auf eine recht unterhaltsame Idee. Verrätern wie Baier musste schließlich eine Lektion erteilt werden. Möglich, dass der Konsum von Bier und Korn die beiden dann in der Ausarbeitung ihres Plans vielleicht etwas zu weit gehen ließ.

Die Kampagne der Lokalzeitung, die Vater Baier vorwarf, einen Kinderpornografie-Ring zu betreiben, war schrill und wenig glaubhaft. Das änderte nichts daran, dass sie vom Regionalteil eines auflagenstarken Boulevardblatts aufgegriffen wurde und sich innerhalb kürzester Zeit in fast allen Zeitungen und auch einigen Nachrichtenmagazinen der Privatsender verbreitete. Zum Gesamtpaket gehörten dabei immer Bilder von Vater Baier, seiner Firma und dem Einfamilienhaus, in dem Marlene damals auch noch lebte.

SIE NENNEN IHN »PORNO-BAIER«, schrien scheinheilig die Überschriften zu verwackelten Fotos, auf denen Marlenes Vater für diejenigen, die ihn kannten, deutlich auszumachen war.

Und dann erschienen zwei Wochen später, morgens um sieben Uhr, auch noch fünf Beamte und nahmen die Buchhaltungsunterlagen der letzten zehn Jahre mit. Der Verdacht lautete auf Steuerhinterziehung. Da auch die PCs der Firma Beweismaterial enthalten könnten, wurden sie ebenfalls eingepackt. Damit waren auch sämtliche Kundendaten weg, und das, zusammen mit der Rufmordkampagne, bedeutete das endgültige Aus für die Firma.

Der ihn entlastende Ausgang der Ermittlungen der Steuerfahndung zwei Jahre später kam für Vater Baier zu spät, wie auch die verdienstvolle Arbeit eines fleißigen jungen Rechtsanwaltes, den Mutter Baier damit beauftragt hatte, den guten Ruf ihres Ehemannes wieder herzustellen, und dem es gelang, die unbegründeten Pornografievorwürfe gegen den Elektrikermeister abschließend zu widerlegen.

Vater Baier hatte sich im Schuppen hinter dem Haus erschossen. Seine 12-jährige Tochter entdeckte ihn dort, ihr Name wird in den Berichten nicht genannt.

Wallter weiß trotzdem Bescheid. Marlene ist heute 27 Jahre alt, minus 15 macht zwölf. Marlene!

Das war die Geschichte, die damals im Horus im Raum stand. Das war die Geschichte, die sie ihm nicht erzählt hat, als sie sich zum Kaffee im Zentral trafen. Und jetzt, zwischen Tür und Angel, erzählt sie sie mal eben Hartmann. Wallter möchte sich darüber ärgern, er ärgert sich aber stattdessen über sich selbst.

Eitlen Spielen hat er sich hingegeben, mit Hauser und mehr noch mit Anders, den Ernst nicht verstanden, der hinter Marlenes wiederkehrendem Zorn verborgen war – und der ihr fraglos zustand.

Wenn er sie gewesen wäre, er hätte sich auch nichts erzählt.

Das ist unangenehm. Und ist noch gar nichts gegen die Trauer, die ihn ganz unerwartet überkommt bei der Vorstellung, wie Marlene als 12-Jährige eines Morgens aufsteht, durch den Garten läuft, die Schuppentür aufmacht und – dürfen Männer weinen? … Das war Wallter seit jeher scheißegal.

Er schluchzt vor seinem Computer, laut und ohne Halt, er schluchzt noch, als er sich unter die Dusche stellt und das Wasser so heiß aufdreht, wie es nur geht, um diesen widerlichen Menschen, der er ist, wegzuspülen, reinzuwaschen, die Haut abzuschälen, damit ihm vielleicht eine neue wachsen kann: für Marlene.

Es dauert ein paar Tage, bis er weiß, was er tun will. Was aus ihm werden kann, muss, soll, mit oder ohne Marlene. Aber doch lieber mit ihr. Er macht sich auf eine Zurückweisung gefasst, die er wohl verdient hätte, aber etwas in ihm sagt ihm auch, dass der Versuch sich lohnt. Also ruft er sie an.

Sie hat keine Zeit, mit ihm zu reden, sie ist gerade in einer wichtigen Sitzung.

»Ich will dich sehen«, sagt er. »Ich muss dich sehen.«
»Dann treffen wir uns eben«, sagt Marlene. »Was soll's.«

DER LETZTE PIRAT

Jonny hat die Männer gleich ausgemacht, als er ins Schlosshotel kam, und seinen Dienst gar nicht erst angetreten.

Er trägt nichts bei sich, so clever ist er, aber Polizeibeamten, die auch in Zivil so leicht zu erkennen sind, ist das im Zweifelsfall egal. Die wissen, warum sie hier sind und auf ihn warten. Er weiß es auch – jemand hat ihn verpfiffen.

Wer es war, interessiert ihn schon gar nicht mehr. Seitdem sein Zwischenhändler ihn gewarnt hat, kommt ihm der Boden unter seinen Füßen dünn vor, eine Eisfläche, die jeden Moment einbrechen kann.

Eines steht für ihn fest: Dagmar wird er nicht mehr mit dieser Sache behelligen. Seine Mutter hat für ihn getan, was sie konnte. Es war nicht genug – natürlich nicht. Sie weiß nichts über ihn, gar nichts, und jetzt wird sie wohl alles erfahren.

Darüber will er nicht nachdenken, also geht er nach Hause.

Dort bleibt er fürs Erste und fragt sich, was man ihm nachweisen kann. Er stellt fest, dass es entweder viel ist oder sehr viel – alles, im Grunde – und die Ungewissheit ist nicht angenehm, und auch nicht das Warten auf das Klingeln an der Tür, das kommen müsste, aber nicht kommt.

Maßnahmen. Welche Maßnahmen könnte er jetzt noch ergreifen?

Irgendwann am Abend beschließt er, dass er in seiner Wohnung nicht länger bleiben kann.

Als er aus der Tür geht, liegt da ein Brief, ein Einschreiben, das vielleicht der Nachbar entgegengenommen hat, mit einem amtlichen Absender. Er steckt den Brief ein, ohne ihn zu lesen.

Am Bahnhof läuft er zu einem Schließfach und entnimmt

diesem ein Paket. Das liegt dort seit zwei Tagen, länger darf es dort auch nicht liegen, die Handlung ist ein Reflex.

Was danach kommt, ist es nicht.

Jonas, Jonny der Schneemann, Barpianist vom Schlosshotel Bochum und ein wirklich ziemlich begabter Nachwuchschemiker, gehört eigentlich nicht zu denen, die die Waren, die sie vertreiben, auch selber konsumieren. Jetzt fängt er damit an.

Hilft ihm beim Denken, bildet er sich ein. Aber seine Gedanken ordnen sich nicht richtig, oder vielmehr: ordnen sich schon, aber immer nur in eine einzige Richtung.

Besser, ich wäre nie geboren, denkt er. Besser, es gäbe mich nicht. Besser für mich. Besser für die Welt. Weit besser für Dagmar.

Die Nacht verbringt er im Park.

Am Morgen verlässt er die Grünanlage, weil er die Hunde der frühmorgendlichen Spaziergänger einfach nicht erträgt. Die schlichte und banale Irritation treibt ihn schließlich an den Ort, an den er sich noch vor Stunden geschworen hat nicht zu gehen: in die Wohnung seiner Mutter.

Sie ist bereits auf der Arbeit.

Damit hat er gerechnet, darauf hat er gesetzt. Womit er nicht gerechnet hat, ist ihre Anwesenheit in diesen Räumen, trotz allem und in allen Dingen: in der Küche mit den Töpfen und Pfannen, in den Handtüchern im Bad, im Regenmantel an der Garderobe, in dem Hauch von Parfüm in ihrem Schlafzimmer, in das er nur kurz schaut, bevor er die Tür zu seinem alten Kinderzimmer öffnet …

Als er die Wohnung betrat, stand ihm die unbestimmte Idee von Flucht vor Augen, mitnehmen, was sich verkaufen lässt, weggehen, nach Amerika, wie einst die deutschen Zuckerbäcker, oder nach Australien, wie die verurteilten Verbrecher aus England.

Jetzt steht er in der Tür seines Kinderzimmers, und der Raum kommt ihm vor wie die letzte Zuflucht, die ihm noch bleibt.

Er macht sich gern über seine Mutter lustig, weil sie in seinem Zimmer alles so gelassen hat, wie es war, als er auszog – die Rock-Poster an der Tür, der Fußballschal über dem Bett, der zerkratzte Schreibtisch am Fenster, wo noch einige Stifte und Blätter liegen, als käme demnächst ein jüngerer, unverdorbener Jonas zurück, um Hausaufgaben zu machen.

Jetzt ist er froh darüber. Hier könnte er doch bleiben. Lange bleiben. Richtig lange. Warum nicht?

Er legt sich auf das Bett. Nur kurz, denkt er, nur bis er seine Gedanken geordnet hat, die aber schon wieder unordentlich sind, und zudem unangenehm klar.

Die Decke seines Bettes ist bezogen mit der schwarzen Bettwäsche, die ein grau-weißer Totenkopf ziert – seine Lieblingsbettwäsche, als er 15, 16, 17 war. Unter dem Kopfkissen spürt er etwas, tastet danach. Es ist ein Playmobil-Pirat, einer aus dem Set, das er sich mit acht Jahren so dringend gewünscht hatte, dass es wehtat.

Unter dem Weihnachtsbaum lag es dann, das Piratenschiff mit der ganzen Mannschaft, von der der Letzte hier auf ihn wartet: der Kapitän mit dem Säbel, in seinen Kinderspielen ein unbeugsamer Mann, gegen den die Matrosen regelmäßig meuterten und immer verloren.

Der Kapitän starrt ihn mit seinen gemalten Punktaugen an. Das Urteil, scheint er zu sagen, ist längst gesprochen. Die Frage ist nur: Wer wird es vollstrecken?

Eine einfache Frage. Die Antwort ist noch einfacher: Besser, es gäbe dich nicht. Weit besser, du wärst nicht mehr da. Es liegt an dir, Matrose, das Urteil zu vollziehen.

Dagmar? An seine Mutter denkt Jonny nicht mehr.

Er nimmt den Kapitän, trägt ihn in die Küche, stellt ihn neben den Gasherd, erhitzt an der Flamme den Löffel, taucht die Metallspitze der Spritze in die flüssige Masse und zieht sie auf. Dann geht er mit der Spritze und dem Kapitän zurück in sein Zimmer.

Er setzt sich auf das Bett, schiebt den Ärmel hoch, legt sich den Gummiriemen um den Arm, ballt die Hand zur Faust, in der der Kapitän weiterhin seine Anweisungen gibt. Auf Meuterei steht die Todesstrafe, keine Frage, es gibt aber auch, und das liegt allein in der Hand dieses Mannes aus Plastik, den seltenen Fall der Gnade. Er zieht den Riemen fest, setzt die Spritze an.

»Und Feuer!«, schreit der Kapitän.

Jonas hört ihn, gehorcht, fällt dann ins Kissen zurück.

Später klingelt sein Handy. Es ist seine Mutter, die nach ihm sucht, die Aufsichtsratssitzung, von der sie ständig erzählt, fängt gleich an oder geht gleich weiter.

Jonas liegt auf dem Bett und starrt, ohne zu blinzeln, mit weit geöffneten Augen zur Decke. Über Jonny hat sich der Himmel geöffnet. Milliarden von Sternen blinken und strahlen und lächeln auf ihn nieder. Er ist kein Dealer mehr und kein Spieler, kein Barpianist und kein angehender Chemiker, sondern nur noch ein schlichter, fehlbarer Matrose, der im Piratenschiff seiner Kindheit durch das All segelt, an unzähligen Galaxien vorbei bis ans andere Ende des Universums.

FRIST UND FORM

»Gibt es«, fragt Justus Kohlmeier um halb zehn abends, »noch Anmerkungen, Nachfragen zu den Zielen und Maßnahmen der zu verabschiedenden Strategie?«

Die meisten Köpfe schütteln sich leicht. Einige drehen sich zu Rolf-Peter Neumann.

Der sitzt da und sagt nichts. Er hat schon die ganzen letzten drei Stunden nichts mehr gesagt. Stark gemacht hat er sich nur in der ersten Phase, für die Landschaft, für das gewachsene Netzwerk der Region, gewohnte Reden, die heute jedoch seltsam leidenschaftslos klangen. Jetzt wirkt es, als sei ihm die Sache alles in allem wirklich ziemlich egal.

Auch Neumann schüttelt nun den Kopf, betrachtet Kohlmeier, der sich in vielen Punkten hinter Fabienne gestellt und ihre Argumentation mit eigenen Punkten ergänzt hat. Mit Vorbehalten, gewiss, sich allzu auffällig für seinen Schützling ins Zeug zu legen, wäre auch nicht sein Stil. Die Runde hat er nicht restlos überzeugen können, anderseits ist sie jetzt zu erschöpft, um sich weiter zu sträuben. Neuneinhalb Stunden Sitzung, 275 Charts und nicht enden wollende Erläuterungen der neuen CEO stecken allen in den Knochen und im Kopf.

Wenn Kohlmeier die Sache so haben will, dann soll er sie auch bekommen.

Der Beschluss ist gefasst. Die Strategie gebilligt.

»Mission Zukunft. Abenteuer Next Generation. RuhrSTROM auf dem Kurs nach vorn«, sagt Kohlmeier zufrieden, »so lässt sich der Fahrplan der nächsten Jahre wohl zusammenfassen.«

»Ungewohntes Vokabular aus Ihrem Munde, Herr Kohlmeier«, merkt die hohe Stimme des Herrn Opaschowsky an.

»Ungewöhnliche Zeiten, ungewohnte Worte, lieber Herr Opaschowsky », meint Kohlmeier in ungewöhnlich jovialem Ton. »Sie sehen, ich habe mein Ohr am Puls der Zeit.«

»Aber was passiert konkret, wo startet morgen der grüne RuhrSTROM? Planungen, Tabellen, Budgets sind gut und schön, aber wie geht es nun los?« Die Frage kommt von Thies Jacobi, dem Aufsichtsratsvorsitzenden a. D., der mittlerweile zugeben muss, dass Kohlmeier seine Aufgabe eigentlich weit besser erledigt, als er selbst es je vermochte.

»Eine gute, sehr wichtige Frage«, nimmt Kohlmeier den Ball fröhlich auf. »Ich möchte, um sie zu beantworten, die Gelegenheit zu einem kurzen weiteren Tagesordnungspunkt nutzen, den ich – dafür entschuldige ich mich bereits jetzt ausdrücklich – unter Verzicht auf Formen und Fristen in Ergänzung zur vorliegenden Tagesordnung zur Diskussion und zur Abstimmung stelle.«

Es handle sich, erklärt Kohlmeier, um einen Akquisitions-

Vorschlag der Vorstandsvorsitzenden, den sie ihm erst gestern zugeleitet habe. Ein entsprechender Vorstandsbeschluss liege vor.

Kohlmeier entschuldigt sich ausdrücklich bei den Mitgliedern des Aufsichtsrates dafür, dass gestern nichts mehr weitergeleitet wurde. Aber es sei einfach zu spät gewesen.

Eigentlich müssten sich mit dieser Geschichte zunächst der Investitions- und der Finanzausschuss beschäftigen. Zeitlich war das aber nicht zu machen.

Immerhin habe sich gestern noch der Präsidialausschuss damit befassen können. Die Kollegen Neumann, Opaschowsky, Karlsen und er hätten sich gestern Abend getroffen, die Angelegenheit geprüft und beraten und eine eindeutige Empfehlung ausgesprochen. Einen ausdrücklichen Dank den Kollegen für das sehr konstruktive, kurzfristig eingeforderte Engagement in dieser Sache!

Es handle sich um ein wirklich sensationelles Akquisitionsprojekt, das RuhrSTROM auf dem Gebiet der Erneuerbaren messbar und schnell nach vorn bringen werde.

Während Kohlmeier redet, sind die Sekretärinnen dabei, die Vorlagen auszuteilen.

»Es wird beantragt, dass wir einen wesentlichen Teil unseres Gesamtbeitrages für Erneuerbare, den Frau Felsenstein im Rahmen des Energiegipfels bei der Kanzlerin mit Investitionen in Höhe von insgesamt 12 Milliarden Euro zugesagt hat, – eine Teilsumme in Höhe von 3,8 Milliarden Euro – in das Unternehmen GreenInnoLab investieren. Sie kennen die Erfolgsstory von GreenInnoLab aus den Börsennachrichten der letzten Tage. Der Finanzvorstand ist zunächst zu beauftragen, unverzüglich den Ankauf von ersten Aktienpaketen in die Wege zu leiten. Gezielt wird letztlich auf die Übernahme von 75 Prozent der Aktien plus einer Aktie. Damit sollen die entsprechenden Kontroll- und Beherrschungsrechte des Unternehmens gesichert werden. Sie haben eine Vorlage vor sich, die das Unternehmen und das gesamte beabsichtigte Übernahmeprozedere einschließlich aller relevanten rechtlichen Dokumente darstellt. Ich bitte um Ihre Prüfung und Ihre Stellungnahmen.«

PEANUTS

Wovon ist hier die Rede? Was geht hier vor?

Fabienne kann das Misstrauen in den Augen der Mitglieder des Aufsichtsrates und bei der Mehrheit ihrer Vorstandskollegen ablesen. Nur Norbert Tschauner nickt, als sei er mit der Sache bestens vertraut. Kurz ist sie über seine Zustimmung verwundert.

Der Vorstandsbeschluss, den Kohlmeier hier vorbringt, existiert nicht. Sie hat ihm nichts zugeleitet.

Sie sieht Justus an. Er blinzelt ihr zu, seine ganze Haltung lässt erkennen, dass er sich über die Gedanken im Klaren ist, die fast alle im Raum bewegen, und dass er bereit ist, die Sache durchzuziehen. Mit ihr. Er will sie für eine Akquisition mit im Boot haben, die sie weder vorgeschlagen noch geprüft hat, somit auch nicht befürworten kann.

Sie kann eine Verbindung von RuhrSTROM mit GreenInnoLab nicht gutheißen, weder in dieser Eile, noch, bei allem was sie über das Unternehmen weiß, grundsätzlich. Kohlmeier weiß das. Er muss es wissen.

Sein Vorgehen läuft allen Prinzipien von Beschlussfassung zuwider, die sie vertritt – und in diesen ganzen Wochen hochgehalten hat.

Hermann Suhr, Dagmar Schild und Per Tehrani schauen sie mit Empörung, vermischt mit leichtem Entsetzen, an.

Und dann ist da noch Tschauner, der nickende, lächelnde Tschauner.

Was tun?

Fürs Erste, das ist Fabienne klar, wird ihr Vorstand den Vorgang mittragen. Jede Nachfrage, jede Äußerung von einem oder einer von ihnen würde eine Bloßstellung der Vorstandsvorsitzenden bedeuten, die auf sie selbst zurückschlagen müsste. Hier geht es nicht um den Einzelnen, sondern um das Vorstandsteam, dessen Einigkeit ein wesentlicher Faktor ist für den Aufsichtsrat, der die Beschlüsse dieses Teams im Auge behalten muss.

»Der Vorstand steht hinter dir?«, hatte Kohlmeier Fabienne gefragt, als er nach dem Malakka-GAU mit ihr telefonierte.

Jawohl. Der Vorstand steht hinter ihr. Selbst jetzt, auch in dieser Situation, in der zudem die gesamte Neuausrichtung des Konzerns gerade abgesegnet wurde. Im Vergleich zu dieser Leistung und Herausforderung ist diese letzte Frage, die Kohlmeier aufgebracht hat, eine Kleinigkeit. Peanuts. Peanuts im Wert von fast vier Milliarden.

Ziemlich gewaltige Peanuts. Wozu dienen sie? Warum kommen sie ausgerechnet jetzt? Was geht hier vor?

Die Frage dreht sich in Fabiennes Kopf wie ein Mantra: Was geht hier vor?

Wer dreht hier was? Was, zur Hölle, passiert hier gerade?

RYŌAN-JI

Nur das Rascheln von Papier ist zu hören, während die Mitglieder des Aufsichtsrates die Unterlagen prüfen. Oder zumindest so tun.

Wirklich hinterfragen lassen sich die vorgelegten Tabellen-Monster und Zahlenfriedhöfe nicht, nicht ohne angemessene Vorbereitung, nicht ohne professionelle Unterstützung, nicht so spät am Abend.

Außerdem haben die Big Four, der Präsidialausschuss mit den beiden Spitzenvertretern der Kapitalbank und auch den beiden von der Arbeitnehmerbank, den Beschluss bereits gutgeheißen.

Und ist es nicht sowieso praktisch unmöglich, alle zwanzig Aufsichtsratsmitglieder in alle Detailprüfungen vor einer Sitzung einzubeziehen, noch dazu vor dem Hintergrund der von Kohlmeier nochmals betonten Bedeutung und Dringlichkeit der Sache? Und diese Viererbande ist doch ohnehin die absolute Instanz, die garantiert, dass die Aufsichtsratssitzungen sich nur mit Fragen befassen, die auch wirklich entscheidungsrelevant sind.

Das rigorose Vorgehen – ohne Einhaltung von Frist und Form – ist genau das, was man von einer Person wie Felsenstein erwartet: Sie ist wirklich ein Freak, eine Verrückte, die sich nicht an die Usancen hält. Erst 275 quälend detaillierte Charts – und dann noch das hier – das passt zu ihr! Sie ist eine, die jeden Vorteil für sich nutzt. Unerbittlich.

Es ehrt Kohlmeier schon sehr, dass er trotz ihrer Unverfrorenheit auch bei diesem Projekt hinter ihr steht.

Fabienne kann diese Gedanken der Aufsichtsräte förmlich sehen. Sie spürt den Unwillen der Kontrolleure, sich so vorführen zu lassen.

Bei Justus ist es offenbar anders: Peanuts, so möchte er das wohl hinstellen. Ein Schnäppchen für 3,8 Milliarden. Aber das sind keine Peanuts. Im Gegenteil: Das ist eine große Menge Geld für den Konzern, gerade in diesen Zeiten, und selbst wenn diese Gelder nach dem Energiegipfel ausdrücklich für einen solchen Zweck vorgesehen sind. Vier Milliarden, sagt sich Fabienne, kann man nicht einfach im Handstreich genehmigen.

»Wird uns die Frau Vorstandsvorsitzende die Vorlage denn noch mal vorstellen?«, fragt einer der Aufsichtsräte, nicht ohne deutlichen Unterton.

»Nein«, sagt Kohlmeier, »das erscheint mir nicht nötig, auch mit Rücksicht auf die fortgeschrittene Zeit«. Das vorliegende Papier sei so aussagekräftig, das brauche die CEO nicht noch mündlich vorzustellen. Er habe die wesentlichen Eckpunkte ja schon genannt, und die schriftliche Unterlage spreche ohnehin für sich.

Man kann nicht vorstellen, was man nicht kennt, denkt Fabienne. Das ist das, was Kohlmeier nicht sagt.

Fabienne streift die Unterlagen nur kurz, erkennt sofort einige Diskrepanzen zwischen dem Ausblick auf die kommenden Geschäfte, der derzeitigen Kapitalausstattung und der aktuellen Substanz.

Suhrs Aufmerksamkeit, das wird ihr beiläufig klar, richtet sich gerade auf genau dieselben Punkte. Jetzt blickt er auf, schaut sie an, schüttelt unmerklich den Kopf. Als wollte er sagen: »Was soll das? Habe ich mich so in ihnen getäuscht, Frau Felsenstein? Glauben Sie etwa wirklich an diese Luftnummer?«

Nein, denkt sich Fabienne, das tue ich nicht, und ihre Lippen bewegen sich dazu, als ob sie es wirklich spräche. Aber Suhr – ich muss erst wissen, was hier gespielt wird, bevor ich meinen Einsatz gebe.

Fabienne verzieht keine Miene, lässt sich den Gedanken nicht anmerken, spürt Kohlmeiers Blicke auf sich. Anerkennend, zufrieden. Sie wird schweigen, er scheint sich darüber sicher zu sein.

Als doch eine Diskussion beginnt, lässt Kohlmeier sie laufen. Er geht offensichtlich davon aus, dass die Entscheidung bereits gefallen ist, und natürlich hat er damit Recht. Die Viererbande ist dafür, die weiteren sechzehn werden noch zetern und sich über Lücken in der Vorlage beschweren, über die Verletzung der Fristen und der Form, um ihre Ehre zu wahren. Wenn der Eitelkeit Genüge getan ist, werden sie alle ihre Zustimmung geben. Niemand hier wird noch die Kraft haben, Widerstand zu leisten.

Dann richtet Kohlmeier das Wort an Fabienne: »Hast du noch ergänzende Anmerkungen?«

»Im Moment nicht«, sagt Fabienne.

Auch Neumann, der nochmals für die Kapitalbank im Aufsichtsrat spricht, hat keine weiteren Anmerkungen, er bestätigt lediglich, was der Herr Vorsitzende schon ausgeführt hat, dass sich nämlich der Präsidialausschuss eingehend mit der Vorlage befasst habe.

Von sich aus setzt Neumann dann noch hinzu: »Als ehemaliger Vorstand muss ich den jetzigen Vorstand für dieses Papier ausdrücklich loben!«

Die Arbeitnehmerbank trägt erwartungsgemäß massive Beschwerden über das Vorgehen vor, wirkt dabei aber einigermaßen hilflos.

Die Arbeitnehmervorbesprechung habe immerhin in dieser Woche stattgefunden, und da wurde über die Sache nicht informiert! Der Vorstand hätte das Papier doch da vorstellen können! Der Vorgang ist nicht nachvollziehbar ... aber im Interesse des Unternehmens ... will man der Sache nicht im Wege stehen.

Nur, für das Protokoll zum Mitschreiben: massive Kritik, an Stil und Umgang. Massiv! Bitte notieren.

Fabienne zuckt kurz. Sie weiß, dass sie und nicht etwa Kohlmeier gemeint ist.

Tschauner meldet sich zu Wort: Auch wenn er sich nicht in die Bereichshoheit anderer Vorstandskollegen einmischen möchte – die Zuständigkeit für Fusionen und Übernahmen liege schließlich bei der Vorstandsvorsitzenden –, aus seiner allgemeinen operativen Verantwortung heraus begrüße er die Beschussvorlage ausdrücklich. Dies sei, daran bestehe überhaupt kein Zweifel, eine außerordentliche Okkasion.

Die anderen Vorstandskollegen könnten sich nun ebenfalls äußern, tun es aber nicht.

»Steht dein Vorstand hinter dir?« Ja. Leider, denkt Fabienne.

Tehrani wird ihre Stellungnahme abwarten, bevor er etwas sagt, wenn überhaupt. Er weiß, dass sein Wort in dieser Runde nicht viel zählen würde, nicht heute.

Schild sieht aus, als wollte sie Einspruch erheben, lässt es aber doch bleiben. Was soll der Personalbereich schon gegen eine Ausrichtung auf Wachstumsfelder haben?

Suhr ist gerade in dieser Woche in London zum ersten Mal auf unangenehmste Art von Analysten gegrillt worden, von einem dieser Kinder aus der Londoner City. Der Jungspund hat ihn richtig ausgezogen: RuhrSTROM habe noch immer nichts »Grünes« auf die Beine gestellt, es gebe keine vernünftige Planung, es sei auch weiter nichts zu erkennen. RuhrSTROM verfolge altertümliche Strategien, habe ein ziemlich altmodisches Konzept von Unternehmensführung ... er hat Fabienne davon erzählt, vielleicht glaubt er nun, sie habe diesen ungewöhnlichen Schritt für ihn, für seine Bilanzen und seine Kapitalmarkt-Roadshows unternommen.

Seltsam, dass Fabienne ausgerechnet in diesem Moment, in dem die Zeit beinah stillzustehen scheint, wo Worte und Bewegungen um sie herum sich zu verlangsamen und träge in der Luft hängen zu bleiben scheinen, der Zen-Tempel einfällt, den sie vor einigen Jahren in Kyoto besucht hat: Der Ryōan-ji. Der Tempel des zur Ruhe gekommenen Drachen.

Es gibt dort einen kleinen Steingarten, wunderschön geharkt. 15 große Steine, zum Teil kleinere Felsen, sind darin verteilt: Von keinem Punkt aus kann man alle 15 moosbedeckten Felsbrocken gleichzeitig überblicken. Maximal 14 sind zu sehen. Ihr Bild als Ganzes erfasst nur, wer mindestens einmal Standort und Betrachtungswinkel ändert – oder sich der Hilfe eines weiteren Betrachters bedient.

Welches Bild ist hier gerade zu sehen? Wie viele Steine sind sichtbar? Und aus welcher Perspektive?

Es ist inzwischen 23 Uhr 30.

Kohlmeier ergreift wieder das Wort: »Habe ich richtig verstanden, dass wir ein Einvernehmen sowohl über das Prozedere als auch über den Inhalt des Beschlusses erzielt haben, und dass es Gegenstimmen und Enthaltungen dazu nicht gibt?«

Er blickt kurz in die Runde und fährt fort: »Dann stelle ich fest …« –

Der Moment ist da. Fabienne meldet sich zu Wort. Unterbricht den Sitzungsleiter. Sie schaut dabei nicht zu ihrem Vorstand, sie sieht nur Kohlmeier an.

»Herr Vorsitzender, ich habe noch eine Frage«, sagt sie förmlich, mit fester Stimme, fast ein wenig aggressiv.

Der Vorgang ist ungebührlich, respektlos, eine Frechheit. Warum hat sie nichts gesagt, als ihr das Wort erteilt war? Dem Aufsichtsrat ist sein Unmut anzusehen. Murren wird laut.

Kohlmeier, freundlich und kühl, kümmert sich nicht darum.

»Selbstverständlich. Gern. Was möchtest du fragen?«

»Können wir die Sitzung für zehn Minuten unterbrechen?« Sie möchte den Aufsichtsratsvorsitzenden unter vier Augen sprechen. Der Antrag auf Unterbrechung wird, mit einer gewissen Spannung, angenommen.

Und mit noch mehr Unmut. Dies ist schließlich eine Sitzung des Aufsichtsrates und nicht der Vorstandsvorsitzenden. Ein solcher Antrag zu einem solchen Zeitpunkt steht ihr nicht zu. Schon gar nicht ihr.

Muster der seltsamsten Art stehen Fabienne vor Augen, als sie mit Kohlmeier den Sitzungssaal verlässt. Kohlmeier plaudert vor sich hin, als wollte er sie an der Versenkung in diese Bilder hindern: Sie habe sich korrekt verhalten, meint er, der Aufsichtsrat werde zweifellos alles genehmigen, sobald sie wieder im Sitzungssaal sind.

Danach, das habe er bereits in Auftrag gegeben, solle der

Beschluss durch die Pressestelle sofort öffentlich gemacht werden. Der Vorstand werde den Vorstandsbeschluss nachträglich für die Akten festhalten müssen. Damit werde auch den Regeln der Corporate Governance Genüge getan – das sei schließlich essenziell. Der Aufsichtsrat werde dafür sorgen, dass im Protokoll auch die Forderung nach einer Nachreichung des Vorstandsbeschlusses sowie die entsprechende Zusicherung des Vorstandes festgehalten würden.

Ihr Vorstand habe sich vorbildhaft verhalten. Vielleicht etwas passiv, aber die neue Strategie spreche zumindest von einem festen Willen zur Aktion. Tschauner sei in der Vorstandsrunde eine schöne Ausnahme, er, Kohlmeier, habe den Mann wohl unterschätzt ... und so weiter, und so weiter.

Fabienne schweigt. Sie ist in Deutschland. Das weiß sie, dennoch kommt es ihr vor, als habe sich die ganze letzte Stunde in einem vollkommen fremden Land abgespielt. Alle Regeln wurden geändert – warum?

Muss sie Justus, dem Freund, nun wirklich Grenzen setzen? Ihrem Dienstherrn?

In dem geräumigen Eckbüro, das Kohlmeier als Aufsichtsratvorsitzender zusteht, wendet sich Fabienne ihm zu: »Justus, damit es gleich klar ist: Diese Nummer kann ich nicht mitmachen. Für kein Geld der Welt, für keinen Ruhm der Welt. Ich werde meine Stimme, meinen Namen und meine Ehre für einen solchen Ablauf nicht hergeben.«

»Du weißt, was das heißt, Fabienne«, sagt Kohlmeier kühl.

»Was ich weiß, ist, dass es hier um den Kern meiner Arbeit geht. Um Wahrheit. Und Ordnungsmäßigkeit. Und was das anbelangt, bin ich zu keinem falschen Kompromiss bereit.«

Kohlmeier betrachtet sie schweigend. Wie immer ist aus seinem Gesicht keine Erkenntnis zu gewinnen, seine Worte sind es, die sie auswerten muss, seine gesamte Reaktion.

»Du willst eine solche Entscheidung alleine vom Ablauf abhängig machen?«, fragt Kohlmeier ungläubig.

»Und vom Inhalt. Von 3,8 Milliarden. Willst du wirklich auf einen solchen Betrag ein Impairment riskieren?«

Kohlmeier ist überrascht. Wie kann Fabienne schon heute ahnen, dass der Kaufpreis nicht werthaltig ist, dass eines schönen Tages eine Wertberichtigung in Milliardenhöhe, ein ›Impairment‹, darauf anfallen wird? Ihre verdammten Muster! Kann sie etwa hellsehen? Seine Gedanken lesen? Egal.

»Selbst wenn es so käme«, sagt er, um ihr keinen Raum für weitere Manöver zu überlassen, »was würde das schon bedeuten, Fabienne? Wir brauchen schließlich alle sechs, sieben Jahre eine größere Sonderabschreibung. Kein Baum wächst in den Himmel! Und ohne ab und zu die Basis wieder etwas tiefer zu legen, hätten wir weder den Spielraum für ordentliche Vorstandsvergütungen noch für eine vernünftige Kapitalmarktfantasie. Sechsmal ordentlich rauf, einmal ein bisschen runter, und dann wieder sechsmal richtig rauf. Du selbst profitierst doch auch davon.«

»Darauf verzichte ich gern«, entgegnet Fabienne ruhig. »So kann und so will ich nicht arbeiten.«

Kohlmeier schaut sie ungläubig an.

»Mir wird, wenn du dich gegen mich stellst, nichts anderes übrig bleiben, als dich vor dem Aufsichtsrat und auch öffentlich der Lüge zu bezichtigen. Tschauner wird bestätigen, dass er die Beschlussvorlage kennt.«

Das ist deutlich genug. Er wird die Sache durchziehen, um jeden Preis. Nur warum? Sie könnte ihn fragen ... Sie will es nicht wissen. Sein Verhalten folgt anderen Regeln, ihr Spiel ist das nicht. So einfach ist das. Auch für ihn: Er weiß, dass sein Spiel nie ihres sein wird.

»Dann schlage ich vor«, sagt Fabienne, »wir lassen es darauf ankommen.«

»Geht es dir gut? Du wirkst, ich weiß nicht, verwirrt. Freund Lermoyez bereitet dir doch keine Beschwerden?«

Die Frage zielt unter die Gürtellinie. Nur ist Fabienne kein

Mann – und wenn ihr jetzt gerade etwas schwindlig ist, dann liegt das nicht an der Beschaffenheit ihres Innenohrs, sondern an der Erkenntnis, die sich nicht mehr wegschieben lässt.

Der Mann vor ihr ist ihrer unwürdig. Er ist nicht ihr Freund.

»Ich bin so klar wie immer. Gehen wir zurück?«

»Wenn du meinst. Gehen wir zurück!«

Auf dem Rückweg ist die Atmosphäre zwischen ihnen eine deutlich andere. Kohlmeier ist in sich gekehrt, er wirkt nachdenklich.

Als sie wieder in das Sitzungszimmer eintreten, wird es still in dem Raum, in dem bereits eine Nachsitzungsstimmung eingekehrt ist: Das eine oder andere Bier ist zur Entspannung geöffnet, die Weinflaschen sind entkorkt. Es ist schließlich schon Mitternacht.

Worüber haben sie sich unterhalten? Die Frage steht im Raum, ist in dem inzwischen stickigen Raum förmlich fühlbar.

Kohlmeier greift sie auf, ohne Fabienne Zeit zu geben, sich einzuschalten: »Die Fragen der Frau Vorsitzenden zu einer möglichst zügigen und ganzheitlichen Kommunikationsstrategie für diesen, auch gerade für sie so bedeutsamem Beschluss sind nochmals einvernehmlich geklärt worden – so dass wir jetzt endgültig zur Abstimmung kommen können und auf Anregung von Frau Felsenstein auch gleich in den Beschluss mit aufnehmen sollten, dass unmittelbar nach der Beschlussfassung eine Pressemitteilung über diese für RuhrSTROM so außerordentlich erfreuliche Entscheidung veröffentlicht wird. Die Presseabteilung ist bereits informiert und hat schon einen Entwurf erstellt, den ich gleich noch kurz verteilen werde. Also, meine Damen und Herren, ich darf hiermit festhalten, dass es hinsichtlich des Vorgehens keinerlei Einwendungen gibt und dass der Aufsichtsrat hiermit einstimmig beschließt, dem Vorschlag des Vorstandes zu folgen und den Kauf von GreenInnoLab-Aktien sowie die Unterzeichnung aller vorbereiteten Dokumente entsprechend dem zuvor verteilten Papier, das wir als Anlage zu Protokoll nehmen, zu genehmigen.«

Zustimmendes Nicken aller Aufsichtsratsmitglieder.

Schafe, denkt Fabienne, alles Schafe. Mit dem Wolf als Hirten sind sie zu jedem Unheil verführbar.

Nicht die Muster sind es, die sie jetzt beschäftigen, sondern das Bild von Kohlmeier, das eine ungeheure, bodenlose Dimension von Durchtriebenheit und Rigorosität angenommen hat. Wenn er zu solcher Hinterhältigkeit bereit ist, dann wird er auch noch weiter gehen.

»Ich stelle hiermit fest ...«, beginnt Kohlmeier und wird von Fabienne unterbrochen.

Ihre Stimme ist klar und scharf. Und messerscharf ihre Worte, die folgen werden. Beim Reden sieht sie jeden Einzelnen im Raum an. Kein Raum für Missverständnisse mehr:

»Es gibt keine Beschlussvorlage. Es gibt keinen Beschluss. Ich möchte hiermit festhalten: Der Aufsichtsratsvorsitzende hat die Unwahrheit gesagt.«

Die meisten Blicke wenden sich von ihr ab. Nicht der von Heinrich Suhr, auch nicht der von Dagmar Schild. Rolf-Peter Neumann wirkt beinah amüsiert. Auf Tschauners Gesicht liegt eine Schadenfreude, die ihr neu ist.

»Mich der Lüge zu bezichtigen, ist ungeheuerlich«, antwortet Kohlmeier kalt. »Die Vorstandsvorsitzende ist müde. Trotzdem, Fabienne, es gibt Dinge, die kann ich auch einer Frau nicht durchgehen lassen.«

»Ich korrigiere mich«, sagt Fabienne freundlich, und ihre Stimme klingt dabei noch klarer als zuvor. »Der Aufsichtsratsvorsitzende hat nicht die Unwahrheit gesagt. Er hat vielmehr wissentlich und vorsätzlich gelogen, den Aufsichtsrat getäuscht. Und meine Vorstandskollegen getäuscht.«

Ein kurzer Moment schockierter Stille – dann schaltet sich Kohlmeier wieder ein. Seine weiteren Ausführungen sind so vorhersehbar wie der Herbst, der auf den Sommer folgt: Hysterie ist eine Frauenkrankheit, Felsenstein hysterisch. Oder prämenstruell. Ihn der Lüge zu bezichtigen – wo Tschauner doch bestätigt habe, dass es den Vorstandsbeschluss gibt – ist verrückt. Eine verrückte, wahnsinnige Vorstandsvorsitzende kann RuhrSTROM nicht brauchen. Der Schaden, käme die Sache an die Öffentlichkeit, wäre immens.

»Ich bin bei klarem Verstand«, unterbricht ihn Fabienne, »so klar wie jeder hier im Raum. Und es wird nichts an die Öffentlichkeit gelangen, schon gar nicht deine vorgefertigte Meldung zur Übernahme von GreenInnoLab. Über Beschlüsse, die es nicht gibt, kann man nichts melden.«

Sie sieht ihn dabei an. Kein Lächeln spielt um ihren Mund. Es geht um die Wahrheit. Warum sollte sie ihm das Feld überlassen?

Der nächste Schritt ist ohnehin klar. Er ist nicht der einzige, der das Spiel zu Ende spielen will. Fabienne fährt fort: »Ich bleibe bei meinen Aussagen. Wenn du das ebenfalls tust – und für die Anwesenden und für das Protokoll halte ich noch einmal fest, dass der Aufsichtsratsvorsitzende mich gerade verrückt genannt hat –, dann schlage ich vor, du stellst an deine Kollegen den Antrag, mich hier und jetzt abzuberufen.«

Kohlmeiers Gesicht ist grau, seine Lippen zittern ganz leicht. Sonst merkt man ihm Wut nie an; aber jetzt wirkt er, als könnte er wütend werden, sehr wütend. Sie hat ihm einen Köder hingeworfen, und in diesem Zustand wird er ihn schlucken. Er räuspert sich, sieht sie nicht an: »Meine Damen und Herren, ich stelle hiermit nach Paragraph 84 Absatz 3 Aktiengesetz den Antrag, die Bestellung von Frau Felsenstein zum Vorstandsmitglied und ihre Ernennung zur Vorsitzenden des Vorstandes aus wichtigem Grund zu widerrufen, und zwar sowohl wegen Pflichtverletzung als auch wegen Unfähigkeit zur ordnungsgemäßen Geschäftsführung.«

Fabienne unterbricht ihn: »Einen Augenblick, eine Sache noch. Ich möchte meine Vorstandskollegen um eine kurze Stellungnahme bitten, das darf ich doch wohl, und ich verlasse mich auf ihre Aufrichtigkeit, die ich in den letzten Monaten schätzen gelernt habe. Kollegen, ich frage euch hier und jetzt: Gab es einen Vorstandsbeschluss und eine Beschlussvorlage an den Aufsichtsrat zu diesem Thema?«

Das Schweigen im Raum ist greifbar. Reden will keiner als Erster. Fabienne blickt um sich.

Sieht Suhr nachdenken, weiß, dass er Nein sagen will, nur die Zahlen stehen ihm im Weg, die Zahlen, die nicht stimmen, vielleicht doch stimmen, ein Signal von Aufschwung, das er doch so dringend braucht.

Auch Tehrani zögert. Er ist neu, er kennt die Bräuche hier nicht. Seine habituelle Vorsicht steht im Widerstreit mit einer Überzeugung, die gerade dabei scheint, Gewissheit zu werden. Jetzt ist es soweit. Er öffnet den Mund.

Doch Tschauner kommt ihm zuvor: »Ja, sicher, es gibt diesen Beschluss.«

Kohlmeier nickt ihm freundlich zu.

»Ich bin betrübt«, beginnt er, »aber entschlossen, das zu tun, was in diesem Fall richtig ist. Meine Damen und Herren –«

»Entschuldige, Justus«, unterbricht ihn Dagmar Schild.

Sie sieht dabei Fabienne an, studiert sie, als habe sie in ihr irgendetwas erkannt, das ihr davor nicht bewusst war. Dann nickt sie Fabienne ganz leicht zu.

»Ja, Frau Schild?« sagt Kohlmeier, hebt dabei die Augenbraue in Richtung seiner Aufsichtsratskollegen. Frauen!

Schild ist der Vorgang nicht entgangen, sie schüttelt den Kopf, als wolle sie sagen: »Frauen? Darum geht es hier doch nicht.« Die Wahrheit kennt kein Geschlecht. Wenn es allerdings um die Angst vor Konsequenzen geht …

Fabienne starrt sie an. Was hat Schild vor?

Dagmar Schild lächelt. Ihre Stimme ist so klar wie eine Glocke, die zum Mittagsgebet läutet.

»Es gab keinen Beschluss, Herr Aufsichtsratsvorsitzender. Es gibt keinen. Und es wird keinen geben.«

Ihre einfachen Sätze bringen Fabienne in die Heimat zurück, verankern sie wieder auf dem Boden von Wahrheit und Rechtschaffenheit. Sie sieht Schild nicht an, sie versteht plötzlich selbst nicht mehr, warum sie diese Schlacht führen musste. Mit Schilds nüchterner, kristallklarer, über jeden Zweifel erhabener Aussage jedoch – hat sie sie gewonnen.

Kohlmeier schüttelt langsam, beinah ungläubig den Kopf, an seinen Mundwinkeln stehen kleine Tropfen. In diesem Augenblick sieht er aus wie ein alter Mann. Nur der Blick, den er Schild zuwirft, ist lebendig – und hasserfüllt.

Erstaunlicherweise ist es Neumann, der die Luft aus der Situation zischen lässt wie aus einem übertemperierten Heißluftballon: »Dann stellen wir doch die Mikrofone für das Protokoll mal wieder an, nicht wahr?«

Er ist der Einzige, der mitbekommen hat, dass der ganze Vorgang nicht aufgenommen wurde. Dass auch die protokollierende Assistenz nicht mehr mitgeschrieben hat.

Eine gewisse Erleichterung stellt sich ein – was nicht aufgezeichnet worden ist, hat auch nicht stattgefunden.

Es war, das sieht der ganze Aufsichtsrat jetzt so, ohnehin eine dumme Idee von Fabiennes Vorgänger gewesen, wichtige Sitzungen aus Gründen der Protokoll- und Entscheidungssicherheit aufzeichnen zu lassen, Jacobi hätte dem niemals nachgeben dürfen, und die Anderen auch nicht. Und wichtige Entscheidungen hat es in der Zeit nach Kohlmeier und vor Fabienne ohnehin nicht gegeben.

Im Raum wird genickt, einzelne Kollegen erheben sich.

Neumann hebt kurz die Hand, bittet noch einmal um Aufmerksamkeit.

»Wenn ich kurz übernehmen darf …«

Er wendet sich kurz zu Kohlmeier, der nickt.

»Ich stelle den Antrag, in vier Wochen erneut zu tagen und

diesen Tagesordnungspunkt dann noch einmal abschließend zu beraten.«

19 Hände strecken sich in die Höhe. Auch Kohlmeier hebt die Hand. Der Antrag wird mit 20 Stimmen, einstimmig, angenommen. Dann schließt Kohlmeier die Sitzung, packt seine Unterlagen zusammen und verlässt im Pulk der anderen den Sitzungsraum.

Fabienne bleibt als eine der Letzten zurück. Ihre Muster – die Muster der Wahrheit, des Lebens – stehen jetzt wieder klar und fließend vor ihrem geistigen Auge. Nur die Farben haben sich verändert, sie sind dunkler geworden. Düsterer. Fast schwarz.

Kohlmeier – ein Feind der Muster. Auch er. Ein Feind der Wahrheit. Sogar er. Er wollte dich nur prüfen, widerspricht eine kleine Stimme in Fabiennes Kopf. Eine aufwändige, schreckliche Prüfung – nicht mehr als das.

Die Hoffnung, die keine ist, gibt ihr die Kraft, aufzustehen, selbst den Raum zu verlassen.

»Wann sind Sie denn wieder im Fernsehen zu sehen?«, fragt Neumann, der in der Tür auf sie gewartet hat.

»Wenn es nach mir geht, nicht so bald«, antwortet sie. »Aber wenn es der Sache dient – sofort.«

»Das ist unsere Frau Felsenstein. Immer im Dienst der Sache unterwegs«, nickt Neumann.

Sein Blick, findet Fabienne, ist dabei beinah mitleidig.

DA BIN ICH

»Hier bist du also«, sagt Wallter.

»Hier bin ich also«, sagt Marlene. »Und du, du bist auch wieder hier. Schön.«

»Ja. Sehr schön! Aber wie geht es dir?«

»Müde. Erschöpft. Du glaubst nicht, was gerade los war in der Sitzung. Ich will gar nicht darüber reden. Wie geht es dir?«

»Ich wollte dir danken«, sagt Wallter.

»Wollen wir dazu weiter im Türrahmen stehen bleiben?«

»Ach so«, sagt Wallter, und lässt sie eintreten.

Sie sieht sich in seiner Wohnung um. Es ist mittlerweile zwei Uhr in der Nacht.

»Hier ist es ja wie immer«, stellt sie verwundert fest.

»Vielleicht nicht ganz«, sagt Wallter. »Obwohl ich nur für mich sprechen kann.«

»Ist das so?«, fragt Marlene und schaut ihn sich genauer an.

»Ich glaube schon«, antwortet Wallter und fühlt sich verlegen.

Er hat kaum mit jemand gesprochen. Fast scheint es, als hätte er verlernt zu reden. Als würde es ihm nie, niemals gelingen, all das zu sagen, was er Marlene sagen will.

Kurz sieht er in ihrer erwachsenen Gestalt noch einmal das zwölfjährige Mädchen, das die Tür zum Schuppen öffnet – er selbst der Held, der es im letzten Moment zurückhält –, aber dann ist da nur noch Marlene.

Marlene, Marlene, Marlene.

»Henning Wallter«, sagt Marlene, und lächelt ihn an. »Wie gut, dass es dich gibt.«

Und da stellt Wallter mit einer gewissen Erleichterung fest, dass für den Anfang vielleicht gar nicht so viel geredet werden muss.

BITTE NICHT

»Das wird dich kosten. Du bist dir dessen bewusst.«

Das sind die letzten Worte, die Kohlmeier Dagmar Schild vor der Konzernzentrale zuzischt, bevor er hinten in die Limousine steigt, deren Fahrer die Tür für ihn offenhält.

Mag sein, denkt Schild, als sie in ihren Wagen steigt, aber sein Manöver in der Aufsichtsratssitzung kam schlichtweg zu dreist daher, Justus benahm sich, als könne er sich alles erlauben. Jetzt ist es missglückt.

Seine Kühnheit war diesmal atemberaubend. Im Grunde unfassbar. Aber am Ende – das ist Schild vollkommen klar – wird wieder er es sein, der gewinnt. Warum? Weil Justus immer gewinnt, das ist ihre Erfahrung, und sie hat immerhin zehn Jahre lang in dem Konzern gearbeitet, den er leitete. Justus verliert nicht, er verliert nie.

Weiß Felsenstein das auch?, fragt sie sich plötzlich.

Felsensteins Sieg ist lediglich als Etappensieg zu sehen. Und als Pyrrhussieg. Während der Sitzung konnte Schild nicht umhin, Felsenstein dafür zu bewundern, dass sie ihn erstreiten wollte. Sie selbst war erschöpft, und die Schweiger und Zauderer um sie herum irritierten sie. In einem seltsam lichten Moment hatte sie sich dann auf die Seite der Vorstandsvorsitzenden gestellt.

Und auf die Seite der Wahrheit. Müdigkeit macht unvorsichtig.

Über die Kosten wird sie nachdenken, wenn sie weiß, wie sie aussehen.

Das Einzige, was sie jetzt will, ist schlafen.

Als der Wagen vor ihrem Haus hält, schaut sie an der Fassade hoch und entdeckt das Licht in der Küche, seltsam, sie ist sich sicher, dass sie es nicht hat brennen lassen. Jonas? Gelegentlich überrascht er sie mit einem unangemeldeten Besuch. Auf ihren Anruf hin hat er sich nicht gemeldet. Aber außer ihr selbst hat nur Jonas derzeit ihren Wohnungsschlüssel. Und das Licht brennt ja.

Eine leise Welle der Rührung überkommt sie. Vielleicht wartet er oben auf sie, um zu hören, wie die Sitzung ausgegangen ist. Das wäre ungewöhnlich, aber nicht unmöglich. Ihr Sohn hat schließlich ein gutes Herz, und manchmal ist er sogar sehr aufmerksam.

Du musst ihn loslassen, hat ihr Ex-Mann oft gemeint, der

leicht reden hat: Zwischen ihr und Jonas ist so viel gewesen, das sie nicht einfach aufgeben kann.

Als sie die Wohnungstür aufmacht, steigt ihr ein bitterer Geruch in die Nase. Eine Erinnerung will sich damit verbinden, Freunde aus ihrer Punkzeit, ewig her. Sie schiebt sie weg, bleibt im Eingang kurz stehen, ruft nach ihrem Sohn: »Jonas? Bist du da?« Keine Antwort.

Der Geruch scheint aus der Küche zu kommen, dort steht das Fenster offen. Als sie hin will, klingelt im Esszimmer das Telefon, ihre Privatnummer, die nicht viele kennen. Sie geht an der geschlossenen Tür vorbei, hinter der Jonas' Zimmer liegt, betritt den kleinen Raum mit dem runden Tisch und dem Fernseher, setzt sich auf einen der Stühle, nimmt ab.

»Hallo?«

Schweigen am anderen Ende der Leitung. Es klingt nicht so, als habe sich der Anrufer verwählt. Also wartet Schild und spürt dabei, wie sich an die Stelle der Erschöpfung eine plötzliche Beunruhigung drängen will, sie raubt ihr den Atem, bringt ihr Herz zum Rasen. Sie hat selten Angst, auch nicht, als sie heute Kohlmeiers Pläne durchkreuzte oder vorhin das Licht in ihrer Wohnung bemerkte. Jetzt, mit einem Mal, empfindet sie Panik.

»Dein Sohn steckt tief in der Scheiße, und jetzt wird er bekommen, was er verdient hat«, sagt endlich eine zynische, metallisch klingende Stimme am anderen Ende der Leitung. »Wenn du nicht ...«

Schild legt auf. Den Rest wird sie sich nicht anhören. Das Auflegen ist ein Reflex, eine Reaktion auf etwas, das ihr vorhin im Augenwinkel auffiel, ohne dass sie weiter darüber nachgedacht hat.

Jonas Zimmertür ist zu. Heute Morgen stand sie noch offen.

Der Geruch in der Wohnung – – – nicht mein Jonas, denkt sie dann.

Bitte nicht.

Die Sache an der Uni: ein Dummejungenstreich, mehr war

das nicht. Er ist nicht schuld. Er hat mit dem Ganzen doch nichts zu tun.

Das Telefon klingelt wieder. Anrufer Unbekannt – sie nimmt nicht ab.

Als es an ihrer Wohnungstür klingelt, rührt sie sich nicht. Erst als der Nachbar zu dieser nächtlichen Zeit sogar an die Tür klopft, mit seiner tiefen Stimme ihren Namen ruft, steht sie auf, geht hin, macht auf.

»Dagmar«, sagt der Nachbar, der ihr erst vor ein paar Tagen die neueste Beerenweinernte aus seinem Schrebergarten vorbeigebracht hat, »entschuldige die Störung. Ich habe dich kommen hören. Ich muss dringend mit dir reden. Es geht um Jonas.« Dann bleibt er stehen, schnuppert. »Nein …«, sagt er.

»Bitte«, flüstert Schild. »Könntest du vielleicht nachsehen, wer in Jonas' Zimmer ist?«

Kurze Zeit später ruft er sie. Als sie schließlich in Jonas' Zimmer steht, fällt ihr Blick auf die Spritze neben dem Bett, die er ihrem Jungen aus dem Arm gezogen haben muss. Sanft streicht er Jonas über das Haar, schließt ihm die Augen, weint die Tränen, die sie nicht weinen kann. Schließlich nimmt er etwas aus Jonas' Hand: den kleinen Piratenkapitän, Jonas' Lieblingsfigur, ein Überbleibsel aus einer schöneren Welt.

Plötzlich stehen Männer in der Wohnung. Der Nachbar muss sie geholt haben. Der Nachbar beantwortet ihre Fragen, in seinem Gesicht der Schock, das Entsetzen, die Trauer und die Wut, die Dagmar nicht spürt, im Moment nicht spüren kann.

Dann tauchen auf einmal andere Männer auf und bringen Jonas weg.

»Willst du ihn begleiten?«, fragt der Nachbar.

Sie schüttelt den Kopf, also übernimmt er auch das für sie.

Als alle weg sind, und um Schild herum noch immer derselbe wattierte Nebel, der sie vor jeder Regung schützt, entdeckt sie den Brief, der aus Jonas' Jackentasche schaut, holt ihn heraus, öffnet ihn: Staatsanwaltschaft Bochum. Betreff: Illegale Laborversuche an der Universität Bochum. Der Angeschuldigte wird beschuldigt ... Die Zeugenaussage wird angeführt ... Die Staatsanwaltschaft bejaht das besondere öffentliche Interesse an der Strafverfolgung. Und so weiter.

Jonas hat den Brief offenbar nicht gelesen. Er muss auch so gewusst haben, was darin steht. War der Inhalt des Briefes der Grund für das, was er sich heute angetan hat? Und auch ihr. Ganz besonders ihr.

Die Wut ist mit einem Mal und mit einer Heftigkeit da, die ihr den Magen umdreht. Sie richtet sich gegen Jonas, diesen dummen Jungen, der ihr nicht vertraut hat. Ihren Jungen.

Doch noch ein anderer Vorgang ist unerträglich. Also sucht sich die Wut einen neuen Gegenstand.

Nicht mein Jonas, denkt sie kurz darauf, als sie sich im Bad das Gesicht wäscht. Sich dann im Spiegel anstarrt.

Ein anderer ist schuld. Für ihn war das alles nur ein Spiel. Der späte Auftritt heute in der Aufsichtsratsitzung: ein Spiel. Ein Versprechen gegeben, ein Versprechen gebrochen: ein Spiel. Der Konzern, die 30 000 Mitarbeiter, die Anforderungen und Hoffnungen auf eine bessere Zukunft: Spiele, Spiele, die ganze Welt nichts als ein Spiel, in dem eine Mutter und ihr Sohn so verschwindend kleine Spielfiguren sind, dass er sie nicht einmal sieht.

Sie liebt Justus Kohlmeier schon lange nicht mehr. Jetzt hasst sie ihn, und alles, wofür er steht: Ihn und das Leben, das sie ihm verdankt, das Leben, mit dem sie sich seinen Spielen hingegeben hat – die sie heute, das gesteht sie sich nun ein, in dieser unsäglichen Sitzung vielleicht für ein einziges Mal nach den eigenen Regeln bestimmen wollte.

Regeln? Die Regeln ändern sich ständig. Ein Narr, der auf ihre Einhaltung beharrt.

Jonas, denkt sie dann, hätte ein besseres Leben verdient. Jonas und der ganze Rest der Menschheit, die für einen Justus

Kohlmeier nur Spielfiguren sind. Sie weiß, Jonas wartet darauf, dass sie handelt. Wenn es sein muss, gegen jede Regel.

DIE VERLIERERIN

– Sebastian Hubscheider, Köln am Sonntag –

Eben noch war sie Everybody's Darling, und nun ist sie eine der umstrittensten Figuren in der deutschen Energiewirtschaft. RuhrSTROMs Konzernleiterin Fabienne Felsenstein nimmt kein Blatt vor dem Mund, wenn es um die Folgen des tragischen LNG-Unglücks in der Straße von Malakka geht. Sie will die Revolution der Energieversorgung. Und zwar jetzt.

Nur – in welche Richtung soll diese Revolution führen?

Rückwärts, wie es scheint: Felsenstein fordert die Politik auf, die Debatte um die Energiewende neu zu eröffnen, redet von einem stufenweisen Ausstieg aus der Kernenergie. Das lässt sich auch lesen als: heimliche Laufzeitverlängerung. Schönen Gruß von der Pius-Bruderschaft der Atom-Lobby, die sich nicht zu schade scheint, auch eine Tragödie wie Malakka schamlos für die eigenen Interessen auszunutzen.

Doch Felsensteins Stimme ist beileibe nicht die einzige, die heute darauf hinweist, dass von allen Teufeln, mit denen die Energiewirtschaft gegenwärtig paktiert, die Kernenergie der beste sei. Mit einem vernachlässigbaren CO_2-Ausstoß und breit angelegten Versorgungswegen kann Atomkraft das bieten, was keine fossile Energiequelle bieten kann – und die Erneuerbaren noch nicht bieten können: bezahlbare, zuverlässige Stromversorgung.

Klingt gut? Bis zum nächsten GAU vielleicht. Und die Frage der Endlager lassen wir dann auch weiterhin charmant unter den Tisch fallen. Felsenstein jedenfalls hat in dieser Hinsicht keine Lösung anzubieten. Auch ihre weiteren Vorstellungen vom »Umschwung« schaffen mehr Probleme als Lösungen. Fabienne Felsenstein. Vom Greenhorn zur Visionärin, von der Visionärin zum Dinosaurier! Zwei Häutungen in wenigen Wochen.

So kann RuhrSTROM nun wirklich ins Schleudern geraten. Im Vorstand selbst scheint die Linie, die die Vorsitzende nach außen vertritt, keineswegs Konsens zu sein. Gerüchte von einer beabsichtigten Zusammenarbeit mit einem Konsortium für grüne Technologie, GreenInnoLab, werden immer lauter. Unklar sind auch die Gründe für den plötzlichen Rücktritt des neuen Personalvorstands Dagmar Schild. Ein Rücktritt – oder ein Rauswurf? An der Börse wird der gebeutelte Konzern bereits als Übernahmeobjekt gehandelt. Es soll Vorstöße von internationalen Großbanken und Hedgefonds, aber auch von einem chinesischen Investor und einem russischen Konzern geben.

Die transnationale Aufstellung des Konzerns, die sich Felsenstein von Anfang an auf die Fahnen schrieb, könnte dann schneller kommen, als es allen lieb ist. RuhrSTROM-Kunden ist ein Russisch-Sprachkurs zu empfehlen. Alternativ wäre Mandarin denkbar, vielleicht auch Kantonesisch. Wer weiß, in welcher Sprache wir uns demnächst über unsere Stromrechnung werden beschweren müssen.

DIE BOTSCHAFT

»Das war ja zu erwarten«, sagt Kohlmeier und legt die Zeitung beiseite.

Er sitzt in seinem Büro im Stadtzentrum. Fabienne hat ihm gegenüber Platz genommen.

Sie war bisher nur selten hier, ein oder zwei Mal vielleicht. Sie ist immer davon ausgegangen, Kohlmeier nutze den hohen, dunkel getäfelten Raum mit dem altmodischen Mobiliar nur hin und wieder. Aber die Sekretärin im Vorzimmer, die Fabienne nur von Telefonaten her kennt, scheint für ihren Chef täglich im Einsatz zu sein.

»Ich weiß nicht«, sagt Fabienne. »Diffamierungen sind an der Tagesordnung. Indiskretionen, Unterstellungen, das kennen wir doch alles. Ich bin allerdings der Ansicht, bei RuhrSTROM ist die Situation gerade eine andere. Wir haben gemeinsam den Strategieplan verabschiedet. Es gibt im Vorstand, das gilt mit Abstrichen selbst für Tschauner, eine grundsätzliche Übereinstimmung bezüglich des weiteren Vorgehens, auf die ich, gerade in der gegenwärtigen, extrem unsicheren Weltlage, viel Wert lege.«

Sie haben sich seit der Aufsichtsratssitzung nicht wieder gesehen. Fabienne hat ihn angerufen. Er hat ihr diesen Termin und diesen Ort genannt. Beide wissen, dass die Unterhaltung, die jetzt ansteht, sich nicht aufschieben lässt.

Und beide sind professionell genug, sich ihre tiefen Verletzungen und brennenden Emotionen nicht anmerken zu lassen.

»Justus, ich werde deinen Rücktritt fordern«, sagt Fabienne. »Es ist mir nicht möglich, weiter mit dir als Aufsichtsratsvorsitzendem zusammenzuarbeiten.«

»Interessant«, sagt Kohlmeier. »Und ungewöhnlich. Wie willst du das machen? Mir ist kein Fall jemals bekannt geworden, wo ein Vorstandsvorsitzender seinen Aufsichtsratsvorsitzenden einfach so hinausgeworfen hätte. Umgekehrt natürlich schon. Da passiert so etwas ja leider inzwischen recht häufig. Denkst du denn, dieser Schritt wäre im Sinne von RuhrSTROM?«

Ganz kühl und vollkommen selbstsicher. Er hält sich wirklich für unangreifbar, denkt Fabienne.

Auf dem Tisch vor ihm steht das Modell eines Segelgleiters, den er jetzt in die Hand nimmt, ihn bewegt, als sollte er fliegen. Als ginge ihn das Gespräch nicht wirklich etwas an.

»Die Informationen für den Artikel kommen natürlich von dir«, vermutet Fabienne.

»Wenn du meinst.«

»Und der Satz über GreenInnoLab in dem Fernsehinterview – auch von dir?«

»Was soll ich machen? Unsere platinblonde Freundin ist nun mal ein Fan der Erneuerbaren. Ich sehe diesen Investitionsbereich ja eher pragmatisch.«

Der Gleiter fliegt in die eine Richtung, dann in die andere. Behutsam, ganz kontrolliert. Die Hand, die ihn hält, zittert nicht.

»Du willst also nicht mehr mit mir zusammenarbeiten«, sagt er dann. »Darf ich fragen, warum?«

»Ist das nicht offensichtlich? Ich arbeite nicht mit Rechtsbrechern zusammen.«

»Ist das nicht, wie soll ich es formulieren, ein wenig hysterisch? Du solltest achtgeben, dass du deinen Feinden nicht zu sehr in die Hände spielst, Fabienne.«

»Gott bewahre mich vor meinen Freunden, Justus. Das scheint wichtiger zu sein.«

»Meine Güte. Jetzt kommt auch noch Gott ins Spiel.«

»Nicht Gott. Voltaire. Der Satz stammt von ihm. Du hast ihn mal zitiert, vor langer Zeit.«

Der Gleiter macht jetzt Loopings, einen, zwei, drei. Eine schlanke Hand übernimmt den Flieger von der anderen, um den Kreis zu vollenden.

»In meiner langen Zeit auf Erden habe ich so viel gesagt, da kann ich mir nicht alles merken«, stellt Kohlmeier mit einem Bedauern fest, das Fabienne ihm beinah abnehmen möchte.

»Ich habe ihn mir gemerkt. McLloyd war damals bei einem Familienunternehmen in Belgien im Einsatz. Die alte verwitwete Dame wurde von ihren engsten Vertrauten, sogar den eigenen Söhnen, übers Ohr gehauen. Die Unternehmensleitung hatte uns geholt, es war nicht geplant, dass wir das aufdecken.«

»König Lear, scheint mir, wäre als Zitat eher am Platz gewesen.«

»Wenn schon Shakespeare, dann diesmal Macbeth«, entgegnet Fabienne. »›Fair is foul, and foul is fair‹. Offensichtlich sind die drei Hexen auch nach vierhundert Jahren noch aktuell, aktueller denn je vielleicht.«

»Was meinst du damit?«, fragt Kohlmeier.

»Das weißt du genau, Justus, ganz genau.«

Fabienne erinnert sich nochmals kurz an die Schlagzeile von neulich - ›Die Schweinehunde bestimmen, wo es langgeht‹ - und wiederum an Shakespeares Hexen: ›Where hast thou been, sister?‹ – ›Killing swine.‹ - Sind Schweine oder Schweinehunde gemeint?

»Du kannst auch zurücktreten, Justus. So oder so steht meine Entscheidung fest. Oder willst du gar ein gerichtliches Abberufungsverfahren provozieren?«

»Für einen solchen Antrag ans Gericht gäbe es im Aufsichtsrat nie eine Mehrheit. Nicht mal irgendwen, der die Frage überhaupt thematisieren würde. Es ist lächerlich, was du da sagst, Fabienne.«

Kohlmeier lässt den Gleiter landen, langsam, vorsichtig, bis er wieder an genau der Stelle steht, von der aus er gestartet war. Dann sieht er Fabienne an. Mit einem kühlen und zugleich bohrenden Blick.

»Nun, das ist deine Entscheidung, mit wem du zusammenarbeiten willst und mit wem nicht. Um ehrlich zu sein, ich bin trotzdem enttäuscht von dir. Sehr enttäuscht. Deine Arbeit ist gut. Deine Vorstellungen für RuhrSTROM greifen Ideen auf, die andere sich nicht einmal zu denken trauen. Aber es ist nicht zu übersehen, dass dir der Sinn für den größeren Kontext fehlt.«

»Den Kontext eines versuchten Rechtsbruchs?«

»Ach was. Den Kontext einer, wie soll ich sagen … Veränderung. Um es kurz zu machen: Der Konzern wird übernommen. Der Investor kommt aus China, wir haben einen zweiten aus den USA, beide mit Firmensitzen in Deutschland. Natürlich. Anders geht es ja nicht. Der Verkauf wird in den nächsten Wochen über die Bühne gehen. Der Aufsichtsrat ist sich übrigens einig.«

Fabienne schweigt.

Das ist es, denkt sie nun, was sie nicht greifen konnte.

Die Störung in den Mustern.

Gut möglich, dass Tschauner, Neumann und andere aus der Landschaft über dieses Spiel besser informiert gewesen sind als sie. Zumindest konnten sie die Hinweise besser deuten.

Es ging gar nicht um GreenInnoLab, jedenfalls nicht nur,

und auch nicht vorrangig. Parallel zu seinem kleinen Spiel mit der großen Blase der Erneuerbaren hat Kohlmeier an weiteren, noch weit größeren Rädern gedreht. Die werden mit der Übernahme von RuhrSTROM jetzt einrasten. Und sie selbst war nur eine seiner Spielfiguren – in einem Szenario mit mehreren Möglichkeiten …

Warum hat sie das alles nicht erkannt? Sehr früh hatte sie wahrgenommen, dass Schieflagen da waren, es gab einen zweiten Boden.

Doch die Tagesaufgaben waren komplex! War sie zu sehr in den Details verhaftet gewesen, zu sehr damit beschäftigt, das wirkliche Potenzial des Konzerns zu ergründen?

»Warum kriegt die neue Strategie keine Chance?«

Kohlmeier nimmt die Zeitung vom Tisch, hält sie hoch.

»Lies selber. Die neue Vorstandsvorsitzende hat den Laden nicht im Griff.«

»Das stimmt nicht. Im Vorstand sind wir uns einig, und ich weiß, dass die Strategie funktioniert. Sie braucht Zeit. Geld, natürlich. Aber sie wird funktionieren.«

»Möglich. Und irrelevant. Weil eure lächerliche 8-Punkte-Strategie – ein Geschleuder zwischen gestern und morgen ohne klaren Standpunkt – in den nächsten Jahren wenig Gewinn abwirft. Zu wenig für die Anleger. Bei den Chinesen wird RuhrSTROM mit Kohle verheiratet, bei den Amerikanern mit Gas. Schiefergas. Von überall. Selbst aus Afrika. Internationalisierung – da hast du sie. Tschauner lassen wir seine Kohlekraftwerke bauen, das schadet gar nichts. Übrigens glaube ich, in Sachen Kernkraft hast du gute Arbeit geleistet. Die Kanzlerin lobt deine Kompetenz. Der Vorfall in Malakka dürfte dazu führen, dass Deutschland die Laufzeiten wieder verlängert. Zumindest punktuell. Genauso kopflos natürlich, wie unsere Politiker den Ausstieg beschlossen haben. Aber im Ergebnis ja nicht dumm für uns.«

Fabienne starrt ihn an, verarbeitet das Gehörte, sucht nach

den Mustern. Alles, was sie finden kann, ist Hochmut, Neid und Gier. War Kohlmeier jemals ihr Freund?

»Und diese Übernahme: Hattest du die von Anfang an vor?«

»Nicht von Anfang an. Spätestens nach Malakka, ja. Ab diesem Moment war mir klar, dass deine Wertschöpfung nur noch gegen die Zukunft von RuhrSTROM arbeitet. Das Rad dreht sich doch nun auf einmal ganz anders. Die Energiekatastrophe von Malakka folgt im Grunde denselben Regeln wie die Bankenkrise. Wer Energie braucht, zahlt kräftig drauf, wer sie hat, gewinnt. An Malakka verdienen wir doch am Ende fast alle: die Kernenergie, die Kohle, Gas sowieso, auch die Erneuerbaren. Alle. Nur nicht RuhrSTROM, so wie du es betreiben wolltest.«

»Das sehe ich anders.«

»Halt den Mund, Fabienne.«

Wie alt ist sie? Acht Jahre? Scheißegal, warum ein Mohr die beiden anderen heiligen Könige begleitet? Hauptsache, er bringt seine Schätze in den Stall?

»Die Zukunft ist ein Zahlenspiel, Fabienne. Es geht um Gewinn, nur darum, klar? Und den gibt es nicht langfristig zu erzielen. Wenn uns Malakka eins gezeigt hat, dann den Nachteil jeglicher langfristigen Planung. Die neuen Besitzer wollen unsere Wettbewerbsfähigkeit erhöhen. Gut. Wird RuhrSTROM eben unter den Konzernen derjenige sein, der richtig Strom liefert, während alle anderen noch Seifenblasen der Erneuerbaren hinterherjagen. Wir wollen in der Gewinnzone schnell wieder ganz nach vorn, und das müssen wir auch. Die Investoren steigen ja nicht aus Menschenliebe bei uns ein.«

»Das ist zynisch.«

»Nein, Fabienne. Das ist die Realität. An der du noch immer teilhaben kannst, wenn du es willst. Unsere Übernahmekandidaten sind interessiert daran, dich weiter an der Konzernspitze zu halten. Zu ihren Bedingungen, selbstverständlich. Und zu meinen. Ich werde den Vorsitz des Aufsichtsrats nicht abgeben. Meine Anwesenheit darin ist Teil des Pakets. Aber ich bin bereit, dir für deine Entgleisung in der Aufsichtsratssitzung zu verzeihen. Im Sinne der Sache. Und als letzte Chance für dich.«

Sie lässt sich zurückfallen, atmet tief durch: »Verzeihen, du mir? Letzte Chance? Du weißt, dass ich da nicht mitgehen werde, Justus.«

Kohlmeier lässt den Gleiter schon wieder starten, sieht sie nicht an.

»Du magst doch Regeln, Fabienne. Sie sind dir wichtig. Wenn du mitspielen willst, dann solltest du damit beginnen, unsere Spielregeln zu akzeptieren.«

»Euer Spiel heißt Verstellung statt Verantwortung, Marktvorteil statt Nachhaltigkeit, kurzfristiger Gewinn statt langfristiger Wertschaffung. Und Zusatzgewinne für den, der auf Los kommt.«

Kohlmeier nickt, stellt den Gleiter wieder hin. Dann wendet er sich ab, schaut aus dem Fenster in die Blätter der Bäume. Aus seiner Sicht ist das Gespräch beendet.

Fabienne gelingt es aufzustehen.

»Der Aufsichtsrat wird meine Kündigung noch heute erhalten«, sagt sie.

Dann blickt sie ihn an, und ihre Stimme wird weich: »Was ist bloß aus dir geworden, Justus?«

Kein Anflug von Vorwurf, nicht provokant, und auch keine Aggression; ihr Tonfall klingt traurig, ja deprimiert, fast schon nach Resignation.

»Was ist bloß aus dir geworden? Sind wir wirklich schon südlich von Rom?«

Mit einer blitzschnellen Bewegung dreht sich Kohlmeier um, schlägt mit der flachen Hand auf den Tisch. Der Laut klingt wie ein Pistolenschuss. Seine Stimme ist laut, er schreit beinahe: »Geh jetzt, Fabienne. Geh. Wenn du nicht mitarbeiten willst, dann geh. Du lässt den Konzern im Stich, ist dir das klar?«

»Nicht ich«, erwidert Fabienne still. »Du. Du hast den Konzern verraten. Und dich selbst.«

»Verschwinde. Verzweifle. Ein Mann mit einer Botschaft ist mehr wert als Tausende, die nur Bedeutungsloses tun.«

»Justus, ich werde alles unternehmen, um dieser Botschaft entgegenzutreten.«

Kohlmeier lacht: »Versuch es, Fabienne, versuch es. Ich wünsche dir viel Glück«, zischt er sarkastisch. »Du bist doch noch immer in deinen lächerlichen Kategorien von Rechtschaffenheit und Wahrheit gefangen. Was hätte aus dir nicht alles werden können! Schade um deine Intelligenz!«

BELA UND FABIENNE

Wie sie aus Kohlmeiers Altstadtbüro gekommen ist, weiß Fabienne später nicht mehr.

John wartet unten beim Auto auf sie, öffnet ihr die Tür. Sie winkt ihn weg, geht zu Fuß weiter die Straße hoch.

Zeit vergeht. Als Fabienne wieder in der Lage ist, ihre Umgebung wahrzunehmen, sitzt sie auf einer Bank im Stadtpark, in einem der grünen, grünen Stadtparks des Ruhrgebiets, in dem die Blätter jetzt vom Herbst künden. Rot und Gelb und Braun. Bald wird es Winter sein. Kälter, als ihr jetzt ist, kann es auch dann nicht werden.

Enten quaken auf einem Teich. Ein Penner sortiert seine Plastiktüten in einem Einkaufswagen.

Fabienne ist noch immer erschüttert. Über Justus, über die ganze Situation, über die Welt. Hatte Justus vielleicht sogar recht? Zählen Wahrheit und Gerechtigkeit wirklich gar nichts mehr? Heiligt der Zweck wirklich die Mittel? Immer und überall?

Heiß oder kalt? Bei Kohlmeier fließt Atomblut im Herzen. Verseuchtes Blut. Heiß oder kalt? Kalt wie der Tod, heiß wie die

Hölle? Da das Schaf, das dich nachts in den Schlaf singt. Und dort der frühe Vogel hoch oben im Ast. Hier die Axt, die dir den Schädel einschlagen wird. Und dort ferne Berggipfel. Danos Bild.

Es wird Fabienne noch kälter.

Auf der Bank neben ihr sitzt John.

»Ich darf dich nicht alleine lassen, Fabienne.«

»Schon gut, John. Es ist ohnehin alles vorbei.«

John sieht sie nicht an.

»Sven Abakus hat sich bei mir gemeldet. Er erreicht dich nicht. Er macht sich Sorgen.«

Sie starrt auf den Teich, auf die Enten.

»Danke, John. Ich kann jetzt nicht mit ihm reden.«

Sven ist in Indien. Fabienne ist sich sicher, sein Aufbruch wird gelingen. Sie ist ihm dankbar: Er war ihr ein Freund, als sie einen brauchte.

Ihr eigener Aufbruch wird nun nicht stattfinden. In dieser Lage kann sie Sven nicht um sich haben. Sie muss die Sache alleine durchstehen, so einfach ist das. Wieder allein. Nicht einfach, wenn man erlebt hat, wie leicht die Welt sich anfühlt, wenn man zu zweit ist.

Wo soll sie hin? Wo soll sie jetzt hin?

Ihr Telefon klingelt. Sie sieht auf das Display: Dano. Sie nimmt ab.

»Fabienne, Darling«, Dano klingt aufgeregt. »There's someone here who wants to talk to you.«

»Dano. Ich weiß nicht, ob das der richtige Moment ist –«

»No better moment«, sagt Dano. »Fabienne. Hör hin. Just listen!«

Fabienne hört hin und hört etwas, ein Glucksen, ein seltsam gurgelndes Geräusch, das sie nicht identifizieren kann.

»What is it, Dano?«

»It's Fabienne, Darling. Your little goddaughter, Fabienne. She's drinking her second portion of milk today, at her beautiful and exhausted mother's breast.«

»Hi Fabienne«, ruft eine weibliche Stimme aus dem Hintergrund.

»Mein Patenkind?«

»She's got a brother, too. His name is Bela. And they are beautiful, Fabienne, just the most perfect babies the world has ever seen.«

Dano redet weiter, erzählt von der Geburt, während Fabienne denkt: sieben Monate. Vor sieben Monaten hat sie ihn das letzte Mal gesehen. Jetzt ist er Vater von Zwillingen, während sie in Bochum sitzt, vor einem Haufen Scherben, der Schutthalde ihrer Zukunft. Und währenddessen liegt in London ein schmatzendes, saugendes neues Leben und trägt ihren Namen. Fabienne.

Endlich einmal eine wirklich gute Nachricht, so überraschend und schön! Und doch bleibt sie noch immer in ihren trüben Gedanken gefesselt, abgelenkt von einer anderen Realität: »Der einfache Anleger hat gar keine Chance«, sagt Fabienne unbewusst zu sich selbst, »- er wird abgemolken, fast so wie eine gemolkene Kuh.«

»What's the matter, Darling. Are you okay?«

»More than okay, Dano. I'm so happy, I think I might cry.«

»Oh, Fabienne.«

FABIENNES TAGEBUCH

MATRIX ... Jeder, der ehrlich zu sich selbst ist, muss irgendwann einsehen: Im Kampf des Guten gegen das Böse siegt in dieser Welt in den allermeisten Fällen das Böse.

Gründe dafür gibt es viele. Möglicherweise liegt dem Ganzen aber auch eine recht einfache Ursache zugrunde. Man kann sich den Kampf zwischen Gut und Böse als ein Koordinatensystem vorstellen, als eine Matrix mit vier Feldern: Wahrheit und Lüge auf der einen Achse. Rechtmäßigkeit und

Rechtsbruch auf der anderen. Aus dieser Matrix wird klar: Das Gute kann nur an einem Ort gewinnen, nämlich in der Nähe von Wahrheit und Rechtmäßigkeit. Es bewegt sich nur in einem Feld von vieren. Das Böse dagegen bewegt sich frei an allen Orten. In einem Feld siegt es immer. In den anderen in den meisten Fällen. Warum ist das so? In der Wahl seiner Mittel und Methoden ist das Böse dem Guten strukturell weit überlegen. Sein Aktionsradius ist größer, seine Optionen sind vielfältiger. Vier Spielfelder statt eins. Eine richtige Spielwiese. So einfach ist das. – Das heißt aber noch lange nicht, dass es sich nicht lohnt, für die Sache des Guten zu kämpfen. Mit den Mitteln des Guten.

ORIENTIERUNG

Wo sie jetzt hin soll? Dort, wo sie immer hingegangen ist, wenn sie Ruhe brauchte. Heilung. Einen Ort für die Seele.

Wie gut, dass Dano sie daran erinnert hat. Und ihr die Tür geöffnet hat. Gerade jetzt.

Zwei Wochen wird sie in Deutschland noch brauchen, um alles abzuwickeln, höchstens drei. Alles andere werden die Anwälte regeln. Nicht Schwender, nicht dieser lächerliche Filmstar-Verschnitt. Ein anderes Kaliber, eines für Kohlmeier.

Dann wird sie nach London fahren, in ihre Wohnung, zu Dano und zu ihrem Patenkind.

»Ist alles wieder in Ordnung, Fabienne?«, fragt John, der sie in ihre Wohnung gefahren hat.

»Nein, John. Es ist nicht alles in Ordnung. Aber vielleicht – vielleicht kommt es irgendwann wieder in Ordnung. Ich denke schon, dass das passieren wird. Schließlich erwartet das Fabienne von mir.«

»Fabienne?«

»Die kleine Fabienne und ihr kleiner Bruder Bela. Um sie muss es doch eigentlich gehen, oder? Wir dürfen die beiden nicht enttäuschen.«

John nickt. Ermutigend, als wüsste er ganz genau, wovon die Rede ist.

IN LIEBE, DAGMAR

Es ist doch noch alles gut gegangen. Sehr gut.

Unterm Strich ist das Kohlmeiers Fazit, während er an diesem späten Nachmittag in seiner ASK 21 eine Felswand in Oberbayern entlang fliegt.

Schneller, weiter, höher – mit GreenInnoLab als Bonbon, den Fabiennes sensationeller Fernsehauftritt zusätzlich versüßt hat.

RuhrSTROM selbst, da hat er Fabienne nur die halbe Wahrheit gesagt, war von Anfang an der Hauptgewinn. Ein solider deutscher Leckerbissen – was der Konzern auch bleibt, da können die Kurse machen, was sie wollen.

Die Chinesen haben sich, so ist die asiatische Disziplin, an seine Ratschläge gehalten und werden nun davon profitieren. Das Kosortium aus Russen, Aserbaidschanern und Kasachen hat viel Rücksicht auf die deutsche Politik genommen und offenbar kalte Füße bekommen. Ihr Pech.

Vor allem aber haben die Freunde in Berlin, Zürich, Frankfurt und London astrein zusammengearbeitet. Die Kredite waren da, die Papiere aufgesetzt, die Unterschriften gesetzt. Und rundherum haben eine ganze Menge Leute kräftig mitverdient. Diesmal nicht nur abfallende Krümel; vielmehr die Torte selbst und die Sahne obendrauf.

Danke. Eine Hand wäscht die andere. Gemeinsam Kuchen backen als Hauptdisziplin. Letztlich unterscheidet sich die Globalwirtschaft nicht allzu sehr von der Regionalwirtschaft mit ihren Stammesterritorien. Einer gewinnt. Einer verliert. Oder viele. Aber wen kümmern in unserer Welt schon die Verlierer?

Sein eigenes Vermögen dürfte sich in den letzten neunzig Tagen mindestens verdoppelt haben. Wieder verdoppelt haben. Mit jedem Anstieg der Kurse – und mit jedem Sturz. Mit Fabiennes Aufstieg und auch mit ihrem Fall. Mit GreenInnoLab und Malakka. Kohlmeier lächelt.

Es sind nicht die Summen an sich, die Kohlmeier Vergnügen bereiten, ihn dazu bringen, mit seinem Gleiter einen kleinen, übermütigen Loop zu vollführen, der ihn gefährlich nah an die senkrechte Felswand heranbringt.

Geld interessiert Kohlmeier eigentlich schon lange nicht mehr. Aber Geld ist der Maßstab. Von Erfolg. Von Bedeutung. Von Leistung. Was er hier geleistet hat, was ihm mit diesem Coup gelungen ist, ist der endgültige Aufstieg in die oberste Liga der globalen Spieler, wo nur noch wenige Dutzend Konkurrenten am Spieltisch sitzen. Wo weder Produktion noch Wertschöpfung eine Rolle spielen, sondern ausschließlich Zahlen. Sieben Stellen? Acht? Nein, neun oder zehn! Vielleicht sogar elf.

Was für eine kranke, verstörte, herrlich verrückte Welt.

Wir Menschen sind grausam. Aber solange sich die Asteroiden noch von unserem Planeten fernhalten und uns leben lassen – warum nicht dem nachgeben, was die menschliche Natur nun einmal ausmacht?

Bergsteiger kann Kohlmeier heute keine entdecken, obwohl da unten bestimmt welche sind. Der Winter kommt, die Hauptreisezeit ist vorbei, heftige Winde sind angekündigt. Himmelsmächte, die selbst erfahrene Segelflieger vor ernste Proben stellen können. Der Kampf ist ungleich, der Pilot muss sich unterordnen, um zu siegen: den Wind davon überzeugen, für einen statt gegen einen zu arbeiten.

Das ist es, denkt Kohlmeier in seiner Glaskabine über felsigen Gipfeln, was eine Fabienne Felsenstein nie verstehen wird. Er findet, er kann sich mit ihrer Intelligenz durchaus messen, aber im Unterschied zu ihr ist sein Wertesystem anpassungsfähig. Ihres ist starr. Damit wird ihr der letzte Sieg immer entgehen, und wenn man es genau nimmt, spricht das auch gegen ihre Intelligenz.

Spielt keine Rolle, am Ende hat sie – weitgehend – das geliefert, was er wollte.

Ein gewittriger Aufwind zwingt ihn kurz, sich auf die zitternden Nadeln und Zahlenanzeigen seines Gefährts zu konzentrieren. Die Windhose hat das Volumen, ihn bis zur Wolkenuntergrenze zu tragen und möglicherweise darüber hinaus.

Kamikaze. Wind der Götter.

Manchmal ermöglicht dieser Wind sogar Spiralen, denkt Kohlmeier, wie gut das doch ist. Man muss Ideen nicht immer selbst haben, das weiß er, allein die vorhandenen Kontakte reichen manchmal für das Gelingen einer großen Idee aus. Und ganz große Ideen und ganz großes Geld brauchen nun einmal ganz besondere Menschen und ganz besondere Kontakte.

Eine dunkle Gewitterwolke hängt vor Kohlmeier, er beschließt, sie zu umfliegen. Kraft und Gegenkraft sind hier so stark, dass sie ein Fluggefährt ganz einfach auseinanderreißen können. Keine Frage der Unterordnung mehr: Hier hat der Wind das Sagen. Bewegte Luft, Moleküle, die sich schubsen, eine Rauheit, die nicht für jedermann ist. Und kaum Regeln kennt.

Kohlmeier glaubt an den Wind. Die Götter sind ihm egal.

Weiter. Höher. Mehr. Um nichts anderes geht es.

Mit dem Knie stößt er an etwas an, das unter dem Instrumentenbrett klebt. Er tastet danach, eine schmale Schachtel. Eingepackt in Kinderpackpapier. Süß.

Die Anrufe bei Fabienne: Da ist er vielleicht eine Spur zu weit gegangen. Hat sich von dem Irrsinn in diesem Blog anstecken lassen. Hat sich von seinem Ärger leiten lassen, als ihm klar wurde, dass Abakus, dieser Wurm, sich in das Bett seines

Schützlings geschlängelt hatte. Es war ein Instinkt, eine Impulshandlung – und er hat sich entschieden, diesem Impuls nachzugeben.

Und warum nicht? Auch das gehört zum Spiel. Wer glaubt, der Sieg hängt ausschließlich von nüchterner Analyse und ständiger Kontrolle aller Spielfelder ab, täuscht sich. Hin und wieder passiert auch, womit keiner rechnet.

Woher die Schachtel wohl kommt? Manchmal gibt es auf dem Flughafen, wo er sein Gefährt abgestellt hat, Geburtstagsflüge für Kinder. Großartiges Geschenk, hätte er damals auch zu schätzen gewusst. Vermutlich hat jemand ein Geschenk für ein Kind im falschen Flugzeug versteckt.

Ein Junge, dem Papier nach, denkt Kohlmeier. Piraten sind darauf, lustige Gesellen mit Kopftüchern und krummen Schwertern. Das Geschenk ist nicht für ihn, aber er möchte doch herausfinden, was dieser unbekannte Junge bekommen soll.

Im Papier ist eine Pappschachtel. Der Deckel klemmt. Mit einem Ruck reißt er ihn auf.

»In Liebe, Dagmar.«

Die Karte liegt zuoberst in der Schachtel, die eine kleine Ansammlung von Glasampullen enthält, als sei das Geschenk von einem Hobby-Glasbläser.

Leider sind die Ampullen durch das ruckartige Aufreißen des Deckels kaputtgegangen. Oder war das die Idee: dass sie kaputtgehen, um ihr geruchloses, lähmendes Gas zu verströmen?

Wie gut ihn Dagmar Schild doch kennt. Der Gentleman ist keinen Deut besser als ein Tier. So gierig und gefräßig wie jeder andere, allzeit bereit, dem Nachbarn etwas wegzunehmen.

Er ist jetzt schon viel zu müde, um frische Luft in seine Kabine hineinzulassen oder die Sauerstoffmaske überzustreifen.

Am liebsten würde er schlafen, ja, das wäre schön.

Gute Nacht Gute Nacht Gute Nacht.

Wie im glasigen Nebel nimmt er wahr, wie sich das Flugzeug nach links legt, sich dann wieder aufrichtet, eine halbe Drehung vollführt, als wolle es sich Richtung Tal wenden, die Drehung aber nicht vollendet. Stattdessen weiter geradeaus fliegt.

Direkt in die Felswand.

Die da steht, als hätte sie seit Anbeginn der Zeiten auf Justus Kohlmeiers Gleiter gewartet, jahrtausendelang allen Winden widerstanden, um an diesem Nachmittag die silberne ASK 21 mit dem winzigen, wehrlosen Mann darin in ihre mächtigen steinernen Arme zu nehmen und unter einem lauten Knall zu zermalmen.

KITSCH VON WALLTER

»Es ist vorbei«, sagt Henning Wallter.

»Gut«, antwortet Marlene, die ihn vor dem Gerichtssaal erwartet hat. »Dann kann jetzt etwas anderes beginnen.«

Die Verhandlung hat unter Ausschluss der Öffentlichkeit stattgefunden. Eine sehr ungewöhnliche Situation, aber alle Beteiligten hatten den Ausschluss der Öffentlichkeit beantragt. Sie wussten sicherlich, warum.

Es ging bei dem Prozess eigentlich nicht um Wallter selbst, sondern um seine Identität als »Kaspar Hauser«, den die Rechtsabteilung von RuhrSTROM wegen Rufschädigung verklagt hatte. Ein möglicherweise etwas tollkühner Schritt, aber juristisch doch ziemlich aufsehenerregend.

Anwalt Schwender war entschlossen gewesen, die Sache durchzuziehen – er versprach sich davon eine schöne, werbewirksame Presse. Aber dann hatte diesen selbstlosen Plänen der Kanzlei der plötzliche Wechsel an der Konzernspitze von RuhrSTROM einen Strich durch die Rechnung gemacht.

Die Klage richtete sich gegen Wallter als Einzelperson und auch gegen das Verlagshaus, das hinter dem Weltkurier steht. Die Schadenssumme wurde vorläufig auf zwei Millionen Euro beziffert, die Schadensverursacher aufgefordert, sie gesamtschuldnerisch zu entrichten. Der tatsächliche Umfang des Schadens wurde dann im Verlauf der Güteverhandlung jedoch einvernehmlich auf einen sehr viel niedrigeren Betrag festgesetzt.

Beide Parteien hatten ein Interesse daran, die Sache möglichst schnell beizulegen. Fabienne Felsenstein leitete RuhrSTROM nicht mehr – das mediale Hauptobjekt war verloren gegangen.

Wallter hat sich von Hartmanns Anwaltsfreund Kurth vertreten lassen. Diesmal in graugrünen Karos, gelang es Kurth, seinen Mandanten von jeder Zahlungspflicht zu entbinden. Sein Argument: Der Weltkurier habe, in vollem Wissen und mit Einsicht in das Unterfangen, Wallter alias Hauser wirken lassen und überdies die Kontrolle über die Freigabe der Blog-Einträge und Kommentarbeiträge zur Felsenstein-Watch wahrgenommen.

Gut möglich, dass die Sache bei einem nächsten Verhandlungstermin für den Weltkurier weit teurer gekommen wäre.

Wallter wurde in allen Belangen von den Vorwürfen entlastet. Ihm war nichts nachzuweisen. Jedenfalls nichts, dass justiziabel gewesen wäre. Sein nicht vorhandenes Vermögen war gerettet.

Die Rechnung von Kurth muss er natürlich zahlen. Die ist auch gar nicht billig.

Blödheit kostet eben, sagt Hartmann. Er sorgt aber auch dafür, dass Wallter in der Dokumentation des Weltkuriers unterkommt. Solange es den Weltkurier noch gibt, ist das nicht schlecht. Solide Arbeit wird verlangt, mäßiger Lohn gegeben. Aber wenn Wallter sich ranhält, sind die weiteren Möglichkeiten gar nicht so schlecht. Und die weiteren Möglichkeiten interessieren Wallter, aus verschiedenen Gründen.

Einer davon heißt Marlene.

Sie hat ihn nach der Güteverhandlung – denn das war es schließlich – vor dem Gerichtsgebäude abgeholt.

»Du hast also an dem ganzen Theater Schuld und kommst trotzdem unbeschadet davon?« fragt sie.

»Ungefähr so könnte man das verstehen«, sagt er.

»Da verliere ich den Glauben an unser Rechtssystem.«

»Ich bin froh darüber«, sagt Wallter mit Nachdruck.

Marlene sieht ihn an.

»Ich auch«, sagt sie.

Und dann fassen sie sich an den Händen und gehen durch die Straßen spazieren.

»Ich will«, sagt Wallter.

»Was willst du?«, fragt Marlene.

»Mit dir zusammen sein«, sagt Wallter.

Er zieht sie auf eine Bank vor einem Brunnen, in dem ein großer Metallfisch Wasser spuckt und kleine Metallfische dazu mit ihren Schwänzen wackeln. Setzt sich mit ihr hin, reicht ihr eine kleine Schachtel, sagt »Achtung, jetzt wird's kitschig« und freut sich dann an ihrem Gesichtsaudruck.

In der kleinen Schachtel liegt ein Ring. Aus Gold. Mit einem geschliffenen Stein. Wie kitschig ist das denn? Und eigentlich auch nicht seine aktuelle Gehaltsklasse.

»Was soll das, Henning?«

»Ein Ring, Marlene.«

Marlene nimmt den Ring aus der Schachtel, betrachtet ihn.

»Müsste deine Größe sein, probier mal an.«

Was sie tut.

»Passt ziemlich gut«, sagt sie.

»Ich werfe mich jetzt aber nicht auf die Knie oder so.«

»Henning. Versuchst du mir gerade einen Heiratsantrag zu machen?«

»Irgendwie schon. Glaube ich jedenfalls.«

»Falls es dich interessiert: der Versuch ist misslungen.«

»Heißt das, du willst nicht?«

Marlene betrachtet den Ring, lächelt.

»Den Ring werde ich so oder so behalten«, sagt sie, »schließlich habe ich dich aus dem Gefängnis gerettet. Da steht er mir auch zu. Ich sage das nur, falls du gleich einen Rückzieher machen willst.«

»Warum sollte ich einen Rückzieher machen?«

»Weil ich nach Indien gehe.«

»Nach Indien?« Wallter ringt nach Worten. »Urlaub?«

»Arbeit. Fabienne hat mich an einen Bekannten weiter vermittelt. Michael Vishnu, er ist ein Freund von Sven Abakus. Wir haben uns unterhalten, die Sache ist hochinteressant. Er hat mir ein Angebot als Geschäftsführerin in einem seiner Unternehmen gemacht. Für drei Jahre, vielleicht auch länger, mal schauen. Wie auch immer: Wenn du mit mir zusammen sein willst, dann müsstest du schon mitkommen.«

– IX –

AUFSTEHEN. GEHEN. SEHEN

Die Nachricht von Kohlmeiers Tod hat Fabienne wie ein Schlag getroffen. Sie hätte ihrem Mentor nie den Tod gewünscht, nicht einmal im Angesicht seines unendlichen Hasses. Er ist tot. Sie ist am Leben. Das ist kein Trost, nicht für jemanden wie sie.

Die Zeit bei Dano hat ihr gut getan, der Anblick der quietschenden Bündel neuen Lebens erwies sich als heilsam. Die kleine Fabienne, so kam es der stolzen Patentante vor, sah mit einem deutlich klareren Blick um sich als ihr Bruder Bela. Er war der Liebling der Mutter, Dano ließ die kleine Fabienne kaum aus den Armen, alle vier wirkten sie wie eingesponnen in einen Kokon aus Zusammengehörigkeit, Fürsorge, Empfindsamkeit. Die Zärtlichkeit in Danos Blick hätte Seife zum Schmelzen bringen können.

Es war schön, bei ihnen zu sein. Aber es war für sie kein Ort zum Bleiben.

Letzte Woche hatte sie sich mit Sven getroffen, einen ganzen Tag lang, fernab der Orte gemeinsamer Erlebnisse. In Japan. In Kyoto.

Sie sprachen über Japan, weil sie über das, was zwischen ihnen war, nicht sprechen wollten. Scham, Moral, Sexualität – in Japan ist vieles anders. Schulmädchen in Röckchenuniform und Kniestrümpfen verkaufen sich an altgediente Manager – die gibt es dort tatsächlich noch –, und die alten Herren verkleiden sich, lassen sich in Badehäusern peitschen oder genießen selbst Dominanz. Fabienne kennt die Geschichten von Kollegen, die diese Orte einer fremden Lust aufgesucht haben.

Die Schande von Fukushima liegt noch immer über dem Land. Beinah wirkt es, als sei es diese Schande, die Japan vor allem zu schaffen macht – und die Kontamination der Kernkraftblöcke, die weiterhin außer Kontrolle bleiben, als ihr messbarer Ausdruck – auf Tausende von Jahren hinaus.

Die Schande als moralisches Regulativ: Was in der ländlich-bäuerlichen Gesellschaft des alten Nippon offenbar gut funktioniert hatte, verlor in der anonymen Megalopolis des 21. Jahrhunderts jegliche Bedeutung. Mit den Bildern brennender Reaktoren lebte ihre Kraft wieder auf.

Sven war mit seinen indischen Geschäftsführern nach Japan gefahren, die Netztechnologie der Firma aus Bangalore interessierte dort Investoren, die die Erkundung neuer Wege zur Energieversorgung als patriotische Pflicht empfanden.

Sven erzählte begeistert von dem Unternehmen, das er in Indien betreut. Sie schaute ihm dabei zu, nahm den weiten Abstand zwischen sich und ihm wahr. Der Abstand würde wieder kleiner werden, vielleicht würde er ganz verschwinden, aber an diesem Tag in Kyoto war er unübersehbar da.

Gemeinsam besuchten sie am frühen Nachmittag den Ryōan-ji-Tempel, den Tempel des Drachen, der zur Ruhe gekommen ist, so wie sie endlich wieder zur Ruhe kommen will. Diesen Ort, der ihr während der Aufsichtsratssitzung so lebendig vor Augen gestanden hatte: ihn wollte sie unbedingt wiedersehen.

Die 15 Steine lagen noch immer in dem mit feinem Kies bedeckten, säuberlich gerechten Garten, wie für die Ewigkeit geschaffen. Das Areal misst 30 mal 10 Meter. Fabienne betrachtete die fünf Steingruppen von der nördlichen Sitzterrasse aus. Es wirkt, als hätten die Steine zufällig ihren Platz gefunden. Eine Ordnung ist nicht zu erkennen, und doch sind von keinem Standort aus alle 15 Steine gleichzeitig zu sehen. Wahrnehmbar sind sie nur als Muster. Wer die Verschiebungen beim Betrachten nicht bedenkt, wird das Ganze nie erfassen. Es sei denn, es ereile ihn die Erleuchtung.

Aufstehen. Gehen. Sehen. Durch die mehrfache Änderung des Blickwinkels ergibt sich eine Dynamik, die endlos ist. Die Ruhe des Gartens, seine Stille und sein Stillstand sind Bewegung festgefroren in der Zeit.

Atomblut, Danos Bild, das nun wieder in dem Loft in London hängt, kennt diese Muster auch.

Wie ergeben sich Erkenntnis und Wahrheit? Hätte sie erkennen können, was Justus vorhatte? Hätte sie sich früher bewegen müssen? Er hat sie alle hinters Licht geführt, keiner im Konzern hatte seine Absichten ganz durchschaut, nicht einmal Neumann, der am Ende mehr als alle anderen wusste. Was für Neumann global agierende Landschaftspflege mit Hilfe Kohlmeiers war, und für Justus selbst ein einziges großes Spiel, sieht Fabienne als Kapitalmarktkriminalität, böse und organisiert. Hat Justus wirklich alle Faktoren erfasst, die ihn dazu getrieben haben, sich und sie zu verraten? Oder ist sogar er nur Teil eines noch größeren Spiels?

»Marlene lässt grüßen«, sagte Sven beim Tee nach ihrem Tempelbesuch. »Sie redet ständig von dir. Die Kollegen im mittleren Management sind darüber ganz irritiert. Du bist ihre Heldin.«

»Marlene ist außergewöhnlich«, erwiderte Fabienne. »Sie macht ihre Sache bestimmt gut.«

»Hervorragend. Sie arbeitet eng mit Michael zusammen. Ich sehe sie nur ab und zu. Ihr Freund ist aus Deutschland nachgekommen und bei einer Hilfsorganisation vor Ort im Einsatz. Sie reden von Kindern, Marlene ist entschlossen, beides zu schaffen, Karriere und Familie.«

Sven hielt einen Moment inne: »Komm nach Indien, Fabienne.«

»Lass mir Zeit, Sven. Es ist gut, dass es dich gibt.«

Was er zum Abschluss gesagt hatte, bewegte sie sehr.

Fabienne ist in Dubai. Ihr alter Arbeitgeber in Berlin hat sie beim größten arabischen Energieversorger ins Spiel gebracht.

Die Berliner betreiben schon seit vielen Jahren eigene Unternehmen im arabischen Raum. Eine kompetente Frau wie Fabienne Felsenstein als ihre wohlmeinende Geschäftspartnerin und zufriedene Kundin vor Ort entspräche dem Geschmack der Kollegen im kalten Deutschland.

Das Unternehmen hat für sie die Armani Hotel Suite im 39. Stock des Burj Khalifa gebucht. Das ist ziemlich weit unten in diesem Gebäude, das bei der Einweihung und Inbetriebnahme im Jahr 2010 für sich in Anspruch nahm, das höchste Bauwerk der Welt zu sein, 300 Meter höher als dasjenige, das sich bisher mit diesem Titel schmücken durfte.

Von der Aussichtsebene auf der 124. Etage geht der Blick Richtung Westen nach Afrika, wenn man so will Richtung Cheops-Pyramide, einem früheren Monument des menschlichen Verlangens, den Göttern Häuser zu bauen, um ihnen zu schmeicheln.

In Dubai brennt die Sonne jeden Tag vom Himmel. Die Temperaturvorhersage für den morgigen Tag lautet: 29 Grad Celsius. Aktuell herrschen noch immer 21 Grad.

Diese Region, die über so erhebliche Öl- und Gasvorräte verfügt, ist auch für die Solar- und Windenergie geografisch geradezu prädestiniert. Allah hat die arabische Halbinsel reich gesegnet. Doch neuerdings setzen sie hier auf Kernkraft. Ein südkoreanisches Konsortium hat aus Abu Dhabi den Auftrag zum Bau von vier Kernkraftwerksblöcken mit jeweils 1400 Megawatt Leistung erhalten – mit einem Auftragsvolumen von 40 Milliarden Dollar. In wenigen Jahren soll der erste Reaktor ans Netz gehen.

Ist es das, was sie begleiten will? Kernenergie im Sonnenstaat? Nein.

Im Internet entdeckt Fabienne einen Überblick über neun aktuelle Kraftwerksprojekte in Dubai auf der Basis alternativer Energiegewinnung. Eine »Wind Farm« ist mit 0 Dollar ausgezeichnet. 3000 Millionen US-Dollar stehen bei einem »Power & Desalination Plant«-Projekt. Die meisten Vorhaben verharren anscheinend im Stadium der Planung oder der Stornierung. Kein Wunder: In Dubai ist bis zum Jahr 2030 dem Vernehmen nach ohnehin nur ein Anteil von 5 Prozent des Energiemixes für grüne Energien vorgesehen. Ein einziges, ihr interessant erscheinendes Projekt trägt den Vermerk ›Durchführung‹, ein 100 Megawatt-Solarkraftwerk in Abu Dhabi – immerhin – und dennoch Peanuts gegenüber den 5600 Megawatt Leistung der im Bau befindlichen Kernkraftwerksblöcke. Die Technologie für das Solarkraftwerk liefert ein französisches Konsortium. Zur Unterzeichnung des Vertrages flog der französische Staatspräsident persönlich ein. Unter den Bewerbern im Vorfeld ausgeschieden war unter anderem das deutsche Unternehmen GreenInnoLab. Fotovoltaik-Module aus seiner Produktion hatten die Wüstensöhne nicht überzeugt.

Die Blase, die GreenInnoLab gewesen war, ist nicht lange nach der denkwürdigen Aufsichtsratssitzung geplatzt. Die Aktie, die einst bei 113 Euro gelegen hatte, ist heute nur noch 98 Cent wert. Pech für die kleinen Start-ups, die sich mit vielversprechenden Projekten in das Konsortium hatten einbinden lassen. Tragisch für die vielen kleinen Anleger, die der Geschäftsidee vertraut hatten. Zum Teil fatal.

Wenn es je ein Feld gab, wo Anleger betrogen werden könnten, vielleicht geradezu betrogen werden wollten, dann läge es gerade jetzt vielleicht bei den erneuerbaren Energien, denkt Fabienne. Verkauft wird die Hoffnung, mit einer einfachen Investition Gewinn zu machen und gleichzeitig eine bessere Zukunft zu realisieren. Eine Rücklage für die Enkel zu bilden und gleichzeitig unseren blauen Planten grün und lebenswert für sie erhalten zu können. Das Goldene Kalb in Grün.

Wenn die Menschen wirklich wüssten, wie die großen Spiele gespielt werden, dann, so glaubt Fabienne in diesem Moment, wären schon viel mehr auf der Straße und würden protestieren als nur die paar Camper vor den Bankgebäuden: Wir hätten eine Revolution!

Die Spieler sind überall. Justus und die anderen. Nichts ist für Fabienne sicherer als diese Gewissheit. Ihre Gegenspieler in den Konzernen sind mutige Dschungelkämpfer, zähe Arbeiter, die auch dann, wenn es heiß wird, nicht nachlassen, sich an Regeln zu halten, und die stets konsequent der Wahrheit nachspüren.

Fabienne möchte Abstand finden und Distanz. Dennoch hat sie die Nachrichten und Agenturmeldungen aus Bochum zur Kenntnis genommen, der Wirklichkeit entfliehen kann und will sie nicht.

Der neue Konzernchef bei RuhrSTROM heißt Rolf-Peter Neumann. Vor der Wahl ist er aus dem Aufsichtsrat ausgeschieden. Schließlich konnte er sich schlecht selbst zum neuen Vorstandsvorsitzenden wählen. Ein ehemaliger Betriebsrat als CEO: Das müsste Politik und Gewerkschaften, Arbeitnehmern und Kunden doch die Sorgen vor der Kraft des chinesischen und amerikanischen Kapitals nehmen. Die neuen Herrscher sahen das genauso und nahmen die Anregung dankend auf.

Auch der Aufsichtsrat ist inzwischen in Teilen neu besetzt, die neuen Eigentümer haben den Vorsitz unter sich ausgemacht. Die Chinesen haben den Miteignern aus den USA für zwei Jahre den Vortritt gewährt. Neu hinzugekommen sind neben den Amerikanern auch einzelne chinesische Spitzenfunktionäre. Kohlmeier wurde posthum zum Ehrenvorsitzenden ernannt.

Per Tehrani ist zu seinem früheren Arbeitgeber in Schweden zurückgekehrt. Hermann Suhr bleibt dem Konzern als Finanzvorstand erhalten, und Norbert Tschauner hat Tehranis Geschäftsbereich zusätzlich mitübernommen. Innovation und Internationalisierung Marke Tschauner. Fabienne schmunzelt:

Ob die scharfen jungen Hunde in der Londoner City damit etwas anfangen können?

Dagmar Schild ist verschwunden in eine Welt, die mit Wirtschaftsunternehmen nichts mehr zu tun hat.

Den Fahrer des Bierlasters, ohne den sie nie in diese unglaubliche Geschichte verwickelt worden wäre, hat man – auch das ist Fabienne in den Online-Berichten nicht ganz entgangen – vor kurzem unter einer Bahnunterführung tot aufgefunden. Es wird Selbstmord vermutet, der Einschusskanal im Kopf zeigte schräg von vorn nach hinten und leicht von unten nach oben. Vielleicht konnte er sich den folgenschweren Fahrfehler nicht verzeihen. Vielleicht.

Freund Lermoyez lässt Fabienne in letzter Zeit weitgehend in Ruhe. Er macht ihr keine Angst mehr. Wenn ihr etwas Angst macht, dann sind es die Wunden, die die Menschen sich tagtäglich millionenfach zufügen. Im Dienst der Gier und der Selbstgefälligkeit. Im Dienste der Götter und des Teufels. Der Dummheit geschuldet, der Schwäche, und auch der Inkonsequenz.

Noch mehr Angst macht Fabienne das Verschwinden der Wahrheit aus der Welt: Welche Steine können wir noch sehen und welche schon nicht mehr? Fabienne spürt noch immer fast körperlich, wie sehr die mächtigen Spieler ein Interesse daran haben, die Wahrheit unsichtbar zu machen. Einer der Spieler hat sich selbst gerichtet. Andere haben die Lücke schon längst wieder gefüllt.

Fabienne ist aufgewühlt, vieles kommt wieder hoch. Sie hat sich einen Tee kommen lassen, sucht Ruhe auf dem großen Sofa in ihrer Suite. In dem wunderbar mild, reich duftenden Trunk lebt noch der alte Orient. Für einen Moment vergisst Fabienne ihre Gegenwart in der modernen Metropole.

Fabienne blickt auf die hell erleuchtete Stadt zu ihren Füßen.

Und sie blickt auf den blau schimmernden Bildschirm ihres Laptops. Eine Nachricht läuft als Band über die geöffnete News-Seite: CRASHPILOT BEGEHT SELBSTMORD.

Fabienne klickt die Nachricht an: »In Kuala Lumpur hat der Pilot des vor einigen Monaten über der Straße von Malakka verunglückten Flugzeuges, bei dem ein Flüssiggastanker in Flammen aufging und zahlreiche weitere Schiffe verbrannten, Harakiri begangen. Der Pilot war japanischer Abstammung. Warum er den traditionellen Selbstmord verübte, ist bisher nicht bekannt.«

Mit einem Ruck ist Fabienne wieder in der Gegenwart. Und in der Vergangenheit, die sie gerade überwinden wollte.

Seltsam, denkt Fabienne, sehr seltsam. Mehr als seltsam.

Justus hatte kaum eine Gelegenheit ausgelassen, ihr von der Tradition und den Künsten der japanischen Kampfflieger vorzuschwärmen. Und jetzt hatte ein Pilot mit japanischen Wurzeln den Todesflieger über der Straße von Malakka gesteuert. Kein Terroranschlag. Kein Unfall, sondern ein Kamikaze-Flieger? Der es für das Gelingen seiner Mission nicht einmal nötig gehabt hatte, sich selbst zu Tode zu stürzen, sondern den Fallschirm nahm? Und damit Schuld auf sich geladen hatte?

Vielleicht aber war das der Grund für den jetzigen Selbstmord. Hatte zum Deal dazu gehört, dass er sich in den Tod stürzte? In wessen Auftrag hatte er das tun sollen?

Fabienne erinnert sich an einen der ihr weniger sympathischen Sätze ihres ehemaligen Lehrmeisters Kohlmeier, mit dem dieser sich ihr gegenüber seinerzeit über angeblich skrupellose Methoden in der Welt der Transaktionsökonomie beklagt hatte: »Machen wir uns nichts vor. Spekulationsgewinne lassen sich nicht nur durch das Aufpumpen von Blasen machen, auch mit Zerstörung lässt sich prächtig arbeiten.«

In Liebe, Justus? War die Nachricht vom Tod des Piloten ein letzter makaberer Gruß von ihm?

Fabienne weiß noch nicht, ob ihre Vermutungen zutreffen. Nur in einem ist sie sicher: wir sollten sie kennen, die Wahrheit, die uns umgibt.

Der Tee auf dem Beistelltisch ist inzwischen kalt.

SONNENBLUT

Es ist Nacht in Dubai.

Es gibt vielleicht 100 Milliarden Galaxien im Universum, denkt Fabienne, als sie den Himmel über der Wüste betrachtet, und vielleicht 100 Milliarden Sonnen pro Galaxie. Eine Annahme, basierend auf Vermutungen, ganz sicher ist sich die Wissenschaft nicht.

In der Summe kämen wir auf 10 Trilliarden Sonnen, rechnet Fabienne.

Eine Zahl mit 23 Stellen. 10 Trilliarden mal Licht, Energie und Hoffnung. »Genug Licht, genug Energie, genug Hoffnung für alle«, flüstert Fabienne in sich hinein. Das Bild eines menschlichen Wirkens, das nach einer besseren Zukunft strebt.

Wie kann man die Dunkelheit lieben, wenn man das Sonnenlicht kennt? Ein letztes Mal denkt sie an Kohlmeier, ein allerletztes Mal.

Bald wird unsere eine Sonne sich aus der Wüste erheben, und ein neuer, sonniger Tag beginnt.

Wie würde wohl, fragt sich Fabienne, ein Bild von Dano aussehen, das eine neue Welt darstellt? Eine neue solare Welt.

Die möglich sein kann, möglich sein muss und möglich sein wird.

Jedenfalls dann, wenn wir uns nicht selbst verraten.